De PG

Jef Geeraerts

De PG

1998 Prometheus Amsterdam

Omslagontwerp Erik Prinsen, Zaandam
Foto achterplat Filip Claus
ISBN (geb.) 90 5333 756 3
ISBN (pap.) 90 5333 682 6

Het seksuele leven van de kameel
is anders dan men denkt.
In een moment van zwakheid
probeerde hij ooit liefde te bedrijven
met de Sfinx.
Maar de achteropening van de Sfinx
is gevuld met Nijlzand.
Dat is de oorzaak van de bult van de kameel
en van de ondoorgrondelijke glimlach van de Sfinx.

EGYPTISCHE PARABEL

De voornaamste zorg van het gerecht is niet
te zien wat niet gezien hoeft te worden.

NAPOLEON BONAPARTE

Alle zwijnen gillen als men er één bij
de oren pakt.

POOLS BOERENGEZEGDE

1

Terwijl de PG verdiept was in zijn dagelijkse ochtendritueel voor de badkamerspiegel, werd zijn tevredenheid over de uiterst gunstige vooruitzichten (hij was voor een hele week alleen thuis) aanzienlijk verhoogd door de vaststelling dat hij er voor zijn vierenzestig jaar helemaal niet slecht uitzag. Eén meter zesentachtig, negentig kilo bloot op de weegschaal, volgens Amerikaanse normen licht *overweight*, maar dit was toe te schrijven aan 'spieren van ijzer en staal die met de jaren onmerkbaar met vet dooraderd waren'. Zijn dicht gitzwart haar had slechts sporadische spikkeltjes grijs aan de slapen, zijn onderkaak was hoekig zonder dubbele kin, zijn teint 'basané', zijn neus vond hij klassiek Grieks, zijn wenkbrauwen Saraceens en zijn ingeboren misprijzen voor de mensheid in het algemeen liet hij met voorliefde blijken uit een scheef glimlachje en een taxerende blik.

Op deze ochtend van dinsdag 25 mei 1999, een stralende lentedag met middagtemperaturen van om en bij de 23 graden Celsius, was echter van het laatste niets te merken. Hij voelde zichzelf *cool* zoals de bekende cowboy uit de reclamewereld die Marlboro-sigaretten rookt.

'Alles is in hoofdzaak een kwestie van genen,' beweerde zijn schoolkameraad Georges Weyler (de Jokke), intussen een gerenommeerd internist, die tien keer meer verdiende dan hijzelf, maar die ook beestachtig hard moest werken. 'Wat meer aan sport doen, Alberto,' zei Jokke geregeld tijdens de veertiendaagse bijeenkomst van de Rotary Club, waarbij hij speels zijn wijsvinger in de buik van de PG boorde. Behalve paardrijden en jagen deed hij niet aan sport en hij hield van eten in goede restaurants, waar hij de reputatie had een wijnkenner te zijn.

Hij concentreerde zich op de wallen onder zijn ogen die de laatste tijd paarse adertjes hadden. Voorzichtig nam hij de huid tussen duim en wijsvinger en trok eraan als aan een elastiekje. Guy Staas, een andere schoolkameraad, die plastisch chirurg was voor rijke dames, had aangeboden hem tegen een vriendenprijsje 'op te trekken', maar de PG vond dat ronduit beschamend voor een echte man. Waarom precies wist hij niet, misschien was het wel vanwege zijn macho-overtuiging dat een man in het algemeen presentabel genoeg is, zodat hij dergelijke ingrepen niet nodig heeft.

Opnieuw, voor de tweede keer deze ochtend, voelde hij die verdomde spanning in zijn blaas. Zou het dát zijn? Hij onderdrukte een rilling van afschuw en dwong zichzelf er geen aandacht aan te schenken, volgens het privé-adagium dat een probleem verdwijnt door het te negeren. Hij bracht zijn gezicht dichter bij de spiegel, spande de lippen en inspecteerde zijn gebit, waarvan het tandvlees al enige tijd als het ware begon te krimpen zodat het wortelweefsel bloot kwam. Gave tanden vond hij een must voor iemand van zijn status. Bovendien vond hij dat een overgroot percentage van zijn landgenoten erbij liep met een gebit dat meer tandsteen bevatte dan ivoor. Voorlopig hoefde hij zich daar geen zorgen over te maken. Hij had de sterke tanden van zijn moeder die ooit op haar zeventigste haar eerste kies had laten vullen.

Met voldoening wierp hij een blik op zijn donker behaarde torso, nog altijd min of meer te vergelijken met die van een veertigjarige atleet. Hij keek naar de elektronische weegschaal, slaakte een zucht en besloot er niet op te gaan staan. Hij rekte zich en masseerde zijn nek die, zoals elke ochtend, kraakte als hij hem bewoog. Eén ding viel mee. Zijn echtgenote, freule Marie-Amandine de Vreux d'Alembourg was gisteren voor een week op reis vertrokken met adellijke vriendinnen om Engelse tuinen te bezoeken, zodat hij ongegeneerd kon ontbijten, een belangrijk facet van wat hij zijn 'elementaire mannelijke Lebensraum' noemde. Hij kon dus ongeschoren, in kimono en op blote voeten in de keuken aan tafel gaan, iets waar Maria Landowska, de Poolse meid, enorm plezier in had. Amandine verscheen altijd, zelfs bij het ontbijt, opgetut als voor een goûter aan het Hof, uiteraard in de eetkamer. Ze at precieus, met de pink omhoog, haar porseleinen schoteltje yoghurt uit en keek dwars door alles heen, dat wil zeggen door hemzelf plus Maria, tot wie ze zelden het woord richtte, behalve om orders te geven in geradbraakt Vlaams, een taal die Maria amper verstond. 'On ne dit jamais merci au personnel,' was een van de gevleugelde woorden die haar familie al zeven generaties in ere hield. Met haar echtgenoot sprak ze sinds de geboorte van haar jongste zoon, (september 1965), via briefjes met zakelijke mededelingen. Tijdens officiële gelegenheden of feestjes waar hij niet aan kon ontsnappen, spraken ze elkaar aan met 'ma chère' en 'mon ami', zoals personages uit een negentiende-eeuwse Franse roman.

'Bah!' deed de PG. Hij trok snel de grijze kimono aan met één Samoerai-karakter op de rug (Het Korte Krachtige Leven Zonder Hart), die zijn vriendin, zijn schat, zijn grote passie, Louise hem vorig jaar cadeau had gedaan, toen ze hem was nagereisd naar Kyoto, waar een congres van specialisten in Angelsaksisch recht werd gehouden. De PG had België vertegenwoordigd, enerzijds door voorspraak van zijn schoonvader, baron Pierre Philippe de Vreux d'Alembourg, hoogleraar emeritus Constitutioneel Recht aan de Katholieke Universiteit van Leuven, ex-raadsheer bij het Hof van Cassatie en auteur van juridische standaardwerken, en anderzijds omdat hij een van de weinige Belgische magistraten was die de graad van DJS (Doctor in Juridical Sciences) had behaald aan de rechtsfaculteit van Harvard University.

'Bah!' herhaalde hij toen hij aan zijn schoonvader dacht, vierennegentig en nog springlevend maar compleet gaga. Hij woonde alleen met een dienstmeid en een *butler* in een statig herenhuis aan de Marie-Josélaan in Berchem. Hij was een telg uit de voorname familie de Vreux, die in de adel was verheven door Leopold I wegens verdiensten bij het opstellen van de Belgische Grondwet. Gelukkig was hij nooit te weten gekomen dat zijn enig kind Amandine en zijn pupil Albert Savelkoul niet meer in een ideale verstandhouding leefden vanwege een jonge minnares, een feit dat door Amandine volgens de geijkte tradities dermate listig werd gemaskeerd dat zelfs

Didier en Geoffroy, hun zonen, zich van niets bewust waren. Didier, de oudste, was advocaat in Leuven en nog ongetrouwd. Geoffroy, die een knappe vrouw had en twee schatten van dochters, was ambassaderaad in Washington.

Terwijl hij de trap afliep naar de eerste verdieping, langs de collectie authentieke *handcoloured* aquatinten van Henry Alken met stijve heren op vossenjacht in rokkostuum en hoge hoed op belachelijke paarden, kwam de godvergeten geur van geschifte zijde in zijn neus, afkomstig van de haute couturejurken in de zolderkasten, die Amandine de week tevoren traditiegetrouw had gelucht, deels uit respect voor de verdwenen ouwevrouwengeneraties die ze ooit hadden gedragen, deels omdat ze het niet over haar hart kon krijgen dingen weg te gooien. Hij háátte die geur die hem deed denken aan de dood in haar gruwelijkste aspect: het fatale eindpunt van aftakeling en lelijkheid.

Hij keek op zijn horloge. Halfacht. Nu sliep ze nog, het lekkere dier, het wulpse slangenlijveke waar hij na zeventien jaar nog altijd waanzinnig verliefd op was. Over een uurtje zou hij haar bellen om te zeggen dat hij vrij was. Over de GSM. Hij verdacht zijn echtgenote ervan dat ze zijn gesprekken over de huistelefoon afluisterde. Vanuit het parket-generaal bellen was uitgesloten: zijn voorganger had daar een afluistersysteem via de centrale laten installeren. Alleen de GSM was safe. Hij genoot van de paranoïde sfeer die hij noodgedwongen had moeten creëren, het enige middel om de privacy te vrijwaren die hem lief was.

Op de overloop hield hij stil bij een met drie smetteloze lelies versierd beeldje van de Heilige Maagd van Fatima op een eenvoudige witmarmeren console. Hij snoof verachtelijk door zijn neus. 'Stomme kwezel!' mompelde hij tussen zijn tanden. Ze verplichtte Maria Landowska dagelijks de lelies voor het beeldje te verversen. Een Poolse meid in huis hebben was een van haar dromen, die dankzij de tussenkomst van een *kanunnik* van de Antwerpse kathedraal in vervulling was gegaan. Deze 'demoiselle de réputation immaculée' verdiende zegge en schrijve zestienduizend frank per maand voor twaalf uren werken per dag plus 'kost en inwoning'. Maria was een vierendertigjarige boerendochter uit de streek van Kielce, sterk als een paard en katholiek zonder bigotterie. De PG had een zwak voor haar. Als Amandine er niet was, converseerden ze in een mengelmoes van Duits en Vlaams, waarbij zij hem Pools en hij haar volkse uitdrukkingen leerde, wat soms aanleiding gaf tot vaudevilleske situaties. Haar moeder was dorpswaarzegster, die dagelijks met haar koe ging wandelen, die *Czowieka* (madeliefje) heette.

'Salve Regina,' zei hij plechtig met gesloten ogen en getuite lippen, in nabootsing van Amandine die dat telkens deed als ze voorbij het beeldje liep. Opnieuw voelde hij de spanning in zijn blaas. Hij haalde diep adem en opende de deur van het toilet. De straal die volgens hem krachtig in het water van de wc-pot bruiste, vervulde hem met opluchting. Het was dus toch niet dát, waar hij als de dood voor was. Jokke had hem gezegd dat de eerste symptomen bestonden uit 'stuwing in de anusstreek plus luie straal'. Alvorens de wc door te spoelen deed hij wat hij eens in een Amerikaanse film over frontsoldaten in Wereldoorlog I had gezien: even door de knieën buigen om de laatste druppel er via de zwaartekracht af te laten vallen.

Opeens dacht hij aan iets wat hij absoluut moest opzoeken. 'O, what a beautiful morning... o, what a beautiful day...' neuriede hij en hij liep, met wat hij 'm'n ruiterspas' noemde zijn werkkamer in, stak het licht aan en vond in de bibliotheek meteen wat hij zocht. Een in zwart namaakleer gebonden boekje met gouden opdruk *The Teaching of Buddha*. Het lintje zat nog tussen pagina 440. Hij begon te lezen:

> THE LIFE OF WOMEN.
> There are four types of women. Of the first type there are those who become angry for slight causes, who have changeable minds, who are greedy and jealous of others' happiness and who have no sympathy for the needs of others.

Hij sloot het boekje met een klap. 'Marie-Amandine de Vreux d'Alembourg *geschéten*,' zei hij luidop en hij schoof het opnieuw tussen de Zuid-Afrikaanse en Spaanse versie NUEVO

TESTAMENTO. Het merendeel van de vriendinnen van zijn echtgenote behoorden tot deze categorie. Louise behoorde tot categorie 3, die van de toffe wijfkes. Categorie 2 was al niet veel beter dan 1. Categorie 4 bestond uit een soort zalig verklaarde trutten bij wie een man zich steendood verveelde. De PG was niet in het minst geïnteresseerd in filosofie en aanverwante wetenschappen en hij was ook weldadig immuun voor kunst. Hij beschouwde deze boekjes gewoon als curiosa met een pittig verleden. Hij had ze alle drie gepikt in hotelkamers waar meestal een bijbel in de laden van de nachtkastjes ligt. *The Teaching of Buddha* kwam uit Singapore, waar hij een congres van juristen had bijgewoond. Het feit dat de tekst in het Engels én in het Chinees was, had hij voldoende de moeite waard gevonden om het te jatten.

Met genoegen keek hij rond in de enige kamer van het huis die van hém was. Hier was geen sprake van erfstukken en souvenirs uit vervlogen tijden, waarvan de aanblik iemand in enkele seconden depressief kon maken. Eén enkele wand bestond uit rekken van solide grenenhout met zijn lievelingsauteurs, Ernest Hemingway, Vladimir Nabokov, Robert Ruark, Norman Mailer, V.S. Naipaul, Anaïs Nin, Henry Miller, Georges Simenon, Bruce Chatwin, Frederick Forsyth, Boris Vian, Gabriel García Márquez, plus een uitgebreide verzameling biografieën, die hij 'mijn heiligenlevens' noemde. Zijn bureau was een art deco-eetkamertafel in gevlamd tropisch hout. Op de parketvloer lag een versleten Afghaans tapijt. Het enige sierstuk stond op de tafel: een afgeslagen kop van een authentiek Khmerbeeld in zandsteen uit Cambodja, gemonteerd op een spil in een plat ijzeren voetstuk. Een halve wand werd ingenomen door een glazen kast, waarin drie dubbelloops jachtgeweren prijkten plus twee karabijnen, glanzend geoliede prachtexemplaren. Boven de kast hingen vier reebokgeweien met erboven twee indrukwekkende slagtanden van een everzwijn.

Hij wierp een korte blik op zijn geliefde wapens en moest even denken aan de Schotse Highlands waar hij geregeld ging jagen met vrienden, liep naar het raam en trok met een ruk de overgordijnen open. De kamer werd groot, helder en stralend. Hij deed het licht uit, draaide zich om en liep in opgewekte stemming de trap af, verlangend naar een kop koffie. In de keuken was Maria Landowska bezig de tafel te dekken voor het ontbijt. Ze was groot en krachtig gebouwd en ze bewoog zich een beetje sluipend, alsof ergens gevaar dreigde. Ze had jeans aan en een groen truitje, strikt verboden kleding als 'madame' er was. Toen ze de PG zag, lachte ze enkele kronen in roestvrij staal bloot, een herinnering aan het communisme. Haar gladde gezicht zonder enig spoor van de ravages die de beschaving aanricht, had een bleke teint met sproeten en hoge Slavische jukbeenderen. Haar rosse paardenstaart leek op een bos gedroogde bloemen.

'Gute morgen, m'neer Albert,' zei ze met haar gutturale jongensstem. Ze keek met heldere blauwe ogen recht in zijn gezicht.

'Goeiemorgen, Maria.'

'Was eten wir heute?'

'Drie Eier.'

'Pozadku[1]. Bakken oder klopfen?'

'Klopfen wie Regentropfen auf das Fenster.'

Er kwam een loze lach op haar gezicht. Ze draaide de thermos open en zette 'm met een bons op de tafel.

'Klopfen wie den boer auf sein wijf?' informeerde ze.

Ze lachten samenzweerderig. Terwijl hij ging zitten en een grote beker boordevol koffie schonk, brak Maria ongeëvenaard handig drie eieren in een kom, strooide er zout en peper op en begon hevig te klutsen alsof ze twee soorten veevoer mengde in een emmer. De PG nam de beker en dronk zoals hij het graag deed: eerst in de koffie blazen alvorens zachtjes te slurpen. Als hij dat deed, zei Louise vroeger altijd: 'M'n klein wolfke.'

2

Met de jaren legde de PG steeds vaker het verdere verloop van de dag in de handen van het toeval, dat hij probeerde te dirigeren door allerlei vormen van bijgeloof. Welke eerste daad zou hij op deze zonnige lentedag stellen? In het teken van noeste arbeid of gewoon doen waar hij zin in had? Gelukkig kon hij zich het laatste als PG bij het Hof van Beroep van Antwerpen rustig permitteren. Hij besloot de keuze te laten afhangen van maximum drie spelletjes patience. Ergens had hij gelezen dat ook Charles de Gaulle en de Noorse winnaar van de Nobelprijs voor de Literatuur Knut Hamsun hieraan verslaafd waren. Daarom maakte hij zichzelf wijs dat deze onschuldige gewoonte niveau gaf aan het leven. Dergelijke interessante wetenswaardigheden vervulden hem met respect voor grote figuren.

'Schoppenvrouw, sta me bij,' mompelde hij, terwijl hij zich, nog altijd in kimono en blootsvoets, naar de tweede verdieping begaf om zich te scheren. Hij had uitgebreid en smakelijk ontbeten, over koetjes en kalfjes pratend met Maria Landowska, die hem zijn dagelijkse les (vijf Poolse woorden) had gegeven, een taal die hem aantrok, omdat ze volgens hem mooi klonk. Op de enkele Poolse zinnen die hij zonder accent kon uitspreken, was hij enorm trots.

Toen hij de badkamer inkwam, constateerde hij dat hij buiten adem was. Zijn hart bonkte in zijn schedel. Hij weet het aan de twee koppen sterke koffie. Dankzij deze denkwijze borg hij het probleem voorlopig op in een apart vak van zijn hersens. Dat deed hij ook met zaken van een totaal andere orde, namelijk de behandeling van 'delicate dossiers' van de parketten van de procureurs des Konings onder zijn jurisdictie, die hij (vooral als ze politiek getint waren) zonodig 'naar zich toe trok'. Daarmee bevond hij zich op de rand van de illegaliteit, wat echter in België vrij courant is. Hij noemde dat 'denken in compartimenten', een techniek die eigen is aan natuurvolkeren en die hem heel wat tijd bespaarde. Hij vond het een uiterst geschikte vorm van levenskunst.

Hij zette het prachtige Braun scheerapparaat aan, een cadeau van Louise, de Rolls Royce in zijn soort, dat haast onhoorbaar het laatste haartje als het ware *opzoog*. Na het scheren bespoot hij zijn kaken met Davidoff aftershave en hij inspecteerde een tweede keer zijn gebit. Hij poetste zijn tanden om de koffiesmaak weg te krijgen, keek nauwgezet naar het spoelwater dat hij in de lavabo spuwde om te zien of zijn tandvlees niet bloedde, en liep met twee treden tegelijk de trap af, iets dat hem nog buitengewoon goed afging. In zijn werkkamer ging hij in de chique, met Connolly-leer beklede bureaustoel op chroomnikkelstalen voetstuk zitten, een faveur van de Brusselse meubelfabrikant die de inrichting had verzorgd van zijn kabinet op het parket-generaal, waar trouwens een identieke stoel bij het bureau werd geleverd. Hij bracht dit eveneens courante aspect van de Belgische corruptie onder in de rubriek 'verstandige attenties die niet per se een wederdienst veronderstellen'. Hij bewaarde het reclamekaartje van de firma, waarop te lezen stond dat het leer geen enkel 'défaut' vertoonde, omdat het afkomstig was van koeien uit Schotse weiden zonder prikkeldraadomheiningen.

Hij trok een la open en haalde er een rond Japans doosje in zwarte lak uit, versierd met een slanke vogel. Er zat een versleten kaartspel van Johnnie Walker-whisky in. Hij mengde het spel en de derde kaart die hij trok was schoppenvrouw. 'Haha!' zei hij, 'ze dénkt aan mij.' Hij vereenzelvigde jongensachtig twee van de vier vrouwenfiguren respectievelijk met Louise en Amandine, voor Amandine reserveerde hij de volgens hem minst interessante: ruitenvrouw. Als hij nu eerst hartenheer (Albert Savelkoul) trok, kon er niets meer mislopen. Met nerveuze vingers nam hij telkens drie kaarten en klapte ze om, maar er kwam geen enkele heer te voorschijn. Helemaal op het laatst, toen hij elke hoop al had opgegeven, kon hij ruitenaas omdraaien. En *hartenheer*! 'Haha!' herhaalde hij. Toen hij schoppenvrouw op hartenheer legde, had voor hem het spel alle belang verloren. Zijn besluit stond vast: op dinsdag 25 mei 1999 zou hij in het verraderlijke teken van Castor en Pollux met volle teugen en zonder valse schaamte van elk moment genieten. Hij zou pro forma op het parket-generaal verschijnen om links en rechts met de ogen te bliksemen.

Stipt om negen uur zou de dienstauto zoals elke dag voor de deur staan. Hij keek op zijn horloge. Twintig over acht. Hij schoof zijn stoel achteruit en reikte naar de GSM, die op een onzichtbaar plekje achter de tafelpoot lag. Snel toetste hij haar nummer. Zelfs na twaalf signalen werd er niet opgenomen. Dat was ongewoon. Ze moet in de paardenstal zijn, dacht hij en hij schakelde de GSM uit. Hij haalde een papiertje uit de zak van zijn kimono. Hardop zei hij: 'Paard: *kon*. Rechter: *sedzia*. Ei: *jajko*. Koffie: *kawa*. Melk: *mleko*.'

Hij nam opnieuw de GSM, maar in plaats van het nummer te toetsen, keek hij naar verre bergachtige horizonnen. Als ze een tweede keer niet opnam, was dat ondanks schoppenvrouw een slecht voorteken. Hij besloot dus nog een poosje te wachten. Nú doorgaan met het lot te tarten, kon de hele verdere dag naar de knoppen helpen. Hij probeerde zich gerust te stellen. Op dit uur kon ze alleen maar bij de paarden zijn. Zou er iets schelen met Yamma of Soliman? Louise was volgens de PG, die zevenenvijftig jaar geleden van zijn vader een pony had gekregen en een ervaren ruiter was, de enige vrouw die met paarden omging zoals het hoorde. Als hij samen met haar door de bossen van Sint-Job-in-'t-Goor reed, waar ze woonde, bewonderde hij altijd haar natuurlijke balans in het zadel en haar perfect gecoördineerde animale reacties. Hij beeldde zich in dat ze samen ooit, eeuwen geleden, in de tijd van Dzengis Khan, op kleine, taaie Mongoolse tarpans door de steppen van Azië hadden gegaloppeerd, zij wild schreeuwend met losse haren, hij met een boog over zijn schouder. Hij had haar dat eens gezegd. Ze was bijna van Yamma gevallen van het lachen. Bij tijden was hij inderdaad een volbloed romanticus. Als hij mijmerde over hoe hun relatie was ontstaan, was hij daar heilig van overtuigd. Die was immers het resultaat van wat hij een hoofdstuk uit een schelmenroman noemde, iets wat gewone burgers haast nooit overkwam. Zeventien jaar geleden, op vrijdag 5 maart 1982 – hij was toen nog eerste substituut van de procureur des Konings – was hij tussengekomen in een delicate zaak van overspel in de betere kringen van Antwerpen, die door een onhandige aanpak van een team van de gerechtelijke politie min of meer uit de hand was gelopen. Persoonlijke tussenkomsten in dergelijke zaken waren ongewoon, maar hij bevond zich toen reeds in een geprivilegieerde positie door het eenvoudige feit dat de toenmalige PG een politiek creatuur was van zijn schoonvader, raadsheer de Vreux. Hij kon het zich bijvoorbeeld permitteren zonder afspraak in het kabinet van de PG binnen te stappen, die hem bij de voornaam noemde, wat in die tijd volstrekt ongebruikelijk was.

In het bewuste proces-verbaal van de gerechtelijke politie stond een flagrante procedurefout: het team van inspecteurs was op 7 januari 1982, een kwartier voor het reglementaire tijdstip van vijf uur in de ochtend, in het betreffende huis binnengevallen om 'een klachtmisdrijf inzake overspel vast te stellen'. Daarbij was de dame in kwestie spiernaakt de tuin ingevlucht, waar de temperatuur min vijf graden Celsius bedroeg. Dit pikante detail werd in het proces-verbaal niet vermeld evenmin als het feit dat men haar meer dan een halfuur in de vrieskou had laten staan. De dame had prompt een klacht ingediend tegen de inspecteurs met de verklaring van drie getuigen die de feiten bevestigden. Hij had de dame op het parket ontboden om te proberen de zaak in der minne te regelen. Zijn baas, de toenmalige procureur des Konings, stond op het punt bevorderd te worden tot adjunct-auditeur-generaal bij de Raad van State. Die kon dergelijke affaires dus best missen. De dame bleek een bijzonder aantrekkelijke vrouw van veertig en ze was vergezeld van haar toen zestienjarige dochter. Adembenemend mooi. Louise. Hij verkeerde toen in volle midlifecrisis, wat in zijn vriendenkring, waar elke man weleens een scheve schaats reed, 'le démon de midi' werd genoemd. In die tijd was hij ook tot het besef gekomen dat zijn leven tot dan toe op seksueel gebied een grandioze flop was geweest. Een beetje 'drama' kon zeker geen kwaad.

In dezelfde periode had hij wegens haar gebrek aan interesse voor wat Amandine 'le devoir conjugal' noemde (ze hielden al kort na de geboorte van Geoffroy, in 1965, chambre séparée) af en toe een beroep gedaan op de diensten van hoertjes in de stationsbuurt maar op een zekere avond had een BOB[1]'er van de zedensectie hem uit een etablissement in de Van Wesenbekestraat zien komen waarvan de gordijnen nog dicht waren. Hij had zich weliswaar vermomd met een sportpet en een zonnebril, maar de BOB'er, alias 'de Krul' had hem duidelijk herkend. Hij kon er dus voor honderd procent op aan dat dit gegeven vanaf dat moment ten eeuwigen dage in de databank van de rijkswacht opgeslagen zou blijven. Na die avond had hij elk bezoek aan de buurt gestaakt, want waarschijnlijk had de BOB ook het B-bestand van het commissariaat-generaal van de gerechtelijke politie[2] getipt, wat in bepaalde omstandigheden heel vervelend kon worden. Dat 'de Krul' evenmin helemaal loepzuiver was, deed weinig ter zake. Wat kon men in godsnaam op het parket, waar híj eerste substituut was, te zijner verdediging beginnen met een dossier vol getuigenissen van 'animeermeisjes' die door 'de Krul' gedwongen werden tot gratis dienstverlening, terwijl hij om de maand hun papieren kwam controleren. Zelfs het feit dat deze BOB'er algemeen bekend stond als een psychopaat legde evenmin enig gewicht in de schaal. Al bij al had de PG geluk gehad: de zaak had in geen enkel opzicht zijn carrière geschaad. 'De Krul' was intussen overleden en de buurt van de Van Wesenbekestraat was anno 1999 ingenomen door homobars.

De romance met Louise was precies op tijd begonnen. Hij kon er zich nog elk detail van herinneren. Van beide kanten was het een 'coup de foudre' geweest. Het enige risico was haar 'wettelijke minderjarigheid' maar hij was zo tot over zijn oren verliefd dat hij het vierkant aan zijn laars had gelapt. Ze ging op school bij de Dames Chrétiennes in de Lange Nieuwstraat, (de jezuïetinnen), het chicste meisjesinstituut van Antwerpen. De eerste keer dat hij haar had gezien in het gezelschap van haar moeder had ze trouwens het schooluniform aan, wat hem enorm had opgewonden. Hun eerste 'nid d'amour' was de flat van een vriend, van wie hij de sleutel leende. Tot ze in 1984 afgestudeerd was, eiste hij dat ze telkens in schooluniform naar de afspraken kwam.

Hun liefdesspel was hartstochtelijk maar conservatief. Tijdens de eerste eindeloze kus liet hij heel langzaam zijn hand onder het plooirokje gaan. In het begin dacht hij dat ze tevreden zou zijn met streeltjes en kusjes. Zijn illusie dat katholieke Antwerpse schoolmeisjes niets van de liefde af wisten, was hij gauw kwijt. Recht voor z'n raap zei ze zelf hoe ze het voortaan wenste te doen. Ze wist heel goed wat klaarkomen was en ze nam al twee jaar de pil. Hij moest op zoek gaan naar het 'bolleke kwikzilver' en terwijl hij daarmee bezig was, maakte ze zijn broek los en haalde ze zijn stijve pik te voorschijn. Meteen na haar orgasme deed hij haar slipje opzij en, nog altijd rechtopstaand, gleed hij klappertandend naar binnen en terwijl ze zich aan hem vastklampte als een ziek vogeltje, greep hij haar gespierde kont met zijn twee grote handen, en als ze *'Paren! Paren!'* riep kwam hij huilend als een wolf klaar. Ze lieten zich op het bed vallen en het kussen, strelen en elkaar opgeilen met woorden kon opnieuw beginnen. Voor haar had alleen het werkwoord 'paren' een onmiddellijk effect. In het begin duurde het liefdesspel de godganse namiddag, maar allengs ging het diminuendo van één enkele keer tot elkaar zogenaamd 'en état de grâce' brengen met liefkozingen, waarbij zij zonder enige moeite klaarkwam en hij één keer op de twee deed alsof, wat hij 'De Pia Fraus methode' noemde.

Hoewel ze nog altijd dat soepele slangelijveke van vroeger had, het zijdeachtig vel met de maffe geur van licht geparfumeerd gemsleer en het weelderige Oost-Indische haar waar hij met zijn neus in woelde als een jachthond, hielp het anno 1999 allemaal geen zier, zelfs niet het uitvinden van splinternieuwe variaties op het werkwoord 'paren'. Dit wil zeggen, zijn potentie was de laatste jaren merkbaar afgenomen. Het duurde meestal minstens een kwartier voor hij erin slaagde een wat hij een *mussenorgasme* noemde te produceren en de laatste tijd had hij zelfs moeite om een erectie te krijgen. Hij probeerde dit gemis nu te compenseren met dure cadeaus.

'Ach ach,' zei hij, snoof hoorbaar lucht op en keek op zijn horloge. Vijf over halfnegen. Hij greep de GSM maar iets hield hem tegen haar te bellen. Hij slaakte een zucht en keek naar een zilveren lijst die op het bureau stond. De foto in sepia stelde een jongetje op een pony voor dat in de lens keek alsof het op het punt stond in tranen uit te barsten. De pony was een Shetlander met borstelige manen en een argwanende blik, in rustige afwachting om iemand een trap te geven, wat te zien was aan de stand van zijn poten. Hij heette Pieter. Toen de pony in de zomer van 1944 op een ochtend dood in de stal lag, had hij zijn eerste groot verdriet gehad.

Zoals altijd werd de PG, als hij naar deze foto keek, overstroomd door pessimistische gedachten over de onherroepelijk voortsnellende tijd, de aftakeling en de onbezorgde jeugdjaren die nooit zouden weerkeren. De laatste tijd benijdde hij Louise, die pas drieëndertig was, notabene twee jaar jonger dan zijn oudste zoon. In die gloriejaren had hij enorm plezier beleefd aan het lezen van 'Lolita' en lange tijd had het nu in de taboesfeer gedrongen gevoel niet weinig bijgedragen tot zijn genot, maar zelfs dát seksuele fetisjisme was hem nu niet meer gegund.

'Ach ach,' herhaalde hij. Met een uitgebluste blik keek hij voor zich uit. Hij luisterde naar de geheimzinnige elektromotor die ergens diep in de grondvesten van het vervloekte huis aansloeg, keek opnieuw op zijn horloge, strekte kordaat zijn rug, dacht intens aan schoppenvrouw en toetste haar nummer. Na één keer overgaan werd er opgenomen.

'Uloo...'

Haar hese stem.

De PG vergat de wereld om zich heen. Hij ademde diep in en vroeg in het Antwerps, het taaltje dat ze meestal gebruikten: 'Hoe is 't mee mijne Zwarte Lotus?'

'Mmm...'

'En wat heeft mijne Zwarte Lotus áán?'

'Raad 's.'

Hij leunde genoeglijk achterover in zijn stoel. 'Een champagnekleurig. Satijnen. Broekske. Met *pijpkes*. Waar 'n man héél traag. Z'n hánd. Onder kan steke.'

'Welwel...'

'Om wat te doen?' zei hij in haar plaats.

'Da weet ge wel...'

Hij voelde zijn ogen warm worden. 'Mijn grote liefde...' fluisterde hij met de lippen vlak bij het mondstuk. Vanaf het begin had hij haar zo genoemd.

'Komt ge vandaag?' informeerde ze zakelijk.

'Eerst moet ik nog efkes langs de Kaai[3] en dan kom ik. Moet ik iet speciaal meebrenge?'

'Zie maar. Zadel 'k de peerden op?'

'Natuurlijk. Zeg, waart g'een halfuur geleje soms in de stal?'

'Neeje, waarom?'

'Ik heb gebeld.'

'Ik was in huis. Misschien stond de radio t' hard.'

'Da kan.'

'Joep. Tot strakskes...'

Hij gaf haar een kusje door het mondstuk.

Hij zette de GSM uit en liep in rustig tempo de trap op naar zijn slaapkamer. De Maagd van Fatima keurde hij geen blik waardig. 'Rechter sedzia melk mleko koffie kawa paard kon ei jajko,' neuriede hij op de tonen van 'Que dirai-je maman?' van Mozart, iets dat hij lang geleden altijd voor zijn moeder moest spelen op de piano.

In de slaapkamer had Maria Landowska hemd, das en pak keurig op een stander gehangen. Hij keurde het smetteloze alpaca van het donkerblauwe maatpak, het zijden streepjeshemd plus drie dassen. Zonder aarzeling koos hij een flamboyant Versace-exemplaar, regelrecht tegen de instructie in 'nopens de kledij voor magistraten en gelijkgestelden', die hij zes maanden tevoren bij het personeel had laten circuleren.

Op de linkerrevers van het pak prijkte een rozet van Grootkruis in de Leopoldsorde, die hij kritisch bekeek of het wel in de perfecte hoek in het knoopsgat stak.

3

De PG had ooit enorm genoegen beleefd aan het boek *Official and Confidential* over het geheime leven van de legendarische FBI-directeur J. Edgar Hoover. Het boek bevatte een serie onweerlegbare bewijzen dat deze heer een schurk van het zuiverste water was geweest, die in anderen de ondeugden haatte die hijzelf in hoge mate bezat. Dat temperde geenszins de bewondering die hij voor Hoover koesterde. Waarom wist hij niet, maar telkens als de chauffeur die het parket hem via de gerechtelijke politie fulltime ter beschikking stelde het portier voor hem opende en 'Goeiemorge m'neer de procureur-generaal,' zei, moest hij aan Hoover denken. In het boek had hij met leedvermaak dingen gelezen die Hoover zich indertijd met zijn chauffeur had veroorloofd. Hij was onder meer van een maniakale veeleisendheid omtrent spatjes op de geblindeerde Cadillac, omtrent de exacte afmetingen van de gevouwen reisdekens op de achterbank en zelfs omtrent het formaat ijsblokjes voor de Jack Daniel's-whisky die hij geregeld in de auto dronk met zijn hartsvriend Clyde Tolson, hoewel er bij de FBI strikte verbodsbepalingen golden op homofilie en het gebruik van alcohol tijdens de diensturen.

'Goeiemorge, m'neer de procureur-generaal,' zei de chauffeur terwijl hij het achterportier van de gloednieuwe zwarte Opel Omega openhield, die twee maanden tevoren de Peugeot had vervangen die nu was toegewezen aan de procureur des Konings. Amandine prefereerde de Peugeot, maar hij wist waarom: Peugeot was het geliefde merk van de Antwerpse Franssprekende elite of wat daarvoor moest doorgaan, een gewoonte die nog stamde van voor de oorlog, toen het agentschap Dufour de clientèle hoofdzakelijk in het Frans bediende.

'Goeiemorge,' antwoordde hij op neutrale toon terwijl hij hem even keurde, in tegenstelling tot J. Edgar Hoover, die nooit zijn mond opendeed tegen zijn chauffeur, behalve om hem uit te kafferen of hem te beschuldigen van dingen waar hij totaal geen schuld aan had.

'Naar de Kaai,' zei hij effen toen de chauffeur aan het stuur zat.

Vanaf zijn woning, een herenhuis aan de Amerikalei, een cadeau van raadsheer de Vreux aan zijn dochter ter gelegenheid van haar tiende huwelijksverjaardag, bedroeg de afstand naar het gebouw van het Hof van Beroep op de Waalse Kaai iets meer dan een kilometer. Wellicht hierom genoot de PG dubbel van de rit, die hij beschouwde als het toppunt van luxe. 'Compleet absurd,' had Jokke Weyler eens gezegd toen hij op een ochtend was meegereden. 'Jokke, luxe is gelukkig áltijd absurd,' had hij geantwoord, 'maar God heeft nu eenmaal de standen gewild.' Het was een van hun gevleugelde woorden geworden.

Het Antwerpse Hof van Beroep aan de Waalse Kaai lag vlak bij een vervuilde asfaltvlakte die bezaaid was met gedumpte vuilniszakken, die moest doorgaan voor parkeerplaats. Het gebouw zelf telde zeven verdiepingen en was van een soort lelijkheid die het handelsmerk is van het derdeklaspostmodernisme van de jaren zeventig. Op de eerste verdieping had het zeshoekige ramen die leken op opengesperde kabeljauwsmuilen, waarvan de randen vlekken hadden vanwege verstopte afvoerpijpen. Het gebouw was ongeveer vijfentwintig jaar oud, maar het vertoonde overal slijtage die te wijten was aan minderwaardige materialen en slordig onderhoud, een prachtig voorbeeld van 'incurie belge'. [Belgisch gebrek aan zorg.] De PG vermeed altijd het gebouw via de publieke toegang te betreden. In de achtergevel, bij de Cockerillkaai, was een onopvallende verroeste metalen deur die altijd op slot was. Alleen hijzelf en de conciërge hadden een sleutel. De deur kwam uit in een sombere gang met ruwe betonnen muren en op het eind een lift, die uitsluitend naar de zevende verdieping voerde waar het parket-generaal gevestigd was. Hij beschouwde zichzelf als een publiek personage en hij schuwde de media niet, maar de werkdag op een mysterieuze manier inzetten beschouwde hij als een exclusief voorrecht. Dat het kantoorpersoneel altijd vlijtig aan het werk was wanneer hij binnenkwam, vond hij een bewijs dat op het Antwerpse parket-generaal alles op rolletjes liep. Hij wist echter niet dat op het moment dat hij de knop van de lift indrukte, op de zevende verdieping een rood lampje ging branden dat door een klerk nauwlettend in het oog werd gehouden, zodat deze een teken kon geven dat 'kardinaal Richelieu' in aantocht was. Hij had deze bijnaam gekregen vanwege de Latijnse zwier waarmee hij zijn rode toga droeg met een cape van echt hermelijnbont. Op het parket van eerste aanleg noemde men hem indertijd 'Gemakkelijk Gaat Ook', wat hij met een vals glimlachje weet aan zijn talent om 'gepast te delegeren'. (Niet te veel, want dan dénken ze dat ze iets presteren, terwijl ze gewoon hun zin doen.)

Hij opende de deur van de lift, keek naar links en rechts in de lege gang, fronste zijn wenkbrauwen omdat hij nergens activiteit bespeurde en liep langzaam, met een dromerige blik langs de rij portretten van ex-procureurs-generaal, zelfgenomen poserend als renaissance-prelaten met witte kanten bef en hermelijnen kraag, behangen met eretekens. Over drie jaar zou zijn portret voor eeuwig in deze illustere galerij prijken. De geluidsdichte, met genopt leer beklede deur van zijn kabinet stond open. Hij liep recht naar het imposante Italiaanse bureau, assorti met de designkasten in massief palissanderhout, een inrichting die een diep gat had geslagen in de post 'ameublement' van het budget van het dienstjaar 1996. Hij ging zitten in de stoel, waarvan het leer geheimzinnig rook naar een onbekend exotisch kruid. Hij wierp een verachtelijke blik op een bundel draden die open en bloot op de vloer langs de muur lag. De computers die het Hof van Beroep in 1995 had gekregen waren nog altijd niet met elkaar verbonden. Verbinding met de overige parketten en rechtbanken van het land was na vier jaar ondanks de politiehervorming nog altijd onmogelijk. De toetsenborden werden gewoon als schrijfmachines gebruikt.

'Hm...'

Hij keek op. In de deur stond zijn secretaresse met een map onder de arm. Het was een vrouw van omstreeks vijftig, met een gelaten trek op haar gezicht, klein, bleek, mollig, met kortgeknipt grijs haar, gekleed in een donkerblauwe rok en beige bloes met een kraagje, een namaakparelsnoertje om haar hals. Ze was ongetrouwd, verzorgde haar oude moeder en wijdde zich volledig aan haar taak van secretaresse. De PG, aan wie ze verknocht was als een negentiende-eeuwse dienstmeid, beschouwde haar als een exemplaar van een uitstervend ras.

'Goeiemorge, meneer de procureur-generaal.'

'Goeiemorge, juffrouw.' Hij gebruikte zijn 'gedempte bariton'. Per definitie noemde hij niemand van het lagere personeel bij de voornaam. Zelfs de collega's sprak hij aan met 'de titel van hun ambt'. Dat had hij van zijn schoonvader overgenomen, die een hartgrondige afkeer had van 'Amerikaanse barbarij'.

'Iets bijzonders?' informeerde hij, een halve toon hoger en in keurig ABN.

'Ik denk van niet, meneer de procureur-generaal.'

'Bon,' zei hij met ingetrokken kin.

Ze deponeerde de map voor hem op het bureau en wachtte.

'U mag beschikken, juffrouw,' zei hij zonder op te kijken. Ze verdween.

De PG opende de map en wreef uiterst voorzichtig over zijn oogleden. Hoewel hij genetisch vérziend was, droeg hij alleen een bril als hij een boek las, wat meestal thuis gebeurde. Halsstarrig weigeren een bril te dragen wees volgens psychiaters op narcisme. Sinds hij een interessant artikel hierover had gelezen, beschouwde hij narcisme als een benijdenswaardige eigenschap van hoogbegaafde personen. Er was volgens hem maar één vulgaire variant, die hij 'secundair narcisme' noemde. Hij was erg trots op deze term die in geen enkel handboek stond, om de eenvoudige reden dat hij hem zelf had bedacht, nota bene tijdens het Festival van Glyndebourne. Hij had een gruwelijke hekel aan klassieke muziek. Hij ging dus alleen naar concerten als het niet anders kon. Iets waar hij zich mateloos aan kon ergeren was het soort publiek dat zich per se wil vereenzelvigen met beroemde dirigenten, solisten of operazangers. Amandine daarentegen was gek op het mondaine aspect van muzikale evenementen. Ieder jaar sleurde ze hem voor een hele week mee naar het Festival van Glyndebourne, dat de naam had een der exclusiefste ter wereld te zijn, en waar Amandine vrienden van de Engelse adel had (Lord and Lady Egremont, Edith en Noël Beiresford-Peirse en de Earl of Carnarvon) met wie ze naar hartelust kon roddelen in slecht Engels. Op een avond, na een opera waarbij hij in slaap was gevallen, had het publiek wel een kwartier aan één stuk geapplaudisseerd met uitzinnig geroep en voetgestamp. Hij had zich toen zo kwaad gemaakt dat hij daarna in het restaurant geen stom woord meer over zijn lippen had gekregen. Die nacht in de hotelkamer had hij voor de eerste keer in zijn leven iets 'niet-juridisch' op een papiertje genoteerd: *secundair narcisme = hysterische projectie van het eigen gemis, lees onbenulligheid.*

Hij haalde de Mont Blanc-vulpen dik model uit zijn binnenzak, schroefde de dop er af en begon, zonder ze te lezen en de brieven te ondertekenen. Zijn handtekening die hij met zorg plaatste, in paarse inkt, voorzag hij van drie punten, wat de geadresseerden telkens op een dwaalspoor bracht: de katholieken vroegen zich geërgerd af tot welke vrijmetselaarsloge hij behoorde, en de vrijzinnigen wisten wel beter, maar hun twijfel bleef bestaan. De waarheid was simpel. Procureur-generaal Savelkoul behoorde noch tot de Christelijke Volks Partij, noch tot de loge, een unicum in het verpolitiekt Belgisch gerechtelijk establishment.

Nadat de 'correspondentie' afgehandeld was, stak hij de vulpen weer in zijn binnenzak. Hij slaakte een zucht en liet zijn blik gaan over de serie foto's die naast elkaar aan de wand hingen. Telkens als hij dat deed, werd hij een beetje weemoedig. Hij stond er meestal veel jonger op. In het gezelschap van koning Boudewijn, van koningin Beatrix, van VN-secretaris-generaal Waldheim, van alle Belgische premiers van de laatste twintig jaar, van president Mitterrand, en als toppunt van glorie met president Bush, die hem dankzij een ongelooflijk toeval de hand drukte tijdens een bliksembezoek aan Harvard University, waar de PG in 1989 een 'vrije cursus' volgde.

4

Het was halftien toen de PG het gebouw van het Hof van Beroep via de deur in de achtergevel verliet. Met lange passen en een ingekeerde blik alsof hij diep nadacht stak hij het parkeerplein over in de richting van de Vlaamse Kaai. Hij was er zich van bewust dat hij vanuit een aantal ramen van het gebouw door een aantal ogen als met laserstralen werd gevolgd. Daarom liep hij altijd met een waardige tred, in een veel trager ritme dan zijn gewone sportieve pas, die volgens hem bewees dat hij in een opmerkelijke fysieke conditie verkeerde. Hij sloeg de troosteloze Pourbusstraat in, met aan weerskanten vervallen panden en pakhuizen, die aan de New Yorkse Lower East Side deden denken. Hij liep een open poort in en kwam uit op een lelijke, met straatstenen belegde binnenplaats, die omgeven was door garageboxen. Hij haalde een sleutelbos te voorschijn, opende het slot van een smerig plastieken rolluik met een nummer 14 erop, trok het omhoog, opende de achterklep van een grote zwarte BMW, deed snel zijn jasje uit en legde het binnenstebuiten in de kofferbak naast een bruinleren sportjack dat hij aantrok. Hij maakte zijn das los en gooide hem op het jasje, klapte de kofferbak dicht, stapte in, startte en reed achteruit.

Op dat moment, op tweeduizend kilometer daarvandaan, in Rome, kwam een korte, gezette vrouw van een jaar of zestig uit de Academia Belgica, het Belgisch Huis aan de Via Omero, een vervuild bunkerachtig bouwsel uit het Mussolini-tijdperk. Aan het handvat van haar zwarte krokodillenleren handtas was een zijden sjaaltje van Hermès geknoopt. Ze had schuin opgeknipt geblondeerd haar met een lok over haar voorhoofd, een kopie van de Koningin Paola-coiffure. Er lag een dedaigneus trekje op haar gezicht dat men vaak aantreft bij dames uit de betere kringen. Ze liep met korte pasjes naar de taxi die stond te wachten. Ze bleef voor het achterportier staan en tikte op de ruit, maar de chauffeur bewoog niet. Met een hoekig gebaar stapte ze in, trok het portier dicht, nam een visitekaartje uit haar handtas, zette de bril op die aan een kettinkje om haar hals hing en zei in het Italiaans met een Frans accent: 'Viale Bruno Buozzi settànta tre.'

De chauffeur startte en trok bruusk op. Het was een magere, ongeschoren kerel met een zwarte anorak aan die eruitzag als een Arabier. De dame keek even naar de taximeter, die correct op drieduizend lire stond en trok haar mondhoeken even omlaag in een zenuwtic. In plaats van de kortste weg te nemen langs de Villa Giulia reed de chauffeur in roekeloze vaart dwars doorheen het 'homopark' naar de Piazza del Popolo. De dame keek op haar horloge, opende haar handtas, haalde er twee briefjes van tienduizend lire uit en hield ze klaar. Aan het drukke kruispunt met de Via Flaminia sorteerde hij linksvoor in eerste positie en een seconde nadat het licht op groen was gesprongen, sneed hij de rij auto's die rechtdoor moesten en nam rechtsaf de Viale Bruno Buozzi, die vrij stijl omhoogloopt.

Ongeveer een kilometer verder, boven op de helling, waar de luxe-flatgebouwen overgaan in ommuurde, met palmbomen omgeven villa's, hield de taxi stil voor een somber gebouw in grauwe natuursteen met getraliede ramen op de vier verdiepingen, waarvan de binnenluiken potdicht waren als een gevangenis. De dame betaalde, gaf geen fooi, stapte uit en negeerde het spottende wuifgebaar van de chauffeur. Naast de belknop was geen naambordje, alsof het pand onbewoond was. Ze belde aan. Het duurde lang voor er geopend werd. In het deurgat verscheen een jonge, slanke, licht verwijfde man van het zuiderse type in een prachtig zwart kostuum, een roze hemd en een mauve das. Hij glimlachte alsof hij haar herkende en zei: 'Buenos dias, señora.'

'Bonjour,' antwoordde de dame. Ze leek niet in het minst verbaasd dat ze in het Spaans werd begroet.

Hij liet haar naar binnen en ging haar voor in een brede marmeren gang met hoog aan het plafond een monumentale kroonluchter, waarin waskaarsen brandden als in een kerk. Op het eind van de gang hing een geschilderd portret in een zilveren lijst met eronder op een antieke bronzen staander een kristallen vaas met aronskelken. Het portret beeldde een man van een jaar of zestig uit in zwarte soutane, die met half dichtgeknepen ogen achter een designbril met schildpadmontuur dwars door alles heen keek. Zijn getuite lippen en hangwangen verleenden een zorgelijke trek aan zijn pathetisch gegroefd boerengezicht. Een knobbelige, dooraderde rechterhand bedekte half de linkerhand, waarvan de duim iets onzichtbaars wilde grijpen als de tang van een kreeft. De jonge man hield stil voor het portret, sloot zijn ogen, boog het hoofd en prevelde iets. De dame kwam naast hem staan, keek het portret even aan en sloeg de ogen neer. Zo bleven ze enkele seconden staan en gingen een andere gang in, waar de jonge man een hoge deur van donker tropisch hout opende. 'Un momentito por favor,' zei hij met een glimlachje.

Het was een ruime, kale kamer met als enig meubilair een marmeren tafel op vergulde poten met leeuwenkoppen en twee stoelen met armsteunen bekleed met gobelinstof. Het was er koel als in een kelder. Aan de witte muren hing niets behalve een klein houten kruis zonder corpus. De lucht was totaal reukloos. Er heerste een doodse stilte. Door de tulen gordijnen voor een groot raam was een patio zichtbaar met keurig gesnoeide buxusboompjes in terracotta potten. De dame nam een stoel en ging aan de tafel zitten. Ze zuchtte en keek op haar horloge. Vijf voor tien.

De PG kwam gehaast uit de delicatessenwinkel in de Vestingstraat, waar hij zacht gerookte Ierse zalm had gekocht, twee gekookte langoesten en een 250 grams blik Iraanse sevrugakaviaar. De man die hem bediende deed alsof hij hem niet herkende, maar de PG prefereerde dit boven de courante Antwerpse vrijpostigheid, een van de weinige dingen waarover hij het eens was met zijn echtgenote. Hij liep naar de BMW die fout geparkeerd stond voor een garagepoort, stapte in en reed door.

De deur ging open en een kleine, benige man van omstreeks vijftig met een wasbleek gezicht en kortgeknipt zwart haar kwam behoedzaam de kamer binnen. Hij droeg een soutane met een opvallend hoge witte boord en een gouden horlogeketting aan een van de knoopjes. Hij had een zwartleren map onder de arm met een kruisje in bladgoud erop. De dame rees op uit haar stoel. Hij groette haar met een korte hoofdknik, ging meteen aan de tafel zitten en zei in accentloos Frans: 'Ik ben de procurator van de Italiaanse prelatuur, u had een rendez-vous met de generaal-president, monseigneur Echevarría, maar die is afwezig.' Het was een vaststelling zonder het minste excuus.

Zijn stem was zo zacht dat de dame moeite had hem te verstaan. Ze trok even haar wenkbrauwen op. Hij gaf haar een kort teken dat ze mocht gaan zitten. Vanwege de bril met ronde glazen en zwart montuur deed hij denken aan een van de kardinalen die El Greco ooit had geportretteerd. Hij vouwde de handen in een knokige greep en hield ze enkele centimeters boven de map. Uit de mouwen van de toga kwamen smetteloze witte manchetten met langwerpige gouden knopen. Hij keek haar doordringend aan en zei geen woord.

'Serviam,'[1] prevelde de dame met de ogen op de muur gericht.

De priester deed alsof hij deze typische Opus Dei-uitspraak niet gehoord had, opende de map, tikte even tegen zijn bril en begon de eerste pagina te lezen van iets wat op een dossier leek.

Na enkele minuten, waarin de stilte haast hoorbaar werd, keek hij op, strekte zijn rug en zei effen, haar tutoyerend alsof hij haar allang kende: 'Je zoon Didier staat dus op het punt zijn afspraak waar te maken en toe te treden als volwaardige numerair[2] van de Belgische prelatuur met residentie in Leuven. Je bent daarvan op de hoogte.' Het laatste klonk niet als een vraag, maar opnieuw als een vaststelling waar niet aan te tornen viel.

'Jawel, pater...'

De priester knikte en dacht na.

'Weet je wat dat impliceert, ma fille?' vroeg hij volgens de strikte Opus Dei-code vrouwen als 'meiskes' te behandelen.

'Dat het een grote eer is voor ons...'

'Voor óns, zei je? Wat bedoel je daarmee?'

De mondhoeken van de dame gingen omlaag. Tussen haar ogen kwam een rimpel.

'Ik zal je helpen. Dus ook voor je *echtgenoot*?'

Ze keek hem geïrriteerd aan. De priester hield haar stijf in het oog met iets als leedvermaak in zijn blik. 'Wil je op mijn vraag antwoorden, s'il te plaît?'

'Om over dit probleem te praten, ben ik speciaal naar Rome gekomen. Op aanraden trouwens van Hervé van Reyn van de prelatuur in Brussel op de avenue de la Floride...'

'Geen namen of adressen noemen! Die kennen we zelf ook!' De blik van de priester werd leeg en koud.

'Pardon...'

Er viel een gegeneerde stilte.

'Mijn man. Denkt momenteel. Dat ik. In *Engeland* ben,' hernam de dame. Ze had het hier blijkbaar moeilijk mee.

De priester haalde even de schouders op. Hij nam zijn bril af en keek de dame aan met donkerbruine, bijziende ogen die lichtjes puilden.

'Laten we beter ter zake komen...'

'Pardon...' De dame viel hem in de rede, maar met een korte handbeweging, duim en wijsvinger opeen alsof hij hosties uitdeelde, herhaalde hij met een schrille stem die echter niet droeg: 'Ik zei: laten we beter *ter zake* komen!'

'Wat bedoelt u?'

'Wat ik bedoel, is het volgende: 'dat *minimaal* zijn *vollédige* erfenis via notariële akte moet worden overgemaakt aan het Opus.'

'Ja, dat weet ik.'

'Eh bien, waar wachten we dan op?' zei hij lacherig met gespreide armen.

'De zaak is gecompliceerder dan u denkt, pater.'

'Hoezo?' vroeg hij kortaf.

'Moet ik hierover uitleg geven?'

'Moet ik je herinneren aan onze voornaamste plichten behalve de onvoorwaardelijke gehoorzaamheid aan Zijne Heiligheid de Paus?'

De dame kreeg een reeks zenuwtics over haar wang.

'Boete, boete en nóg eens boete, *totale* kinderlijke onderwerping, *onophoudelijke* godsvrucht en *koppig* apostolaat!' beet hij haar toe.

De dame verbleekte.

De mond van de priester was vertrokken tot een minachtend lachje, waarbij zijn tanden blootkwamen. Hij hijgde en ging op dezelfde dwingende toon voort: 'En het mediteren over de spreuken van El Padre in *De Weg*[3]. Wanneer heb je er voor het laatst in gelezen?'

De dame slaakte een zucht en keek ter zijde.

'En dat durft zich *surnumerair*[4] te noemen!'

'Ik vraag vergiffenis, pater...' fluisterde ze.

'A la bonne heure! Je zou na dit gesprek in de kapel beter kunnen gaan *biechten*!'

'Dat was ik van plan, pater.'

'A propos, hoe is de relatie met je echtgenoot?'

'Ik biecht elke week bij een Opus-priester in Antwerpen.'

'Je ontwijkt mijn vraag. Ik vroeg je naar de relatie met je *echtgenoot*.'

De dame beet op haar onderlip.

'Moet ik soms *cru* worden?' snauwde hij. Zijn stem sloeg over op het woord 'cru'. Hij sloeg met de platte hand op de tafel en fixeerde haar met ingehouden woede. Zonder haar reactie af te wachten beet hij haar toe: 'Slaap je nog in één kamer? In één bed? Geef je soms toe aan *zondige* handelingen in het huwelijksbed nu je vruchtbare jaren voorbij zijn? Vergeet je dat het lichaam een *zak met drek* is? Dat we het lichaam moeten *kastijden* omdat het onze grootste vijand is?'

Er was een blos op zijn wangen gekomen. Zijn mond stond halfopen. Hij bevochtigde zijn lippen. De adem blies hoorbaar door zijn neus. Plotseling sloeg hij traag en plechtig een kruisteken, sloot de ogen en reciteerde gejaagd: 'O Dia, che concedesti al Beato Josemaría, sacerdote, innumerevoli grazie, sceglendolo como strumento fedelissimo per fondare l'Opus Dei, cammino di sanctificazione nel lavoro professionale...'

Roerloos zat de dame hem aan te kijken. Het leek of ze in die enkele minuten tien jaar ouder was geworden.

Waarom wist hij niet, maar wanneer hij de afrit Sint-Job-in-'t-Goor op de E 17 nam, op weg naar Louise, dacht de PG altijd aan hetzelfde: de manier waarop hij aan het hoevetje met anderhalve hectare weide was gekomen, hun *nid d'amour* van de laatste jaren.

In 1991, hij bekleedde ongeveer zes maanden zijn topfunctie, was er een 'delicate' zaak in behandeling bij het parket van eerste aanleg, die zo politiek geladen was dat hij hem tot opluchting van de toenmalige procureur des Konings, 'naar zich toe trok'. Hij ging twee dagen 'in retraite' op een appartement aan de Zeedijk in Knokke dat zijn vrouw had verworven bij 'schenking onder levenden'. Hij had het dossier grondig bestudeerd. De affaire stonk uren in de wind. Het betrof een verkaveling tot villabouwgrond van 57 hectare bos- en heidegebied in een Beschermde Groene Zone in Brecht en Sint-Job-in-'t-Goor, door een bekende Antwerpse onroerendgoedmakelaar. Die had in samenwerking met een notaris en twee burgemeesters, van wie de ene de zwager was van de Vlaamse minister van Milieu en Ruimtelijke Ordening, een constructie opgezet door middel van een notariële akte, waarin het misdrijf 'valsheid in geschrifte' zo handig verborgen zat achter ogenschijnlijk waterdichte juridische argumenten en teksten van een serie Koninklijke Besluiten die niemand meer kende, dat alleen een jurist met het brein van de PG het bedrog had kunnen ontdekken.

Om allerlei redenen besloot hij de zaak discreet aan te pakken. Ten eerste was de minister van Milieu een goede vriend van de professor die zijn schoonvader aan de KUL had opgevolgd en ten tweede vergaderde de PG om de twee weken in de Rotary Club Antwerpen Centrum met de makelaar in kwestie. De PG wist niet welke van de twee omstandigheden het zwaarst woog. De eerste 'verkennende vergadering' had plaats, niet in een lokaal van het Hof van Beroep zoals normaal zou zijn geweest, maar in een restaurant in de omgeving van Brussel, bekend vanwege zijn 'salons', waar men in alle rust en privacy kon praten. De bijeenkomst begon met champagne en een schitterende lunch, aangeboden door de makelaar, Walter De Ceuleneer, een Westvlaming uit Roeselare. Hij arriveerde in een Rolls Royce Silver Shadow. De andere tafelgenoten waren de twee burgemeesters en de notaris. Men had geoordeeld dat het in dit stadium niet opportuun was de minister reeds uit te nodigen.

Walter De Ceuleneer, goed in het vlees, joviaal, met de allures van een man van de wereld, kende de PG slechts oppervlakkig als 'Rotary-broeder', maar slaagde erin hem in minder dan een uur volledig in te palmen. Het bleek dat ze enkele gemeenschappelijke interesses hadden. Beiden waren hartstochtelijke jagers en ruiters. De makelaar had een renstal en kon het hele jaar door beschikken over een kasteel in Schotland, gelegen in *grouse-country*, waar hij heen vloog met zijn eigen Lear Jet, en waar na de jacht kon worden gereden met echte Connemara-paarden. Hij was bovendien iemand die over wijn en gerechten van de haute cuisine kon meepraten, die graag moppen tapte en die, zoals hijzelf met een knipoog zei, niet vies was van *skone wuvetjes*. De PG had enorm plezier in de ontmoeting, wat hoofdzakelijk te wijten was aan het feit dat hij in het gewone leven heel weinig mensenkennis had.

De zaak waar ze eigenlijk voor gekomen waren, was enerzijds delicater dan de PG had gedacht en anderzijds vrij makkelijk op te lossen, dat wil zeggen met de nodige lef. Ze was vier jaar tevoren uitgebracht door een milieuvereniging van 'gasten op holleblokken en geitenharen sokken', die na de plotselinge dood van de aanvoerder, de zaak hadden opgedoekt. Die hele tijd lag het dossier te sudderen op de rechtbank van eerste aanleg vanwege de zogenaamde *procedurefouten* die een van de zware kanonnen van een bekend Brussels advocatenkantoor altijd precies op tijd had weten te ontdekken. Hoofdzaak was het proces nog zeven maanden te rekken en dan was alles verjaard.[5] Dáár kwam het op aan en 'all the rest is bullshit', besloot De Ceuleneer, terwijl hij een veelbetekenende blik op de PG wierp. Hij wist blijkbaar dat de PG wat toedekken van 'delicate zaken' betreft geen onbeschreven blad was. Met typische boerensluwheid maakte hij enkele insinuaties daarop. In 1983 (de PG was toen nog eerste substituut van de procureur des Konings), had de Antwerpse gerechtelijke politie een belangrijke drugsvangst gedaan. Vijfendertig kilo pure heroïne was in die jaren ronduit spectaculair. Het had een straatwaarde van meer dan honderd miljoen. De pers had er uitgebreid aandacht aan geschonken en de PG was zelfs op tv verschenen met achter hem op een tafel vijfendertig plastic zakjes met wit poeder. Toen de zaak voor de rechtbank kwam, barstte de bom: de heroïne bleek opeens veranderd in talkpoeder. Een maand tevoren was er ingebroken in de 'beveiligde ruimte' in de kelders van het justitiepaleis, waar de heroïne was opgeslagen alvorens vernietigd te worden na de uitspraak. Volgens de woordvoerder van het parket waren er uit de ruimte alleen maar enkele dossiers verdwenen, wat trouwens waar was. Omdat er blijkbaar niet aan de heroïne was gezeten, werd aan de 'ontvreemding van stukken' niet zo zwaar getild. Er werden prompt andere sloten op de deuren geplaatst en basta. Maar toen tijdens de eerste zitting van de rechtbank, waarbij een supplementaire expertise werd geëist, uitkwam dat de heroïne was gestolen en vervangen door talkpoeder. Toen had je de poppen aan het dansen. De PG had de leiding gehad van de enquête met een onderzoeksrechter die intussen juridisch adviseur bij een multinational was geworden. Hij rook het gevaar dat boven zijn hoofd hing en reageerde adequaat: hij verwijderde de gevaarlijke processen-verbaal uit het dossier, waarin de beschuldigden, twee Albanezen uit de Antwerpse onderwereld, hadden bekend dat de plastic zakjes wel degelijk heroïne bevatten. Ook het testverslag van het Lab voor Wetenschappelijke Politie dat deze bekentenis staafde, bleek opeens onvindbaar. Omdat het dossier nu erg zwak was geworden wegens gebrek aan feitelijk bewijsmateriaal, had de PG zich tijdens zijn rekwisitoor bijzonder mild getoond. De voorzitter van de Derde Correctionele Kamer, een oude suffe man die alleen nog maar aan zijn postzegelverzameling en zijn pensioen dacht, had het merkwaardige rekwisitoor van eerste substituut Savelkoul zonder probleem gevolgd. De twee Albanezen werden vrijgesproken. Waar was de heroïne? Het bleef een raadsel. Er werd een intern onderzoek gedaan hoe het kwam dat de heroïne in talkpoeder was veranderd. Zonder resultaat. Door tussenkomst van het parket-generaal werd de zaak overgeheveld naar het Hof van Beroep, waar het een stille dood stief.

De advocaat van de Albanezen, een gerenommeerd strafpleiter, (die overigens had gepleit met een schitterende ingetogenheid en de juiste dosis verontwaardiging) wist natuurlijk precies hoe de vork in de steel zat. Over de inbraak in de kelders van het justitiepaleis zei hij geen stom woord, maar hij vertelde wel aan zijn cliënten wat er met het dossier gebeurd was. Zij waren goede verstaanders. Een week of wat later kreeg de PG bij hem thuis een telefoontje, waarin hij door een stem met een Duits accent verzocht werd een bepaald nummer in Genève te bellen, zich bekend te maken met de codenaam Bever, waarna hij een rekeningnummer moest opgeven, dat de PG noteerde. De dag daarop deed hij uit pure nieuwsgierigheid wat er van hem gevraagd werd. In Genève wist men hem te vertellen dat er op dit rekeningnummer een bedrag van een miljoen Zwitserse frank stond, waar Bever over kon beschikken. *Vijfentwintig miljoen Belgische frank!* Zijn relatie met Louise was volop in het stadium van de passionele verliefdheid. In die tijd verdiende hij achtentachtigduizend frank netto, die Amandine bijna integraal incasseerde voor 'frais de ménage'. Voor het overige moest hij maar zien hoe hij zich redde. Hij beschikte weliswaar over een kleine erfenis van zijn ouders, die een belachelijk bedrag van achttienduizend frank rente per maand opleverde. Hij had net een bracelet voor Louise gekocht waarvoor hij negentigduizend frank bij een bank had geleend. Na het telefoontje uit Zwitserland deed hij wat iedereen in zijn geval gedaan zou hebben, namelijk doen alsof er niets aan de hand was en af en toe een bedrag van de rekening afhalen. Hij had er trouwens vijftien miljoen van belegd in aandelen die hem gemiddeld twaalf procent opbrachten. Het gaf hem een heerlijk gevoel van onafhankelijkheid tegenover Amandine, die er inmiddels achter was gekomen dat hij een minnares had. Enkele dagen na de storting op de Zwitserse rekening kreeg hij een telefoontje van een van de

Albanezen, die hem in cryptische termen met een schorre basstem in een vreemdsoortig Vlaams dankte voor de onschatbare dienst en dat hij 'voor eeuwig' kon rekenen op de Albanese gemeenschap. Daarna niets meer.

Walter De Ceuleneer had toevallig een 'kennis' in de Albanese onderwereld, de eigenaar van een 'brocanterie' in de oude stad, waar hij af en toe even 'binnenwipte'.

De Albanees heette Ramiz Shehu. Die had via de onroerendgoedfirma WDC enkele miljoenen geïnvesteerd in bouwgrond op de Linkeroever, die hij tegen een voordelige prijs had kunnen kopen en die na enkele jaren in waarde verdrievoudigd was door de bouw van een supermarkt. Hij had ook een gedeelte van de koopprijs in het zwart betaald, een methode waarin De Ceuleneer onnavolgbaar was. Sindsdien had Shehu hem tapijten verkocht, antiek, kaviaar en een tweedehandse Ferrari Testarossa tegen zulke voordelige prijzen dat het niets anders kon zijn dan gestolen goed. Zoals met de PG was De Ceuleneer er zonder moeite in geslaagd de Albanees in te palmen, in zoverre zelfs dat ze elkaar omhelsden tijdens de begroeting. Op een mooie dag had hij zijn 'Belgische broeder' zelfs laten verstaan dat hij eventueel bereid was bepaalde 'karweitjes' te laten opknappen door *specialisten*, maar De Ceuleneer was zo slim geweest daar niet op in te gaan. Met de PG was zijn relatie veel 'intiemer'. Na de miraculeuze oplossing van de zaak van de Kempische bouwgrond [Door de tussenkomst van de minister van Milieu en Ruimtelijke Ordening, die het stuk groene zone in bouwgrond veranderde.] had hij hem geïnviteerd op het kasteel in Schotland, nota bene met zijn Lear Jet. Daar hadden ze ongelooflijke patrijzenjachten meegemaakt en een andere keer een *stalking* op herten. Louise had hem vergezeld, maar ze hield niet van 'beesten doodschieten'. Met Patricia, de dochter van De Ceuleneer had ze lange tochten te paard door de Wilde Natuur gemaakt.

Na deze vakantie noemden ze elkaar 'The Scottish Sisters'. Wat later bood hij de PG het hoevetje in Sint-Job aan, dat hij eerst had laten renoveren plus een paardenstal met *corral* laten bijbouwen. De verkoopakte werd op naam van Louise afgesloten bij de notaris die mee in de combine zat. Van afrekenen werd nooit met één woord gerept. En ze waren kameraden gebleven die elkaar geregeld belden om wat te kletsen, samen naar een restaurant gingen met hun respectieve vriendinnen en in de winter jaagden ze op everzwijnen in de Ardennen, waar De Ceuleneer ''n stuksje grond' had liggen. Na de gelukkige afloop van het proces had die geen beroep meer gedaan op de diensten van de PG. Hij deed alsof er geen vuiltje aan de lucht was. De PG vond dit *gentlemen's agreement* prima.

Hij reed door de dorpskern van Sint-Job in de richting van de zandweg die al sinds de tijd van Napoleon de Oude Baan heette en waar behalve het hoevetje van Louise geen enkel huis stond, wat hun goed uitkwam. De paardenwei was omgeven met dennenbossen. Dit gaf hem een fijn gevoel van geborgenheid, vermengd met nostalgie naar vervlogen tijden. Hij was ervan overtuigd dat niemand in het dorp wist wie hij was. Het hoevetje had een witgeschilderde gevel, kleine ramen met blinden en een schoorsteen met weerhaan op een rustiek pannendak.

Hij hield stil bij de garage ernaast, die vroeger een schuur was geweest, en claxonneerde. De poort stond halfopen. Een bruine labrador kwam naar buiten gesprongen en rende recht naar de BMW. Toen de PG het portier opende, sprong de hond blaffend in het rond. Hij greep hem bij zijn kop en schudde hem heen en weer.

'Igor! Braaf! Waar is 't vrouwke?'

De hond rende de garage in en kwam meteen weer naar buiten, vergezeld van een lange, slanke vrouw in kaki rijbroek, zijden truitje en laarzen met bruine scheenlappen. Ze had lang zwart haar, kleine borsten, schuine grijze ogen en een getaande huid.

Toen de PG haar zag, sloot hij de ogen en hield hij zijn adem in. God, zorg asjeblieft dat dit blijft duren, ging het door hem heen. De laatste tijd werd hij steeds vaker gegrepen door vreemde angstgevoelens. Maar toen ze zich tegen hem aanvlijde, warm en gespierd, en haar jonge geur van heel ver scheen te komen, opende hij zijn ogen in verwondering en ademde hij diep de lucht in die naar dennenbossen rook. Het is lente, dacht hij, ik heb een prachtige jonge vrouw, niets kan mij nog deren. Een ander gevoel overspoelde hem: jeugdige zorgeloosheid.

'Ge riekt naar gemalen beschuitjes,' fluisterde hij in haar oor.

'Zot.'

Heel langzaam legde hij zijn lippen op de hare als twee zuignapjes en liet het tongpuntje over de binnenkant langs haar tanden gaan, iets wat hij jaren geleden van een hoertje had geleerd. Hij kreeg kippenvel van de zweem tabakssmaak en omvatte haar taille. Onder aan haar rug meende hij een rilling te voelen die naar haar schouders liep. Hij dacht aan de Derde Vrouw Volgens Boeddha.

'Ik heb een paar dingen meegebracht,' zei hij, terwijl hij zijn neus in haar haren begroef.

'Mmm...'

'Kaviaar. Langoest. Gerookte zalm.'

'Gaan w'eerst nie rije?'

'Natuurlijk. Is Yamma in orde?'

'Het was uiteindelijk geen koliek, zei de veterinair. Z' heeft alleen wat te veel jong meigras geëten. Volbloede kunne daar nie tege, zei hij.'

'Hebt g'hem betaald?'

'Ja, het was vijftienhonderd.'

'Z' is dus in orde?'

'She is *okay?*'

Hij moest even lachen om haar Boston-accent, dat ze van hem had geleerd.

Ze liepen naar de auto. Igor draaide in cirkels om hen heen.

'We moete dringend schapen houe,' zei ze met een lachje.

'Ja, en waarom?'

'Igor is gene labrador.'

'Nee, wat dan wel?'

'Een herder. Zie maar hoe hij ons bewaakt.'

'De Goede Herder,' declameerde hij, 'zet zijn léven in voor zijn schapen. Da komt uit den bijbel.'

'Shit.'

Hij opende het achterportier van de BMW en haalde een plastic zak van de achterbank.

'We zetten dat best nog wat in de frigo.'
'Ja, pa.'
Hij hield zich in. Hij herinnerde zich nog levendig de keer toen hij vinnig gerepliceerd had.

Ze gingen naar binnen en kwamen in een halletje, waar op een empirecommode die daar misstond, haar 'paardencollectie' prijkte. Het pronkstuk was een beschilderd Chinees houten paard met zadel zonder ruiter, dat hij voor haar verjaardag tegen een waanzinnig bedrag had gekocht bij een Brusselse antiquair aan de Zavel.

De huiskamer met rustieke open haard was sober gemeubileerd op een enorme witleren zitbank na met wel twintig pluchen beesten naast en op elkaar. Aan de wanden hingen enkele Henry Alken-jachttaferelen zoals in zijn huis aan de Amerikalei. In een hoek stond een .22 karabijn FN Trombone.

Ze ging in de fauteuil zitten, stak een sigaret op en begon verstrooid in een *Vogue* te bladeren. Hij liep naar de keuken, legde de plastic zak in de koelkast en liep naar de slaapkamer. Toen hij een minuut of vijf later in rijbroek en laarzen, tweed jasje-en-pet weer binnenkwam, keek ze op haar horloge.
'Let's go,' zei hij.
'Okay.' Ze duwde de sigaret met een resoluut gebaar uit.

De magere priester met het bleke gezicht hield onophoudelijk de in blauwe tailleur geklede dame in het oog die plat op haar buik, met de armen zijdelings gestrekt, op de vloer van de crypte lag voor een massief zilveren traliehek met erachter een enorme marmeren graftombe, bedekt met lelies die een vage vanillegeur verspreidden. De crypte had een heel bijzondere vorm. Ze was ovaal met rondom een houten gaanderij op de begane grond en een op een soort verdieping. De gaanderijen bestonden uit banken, waarop vrouwen zaten die ofwel voorovergebogen met de handen voor de ogen in gebed verzonken leken, ofwel in de verte staarden ofwel notities maakten op een blocnote. Het was er doodstil. Af en toe kwam een vrouw uit de gaanderij en liep geruisloos langs de dame op de vloer zonder haar te storen. De vrouwen waren ongeveer identiek gekleed in een zwarte of grijze rok tot onder de knieen, een witte bloes met lange mouwen, lage schoenen en bleke nylon kousen. Hun haar was kortgeknipt. Geen spoor van make-up. Ze liepen tot voor het traliehek, waaraan een rond zilveren medaillon met een mannenhoofd in reliëf erop bevestigd was, raakten het even aan met de rechterhand en brachten die naar hun mond. Ze bleven enkele seconden met gebogen hoofd staan en verlieten de crypte.

Toen de dame moeizaam overeind kwam, bewoog de priester geen spier. De dame keek hem aan. Hij knikte kort. Samen raakten ze het medaillon aan en ze brachten de hand aan hun mond. Zwijgend liepen ze naar de uitgang. Ze kwamen in een gang met kale marmeren wanden, liepen een trap op en betraden een kapel, waar voor een eenvoudig altaar een rood lampje brandde. Ze knielden en maakten een kruisteken, liepen door en beklommen een trap, steil en smal als een mijnschacht. De priester liep vooraan en klom met twee treden tegelijk. De dame kon zijn tempo niet bijhouden en bleef halverwege hijgend staan. Hij klom door. Boven aan de trap keek hij omlaag. Er kwam iets als spottende minachting op zijn gezicht. Hij keek op zijn horloge en wachtte. Langzaam kwam ze de trap op.

'Excuus, pater,' hijgde ze, 'ik ben niet zo sportief.'

De priester deed alsof hij haar niet gehoord had.

Na een doolhof van gangen en trappen die klommen en weer daalden, kwamen ze opnieuw in de gang met het portret, waar ze even bleven staan. De priester liep naar de deur van de spreekkamer, drukte bruusk de kruk omlaag en liet haar voorgaan.

Ze gingen op dezelfde stoelen zitten als een uur tevoren.

Met een nijdig gebaar opende hij de map die op de tafel was blijven liggen, nam er een vel uit met een getypte tekst, tikte tegen zijn bril en begon te lezen.

De dame haalde een zakdoekje uit haar handtas en snoot haar neus. Hij keek even op, legde het vel neer en richtte zijn blik op het plafond. 'Je vader,' begon hij, 'heeft dus anno 1982 een schenking onder levenden gedaan aan jouw persoon van een gedeelte van het familiebezit zijnde één dakappartement gelegen te Knokke-het Zoute, één villa met tuin, zwembad plus conciërgerie gelegen te Wijnegem, een stuk bosgrond in de Belgische Ardennen van veertien hectare. Is dat juist?'

'Jawel...' Haar stem was toonloos.

'En je bent getrouwd onder het regime van scheiding van goederen?'

'Jawel...'

'En je beschikt over de volle eigendom van de goederen.'

'Jawel...'

'Geen aandelen of obligaties? Geen geld? Niets anders?'

'Nee, pater,' antwoordde ze amper hoorbaar.

'Spreek je de waarheid?' Hij keek haar scherp aan.

Ze strekte haar rug en zei: 'Wat dacht u?'

'Ikzelf dacht niets, maar Il Beato Josemaría heeft in Spreuk 367 van 'De Weg' gezegd: 'Het meest uitgelezen gerecht verandert als het door een varken wordt opgegeten in *varkensvlees*. Laten we geen *beesten* zijn zoals zovelen.'

'Wat bedoelt u, pater?'

'Wat ik bedóel?'

'Ja.'

'Dat leugenaars erger zijn dan *beesten*! Dát bedoel ik!'

'Er is nog een bedrag van ongeveer tien miljoen Belgische frank aandelen...'

Hij sloeg met de platte hand op de tafel, snoof en begon schamper te lachen. 'Is dat alles?'

Ze knikte en boog het hoofd.

'Kijk,' ging de priester voort, 'vooraleer we verder praten, zou ik je een pertinente vraag willen stellen: wens je nog altijd dat Wij zouden bemiddelen bij het Belgisch Hof in verband met het toekennen van het koninklijk privilege van een adellijke titel ten voordele van je echtgenoot met erfelijk statuut ten voordele van je twee zonen?'

De dame strekte haar rug. Er kwam een zelfvoldaan glimlachje om haar mond. 'Pater, dat is mijn liefste wens. Procureur-generaal Savelkoul is een roturíer[6] en mijn zonen dragen helaas zíjn naam...'

'Dat weten we.'

Ze zweeg en keek hem gespannen aan. Hij wachtte. Het was of hij naar de juiste woorden zocht. Aarzelend hernam hij zich, de zinnen uitsprekend alsof ze uit afzonderlijke delen bestonden.

'Wij zijn bereid. Ons in te zetten. Bij de Kabinetschef van Zijne Majesteit de Koning der Belgen. Die coöperant is van het Opus...' [die sympathie heeft voor het Opus Dei]

'Juist...'

'Hij heeft zo veel invloed. Dat een aanbeveling zijnentwege. Bij Zijne Majesteit. Altijd positief gehoor vindt. Wij spreken uit ervaring. Niet voor niets is zijn familiedevies: Dieu est Mon Epée...'

Hij sloot de map en keek langs haar naar het kruisje zonder corpus aan de wand.

'Wij hebben een notaris in België, die surnumerair[7] is van het Opus en die bereid is het nodige te doen...'

'Het nodige?'

'Dat zul je van hém vernemen,' antwoordde hij hautain.

'U gaat toch niet het héle familiepatrimonium...?'

'We zullen ervoor zorgen dat je genoeg overhoudt om volgens je stand te leven.'

De dame knikte.

De priester leunde achterover. Er kwam een triomfantelijk glimlachje om zijn mond. 'Nu iets van een totaal andere orde...'

Ze keek hem aan.

'Je bent, veronderstel ik, op de hoogte van het euh... *gedrag* van de procureur-generaal buiten het huwelijk?'

De dame sloot haar ogen, tegelijk met de rimpel tussen haar ogen kwam er een pijnlijke trek op haar gezicht.

'Is mijn vraag niet duidelijk genoeg?'

Ze knikte van ja.

'Alors...'

'Ik ben er al heel lang van op de hoogte, pater.'

'Hoe lang precies?'

'Al ongeveer vijftien jaar.'

'Weet je wie het is?'

'Ik heb haar nooit gezien. Ik weet zelfs haar naam niet.'

'Weet je waar hij haar ontmoet?'

'Nee. Ik heb nooit de moeite gedaan dat uit te zoeken.'

De priester tuitte zijn lippen en dacht na. 'Je weet toch ook dat de Dienst van de Adel onverbiddelijk is betreffende de goede zeden in verband met voorstellen tot verheffing in de adelstand?'

'Ik ben zelf van adel, pater.'

De priester kneep zijn ogen halfdicht. 'Il beato Josemaría was markies van Perálta, meisje.' [een adellijke titel die hij kocht]

'Daar dacht ik niet aan.'

'Basta, wanneer vertrek je naar België?'

'Ik heb een open vliegticket.'

'Muy bien. Er is net een retraite aan de gang voor meisjes. In dit huis. Heb je geen zin om deel te nemen?

Ze knikte.

'Muy bien. Ik vat dus samen: zo gauw je in België bent neem je contact op met de genoemde notaris om de zaak te regelen.'

'En mijn echtgenoot?'

'Wat bedoel je? Met het regime van scheiding van goederen is er toch geen enkel probleem?'

'Nee, het andere...'

'Distinguo[8]. Maak je maar geen zorgen.'

'Kan ik dan ook rekenen op de tussenkomst van het Opus via de kabinetschef van Zijne Majesteit? Ik ken Pierre ook toevallig...'

De priester werd krijtwit.

'Ma fille, wat wíl je? Dat wíj de zaak voor je regelen, of dat jíj je ermee gaat bemoeien?'

'Ik zal mij op de achtergrond houden, pater,' fluisterde ze. Ze had hier blijkbaar moeite mee.

De priester kneep opnieuw duim en wijsvinger bijeen alsof hij hosties uitdeelde en zei: 'Vrouwen hoeven niet verstandig te zijn, alleen toegewijd en voorzichtig. En vergeet vooral niet: de heiligheid die de Heer van ons eist, berust op drie essentiële punten: de heilige onverzettelijkheid, de heilige dwang en de heilige schaamteloosheid! Wij zijn slechts *instrumenten* in Zijn hand!'

Hij stond abrupt op en schoof zijn stoel krijsend tegen de tafel. 'Ik zal je voorgaan naar het retraitehuis.'

Ze stond op en volgde hem met gebogen hoofd door de marmeren corridor tot aan een metalen liftdeur. De priester drukte op de knop, ging op zijn tenen staan, sloot de ogen en wachtte roerloos als een beeld, de handen zo stijf ineengestrengeld tegen zijn middenrif dat de knokkels wit waren. Hij klemde de leren map vast alsof hij bang was ze te verliezen.

Nadat hij de Belgische dame had begeleid naar het retraitehuis, dat gesitueerd was in de linkervleugel van het pand dat tot 1945 de residentie van de Hongaarse ambassadeur bij de Heilige Stoel was geweest, liep hij naar zijn kantoor op de vierde verdieping. Het was een ruim vertrek met een hoog plafond, sober maar duur gemeubileerd met in het midden een modern bureau waar alleen een telefoon met switchboard op stond naast een zwarte Artémide-leeslamp met een halogeenspotje. Binnen handbereik lag een klein houten crucifix. Aan de wand tegenover hem hingen twee levensgrote foto's achter glas. Van paus Johannes Paulus II die met een sluwe oudemannenblik kwaad voor zich uit keek en een van El Padre, monseigneur Josemaría Escrivá de Balaguer y Albás, de stichter van het Opus Dei. Het was een kopie van het altaarstuk in de Romeinse Opus Dei-kerk, de Ardeatino. Het beeldde hem af in *pluviale*, met een gouden borduursel versierde koorkap die de smalheid van zijn schouders nog accentueerde. Hij zegende de gelovigen terwijl hij zijn voorhoofd in diepe rimpels trok. Rond zijn hoofd was een discrete aureool.

Op een lange tafel tegen een wand stond een IBM Aptiva computer, een laserfaxtoestel, een groot model fotokopieerapparaat en een tv met een enorm scherm.

De priester, Joaquin Pla y Daniel, de procurator van het Opus Dei, (verantwoordelijk voor de belangen bij de Heilige Stoel) was de achterneef van de in zijn tijd om zijn ultra-conservatisme beruchte kardinaal Pla y Daniel, die tot aan zijn dood in 1967 aartsbisschop van Toledo was en primaat van Spanje.

Hij rolde zijn stoel achteruit, ging aan het bureau zitten en legde de leren map voor zich, die hij met 'het meiske' had ingekeken. Een tijdlang keek hij als wezenloos voor zich uit, raakte even het crucifix op het bureau aan, nam zijn bril af en poetste uiterst zorgvuldig de glazen met een witte zakdoek, zette de bril weer op en drukte een knop in van het telefoon-switchboard, dat hem automatisch verbond met een nummer. Hij liet de hoorn op de haak en wachtte met gespannen rug.

Na het eerste signaal werd er opgenomen. 'Oui?' zei een heldere vrouwenstem.

'Prélature belge?' vroeg hij kortaf.

'A qui ai-je l'honneur?'

'Joaquin Pla...'

'Serviam, pater.'

'Ma petite colombe, puis-je parler avec le vicaire?' vroeg hij op bijzonder aimabele toon.

'Tout de suite, mon père.'

Hij wachtte enkele seconden.

'Van Reyn,' zei een hoge stem.

'Hervé? Joaquin. ¿Que tal, querido amigo?'

'¡Muy bien! Y tu?'

'Yo tambien.'

Ze gingen voort in het Spaans, een taal die de Belgische vicaris, jonkheer Hervé van Reyn, vlot sprak. Hij had drie jaar filosofie gestudeerd aan de Opus Dei-universiteit van Navarra in Pamplona. Hij had een academische graad in politieke wetenschappen, economie en ruimtelijke ordening.

'Wat goed nieuws?' informeerde hij.

'Zit je op een veilige lijn?'

'Wat een vraag...'

'Ik vermoed dat je op de hoogte bent van het probleem met de vader van onze kandidaat-numerair Didier Savelkoul?'

'Tot in het kleinste detail.'

'Heb jij een idee voor een adequate oplossing?'

'Ik meen van wel.'

'Ik luister.'

'Die vader moet eerst *losgeweekt* worden van die euh... *puta*[9] en dan gaan we aan de slag.'

'Juist. Geef 's wat voetnoten.'

'We destabiliseren eerst die *puta* en daarna wordt er gewerkt met chantage. Deze meneer is héél kwetsbaar, weet je...'

'Is hij corrupt?'

'In België is dit begrip hoe zou ik zeggen, euh... *rekbaar*, maar ja, hij ís corrupt, zie je. Op meer dan één terrein. Maar dat is slechts een vermoeden.'

'We hebben harde bewijzen nodig.'

'Juist. Die krijgen we als we willen.'

'Ik luister.'

'We zetten een privé-detective in om wat meer te weten te komen over de omgeving van de *puta*.'

'Goed idee. En?'

'Er wordt ook beweerd dat hij een bankrekening heeft in Zwitserland.'

'En?'

'Mijn familie is zoals je wel weet goed ingevoerd in de bankwereld. In Zürich hebben we een surnumerair die álles vindt, op voorwaarde dat we het vragen. Ben ik duidelijk? A propos, heb je *la madre* gezien?'

'Een kwartier geleden zat ze nog bij me. Als surnumerair heeft ze de plicht een flink stuk van het familiepatrimonium af te staan. Enerzijds de erfenis van Didier en anderzijds een, euh... ruim supplement om die zaak van de adellijke titel rond te krijgen aan het Koninklijk Hof bij jullie.'

'Ha, dat is goed nieuws.'

'Ken jij de kabinetschef van Albert II persoonlijk?'

'Saint Pierre? Hij neigt eerder naar de Charismatische Vernieuwing, maar hij heeft Ons nog nooit een dienst geweigerd.'

'Heeft hij zo veel invloed aan het Hof?'

'Zijne Majesteit houdt áltijd rekening met zijn adviezen. Met de kroonprins zijn de relaties nóg beter. Hij is zoveel als zijn geestelijke leidsman. Wekelijks zijn ze samen tijdens de gebedssessies op het Paleis. De Belgische gauchisten beweren dat híj het land regeert. Misschien hebben ze in zekere zin gelijk, hiehie.'

'Dus jij zorgt voor die detective en voor de Zwitserse connectie.'

'Daar kan je op rekenen. Stuur jij me het dossier op voor de notariële akte?'

'Hoe wil je het hebben? Per speciale post?'

'Fax het door.'

'Is dat safe?'

'Je weet mijn privé-fax. Dan komt het niet in verkeerde handen.'

'Hoe is het anders?'

'Hoe bedoel je?'

'Het vissen...'[10]

'De Sint-Jozefslijsten[11] van dit jaar hebben tot nu toe twintig procent positief resultaat. We hebben zopas drie panden gekocht om de nieuwe kandidaten op te vangen.'

'Waar?'

'In Gent, Antwerpen en Luik. Hoe is het bij jullie?'

'Rustig aan. El Padre is op reis naar Peru en Colombia.'

'Colombia? Interessant...'

'Er waren problemen met de Medellin-clan.'

'Welwel.'

'Ja, ze beweerden dat "de prijzen" door de concurrentie en de terreur in het binnenland zo sterk gedaald waren dat ze de bouw van onze nieuwe hotelschool in Bogota niet verder meer konden financieren.'

'Hahaha, de cocaïne is nog nooit zo duur geweest als nu. En... studeren hun kinderen soms niet bij *Ons?*'

'Ja, dat is precies hun zwakke punt. Euh... voor ik het vergeet... is de vader van Didier lid van een *vrijmetselaarsloge*?'

'Nee. Ideologisch is hij... neutraal. Alleen hoop ik dat ons plan niet meer problemen creëert dan het oplost. Vergeet niet dat hij een topmagistraat is.'

'Querido amigo, herinner je altijd Spreuk 702 van El Padre: "Vergeet nooit dat het belang van gebeurtenissen of van mensen heel betrekkelijk is."'

'Dat vergeet ik nooit!'

'Ik fax het dossier nu door...' besloot Pla y Daniel.

'Muy bien. Adios.'

'Adios.'

Joaquin Pla y Daniel vouwde met een tevreden lachje zijn

handen, opende een la van het bureau en nam er een pakje Marlboro uit, haalde een aansteker uit zijn zak en stak een sigaret op. Hij inhaleerde diep en staarde voor zich uit met een lege blik. De la bleef openstaan. Hij rookte door tot de as van de sigaret te lang werd. Hij tikte hem af in een asbak die in de la stond.

Opeens was het alsof hij geweldig schrok van iets. Hij fixeerde het bureaublad, wreef erover met zijn wijsvinger en keek als radeloos om zich heen. Hij drukte op een knop van het switchboard. Er werd opgenomen.

'Padre?'

'¡Venga!' snauwde hij.

Een minuut of wat later werd er geklopt.

'¡Adelante!'

De deur ging open en een jonge vrouw die eruitzag als een Andalusische boerin, en net zo gekleed was als de vrouwen in de crypte, kwam gehaast naar binnen, en knielde naast zijn stoel. Hij raakte even haar hoofd aan alsof het een tijdbom was en wees zonder een woord naar het bureaublad.

Ze verdween in looppas en kwam korte tijd daarna hijgend en hoogrood weer naar binnen met een spuitbus en een poetslap. Met nerveuze gebaren begon ze het bureaublad te poetsen. Intussen zat hij met geloken ogen en gevouwen handen, het houten crucifix tussen de vingers geklemd, roerloos te wachten tot ze klaar was.

Zoals altijd, als hij zich uit alle macht voor iets moest inhouden, kreeg hij een aanval van allergie. Met hoekige gebaren haalde hij een Rinocort-verstuiver te voorschijn, spoot enkele keren in beide neusgaten en snoof luidruchtig.

Toen de vrouw buiten was, haalde hij de papieren uit de zwartleren map, stond op en liep naar het faxtoestel.

5

Zonder de fax uit Rome af te wachten, raadpleegde jonkheer Hervé van Reyn, vicaris van het Opus Dei in België, zijn zaktelefoonklapper, een in beige leer gebonden boekje waarin hij alfabetisch de 'belangrijke' nummers had genoteerd in een minuscuul, maar buitengewoon duidelijk handschrift.

Hij was achtenveertig en zag eruit zoals men het verwacht van een afstammeling van een oud adellijk geslacht: opvallend jeugdig en fit ten gevolge van een gematigd leven. Zijn stijl beantwoordde ook precies aan bepaalde criteria: evidente klasse zonder vertoon, het vermijden van elk detail dat kon wijzen op wat in zijn kringen met dédain 'nouveau riche' werd genoemd. Deze stijl was zelfs op zijn gezicht te zien dat leek op de achttiende-eeuwse portretten in het voorvaderlijk kasteel in 's-Gravenwezel. Het was of hij pas van de kapper kwam, hij was onberispelijk geschoren, er was geen vleugje parfum te bespeuren, om zijn lippen zweefde permanent een glimlachje alsof hij hautaine binnenpret moest onderdrukken, zijn bril was duur maar van een klassiek model, hij lette erop dat zijn blik open, vrijmoedig en geïnteresseerd, plichtsgetrouw, zonder enig spoor van aanstellerij, op de buitenwereld gericht was, de familiespreuk 'Droit et En Avant' waardig. Zijn chique blauwe blazer was van een oerklassieke snit, de pijpen van zijn grijze broek hadden ouderwetse omslagen en de glanzende zwarte Keith Highlander-schoenen glansden als de laarzen van de Britse Koninklijke Garde. Zijn militaire das van het 1ste Regiment Gidsen, waarvan hij ex-reserve-luitenant was, paste perfect bij het wit-en-blauwe streepjeshemd, dat op maat gemaakt was in de winkel op 5th Avenue in New York schuin tegenover Saint Patrick's Cathedral.

Hoewel hij priester was, in de Sint-Pietersbasiliek te Rome gewijd door kardinaal Palazzini, droeg hij zelden of nooit een soutane of een clergyman-pak. Er zat zelfs geen kruisje op zijn revers. Hij was de boezemvriend van Joaquín Navarro Valls, hoofd van de Vaticaanse persdienst, topnumerair van het Opus, die in zijn vroeger leven arts en stierenvechter was geweest. Als ze elkaar begroetten, was het met het alternatieve declameren van de tekst van Spreuk 836 van El Padre: '*Als luidspreker voor de vijand dienen, betekent het toppunt van idiotie. En als die vijand Gods vijand is, dan is dat grote zonde.*' Ze hadden de gewoonte het Opus Dei 'the Company' te noemen, in navolging van de CIA, wat ze beschouwden als een codewoord dat wees op een gezonde dosis ironie, bewijs van intelligentie. Als van Reyn in Rome was, wat vaak gebeurde, gingen ze elke avond eten in restaurant Da Fortunato vlak bij het Pantheon, waar parlementsleden, kunstenaars, journalisten en prelaten kwamen, een etablissement dat bekend was vanwege zijn discretie, het lekkere eten en de ietwat nonchalante bediening door obers van boven de zestig.

Van Reyn en Navarro Valls voelden zich dermate hoog verheven boven de gewone numerairs dat ze meenden recht te hebben op een aparte levensstijl zonder overdreven boetedoening, een clandestien gentlemen's agreement waar ze van genoten als kwajongens terwijl ze er licht de spot mee dreven. Het dragen van de boetegordel, de *cilis* (een eindje ijzerdraad met scherpe puntjes dat om de dij wordt gespannen) en het zichzelf geselen met een zweepje lieten ze aan anderen over. Ze sliepen nooit meer op de grond, besproeiden hun bed niet met wijwater, namen wárme douches en ze beperkten de 'dagelijkse plichten' tot het bidden van honderdvijftig Salve Regina's, het opdragen van de Mis (alleen voor van Reyn), en een halfuur meditatie over een spreuk van El Padre. Ze waren (van Reyn als priester en Navarro Valls als topnumerair), de facto ontslagen van de plicht van publieke zelfbeschuldiging, hun brieven werden niet geopend, alleen de wekelijkse biecht was een voorschrift waaraan ze niet konden ontsnappen. De enige voorwaarde was dat het bij een Opus-priester moest gebeuren. Het zogenaamde 'biechttoerisme' werd niet toegestaan.

Jonkheer van Reyn had door een puur toeval een bliksemcarrière gemaakt in het Opus Dei. Zijn familie was geparenteerd aan monseigneur Papejaens, in de jaren zeventig professor canoniek recht aan de KUL, die door het Vaticaan onder paus Paulus VI werd genoemd tot secretaris van de raad van 98 consultanten uit alle delen van de wereld om een aan de moderne tijden aangepast kerkelijk wetboek samen te stellen. De professor, die van lekker eten en drinken hield, werd door de Belgische prelatuur van het Opus Dei gefêteerd in de beste restaurants van het land. De gevolgen bleven niet uit, want tenslotte was monseigneur Papejaens ook maar een mens. De Codex Juris Canonici, die in 1978 in concept gereed was en in 1983 werd ingevoerd, droeg een opvallende Opus Dei-signatuur. De goede resultaten van het door El Padre gehuldigde 'feesttafelapostolaat' werden eens te meer aangetoond.

Toen het faxtoestel begon te zoemen, glimlachte hij tevreden, zodat zijn tanden even bloot kwamen. Hij sloot het leren boekje, stak het in zijn binnenzak en toetste een nummer op de GSM die binnen handbereik lag. Soortgelijke telefoontjes deed hij nooit via de centrale. Hij vertrouwde de secretaresse voor honderd procent, maar hij vond dit soort wantrouwen gerechtvaardigd. Even was het door zijn hoofd gegaan naar de publieke telefooncel te lopen op de hoek van de avenue de Floride en de avenue Montjoie, maar iemand van Belgacom had hem verzekerd dat een GSM niet kan worden afgeluisterd. [Ten onrechte]

'Marlowe et Compagnie,' zei een schorre mannenstem.

'Bonjour,' begon van Reyn in zijn vlotte managerstijl, 'zou ik de directeur kunnen spreken?'

'Wie mag ik aanmelden?'

'Ik geef er de voorkeur aan mijn naam niet te noemen.'

De verbinding werd zonder commentaar doorgeschakeld.

'Hallo...' Een stem die van ver leek te komen. Na een klik werd hij duidelijk. Een teken dat het gesprek werd opgenomen. Van Reyn stoorde zich er niet aan. Het wees volgens hem op efficiency.

'Spreek ik met de directeur?'

'Jawel, met wie heb ik de eer?'

'Met een cliënt die vroeger ook al gebruik heeft gemaakt van uw diensten, trouwens tot zijn tevredenheid.'

'Dank u. Wat kan ik voor u doen?'

'Ik zou de opdracht telefonisch willen geven net zoals de vorige keer.'

'Dat kan, monsieur.'

'Ik heb zelfs nog het nummer van uw bankrekening.'

'Ik begrijp wat u bedoelt. Wat kan ik voor u doen?'

'We zouden graag iemand laten schaduwen.'

'Dat kan. Mag ik de coördinaten weten?'

'Het gaat over procureur-generaal Savelkoul te Antwerpen.'

'Mm. Weet u zijn adres?'

'Amerikalei 124A. Uiteraard in Antwerpen.'

'Is het een huis of een flatgebouw?'

'Een huis.'

'Wat wilt u dat we voor u doen?'

'Schaduwen. Hij zou een relatie hebben met een andere vrouw.'

'Wenst u foto's?'

'Als dat mogelijk is.'

'Ik denk dat we het beste zouden beginnen met een valstrikvoertuig met oneway-glas vlak bij het huis te posteren. Maar dat kost vijfduizend frank per uur.'

'Hebt u vorige keer last gehad met de afrekening? We hebben toen zelfs, als ik me niet vergis, een voorschot van tweehonderdduizend gestort. We zijn bereid hetzelfde te doen.'

'Met wie heb ik eigenlijk de eer?'

'Om het even. Ik stort binnen het halfuur het door u gevraagde voorschot.'

'U hebt wel weinig vertrouwen in onze discretie, moet ik zeggen...'

Hervé van Reyn kreeg een schoklachje. 'Ik heb altijd respect voor dergelijke vormen van openhartigheid,' kaatste hij terug, heel tevreden over zijn riposte.

'Dus, target woont op het door u opgegeven adres en hij moet gescreend worden in verband met overspel.'

'Zo zou men het kunnen noemen.'

'Wanneer beginnen we?'

Van Reyn dacht even na. 'Laten we zeggen morgenvroeg.'

'We moeten wel een geschikte positie vinden, vanwaaruit we het pand in het oog kunnen houden. Plus een parkeerplaats voor het liaisonvoertuig, dat de *praktische* screening moet verzekeren.'

'U bedoelt dat u midden in de nacht uw positie moet innemen?'

'Juist, monsieur.'

'Akkoord. Welk bedrag wilt u dat wij storten?'

'Het bedrag dat u genoemd hebt...'

'We doen het nodige.'

'Hoe kan ik u bereiken?'

'Ik bel u elke dag drie keer op. Als u nieuws hebt, weet u het me te zeggen.'

'That's a deal.'

'Fair and square, mister Marlowe.'

'Zo heet ik niet, maar we zijn wel trots op onze naam.'

'Binnen het uur is het geld op uw rekening.'

'Okay. Ik zou ook graag hebben dat u een codenaam gebruikt telkens als u belt.'

Hervé van Reyn dacht opnieuw na. 'Perálta. Met het accent op de eerste a.'

'Dank u. Ik noteer het. Tot morgen Perálta. A propos, hebt u een foto van target?'

'Nee, maar elke morgen wordt hij thuis afgehaald door een chauffeur.'

'Bedankt.'

Van Reyn zette de GSM uit, stond op en liep naar het faxtoestel, waar hij de vellen verzamelde. Hij stak ze zonder te kijken in een mica map en legde die op zijn bureau. Hij ging opnieuw zitten, kneep zijn ogen halfdicht zodat hij er veel minder aimabel uitzag. Hij dacht na over de methode waarmee hij het Zwitserse rekeningnummer van procureur-generaal Savelkoul op kon sporen. Via familieconnecties in de Belgische en Luxemburgse bankwereld kende hij een Zwitser die in Zürich woonde, lid van de raad van commissarissen van de Schweizerische Kreditanstalt, surnumerair van het Opus, die door bemiddeling van coöperanten kon binnendringen in de gesloten wereld van het Zwitserse bankwezen. Hij had van Reyn vroeger al eens geholpen in een op het eerste gezicht hopeloze zaak. Hij was achter telefoonverbindingen van correspondenten gekomen die in de computer van elke Zwitserse bank twaalf maanden lang worden opgeslagen. Als men erin slaagt zo'n telefoonnummer op te sporen, is het via bepaalde connecties mogelijk het banknummer plus codenaam van de correspondent te vinden. Automatisch komt men dan terecht bij de portefeuille, de verrichtingen en het saldo. Maar dat is slechts een van de methodes. Elke zaak moet anders aangepakt worden.

Deontologisch kon zo'n handelwijze uiteraard niet door de beugel. Ze was zelfs strafbaar volgens de Zwitserse wet, maar het Opus Dei houdt nooit rekening met de wet als z'n belangen op het spel staan. Niet voor niets noemen de leden zich de generale staf van de mensheid, die alle niet-leden als 'het gewone voetvolk' beschouwen. Er is een onuitgesproken gevolgtrekking: alles buiten het Opus wordt buitengesloten, alles daarbuiten is goddeloos, onrein, ongelovig, verdoemd, vogelvrij.

Als het erop aankwam de belangen van het Opus te dienen, had Hervé van Reyn een volstrekt gebrek aan scrupules, wat hij Onze Heilige Schaamteloosheid noemde. Geregeld maakte hij gebruik van het wereldwijde netwerk van numerairs en coöperanten in de bankwereld, de multinationals, de politiek, het gerecht, de diplomatie, de legerleidingen, de regeringen, de journalistiek, de culturele en academische wereld, de media, de politie, de lokale besturen, waarbij het Opuscodewoord *Serviam* (Ik Zal Dienen) elke deur opende.

Hij raadpleegde opnieuw het telefoonklappertje, nam zijn GSM en toetste een nummer in Zürich.

Nadat er werd opgenomen, zei hij: 'Gruëzi, ich möchte gern mit Herrn Jacobi sprechen, bitte.' Zijn anders onberispelijke Duits had nu een Zwitsers accent.

Terwijl hij wachtte, zette hij kinderogen op en hij toverde een beminnelijke glimlach op zijn gezicht, zodat hij eruitzag als een opgewekte kampeerder. De huid van zijn wangen leek licht op te zwellen. Ze kreeg de textuur van deeg, zonder één rimpeltje.

Op een paard werd de PG altijd een ander mens. Diep in hem

werd iets wakker dat het midden hield tussen een *condottiere* uit de Italiaanse renaissance en een Indiaan op een mustang in de prairie. Er gebeurde ook iets merkwaardigs met zijn waarnemingsvermogen. Al sinds zijn jeugd was hij ervan overtuigd dat hij een natuurmens was met wakkere zintuigen plus nog iets anders wat hij bij paarden enorm bewonderde en dat hij *mijn reptielengeheugen* noemde, namelijk zich exact de plek en de omstandigheden kunnen herinneren van iets wat zelfs jaren geleden gebeurd is.

Omstreeks het middaguur die dag was het vijfentwintig graden met een lichte oostenwind. De paarden Yamma en Soliman gedroegen zich zoals men dat met zulk lenteweer van *pur sangs* kon verwachten: alert en onberekenbaar op een manier die onder ruiters *correct bloed* wordt genoemd. Zoals gewoonlijk bereed hij Soliman, een vijfjarige donkerbruine ruin met een sterretje op zijn voorhoofd en drie witte voeten, afstammeling van Yamma en de beroemde hengst Od' Aventure. Een jaar geleden had hij hem 'getemd' volgens de methode van Monty Roberts, de Amerikaan die met paarden kon praten in hun taal. Niemand anders, zelfs Louise niet, had Soliman ooit bereden. Zo kwam het dat de PG er zich op beroemde dat Soliman en hijzelf elkaar 'met een half woord' konden verstaan. Dat beperkte zich vooral tot elkaar zo fijn aanvoelen dat hij exact op hetzelfde moment wist hoe Soliman op iets zou reageren, wat volgens hem te wijten was aan hun beider Equusgevoel, een geheim dat hij bij elke gelegenheid 'uittestte' zonder dat iemand behalve zij tweeën het kon merken.

Ze reden in korte galop naast elkaar over een zandweg door oud dennenbos. Op het eind van het bos was er een stuk heide met vliegdennen en één enkele oude eik, een overblijfsel van de manie van Napoleon om langs elke weg loofbomen te laten planten. Als hij de eik in het oog kreeg, had Soliman de gewoonte zijn rechteroor plat te leggen en uit eigen beweging van galop te veranderen. De PG wist exact waarom. Toen hij nog niet lang bereden werd, was Soliman bij die eik eens enorm geschrokken van een fazant die vlak voor zijn neus luid kakelend was opgevlogen. Hij had gereageerd als 'een groen veulen': met gespannen rug op de vier poten had hij een geitensprong gemaakt. De PG werd uit het zadel gelicht en kwam met een harde smak op de grond terecht. Hij had geluk want hij kwam ervan af met een verstuikte pols en drie dagen rugpijn. Hij had het Soliman niet kwalijk genomen. Het paard had 'correct' gereageerd en wat meer was: geen enkele ruiter bleef in zo'n geval in het zadel. Louise had hard moeten lachen om 'bonpa' die absoluut met jonge paarden wilde rijden. En ze had 'de zoon van Yamma' berispt om zijn 'zotte kuren'. Drie jaar tevoren had de PG Yamma, een volbloedmerrie met een indrukwekkende stamboom, voor haar gekocht. Haar veulen, Soliman, was toen nog te jong om te berijden, maar toen hij in diens pedigree las dat zijn vader Od' Aventure was, had hij hem meteen aangeschaft. Eindelijk reed hij nu voor de eerste keer in zijn leven met een paard dat exclusief van hem was.

Toen Soliman de eik in het oog kreeg, ging zijn rechteroor gewoontegetrouw omlaag en hij veranderde van galop om als het nodig was met een scherpe hoek naar links uit te wijken. De PG begon met zijn paard te praten en hoewel het een fout had begaan, gaf hij het geen berisping. Hij liet alleen voelen dat hij de dupe niet was. Hij probeerde elke keer Soliman 'ietsje' voor te zijn tot hij hem zou dwingen in rechtse galop te blijven op het moment dat zijn oor omlaag ging. Dát was paardrijden zoals het een ruiter van de oude school betaamt, vond hij. De vakanties in zijn jeugd had hij altijd bij de boeren doorgebracht (in een tijd toen er nog echte boeren waren), en hij beschouwde zich niet als een stadsmens. Daarom lette hij ook voortdurend op elke verandering in het Kempisch landschap, waar hij zeer mee vertrouwd was. Elke vogel die voorbijvloog en elke vogelkreet kon hij meteen identificeren. Louise vond dat flauwekul: ze kon niet eens een duif van een meeuw onderscheiden. Als ze te voet door de natuur liepen, dreef ze een beetje de spot met hem als hij dierensporen volgde en bijvoorbeeld konijnenwissels aan de rand van een weide kon aanwijzen. Eén keer had hij een strik in koperdraad gespannen en voor zonsopgang was hij opgestaan om het konijn eruit te halen, in zijn positie een enorm risico. Wildstroperij (een inbreuk op artikel 4 van de Jachtwet van 1882). Hij had het beestje in rode wijn gemarineerd en zelf klaargemaakt met aardappeltjes en appelmoes zoals 'in de goeien ouwen tijd'. Ze had het nogal lekker gevonden, maar 'al die moeite als ge zoiets diepvries kunt kopen, olala!' Bij dergelijke reacties voelde de PG dat hij tot een generatie behoorde, die 'de negentiende eeuw nog had beleefd in de twintigste'. Hij had daar geen moment spijt van.

Het feit dat hij de behoefte voelde om 'wetenschap' aan de jeugd mee te geven, had zoals zovele dingen in zijn leven te maken met een soort bijgeloof waar hij gek op was, namelijk astrologie. Enkele jaren geleden had hij eens zijn horoscoop laten maken door een beroemde Nederlandse astroloog van Indische origine. Die had ontdekt dat Chiron een grote invloed op zijn zonneteken (Ram) uitoefende. De PG was daar trots op want Chiron, de paardmens uit de Griekse mythologie, was iemand die heel veel begreep vanuit een aangeboren talent en die dat ook aan de jongere generatie wenste door te geven. Louise (Tweelingen) was een slechte leerlinge en dat vond hij jammer. Volgens hem was ze een typisch voorbeeld van de naoorlogse *soft generation* die nooit een inspanning had hoeven te doen, die elk comfort *for granted* beschouwde en eigenlijk nog weinig dingen echt kon appreciëren. Zijn vriend uit de Antwerpse diamantwereld Lev Hirschhorn, die in een kibboets was opgegroeid, formuleerde het zo: 'Het zijn kinderen die nooit iets écht hebben meegemaakt, niet zoals wij die indertijd met een stengun onder ons hoofdkussen moesten slapen.'

Louise kon uren aan een stuk in een fauteuil liggen roken en in modetijdschriften bladeren, terwijl beatmuziek zo luid aanstond dat je geen woord tegen elkaar kon zeggen. Het enige huishoudelijke werk dat ze deed was een pakje uit de diepvries halen en het in de *microwave* gooien. Plus de paarden 'verzorgen'. De PG moest altijd hard lachen om haar manier van roskammen. Híj wist hoe het écht hoorde. Hij had zelfs ooit lessen genomen bij een hoefsmid zodat hij paarden 'heet' kon beslaan. Koude ijzers aanpassen zoals nu in de mode was, kon hij niet en een smidse kopen voor twee paarden vond hij een beetje te gek.

Eenmaal voorbij de eik had hij Soliman opnieuw in de

hand. Ze naderden het rechte stuk van ongeveer een kilometer en daar zouden ze zoals telkens om het hardst rijden. Hij wist dat Soliman sneller was dan Yamma, die ooit als renpaard een enkelblessure had opgelopen. Hij liet Louise altijd winnen. Hij had tevergeefs geprobeerd haar te overtuigen dat een gestrekte galop met volbloeden geen kunst is en dat een paard dan bovendien te veel macht over zijn ruiter krijgt, maar ze wilde niet luisteren. Dat zou natuurlijk veranderen nadat haar paard eens op hol was geslagen, iets dat hij twee keer in zijn leven had meegemaakt.

De paarden wisten uiteraard exact de plek waar ze zouden worden aangespoord en ze begonnen op voorhand te trippelen, een fout die hij over het hoofd zag. Hij probeerde Soliman te kalmeren, maar Louise gaf Yamma een slag met de karwats, schreeuwde 'Yahoe!' Als een pijl gingen ze ervandoor.

Op zesenzeventigjarige leeftijd bekleedde Ernst Jacobi nog altijd een topfunctie in het Zwitserse bankwezen. Hij was de zoon van de beruchte Paul Jacobi, die van 1938 tot 1971 president was van de Schweizerische Bankverein, een man die een grote verantwoordelijkheid droeg in de geheime witwasoperatie van het geroofde nazigoud van de Holocaust. Door de 'gauchistische' pers, voor zover die in Zwitserland bestaat, werd hij een *Gnome* genoemd, een lid van de oerconservatieve, antisemitische, diepgelovige kaste van Duitssprekende Zwitsers, die Dürenmatt ooit eens omschreef als 'meisjes die in een bordeel werken maar toch maagd willen blijven'. Van Jacobi senior kwam ook het epitheton ornans 'cheibe Usländer' (verdomde vreemdelingen), een klasse waaronder hij iedere niet-Zwitser catalogiseerde. Aan intimi had hij eens toevertrouwd dat een Zwitserse bankier moet zijn als de eigenaar van een degelijk hotel: een beschaafde gastheer die uitstekende service verleent en die, terwijl de klanten 's avonds aan de cognac zitten, het geld telt tot de laatste centiem. Ernst Jacobi hield de familietraditie hoog in ere. Zoals zijn vader mat hij bijna twee meter, hij had een groot rond hoofd dat kaal was als een biljartbal, strakke lippen en een onderkin als die van een pad, inhalige ogen van gebarsten grijs porselein achter dikke brillenglazen en hij was altijd gekleed in een antracietkleurig versleten pak met een zwarte das zodat hij eruitzag als de ceremoniemeester van een begrafenisonderneming.

Zijn gang was wat 'schrijden' wordt genoemd: langzaam en licht gebogen vanwege de heupartritis die hij weigerde te laten opereren uit angst voor de gevolgen van een narcose voor mensen van zijn leeftijd. Hij was al tien jaar weduwnaar, vader van negen kinderen, kerkmeester van de Sankt Peterkirche, devote ridder van de Orde van Malta, door Zijne Heiligheid vereerd met hoge Vaticaanse onderscheidingen, vriend van de aartsbisschop van Chur, die profiteerde van zijn milde giften en met wie hij zijn zomervakanties doorbracht in de bergen van Graubünden. Hij was surnumerair van het Opus, wat hij desgevraagd loochende volgens de regel van de individuele nederigheid die gebiedt met het lidmaatschap niet te koop te lopen[2]. Wel droeg hij boven twee trouwringen de gouden ring met de zwarte steen van het Opus, maar geen mens wist wat dat betekende. Hij woonde heel alleen met een oude Duitse herder in een authentiek achttiende-eeuws chalet met een verweerd houten dak op de beboste helling van de Uetliberg met een adembenemend uitzicht op de Zürchersee, een landschap waar hij zelden naar keek. Zijn grootste geheim was een bestuursfunctie in de 'Stiftung Limmat' een bankennetwerk dat miljarden dollars beheerde voor het Opus Dei. Zijn grote kracht was: burger te zijn van een rustig land in het middelpunt van het oude Europa, waar de historische assen elkaar snijden en waar creativiteit een overbodige eigenschap is die men doorgaans overlaat aan schrijvers en kunstenaars, vlegels die permanent in het oog moeten worden gehouden omdat ze meestal denken zoals ze handelen en omgekeerd, een klinkend bewijs van onbetrouwbaarheid.

Op dinsdag 25 mei 1999 om kwart voor twaalf zat hij zoals elke dag behalve op zondag al vanaf acht uur aan zijn bureau in een somber kantoor op de vierde verdieping van het imposante gebouw van de Schweizerische Kreditanstalt op de Paradeplatz 8. In de atoomvrije kelders, vijf betonnen schachten tot dertig meter diep onder de grond, worden daar de geheime fortuinen bewaard van onder meer Mobutu, Ceaucescu,

Hailie Selassie, Hassan II, Idi Amin, Bokassa, Stroessner, Sadam Hoessein, Aboe Nidal, Duvalier, Noriega, Soeharto, Marcos, Karadzic, Pinochet en anderen.

Toen de Amerikaanse journalisten in 1996 aan de hand van onweerlegbare documenten hadden aangetoond dat in Zwitserse bankkluizen een miljardenvermogen aan holocaustgeld lag opgeslagen, antwoordde Ernst Jacobi in een interview in de *Neue Zürcher Zeitung*: 'Dat is de moeite niet waard om er een woord aan vuil te maken. Dat zijn *peanuts*.'

De telefoon ging. Jacobi, die bezig was met het bestuderen van een dossier van belastingontduiking plus valsheid in geschrifte, greep op de tast de hoorn met zijn grote klauw vol ouderdomsvlekken. Zijn gezicht klaarde op in een patriarchenlachje. 'Grüezi, lieber Hervé,' zei hij, en hij luisterde aandachtig.

Zoals altijd beperkten zijn replieken zich tot een monotoon gebrom en bedachtzame hoofdknikjes, de blik gericht op een Brusselse gobelin aan de wand tegenover hem, voorstellend een pogrom tegen middeleeuwse joden die het lichaam van Christus hadden onteerd door hosties in stukjes te snijden om er een offerande van goj-kinderen mee op te luisteren.

Het gesprek duurde slechts enkele minuten.

Het enige wat hij deed was in een schuin nonnenschoolhandschrift een telefoonnummer plus adres in Antwerpen noteren en het gesprek besluiten met het formele 'Serviam', trouwens op hun beider niveau totaal zonder betekenis en alleen toe te schrijven aan zijn obsessionele zin voor decorum.

Toen de hoorn op de haak lag, kwam er een versteend glimlachje om zijn mond. Hij legde de rechterwijsvinger vederlicht op de linkerpolsader en telde inwendig zijn hartslag zonder op zijn horloge te kijken. Hij wachtte tot het ritme volgens hem het gewenste aantal slagen per minuut had bereikt en toetste een nummer in Brussel.

'Belgacom?'

'Oui.'

'Ik zou de directeur-generaal voor Internationale Verbindingen willen spreken.' Zijn Frans was correct, maar had een gutturaal accent, ooit in het Parijse roddelblad *Le Canard En-*

chaîné beschreven als een ziekte die werd veroorzaakt door te veel koude wind door een open staldeur.

'Met wie heb ik de eer?'

'Een vriend...'

'Ik verbind u door.'

'Hallo,' zei een neutrale mannenstem.

'Hier Ernst Jacobi uit Zürich.'

'Haha, hoe is het nog in Zwitserland, waarde heer Jacobi?' De toon van de stem ging de hoogte in.

'Serviam.'

'Serviam, wat kan ik voor u doen?'

'Wij hebben een technisch probleem...'

'Ik luister.'

'Ik heb hier een Belgisch telefoonnummer voor u. Wij zouden graag kunnen beschikken over het rekeninguittreksel van Internationale Verbindingen over laten we zeggen, de laatste twaalf maanden.'

'Is er een gerechtelijk onderzoek aangaande dat nummer?'

'Niet dat ik weet.'

'Dan is wat u me vraagt helaas onwettig.'

'De heer vicaris van Reyn heeft me deze dienst gevraagd...'

'Hm... Hm... Mja... Fax ik de informatie door?'

'Dank u wel, m'n beste directeur-generaal.' Zonder te groeten legde Ernst Jacobi de hoorn op de haak en ging meteen door met het bestuderen van het dossier dat voor hem lag alsof er niets aan de hand was.

De PG ontkurkte de champagnefles met een luide knal, iets dat volgens Amandine getuigde van gebrek aan stijl, wat zijn genoegen aanzienlijk verhoogde. Het blik kaviaar stond geopend op een bord met voor elk een parelmoeren lepeltje. Kaviaar rechtstreeks uit het blik eten vond hij het toppunt van decadentie. Ze zaten in rijbroek zonder laarzen op de vloer aan het lage salontafeltje en roken allebei naar paardenzweet. Igor lag languit op een kleed te maffen.

Toen hij de champagne wilde uitschenken, zei Louise achteloos, terwijl ze een sigaret opstak: 'Eigenlijk heb ik nie veel goesting in kaviaar-en-champagne.'

'Waarin dan wel?' Hij probeerde lacherig te doen, maar hij was diep teleurgesteld.

'In een gin-tonic met kaaskoekskes.'

'Okay, dan drink ik een whisky.'

Ze knikte en rookte verder. Ze monsterde de kleur nagellak van haar tenen, waarmee ze langzaam wriemelde.

Met een effen gezicht sloot hij het blik kaviaar, plaatste een afsluitdop op de champagnefles en liep ermee naar de keuken.

'Veel of weinig gin?' riep hij na een reeks binnensmondse verwensingen.

'Doe maar!'

Na enkele minuten kwam hij glimlachend terug in de living room met twee glazen en een schoteltje koekjes op een serveerblad.

'Madame est servie.'

'Ha, dat was nog eens 'n goeie race,' zei ze, en ze rekte zich, zodat haar borsten mooi uitkwamen in het zijden truitje.

'Totdat ge Yamma niet meer kunt inhoue.'

Ze haalde haar schouders op.

'Chin.'

'Chin.'

'Louise...'

'Ja.'

'Ziet ge mij nog gaarne?'

'Natuurlijk, zotteke.' Ze keek hem geamuseerd aan met haar platte, lancetvormige ogen. Hij voelde opluchting. Haar toon klonk zoals vroeger in de beste dagen, maar toen hij haar in de ogen keek, wendde ze haar blik af.

'De laatsten tijd doet ge zo anders,' zei hij. Hij nam een teug whisky en hield die in zijn mond. Opeens voelde hij zich een oude man. De wilde galop had hem vermoeid. Zijn benen wogen als lood.

Ze kneep even in zijn hand en vormde een kus met haar lippen.

Hij slikte de whisky door. 'Kom, we spreken er niet meer over,' zei hij gelaten.

'Da's 't beste wada ge kunt doen.'

'Hebt ge nog iets gekocht de laatsten tijd?' De aanloop van

het gewone verzoeningsproces. Dat wist hij uit ervaring. De whisky brandde in zijn maag.

'Nee, maar ik heb wel iet gezien da me bevalt.'

'Wat?'

'Een ensemble bij Armani in Brussel.'

'Hoeveel?'

'Da weet 'k nie. Iets van rond de zestig of zeventig. Armani is nooit nie goedkoop. En 't is binnekort mijne verjaardag.'

'Is 't schoon?' Te laat besefte hij dat dit een overbodige vraag was.

'Heb ik ooit al iet gekocht da nie schoon is?'

'Neenee, welke kleur?'

'Zwart. Plus een collier en oorbelle.'

'Plus schoenen en een sacoche...' zei hij effen.

'G'hebt me toch gaarne schoon?' Ze duwde haar sigaret uit die niet eens halfopgerookt was.

'Hebt ge nog geen honger?' polste hij.

'Ja, maar nie naar langoest.'

'In wat dan wel?'

'Een gewoon omelet met rooie wijn.'

Hij dronk zijn glas leeg en hield het aan zijn lippen, om de medicijngeur ervan op te snuiven. Whisky had bij hem altijd een onvoorspelbare uitwerking. Ofwel hij werd agressief ofwel hij kreeg een groot verlangen naar rust en harmonie. Iets als op drieduizend meter naar besneeuwde bergtoppen kijken, met de rug geleund tegen een warme rots.

De rust kwam niet, wel een gevoel van weemoed plus zelfmedelijden omdat hij onverwacht in een situatie tuimelde waar hij niet de minste schuld aan had. Hij liep naar de keuken en schonk zich een tweede whisky in.

Toen hij weer naast haar zat, zei ze: 'Eigenlijk heb ik meer goesting om nu naar Brussel te gaan.'

'Moet 'k eerst een omelet bakken?'

'We kunnen evengoed iet gaan eten in den Ecailler.'

Hij sloot zijn ogen, nam een lange teug en hield die opnieuw in zijn mond. Dit gaat te ver, dacht hij. Hij kneep zijn hand tot een vuist.

'Ge zegt niks,' zei ze terwijl ze Igor achteloos over zijn kop aaide.

Hij slikte.

'Hebt g'al gereserveerd?'

'Da's nie nodig 's middags. En ik ken de maître d'hôtel.'

'Okay.'

'Hebt ge liever da w'hier blijve?' informeerde ze met een zacht toonloos stemmetje en een strakke blik.

'Neenee, we gaan naar Brussel.' Hij dronk zijn glas leeg, stond op en liep met stijve benen naar de slaapkamer.

'Hebt g'een kostuum bij?'

Hij draaide zich om. 'Ja. Het ligt in den BMW.'

'Vergeet nie die schtoeme decoratie uit uwe revers te doen.'

'Neenee.'

'Ik ga 'n douche pakken.'

Toen hij in de slaapkamer kwam, keek hij wezenloos naar zijn broek die op het bed lag. Het zelfmedelijden werd zo erg dat hij razend werd op zichzelf. Hij dacht: ik heb me al die jaren vergist, ze behoort ook al tot de vervloekte eerste categorie van Boeddha, ik ben te oud geworden voor een jonge, veeleisende vrouw. Hemingway noemde die soort *rich bitches*. Hij had godverdomme gelijk!

Toen hij zijn rechterbeen ophief om zijn rijbroek uit te doen, voelde hij opnieuw de gevreesde pijn naar zijn onderbuik trekken, en zich vandaaruit verplaatsen naar de anus, waar ze zich vastklemde als een tang.

Terwijl de PG en Louise colchester-oesters met pinot blanc van het huis Trimbach degusteerden in het bekende Brusselse restaurant 'L'Ecailler du Palais Royal' aan de Zavel, faxte op amper twee kilometer daarvandaan, op de Jacqmainlaan, directeur-generaal internationale verbindingen Anneessens coöperant van het Opus Dei, een print-out van vier pagina's naar Zürich. Het was vijf over twee.

Toen er gebeld werd, drukte Ernst Jacobi een knopje onder het bureaublad in. Een jongeman in een elegant pak verscheen in het deurgat en bleef roerloos als een beeld staan. Hij hield een gele map in de hand. Jacobi gaf een teken met de hand dat leek op het vertreksignaal van een wielerwedstrijd.

De jongeman liep tot aan het bureau, overhandigde de map, boog even het hoofd als een Pruisische jonker en zei: 'Bitte, Herr Doktor.'

Jacobi knikte en zei: 'Gut.'

De jongeman draaide zich om en verliet het bureau. Jacobi draalde niet. Hij opende de map, bracht de print-out op twintig centimeter van zijn gezicht en begon aandachtig te lezen, een logge wijsvinger naast de serie nummers. Toen hij al op het eerste blad godbetert het telefoonnummer van het filiaal van zijn eigen bank in Genève, de Crédit Suisse, ontdekte, schoot hij in een rauwe schaterlach.

'Nicht möglich, nicht möglich,' jubelde hij en hij trok snel een cirkeltje rond het nummer, opende en sloot zijn handen enkele keren alsof hij de bloedsomloop wilde herstellen. En hij toetste een nummer in Genève.

Om kwart over drie werd jonkheer Hervé van Reyn opgebeld door een triomfantelijke Ernst Jacobi, die zonder het traditionele 'Serviam' met de deur in huis viel. De codenaam van Albert Savelkoul was Bever. Hij gaf meteen het adres en het telefoonnummer van het Geneefse filiaal van de Schweizerische Kreditanstalt plus het saldo van de rekening en de denominatie en de koerswaarde van de betreffende aandelenportefeuille. Het laatste was overbodig, maar hij deed het puur uit boosaardigheid. Hij dicteerde de gegevens een voor een en wachtte geduldig tot van Reyn alles genoteerd had. Er werd afgesproken dat ze elkaar bij de eerste gelegenheid een bezoek zouden brengen.

Nadat hij de hoorn had neergelegd, besloot van Reyn voorlopig de informatie nog voor zichzelf te houden en rustig de tijd te nemen om na te denken over de te volgen tactiek. Hiervoor had hij een geëigende werkwijze: eerst zijn geest herleiden tot wat hij noemde 'een gasvormige substantie' en hem daarna 'ioniseren', zodat hij 'het brandpunt haarscherp kon afstellen'. Met andere woorden: enkele minuten mediteren over een spreuk van El Padre. Hij kende ze alle 999 uit het hoofd. Hij koos zijn geliefde nummer 394: '*Sluit geen compromissen, want dat is het onbetwistbare teken de waarheid niet te bezitten.*'

6

Om vier uur ging de telefoon op het bureau van de universitaire residentie Arenberg, die gevestigd was op de achtste en negende verdiepingen van een modern flatgebouw aan de Tervuursevest, 123 in Leuven. Paul Hersch, de zesenveertigjarige Opus Dei-numerair die verantwoordelijk was voor de vierentwintig studenten die er logeerden, nam op.

'Hallo...'

'Ben ik bij résidence Arembère?' vroeg een vrouwenstem.

'Jawel, met wie heb ik de eer?'

'Ik ben de mama van Didier Savelkoul-de Vreux. Ik telefoneer uit Rome. Zou ik hem mogen spreken?' Ze sprak Vlaams met een Frans accent, een idioom dat de meeste franskiljons nog altijd beschouwen als een bewijs van hun superioriteit.

'Didier is op dit moment niet aanwezig. Wilt u laten we zeggen binnen een uurtje nog eens terugbellen?' De toon van Hersch was koel, zakelijk, met een tikje minachting dat hij voor alle vrouwen ter wereld, behalve zijn eigen moeder, koesterde.

'Bon,' besloot de vrouw kortaf. 'Merci.'

Hij legde de hoorn neer en snoof. Hij wist met grote zekerheid waarover freule de Vreux, alias madame Savelkoul, wenste te praten. Hij kende haar 'pedigree' uit zijn hoofd, maar hij wilde haar een beetje laten boeten voor de 'aarzeling' die ze had getoond om de financiële situatie van haar zoon, de nieuwe kandidaat-numerair, te 'regulariseren'. Eerst dacht hij eraan om Hervé van Reyn te bellen, maar het was slimmer dit uit te stellen tot na het telefoongesprek tussen moeder en zoon, dat hij in diens aanwezigheid zou 'bijwonen', dit wil zeggen met de *ear phone* afluisteren.

Paul Hersch was van beroep geneesheer-psychiater. Hij woonde als numerair uiteraard in de residentie waarvan hij 'studentenleidsman' was en waar volgens de tradities van het Opus een streng kloosterregime heerste. Zoals alle numerairs, oefende hij zijn eigenlijke beroep niet fulltime uit, behalve als hij ergens in de ziel van een jongeman wilde binnenbreken, wat hij 'gaatjes boren' noemde. Hij kwam uit een Mechelse doktersfamilie en was ondanks felle tegenstand van zijn ouders al drieëntwintig jaar volwaardig lid van het Opus. De ouderlijke tegenstand zette hij moeiteloos om in het courante Opus Dei-jargon: *ze zijn mislukt in hun opdracht een christelijk gezin te vormen*. Hij deed nauwgezet zijn Plicht, dat wil zeggen toezicht houden op de dagindeling en de geestelijke training die plaatsvond onder permanente dwang (*de hulp om te volharden*). Om halfzeven opstaan. Heilige mis, gebed en communie in de kapel. Ontbijt. Vertrek naar de diverse faculteiten. Om halftien kwam een team van vrouwelijke numerairs uit residentie Steenberg in de Leopoldstraat om de kamers op te ruimen, de bedden op te maken, het afval te verzamelen, de levensmiddelen voor het avondmaal dat 'in collectief' werd klaargemaakt aan te brengen, en last but not least de afbeeldingen van de Moedermaagd en van de Stichter, de zalige Josemaría Escrivá de Balaguer, van verse bloemen te voorzien. Na het sobere avondmaal: gebed in het donker, meditatie en lezing. Ten slotte recreatie. Om elf uur naar bed na een laatste tientje van de rozenkrans voor het portret van de Stichter. Om later dan elf uur 'uit huis' te blijven, moest er speciale toestemming gevraagd worden, het Nihil Obstat.

Opeens dacht Hersch eraan dat zijn assistent Didier Savelkoul die avond een lezing moest houden en daarna de discussie moest leiden over het onderwerp 'Geen christendom zonder kruis'. Meer bepaald over de lichamelijke versterving en de zelfkastijding. Hij haalde een map uit een stapeltje papieren op het bureau, waarin de getypte tekst zat die Savelkoul hem ter inzage had overhandigd. Hij deed zijn bril af, zette een andere op en begon te lezen.

Alleen degenen die de geschiedenis van de Kerk niet kennen, verbazen zich over lichamelijke verstervingen zoals vasten, op de grond slapen en het gebruik van boetegordel en zweepje. Deze middelen worden al sinds eeuwen gebruikt zowel door priesters als door religieuzen. Ik denk aan de pastoor van Ars maar ook aan Paulus VI. In kloosters en conventen, waar de leden van het Opus Dei hun boetegordels gaan kopen, is lichamelijke versterving dagelijkse kost.

Wat voor onbegrip zorgt, is dat in het Opus Dei juristen, journalisten en professoren diezelfde middelen gebruiken. Zelfs dát is niet nieuw: Thomas Morus gebruikte ook de boetegordel. Zijn die methodes achterhaald? De dag waarop het kruis van Christus een voorbijgestreefd voorwerp is geworden, zullen ook alle vormen van boetedoening tot het verleden behoren.

Ik wil erop wijzen dat de lichamelijke versterving een secundaire plaats inneemt in het Opus Dei. Belangrijker zijn de kleine verstervingen, in de dagelijkse taken, in de omgang met de anderen en in de soberheid, die soms in schril contrast staat met de normen van onze consumptiemaatschappij. De ergernis over deze lichamelijke verstervingen vindt dikwijls haar verklaring in de ambitie van sommigen om een christendom te beleven zonder kruis. Om het met een beeld van Zijne Heiligheid Paus Johannes Paulus II uit te drukken: er zijn veel mensen die graag met Christus willen verrijzen, maar niet bereid zijn vooraf met Hem te sterven. Er bestaat geen paaszondag zonder Goede Vrijdag.

Net zoals de Kerk vaart het Opus Dei stroomopwaarts: tegen de stroom in van een hypersensuele samenleving die vaak bittere vruchten afwerpt, zoals de actualiteit in ons land aantoont.

Verstervingen en zelfkastijding moeten ons mede aansporen om onze voornaamste plicht te vervullen: ons dagelijks werk zo perfect mogelijk te doen, wat door de Stichter, de zalige Josemaría Escrivá het bovennatuurlijk motief wordt genoemd, de lamp waarmee we onze omgeving verlichten. Hierdoor bereiden we het uiteindelijke levensdoel: God, aan Wie we elke inspanning van de dag opdragen.

Werken in aanwezigheid van God is continu bidden, het toppunt van het christelijk beleven. Zo vechten we ook permanent als trouwe apostelen van de Heer tegen de onwetendheid, die de grootste vijand van God is. Apostolaat is en blijft het essentiële element van de christelijke roeping, ze moet permanent en intens zijn, gericht op het dagelijks werk en de plichten van onze staat.[1]

Hersch tuitte zijn lippen tot ze trilden en stak bedachtzaam het getypte vel weer in de map, nam zijn bril af, wierp een blik op het met witte rozen versierde Mariabeeldje op zijn bureau en vouwde enkele seconden de handen voor een schietgebed, iets waar hij zijn werk tijdens de heilige Mariamaand geregeld voor onderbrak.

Paul Hersch was zoals gewoonlijk als hij aan zijn bureau zat (ten minste tien uren per dag) gekleed in een zwart trainingspak en joggingschoenen die er splinternieuw uitzagen omdat hij er nooit mee buitenkwam. Dat was niet zomaar, het maakte deel uit van zijn imago en tegelijk van een strategie die hij als psychiater kundig en doelbewust toepaste: het systematisch misleiden van zijn omgeving. Als men hem zo zag zitten, vertoonde hij het verschijnsel dat de Duitsers met hun bekende zin voor duidelijkheid *Sitzriese* noemen. Een volumineuze lange torso die vanuit een stoel een grote gestalte doet vermoeden. Niets was minder waar. Hersch had abnormaal korte benen, maar zelfs rechtop bleef hij indrukwekkend, hoewel hij maar een meter tweeënzestig mat. Dat was waarschijnlijk vanwege het intrigerende glimlachje dat als het ware op zijn breed, bleek boerengezicht geschilderd leek. Zijn kale schedel zat vol sproeten en hij droeg een bril met een zwaar montuur die niet bij hem paste. Zijn lichtgrijze ogen waren bolrond en keken schijnbaar trouwhartig de wereld in, zodat iedereen die met hem in contact kwam ervan overtuigd was van doen te hebben met een soort nieuwe Jezus. Heel wat mensen waren al in die val getrapt. Een student van de residentie had ooit eens ruzie met hem gehad en die had hem uitgescholden voor 'de Dood met de Glimlach'. Waarop de student verzocht werd de residentie voorgoed te verlaten.

Hij geloofde ook in de methode van de Amerikaanse professor Harding om elk psychologisch probleem te bagatelliseren en weg te lachen. Dat kon bij hem heel bizarre vormen aannemen. Hij schaterde het evengoed uit bij het wegzappen van een 'ongeschikt tv-programma' als wanneer iemand met een serieus probleem bij hem kwam. Evenals professor Harding was hij een voorstander van de 'blunt approach'. Op zekere dag was er een student bij hem gekomen, van wie de zuster pas gestorven was. De jongeman bevond zich op de rand van een depressie. Hersch had de bovengenoemde student met zijn gewone glimlachje gevraagd of hij soms een incestueuze relatie met haar had gehad. De student was krijsend weggelopen. Een ander facet van zijn gestoorde persoonlijkheid toonde hij tijdens het toepassen van de regels der Heilige Plichtenleer, de *Praxis*. Hij had een geraffineerde vorm van geestelijk sadisme afgekeken van de jezuïeten. Zijn oom was in de jaren vijftig novicemeester van het jezuïetennoviciaat in Drongen geweest en die onderwierp de aspiranten, die *fratres* werden genoemd, aan allerlei 'aansporingen tot de deugd van nederigheid': op handen en knieën met een versleten vaatdoek en een piepklein teiltje water gangen schoonmaken, waarna hij met moddervoeten de boel weer smerig maakt. Of een speld in een laken verstoppen en bij de novice informeren of hij zijn bed wel goed had opgedekt. En daarna het bed controleren en de speld onder de neus van de novice houden. Zijn oom liep indertijd ook hoog op met de functie van *frater tortor*: een elite-novice die in een kamertje waar een bankschroef was geïnstalleerd eindjes ijzerdraad vervaardigde die om de dij werden gespannen, waarna de jongelieden biddend door de tuin van het klooster stapten tot ze soms geen voet meer konden verzetten van de pijn. Plus zweepjes waarmee ze zich geknield naast hun bed moesten geselen als ze last kregen met bekoringen tegen de heilige zuiverheid. Het Opus Dei had zich hierop geïnspireerd en ook op de Stichter de zalige Josemaría Escrivá, trouwens een Bask, die zich met typische Spaanse theatraliteit geregeld geselde dat het bloed tegen de muren spatte. Tot in hotelkamers toe tijdens zijn veelvuldige reizen.

Ook het trainingspak was fake. Hersch had nog nooit in zijn leven één minuut sport gedaan. Wel verplichtte hij de studenten wekelijks in de bossen van Heverlee een cross van tien kilometer te rennen terwijl hijzelf in zijn auto in de eerste versnelling de groep volgde en de achterblijvers vernederde.

Hij leed aan een bij psychiaters veelvuldig voorkomend verschijnsel: het projecteren van de eigen problematiek op de onmiddellijke omgeving, vergezeld van machtsmisbruik. Het grote probleem van Paul Hersch was zijn seksualiteit. Alles wat daarmee te maken had (wat hij zonden tegen het apostolisch celibaat noemde) wekte zijn woede en achterdocht op. Hijzelf nam elke avond voor het slapengaan zes druppels Frenactil in een glas water, een krachtig neurolepticum dat in psychiatrische gevangenissen wordt voorgeschreven tegen erotomanie, exhibitionisme, pedofilie en excessieve masturbatie. De studenten waarschuwde hij permanent voor de bekoringen tegen het zesde en negende gebod. Hij terroriseerde hen met bedreigingen dat één zonde die 'van ons lichaam een vuilnisbak maakt', de ochtend daarop nog vóór de Heilige Mis en de communie gebiecht moest worden, anders beging men een heiligschennende communie, een van de ergste zonden die er bestaan. Elke ochtend na het vertrek van de studenten controleerde hij de lakens van de bedden. Dat gebeurde vlak voordat de vrouwelijke numerairs uit residentie Steenberg, die hij als ordinaire dienstmeiden behandelde, arriveerden. Zelfs een natte droom werd onvergeeflijk geacht. De student in kwestie moest een week lang op de grond slapen nadat hij de vloer met wijwater had besprenkeld. De douches van de residentie spoten alleen koud water. Ze moesten hardop biddend en in het donker genomen worden.

Bidden, bidden en nog eens bidden. Boete, boete en nog eens boete, had de zalige Josemaría Escrivá immers geschreven in *De Weg*. En tijdens de recreatie was het zingen-en-lachen, zingen-en-lachen, in het teken van de heilige blijmoedigheid, het heilige kinderlijke vertrouwen in Gods wil.

Hersch vertrok zijn mond zo krampachtig dat zijn lippen verdwenen, spande zijn rug en hield zijn adem zolang mogelijk in, een oefening die volgens hem het besef aanscherpte dat het eigen lichaam een vijand is die permanent onder controle dient te worden gehouden.

Hij dacht na hoe hij Didier Savelkoul uit zijn evenwicht zou kunnen brengen door hem te polsen waarom hij in zijn tekst het woord 'onwetendheid' had gebruikt. Deze nieuwe numerair was een complex geval. Tijdens zijn studies aan de rechtsfaculteit vijftien jaar geleden had hij vier jaar in de residentie Arenberg gewoond, waar hij zich had ontpopt tot een voorbeeldige kandidaat-surnumerair, die meer bad, boete deed en zich onderwierp aan de ergste vernederingen dan Hersch ooit had meegemaakt. Dat kwam waarschijnlijk door zijn middelbare studies bij de jezuïeten, die er bijna in geslaagd waren hem in de orde te krijgen. Nadat hij zijn graad van licentiaat in de rechten had behaald, had hij twee jaar stage gelopen bij een groot Brussels advocatenkantoor, maar voor advocaat bleek hij niet in de wieg gelegd. Aan juridische kennis ontbrak het hem niet, wel was hij dwangmatig scrupuleus en hierdoor zo onzeker dat hij zelfs de eenvoudigste zaken verloor door elementaire denkfouten in ellenlange, verwarde pleidooien die de voorzitters van de rechtbanken tot wanhoop brachten. Niettemin was hij nog altijd pro forma ingeschreven bij de Leuvense balie.

Hij was de lieveling van zijn moeder, op wie hij leek als twee druppels water, maar de reputatie van zijn vader en grootvader van moeders kant woog zo zwaar dat het zijn onzekerheid nog vergrootte. Zijn enige uitweg na de geestelijke steun van de jezuïeten was een 'afspraak' met het Opus Dei geweest om na vijf jaar toe te treden. Uiteindelijk had hij op aanraden van zijn moeder en vicaris van Reyn, die in de verte geparenteerd was met de familie de Vreux, gekozen om pers- en communicatiewetenschappen te gaan studeren, omdat een numerair bij voorkeur twéé universitaire graden moet bezitten. Hij behaalde het licentiaatsdiploma in drie jaar en kwam daarna in de residentie Arenberg wonen als kandidaat-numerair en assistent van de leidsman. Kort daarop was freule Amandine surnumerair geworden.

Hersch greep de telefoon. En hij deed wat hij elke keer deed alvorens het nummer te toetsen: hij keek naar zijn handen, die (dat wist hij) sommige studenten angst aanjoegen. Het waren inderdaad merkwaardige handen, uitzonderlijk breed, vlezig, lomp maar vooral lelijk, met knobbelige vingers als van iemand met gewrichtsreuma. Hij noemde ze 'houthakkershanden', hoewel hij nooit in zijn leven een bijl had gehanteerd. De duim kon hij heel ver naar buiten plooien zodat hij niet meer tot de hand leek te behoren. Volgens de wetten van de chiromantie was dit een teken van onverzettelijkheid, machtshonger en perfidie, eigenschappen die hij onder meer bewonderde bij sommige Romeinse keizers.

Snel toetste hij de drie cijfers van een binnenlijn en kneep zijn ronde ogen tot spleten, zonder dat hij erin slaagde op een kat te lijken, dieren die hij haatte vanwege hun onverschilligheid voor intimidatie.

'Didier, komt g'efkes op mijnen buro?' vroeg hij in plat Mechels dialect, omdat hij wist dat zijn assistent daar een hekel aan had, een facet van zijn gewoonte om iedereen die contact met hem had te 'destabiliseren'.

Er werd geklopt.

'Jaaa!' schreeuwde Hersch. Onmiddellijk zette hij zijn leesbril op en hij griste vliegensvlug het getypte vel met de tekst van de lezing uit de map.

De deur ging open en een korte, magere man van omstreeks veertig kwam het bureau binnen. Hij droeg een donkergrijs gekleed pak dat hem verouderde, een wit hemd en een donkerblauwe das met een dunne knoop. Hij hield een bruinleren tasje in de hand geklemd. Hij keek schichtig rond alsof er ergens gevaar dreigde en bleef aarzelend staan. De bleke huid van zijn voorhoofd was aan de slapen gerimpeld in blaasjes als bij slecht geheelde brandwonden. Zijn lippen waren gespannen in een permanent trekje van pijn dat de tanden bloot liet. Hij kwam bij het bureau staan, legde een kleine smalle hand op de rand en wachtte. De nagels van al zijn vingers waren afgebeten.

'Ha, onzen Didier. En hoe is 't met de maagpijn?' informeerde Hersch joviaal. Tijdens de lunch had Savelkoul bijna niets gegeten.

'Nog altijd. Sorry...' Hij sprak afgemeten ABN met een zachte stem die niet verder droeg dan een meter of drie, wat indertijd de voorzitters van de rechtbanken mateloos had geïrriteerd.

'Ge moet u nie excusere, jong. Neem 'n stoel. Op 't gemakske.'

Savelkoul schoof de stoel voor het bureau naar achteren en ging voorzichtig zitten zonder de rugleuning te raken. Hij hield het tasje in zijn hand, alsof hij er voor geen geld van wilde scheiden.

'Waar ik 't wilde over hebbe,' begon Hersch achteloos terwijl hij zijn bril afnam, 'die lezing van vanavond... Ja, wa moete we dáárvan denke?'

'Is ze niet goed?' Savelkoul bevochtigde zijn lippen en slikte.

'Hier is ze. Leest ze nog maar 's door. Dan zal 't oe wel opvalle wat eraan mankeert.'

Savelkoul beet op zijn onderlip en trok de mondhoeken omlaag, iets wat hij van zijn moeder had. Hij leek wel vijftig.

'Ge moet nie denke dat 't heel 't jaar door vasten is,' hernam Hersch, terwijl hij de map over het bureau naar hem toe schoof, ge moet *inslag* hebbe,' en hij maakte het gebaar dat arbeiders maken: met de vuist heen en weer gaan voor hun mond.

'De zalige Josemaría vastte één dag per week. Ik doe dat ook.'

'Ja, gelijk de leeuwe in de zoölogie van Antwerpe, hahaha!'

Savelkoul kneep zijn mond samen en zweeg.

'Ik zal maar over de brug kome: het woord "onwetendheid" in die lezing staat me nie erg aan.'

Savelkoul hield de adem in. Er kwam iets als paniek in zijn blik. Hij had de tekst letterlijk gekopieerd uit een van de vele toespraken van monseigneur Escrivá, maar als hij dat durfde te bekennen, zou hij de volle laag krijgen, hij kende Hersch lang genoeg.

'Apropoo, uw mama heeft gebeld. Ze zit in Rome.'

'In *Rome*?'

'Ja, da zei ze toch. Ze wild'oe spreke.'

'Heeft ze haar nummer niet opgegeven?'

'Neeje.'

Savelkoul knipperde nerveus en haalde het getypte vel uit de map.

‘Lees het maar ’s op oe gemak,’ zei Hersch goedig.
‘Maar het moet klaar zijn voor *vanavond*!’
‘Ja, is da zo erg?’
‘Dan moet ik *de hele tekst* herschrijven.’
Hersch glimlachte spottend. Hij maakte een wuifgebaar en haalde de schouders op. Hij keek op zijn horloge, een gouden Rolex. ‘Komt laat ons zegge binnen een uurke nog ’s langst.’
Savelkoul beet op de nagel van zijn duim, stond met een hoekig gebaar op en aarzelde.
‘Heeft m’n moeder niet gezegd wanneer ze zou terugbellen?’
‘Nee,’ loog Hersch, ‘het zal wel nie zo belangrijk geweest zijn.’
‘Dan ga ik maar. Tot binnen een uur...’
‘Ik verwacht oe om halfzes.’
Didier Savelkoul keek snel op zijn horloge, kneep de lippen opnieuw samen en verliet nagelbijtend het bureau met opgetrokken schouders als een oud mannetje.
Toen hij opnieuw alleen was, kwam er een raadselachtig, als bevroren trekje op het brede gezicht van Hersch. Hij besloot over te gaan tot de dagelijkse oefening in ‘de slangenblik’, waarmee hij studenten met de status van informant, zijn ‘key-boys’ in slechts enkele ‘oefensessies’ zo loyaal kon maken dat ze onmogelijk in staat waren ‘informatie’ achter te houden. Hij fixeerde het crucifix zonder corpus aan de wand tegenover hem en veranderde het veld en de invalshoek van zijn blik door ze op een of ander punt in het oneindige te richten. Wanneer hij zich samen met een key-boy in het bureau bevond, kon deze op grond van de optische wetmatigheden niet door hem worden waargenomen, want zijn focus bevond zich ergens achter hem. De blik moest ook over het hoofd van de key-boy heen staren volgens het principe van de periscoop, die elk oogcontact tussen twee mensen uitsluit omdat over de ander heen wordt gekeken in een onmetelijke verte of misschien in de richting van een of andere diepe gedachte die hij zorgvuldig voor zichzelf hield omdat ze te maken had met de onderdrukking van walgelijke passie. In zo’n situatie is elke dialoog zinloos, zodat de key-boy vanwege een allesoverwel-

digend gevoel van overbodigheid maar op één ding gebrand is: het bureau ijlings te verlaten. Maar dat is onmogelijk zonder de toestemming van numerair Paul Hersch. Die op een bepaald moment de key-boy recht in de ogen zal kijken zoals een slang die vlak bij een konijntje is gekomen. Wat doet het konijntje? Zich niet meer verroeren en beginnen te trillen in doodsangst. Dan breekt het godvergeten ogenblik aan waarop het grondprincipe van Paul Hersch in praktijk wordt gebracht: als je je neus maar diep genoeg ergens in steekt, vind je altijd wel iets wat stinkt.

7

Omstreeks negen uur die avond parkeerde een donkerblauwe Mercedes bestelwagen van de firma BINECO pvba Sanitaire Inrichtingen, gevestigd in Vilvoorde, schuin tegenover het huis 124A op de oostelijke rijbaan van de Amerikalei ter hoogte van de European University. De afstand tussen de bestelwagen en het huis bedroeg ongeveer zestig meter. Hij bevond zich hierdoor in een vrij ongunstige positie, maar het kon niet anders. Het verkeer raasde in beide richtingen over vier rijbanen tussen de dubbele rij platanen. Het was windstil en zacht. Op de trottoirs was geen mens te bespeuren. De bestelwagen, een zogenaamd valstrikvoertuig, was uitgerust met geavanceerde observatieapparatuur: een digitale infraroodcamera, een (door de Belgische wet verboden) elektronische telefoon- en GSM-nummerinterceptor ENI 412[1], een toestel van Amerikaanse makelij waar zelfs de gerechtelijke politie of de rijkswacht geen exemplaar van bezat. En ten slotte een materiaalkoffer om snel mini-afluisterapparatuur te plaatsen die zo hypergevoelig was dat bijvoorbeeld een spijker van hoogwaardig staal die in een gevelmuur werd geschoten, dwars door een laag baksteen of beton alles kon opvangen wat binnenshuis gebeurde.

Het team van de firma Marlowe & Co begon de observatie tien minuten na aankomst, nadat het de positie aan het kantoor in Brussel had gemeld, waar het videoscherm van een Central Travel Pilot in stand-by werd geschakeld. Het team bestond uit twee mannen. Ze waren jong, competent en ambitieus en ze werden goed betaald. Ze waren gekleed in donkergroene Gore Tex-overalls en joggingschoenen. Ze hadden de ophanging van de Mercedes geblokkeerd zodat ze konden bewegen zonder dat de wagen schommelde. Ze schroefden de rug-, nek- en voetsteunen van twee stoelen in de juiste stand voor urenlang comfort. Als eerste werk hadden ze het telefoon- plus GSM-nummer van target in hun ENI 421 ingevoerd, zodat elk opgebeld of opbellend nummer onmiddellijk op hun scherm zou verschijnen. Vier raampjes voorzien van getint oneway-glas lieten observatie toe in een hoek van 360 graden, zonder dat iemand naar binnen kon kijken.

De eerste observator, Joost Voorhout (32 jaar oud) was Nederlander, maar hij had in België elektronica gestudeerd. Hij was niet alleen theoretisch goed onderlegd, maar hij wist als geen ander om te gaan met alle mogelijke praktische toepassingen en problemen van de moderne fotografie en elektronica. Hij was lang, blond en atletisch gebouwd. Hij deed een beetje sloom, maar zijn reflexen waren snel als die van een kat. Zijn teamgenoot heette Jean Materne, een achtentwintigjarige Antwerpenaar die in Brussel woonde, en die tien jaar dienst achter de rug had bij het eerste bataljon Para. Hij was klein, mager, had kortgeknipt haar en een grote snor plus bakkebaarden wat hem het uitzicht gaf van een Hell's Angel. Hij deed aan bodybuilding, was een specialist in inbraak met valse sleutels, offensief rijden met auto's en karate. Hij had gesolliciteerd bij het Interventie Escadron van de rijkswacht, maar daar had men tijdens de psychologische tests vastgesteld dat hij een onevenwichtig karakter had (wat trouwens juist was). Hij beschouwde het leven als een permanente uitdaging om allerlei gevaren te overwinnen en hij beroemde zich erop dat hij voor niets terugschrok (wat eveneens juist was).

Die avond had hij voor het eerst een streng voorschrift van zijn firma overtreden: hij had zijn pitbull terrier Rambo meegebracht, een wit en bruin gevlekt exemplaar met gecoupeerde oren, dat roerloos naast zijn stoel lag, met de grote kop op de voorpoten, de ogen tot spleten geknepen. Materne noemde hem 'mijn revolver zonder vergunning'.

Om 21:45 uur signaleerden ze een goedgeklede lange man op leeftijd die aan de overkant uit een zijstraat was opgedoken en die in de richting van het pand 124A liep. Voorhout vatte hem in de Albada-zoeker van de camera en zoomde de telelens in.

'Ik denk dat we prijs hebben, Jean,' fluisterde hij.

Materne, die een infrarode verrekijker bij de hand had, nam 'm en focuste in op de man. Die inderdaad stilhield bij de deur van het huis 124A, een sleutel te voorschijn haalde en naar binnen ging. De camera had alles opgenomen.

'Ik heb goesting in 'n sigaretje,' zei Materne voor zich uit.

Voorhout zette het afzuigsysteem aan en ze begonnen te roken zonder het huis uit het oog te verliezen. Na enkele minuten zagen ze op de tweede verdieping licht aangaan. De camera zoemde.

'Hij gaat maffen.'

'Zoals wij.'

'Nee. We wachten nog. Wie weet telefoneert hij niet.'

De woorden van Voorhout waren niet eens koud of de ENI 421 begon te biepen. Op het videoschermpje verscheen een telefoonnummer in de zone Antwerpen.

'Hij belt met een GSM,' zei Materne, 'en hij krijgt geen verbinding.'

'Waarom belt iemand met een GSM als het even gemakkelijk is en goedkoper om met een gewoon toestel te bellen?'

'Ja, waarom?'

Ze lachten. Ze hadden de gewoonte elkaar soms vragen te stellen waarop ze het antwoord wisten.

'Bel inlichtingen op,' zei Voorhout zonder het huis één seconde 'los te laten'.

Materne toetste een nummer. Vanwege het late uur had hij meteen een operator. 'Kunt u me naam en adres geven van het nummer 03-6364044, asjeblief?' Hij wachtte met de sigaret tussen zijn lippen en liet de rook uit zijn neus komen.

Hij noteerde de gegevens. 'Dank je.'

Voorhout keek hem aan.

'Een zekere Louise Dubois. Adres Oude Baan 2, Sint-Job-in-'t-Goor.'

De ENI 421 begon opnieuw te biepen. Hetzelfde nummer. Geen verbinding.

'Target maakt zich nerveus over iets,' zei Voorhout en hij grinnikte.

'Louise. Schone naam, hè?'

'Denk je dat we prijs hebben?'

'Wie weet?'

'Wat doen we?'

'We wachten nog een uurtje en dan gaan we 's piepen in Sint-Job-in-'t-Goor.'

'Zouden we dat nummer niet inpoeten. Je weet nooit?'

'Goed idee.'

'Ik zou maar 's checken of Louise de laatste uren niemand anders heeft opgebeld.'

Voorhout poette het nummer in en drukte op enkele knoppen. Tot er een nummer verscheen met dezelfde begincijfers 636. 'Om 21:12 uur heeft ze een nummer dicht in haar buurt gebeld. Gespreksduur 190 seconden.'

'Iemand die ze kende.'

'Zou goed kunnen.'

'Probeer 's bij inlichtingen.'

Een minuut later had Materne de naam en het adres. 'Johan D'Hoog. Dierenarts. Adres blablabla in Brecht.'

'Dat is vlakbij.'

'Haar poes zal opeens ziek geworden zijn.'

'Honderdnegentig seconden. Een gecompliceerde ziekte.'

'Wat doen we?'

Voorhout keek op zijn horloge. 21:58 uur. 'Nog een kwartiertje en dan...' Hij stak een vuist op en liet zijn bicepsen werken.

'Action,' vervolledigde Materne.

De PG keek op zijn horloge. Om tien uur bel ik haar een laatste keer, besloot hij. En als ze niet opneemt, bel ik Jokke. Hij trok zijn das los, stond op en liep van zijn bureau naar de bibliotheekkast, trok er enkele in leer gebonden boeken over jurisprudentie van raadsheer de Vreux uit en nam een fles Johnnie Walker Black Label plus een kristallen whiskyglas, goot het halfvol en nam een flinke teug. Hij ging zitten, dronk nog een teug en keek opnieuw op zijn horloge. Vijf over tien. Hij nam de GSM en toetste haar nummer. Na twintig keer overgaan zette hij hem uit. Begon voor zich uit te staren. Dronk het glas leeg. Schonk zich een tweede in. De alcohol steeg pijlsnel naar zijn hersens. Een allerlaatste keer, dacht hij. Geen gehoor. Ofwel ze was weggegaan ofwel ze vertikte op te nemen. Hij sloot zijn ogen, nam een teug en hield de whisky in zijn mond, zoals altijd als hij zich over iets nerveus maakte.

De dag trok als een film door zijn geest. De rit naar Brussel. Ze rookte permanent zodat hij het op zijn longen had gekregen. In Mechelen een file van drie kwartier. Vrachtwagen verloor lading. In de 'Ecailler' eerst pinot blanc met colchester oesters. Ze liet zich het hof maken door een halfdronken Engelsman. Hij zette de gast op zijn nummer, maar ze snauwde hem publiekelijk af. Noemde hem een ouwe zaag. Gelukkig in het Vlaams zodat de andere klanten het niet verstonden. Daarna een fles tokay. Tarbot met mousselinesaus. Het duurste gerecht. Ze liet meer dan de helft liggen. Koos een dessert en liet het staan. Ze zei de hele tijd geen stom woord. De ene sigaret na de andere. Tweede pijnaanval in zijn onderbuik. Naar het toilet gaan en lang en moeilijk urineren. Zogenaamde luie straal. Aan tafel. Ze keek dwars door hem heen. Halfvier. 'Gaan we naar Armani, Louise?'– 'Mm...'

Te voet naar de avenue du Toison d'Or. Daar een vol uur kiezen en keuren en kletsen met een homofiele verkoper. Eindeloos aarzelen in het pashokje. Uiteindelijk een waanzinnig duur ensemble plus oorbellen en schoenen. Gelukkig geen handtas. Rekening: zegge en schrijve 117.950 frank. Ongeveer zijn netto maandsalaris. Amex Gold card te voorschijn halen en nonchalant het bedrag verifiëren. Handtekening. Te voet terug naar de parkeergarage. Volop spitsuur. Twintig minuten stapvoets verkeer in de Leopold II-tunnel. De hele tijd geen woord. Vlak bij de afrit naar Sint-Job opnieuw felle pijn. Thuis wou ze per se gaan rijden. Ze zadelde Yamma op en ging alleen. Naar de badkamer. In de spiegel zag hij eruit als tachtig. Moest de urine eruit persen. Igor kwam bij hem liggen. Die voelde dat hij pijn had. Legde de kop op zijn knieën. Last van een aanval van zelfmedelijden. (Ik ben eigenlijk te oud voor haar. Ze is me beu. Ze houdt niet meer van mij. Maar ík ben nog altijd hopeloos verliefd op haar. Wanneer hebben we voor het laatst gevrijd? Twee weken geleden. Vroeger kon ze geen dag zonder. Nu vráágt ze er zelfs niet meer naar.)

De PG opende zijn ogen en nam nog een teug whisky. Toetste opnieuw haar nummer. Geen gehoor. GSM uit. Om een onbekende reden moest hij opeens denken aan *The Bold and the Beautiful*, de soap waar ze elke avond naar keek. Flauwekul zoals *Place Royale* op RTL waar Amandine elke zaterdagavond bij zat te smelten. Hij kreeg honger. Zou Maria al slapen? Hij wilde haar niet lastigvallen. Arm kind. Zestienduizend frank per maand. Pure uitbuiting. Ze had hem gezegd dat ze al genoeg geld had gespaard voor twee melkkoeien. De pijn kwam weer op. Hij kon bijna niet zitten. Hij sloot zijn ogen en kreunde. Toetste het nummer van Jokke.

'Hallo.'

'Jokke. Hier Alberto.'

'Nog zo laat, jong. Wat is er?'

'Jokke, kent gij een goeie uroloog?'

'O, zijn er problemen?'

'Ja. Pijn ge weet wel waar. Pissen gaat verschrikkelijk moeilijk.'

'Mm. Daar moet ge naar laten zien. Kom morgenvroeg 's tot bij mij in de kliniek. Ik kan een eerste onderzoek doen. Geen paniek. Als 't nodig is, ken 'k een goeie uroloog.'

'Wa gaat ge doen?'

'Een toucher.'

'Doet da pijn?'

'Welnee, onnozelaar. Gewoon een vinger erin.'

'Beuh...'

'Is het een góeie uroloog?' drong de PG aan.

'Volgens mij wel.'

'Zeg, heb ik al de leeftijd voor dat soort dingen?'

'Hoe oud zijt ge?'

'Vierenzestig.'

'Dat is niet abnormaal. Koning Boudewijn had al prijs toen hij nog geen zestig was.'

'Magere troost. Zeg, Jokke...'

'Ja.'

'Na zo'n operatie... Gáát het dan nog?'

'Zeker. Maar er is een klein verschil.'

'Een verschil?'

'Ja. Retrograde ejaculatie.'
'Wat is dá voor iets?'
'Er komt geen sperma meer naar buiten.'
'Hoezo?'
'Het komt naar bínnen.'
'Hééé!' schreeuwde hij.
'Zeg, hebt ge soms gedronken?'
'Een beetje. Naar bínnen?'
'Ja, in de blaas. Maar dat is geen probleem. Voor kinderen is het nu tóch een beetje te laat. Ge komt gewoon klaar zoals vroeger. Alleen blijft alles droog. Wíj noemen dat een *stuifmeelorgasme*, hahaha.'
'Lach maar. Ge zou maar 's moeten voelen wat ik nu voel.'
'Och, negen keer op tien is het vals alarm. Kom morgen om halfelf bij mij, oké?'
'Tot morgen.'
'God heeft de standen gewild.'
'Lach maar. Zeg liever: God moet zijn getal hebben.'
Hij zette de GSM uit. En weer aan. Toetste opnieuw haar nummer.
Geen gehoor.

Huid tegen huid (zij op zijn schoot met een arm om zijn hals) zaten Louise en Johan D'Hoog op de vloer en aaiden de kop van Igor.

Louise gaf afwisselend kusjes op de blote schouder van D'Hoog en op de snoet van haar labrador. Ze had enkel een beige satijnen broekje aan met kanten pijpjes dat verrukkelijk stond bij haar gladde rechte dijen. De tepels van haar kleine borsten leken op jonge framboosjes. De harige borst van D'Hoog was even bruin als de Oost-Indische huid van Louise. Hij leek op een flamencodanser.

Opeens greep Louise hem bij de hals, legde haar hoofd tegen zijn oor en fluisterde: 'Ik zie oe nog liever dan anders, mijne grote vurige zigeuner, mijne Julius Caesar, mijnen heten hengst.'

'Zottekont,' gromde D'Hoog terwijl hij met zijn rechtermiddelvinger in haar aarsje drong (dat hij *mijn piepenolleke* noemde).

'O, Johan, als ge nie ophoudt, kom 't zo klaar...' kreunde ze en ze beet in zijn schouder, waar ze haartjes uittrok met haar tanden.

'Morge vertrekke we naar *Botswana*!' riep hij opeens en draaide zich met een ruk om, greep haar vast en kuste haar wild.

Igor hief geschrokken zijn kop op.

'Onnozelaar, ge maakt onze schat bang!'

'Kom, we strelen hem samen over zijne kop en ik doe oe klaarkome in oe rozemieke.'

'Ik heb liever *piepenolleke*.'

'Kom hier da 'k er 'n kuske op geef.' Hij boog zich voorover en greep haar bips. Ze ging op haar buik liggen en gooide haar lang zwart haar met een slag achterover. Hij trok het broekje opzij en zei dat het een inktviske, een opengesnede pruimke, een zachtgekookt eike was. Terwijl hij haar daar likjes gaf, jammerde ze zachtjes.

'Doe maar. Doe alles mee mij wat ge wilt. Als ge seffens maar met mij *paart* als een hengst.'

'Ik ben nú uwen hengst!'

'Kom. Langs achter. Uw merrie wacht. Páár met mij!'

'Ge gaat me toch gene stamp geve zoals alle volbloedmerries als ze bij den hengst kome?'

'Kóm nu en houd uwe mond.'

Hij ging naast haar liggen en streelde haar rug, die aanvoelde als dunne zijde. Ze opende haar dijen. Zijn grote bruine penis met paarse eikel stond in volle erectie.

'Zijt ge nat genoeg?'

'Ik dríjf!'

'Huu, hete merrie.'

'Kóm, mijnen dekhengst, kóm!'

Kreunend gleed hij bij haar binnen. Hij ging langzaam heen en weer.

'Dieper!'

Hij drong zo diep in haar dat zijn eikel haar baarmoeder raakte. Ze liet haar rechterhand onder haar gaan en begon aan haar clitoris te vingeren.

'Gaat ge rap klaarkome?' hijgde hij met zijn mond tegen haar oor.

'Als gij schiet, kom ik klaar.'

Hij begon sneller te bewegen.

'Ha, ik kom!' gilde ze, '*we páren, we páren*!'

Toen hij grommend ejaculeerde, klauwde ze in het tapijt en sloeg met haar hoofd heen en weer.

'Twaalf schoten, ik heb meegeteld,' zei ze voor zich uit toen ze lagen na te hijgen. Ze kreeg een schoklachje.

'Mijn zaad raakt nooit op bij ou. Godverdommese *teef*.'

'Johan...' zei ze met de stem van een hulpeloos meisje.

'Ja.'

'Ik kán nie meer zonder ou.'

'En den ouwe dan?'

'Laat valle. Die *besta* nie meer.'

'Hij komt toch nog altijd...'

'Ja, om peerd te rije en te zage en te zevere over zijn madam die nie wilt scheide. En over de Nieuwe Politieke Cultuur die ze eindelijk hebbe kunnen klein krijge. En over de eeuwigdurende benoemingen in de magistratuur, die gelukkig nog nie afgeschaft zijn.'

'Is die madam nie van adel?'

'Ja. En schatrijk schijnt het. Maar in bed was ze niks weerd, beweert hij. Katholieker dan de paus. Verleden week is ze met 'n trein vol zieke mense mee naar Lourdes gerede. Als 'n soort verpleegster.'

'Pff. Waarom is ze dan geen non geworden? En hij?'

'Vroeger was het nie slecht. Maar nu... Nóppes.'

'Hoe oud is hij?'

'Vierenzestig.'

'Mm, procureur-generaal,' zei D'Hoog peinzend en hij kwam halfovereind. Hij schoot in de lach en kuste een voor een haar tepeltjes.

'Kom, ik zal 'm proper make,' zei ze. Ze nam de handdoek die naast haar lag en begon zijn nog halfstijve penis afwisselend af te drogen en er kusjes op te geven.

'Maakt oe kutje droog, zottekont.'

'Gaat ge me nóg 's pakke?'

'Straks. Ik heb honger.'

'Ik ook. Er zit vanalles in de frigo. Goesting in champagne?'

'Wa zou 'k zegge?'
'En er is nog gerookte zalm, langoest en kaviaar.'
''t Kan nie op!'
Ze stond op en wankelde naar de keuken, met de handdoek tussen haar dijen geklemd. 'Eten w'op de grond?!' riep ze.
'Da kan me nie schele!'
Ze kwam naar binnen met een plastic zak, waar ze drie in foelie gedraaide pakjes uithaalde en een blik Iraanse kaviaar. Ze deponeerde alles op de vloer en liep weer naar de koelkast om de fles champagne te halen die de PG die middag had ontkurkt en voorzien van een stop. Ze zette ook twee kristallen tulpglazen op de vloer. D'Hoog goot ze vol.
'Tchin.'
Ze dronken van de champagne. Ze knielde voor hem, kuste hem en spoot een slokje in zijn mond.
Hij deed hetzelfde bij haar en daarna haalde hij de staart uit de twee doormidden gesneden langoesten. Ze begonnen te eten. Hij opende het blik kaviaar en rook eraan. Igor kwam erbij zitten en keek geïnteresseerd naar het blik.
'Mag hij dat?' vroeg D'Hoog met volle mond.
'Hij is zót van kaviaar.'
Hij nam er wat van op zijn duim en gaf het aan de hond, die het gretig oplikte.
'Eigenlijk vind ik kaviaar nie zo lekker,' zei hij.
'Ik wel, maar vanavond nie.'
'Sevroega,' zei hij terwijl hij de tekst op het deksel las.
'Dat is nie den beste. Beloega is die ik het liefste mag. Maar die kost zeventigduzend de kilo.'
'Luxepeerd. Geef ik hem nog wa?'
'Ja, maar laat nog wat over voor als híj ernaar vraagt.'
D'Hoog haalde zijn schouders op, sloot het blik en gooide het op de vloer.

De robotstem van de Travel Pilot RGS 06 kondigde de Oude Baan aan. Voorhout, die aan het stuur zat van de Mercedes bestelwagen, trapte op de rem. Het licht van de koplampen scheen over een zandweg door dennenbossen.
'Da kan nie. Het is hier een echte broesse,' zei Materne.

'We rijen nog wat verder.'

De weg werd hobbelig met zijbermen die begroeid waren met buntgras. Ze vorderden traag.

'Kijk,' zei Voorhout toen hij een auto op de weg zag staan vlak bij een huis waar licht brandde. Een grijze Volvo stationcar. Hij hield stil en nam een kiekje van de auto met de digitale minicamera die hij altijd om zijn hals had hangen. Die was voorzien van 3200 ASA-diskette. Ze reden voorbij. Materne noteerde de nummerplaat en toetste hem meteen in de computer. Wat verder hielden ze stil.

'Den eigenaar heet Jan D'Hoog.'

'Onze dierenarts.'

'Juist.'

'Het is al tien na elf. Die poes moet wel héél ziek zijn.'

'Gaan we 's kijken?'

'Okay, neem Rambo maar mee.'

'Rambo...' zei Materne effen.

De hond die voor zijn voeten lag, hief zijn kop op. Ze stapten uit. Materne deed enkele lenigheidsoefeningen. De hond liep in het rond en hief zijn poot op tegen een buntbos.

Voorhout liet de straal van een Maglite over de stammen van het dennenbos gaan. 'Madame woont hier wel rustig, moet ik zeggen.'

'En ze heeft *mannelijk* bezoek.'

'En ze *vertikt* het om de telefoon op te nemen.'

'Don't jump to conclusions.'

Ze liepen in de richting van het huis.

Voorhout bescheen de voorkant van de Volvo. Toen hij de label met een blauw kruis op de voorruit zag, zei hij: 'Inderdaad.'

'Twijfelde ge daar nog aan?'

Ze bleven bij de auto staan en keken naar het huisje, waarvan de blinden dicht waren. Door de kieren scheen licht. Ergens in het bos schreeuwde een vogel.

'Een uil,' zei Voorhout.

Boven de weide achter het huis hing nevel. Hoog aan de hemel stond de halve maansikkel in het eerste kwartier. Het was doodstil. Geen zuchtje wind.

Voorhout scheen met zijn Maglite in de auto en probeerde een portier te openen. Het was op slot.

'Wilt ge dat ik 'm openmaak?' vroeg Materne.

'Niet nodig.'

Ze slopen naar de voordeur. Binnen was het stil. Ergens hinnikte een paard.

Opeens schoot Rambo als een pijl vooruit en hij verdween achter het huis.

'Rambo! Hier!' riep Materne gedempt.

Igor vloog overeind, begon te grommen en rende de kamer uit.

'Wat krijgt hij ineens?' vroeg Louise.

'Hij zal iet g'hoord hebbe.'

'Zoudt ge nie best 's gaan kijke?'

'Misschien wel...' D'Hoog stond op en liep naar de voordeur.

Wat daarna gebeurde, verliep bliksemsnel. Het geblaf van een hond dat veranderde in een hoog gejank.

'Rambo!'

Een halogeenschijnwerper die aanvloog en de hele omgeving in hel licht zette. De voordeur die openging. Een jonge man in bloot behaard bovenlichaam, die nerveus rondkeek, snel weer verdween en opnieuw naar buiten kwam met een geweer.

'Rambo!' riep Materne en rende in de richting van het gejank.

'Smeerlappen!' schreeuwde de man en hij stormde achter hem aan.

Materne was bij Rambo gekomen, die een bruine hond bij het nekvel had. In het felle schijnsel leek het een overbelicht filmbeeld. Hij begon aan de halsband te rukken, maar de pitbull liet niet los.

'Rotzakken!' schreeuwde de man. Hij legde aan. Er klonk een nijdig *long rifle*-schot. De pitbull kreeg een schok en rolde stuiptrekkend om. De bruine hond, een labrador, hinkte hevig bloedend weg.

'Handen omhoog, rotzak!'

De man hield het geweer tegen de borst van Materne. Ongelooflijk snel greep deze de loop, gaf een ruk, gooide het geweer ver weg en gaf de man een karateslag in het middenrif. Die gaf geen kik, viel achterover en bleef liggen.

'Kom! We zijn pleite!' schreeuwde Voorhout.

'Johan!' riep een vrouwenstem opeens.

Er verscheen een jonge vrouw met lang zwart haar, in negligé. Ze liep naar de dierenarts, knielde naast hem, greep zijn hoofd en hield het tegen haar wang.

'Johan! Ik heb de honderdéén opgebeld. Ze zijn op weg!'

De dierenarts kwam half overeind. 'Smeerlappen!' gromde hij en hij probeerde rechtop te staan.

'Mijn hond!' schreeuwde Materne.

'Laat hem liggen! Hij is dood!'

'God en godverdoeme!' Materne was in drie stappen bij de dierenarts, hij gaf hem een harde kniestoot tegen zijn neus en gooide hem op de grond. Voorhout nam een serie snapshots met zijn minicamera. 'Komaan! Wegwezen!' riep hij.

Ze zetten het op een lopen. Toen ze bij de Mercedes kwamen, zei Materne hijgend: 'We moeten Rambo meenemen! Mijn adres hangt aan zijne collier!'

'Godverdomme!' Voorhout sprong in de cabine, keerde de Mercedes om en reed door met slippende achterbanden. Het huis baadde nog altijd in het volle licht van de schijnwerpers. De vrouw depte met een handdoek het bloed van de dierenarts zijn gezicht.

Voordat de Mercedes stilstond, sprong Materne eruit en rende naar de pitbull, tilde hem op en droeg hem met moeite naar de achterkant van de laadruimte, die Voorhout openhield. Hij gooide de hond erin. Een seconde later zat Voorhout opnieuw achter het stuur. Materne zat achter het stuur als een razende op het dashboard te bonken.

Met gierende motor gingen ze ervandoor.

8

Even na middernacht werd jonkheer Hervé van Reyn tijdens zijn dagelijkse lectuur van de internationale persknipsels, die zijn secretaresse had geselecteerd, gestoord door het gezoem van het faxtoestel. Het was een vrij lange fax. Toen het gezoem ophield, kwam hij achter zijn bureau vandaan en hij verzamelde de vellen. Uit Rome. In het Frans. Afzender: Joaquin Pla y Daniel. Hij liep naar zijn bureau en begon te lezen. Het was de uitgetikte samenvatting van een gesprek op bandrecorder tussen Pla en freule de Vreux. Uiterst interessante lectuur, te merken aan de notities die hij in de marge aanbracht.

Toen hij er na een kwartier klaar mee was, stak hij de vellen in een splinternieuwe map, schreef er 'D.S.' op en tekende een minuscuul kruisje in de linkerbovenhoek. Ondanks het nachtelijke uur was hij nog altijd gekleed in kostuum, een familiegewoonte die hij streng in ere hield. Hij had het de hele dag aangehad, maar het leek net uit de stomerij te komen.

Hij had nog zeker een uur werk met de lectuur van de persknipsels, iets wat hij in zijn functie heel belangrijk vond. Hij nam het artikel in de *Frankfurter Allgemeine* over bepaalde benoemingen in de Duitse bankwereld opnieuw ter hand. Tot zijn genoegen ontdekte hij twee namen van coöperanten van het Opus Dei in wat hij sleutelposities noemde.

Fax (39) 66869550
Mittente: Ufficio informazioni della Prelatura dell' Opus Dei in Roma Via Sant'Agostino 5/A I-00186 Roma.
Indirizzo: Prélature de l'Opus Dei en Belgique. Fax (32) 23474916.
1999 05 25 11:56 PM.

God en stoutmoedigheid (Spreuk 401)

Querido amigo,
Ziehier de exacte weergave van de inhoud van het gesprek dat ik vandaag had met de moeder van D.S. Ik veronderstel dat het je in vele opzichten zal interesseren. Het zal je taak vergemakkelijken i.v.m. de situatie die zoals je weet dringend en tot elke prijs moet worden opgelost en dit op twee vlakken.

Groeten in Christo
Joaquin

V – Wanneer heb je voor het laatst de heilige biecht gesproken?
A – Vandaag, op uw aanraden.
V – Heb je iets onthouden uit de avondbezinning dat je bijzonder getroffen heeft?
A – (Ze neemt *De Weg* en leest de tekst voor van Spreuk 178). Als je soms een arm houten kruis ziet, eenzaam, verachtelijk en zonder waarde... en zonder de Gekruisigde, vergeet dan niet dat dát kruis jouw kruis is: het kruis van iedere dag, het verborgene, zonder glans en zonder troost... dat wacht op de Gekruisigde die eraan ontbreekt: en die Gekruisigde moet jíj zijn.
V – Ik zou je enkele vragen willen stellen, waarop je naar waarheid moet antwoorden, zelfs al schaam je je er diep over.
A – Ik zal het doen, pater, in het teken van de heilige schaamteloosheid.
V – Je hebt blijkbaar de betekenis van dit woord verkeerd begrepen. Vraag uitleg aan je leidsman.
A – Serviam.
V – Hoe is de relatie met je man begonnen?
A – We studeerden aan dezelfde universiteit. Hij aan de faculteit rechten. Ik kunstgeschiedenis. Hij was een heel bijzondere student. Hij deed mee aan alle studentikoze activiteiten, was preses van de faculteit, maar behaalde elk jaar zonder moeite de grootste onderscheiding. Mijn papa was

toen professor constitutioneel recht en raadsheer bij het Hof van Cassatie...

V – Is dit geen teken van hoogmoed dat je daar zo de nadruk op legt? Mediteer over Spreuk 606: Bedenk hoe nederig onze Heer Jezus is. Een ezel was zijn troon in Jeruzalem!

A – Serviam.

V – Ga door.

A – Papa koos hem als zijn assistent en inviteerde hem af en toe bij ons thuis. Toen leerden we elkaar kennen.

V – Wat was de sociale en culturele achtergrond van die elitestudent?

A – Zijn sociale achtergrond was kleinburgerlijk. Zijn ouders hadden twee grote delicatessenwinkels in Antwerpen. Ze hadden een buitenverblijf. Het waren hardwerkende middenstanders zonder culturele achtergrond of sociale status.

V – Waren zij katholiek?

A – Nee, maar evenmin waren het bewuste vrijzinnigen. Het waren... winkeliers.

V – Waarom stuurden ze hem dan naar een katholieke universiteit?

A – Dat weet ik niet.

V – Leven zijn ouders nog?

A – Nee.

V – Waar deed hij zijn middelbare studies?

A – Aan het atheneum in Berchem.

V – Vond je vader dat niet een beetje verdacht? Ik meen te weten dat hij als man van adel diepgelovig is?

A – Behalve het jezuïetencollege was dat atheneum het beste op het gebied van onderwijs dat er in Antwerpen te vinden was.

V – Waar studeerde je vader?

A – Bij de jezuïeten.

V – Ging je man regelmatig naar de mis?

A – Dat geloof ik niet. In het begin van ons huwelijk ging hij mee met mij.

V – En nu?

A – Niet meer. Alleen bij officiële gelegenheden.

V – Dus leeft hij permanent in staat van doodzonde?
A – Ja.
V – Werd je vader nooit door het Opus gecontacteerd?
A – Ja, maar hij meende dat het Opus de gevaarlijkste concurrent was van de jezuïeten, met wie hij heel hoog opliep.
V – Wat bedoel je daarmee?
A – Dat hij zich nooit heeft willen engageren.
V – Werd je tijdens je universitaire periode in Leuven ooit door het Opus aangesproken?
A – Weet u dan niet dat in 1952 het Opus in Leuven totaal onbekend was?
V – Je antwoord is juist. Vergeet niet over de nederigheid te mediteren. Slaap vannacht op de vloer.
A – Serviam.
V – Je zei dat je vader hem bij je thuis inviteerde?
A – Ja.
V – En?
A – Toen hebben we kennisgemaakt.
V – Intieme kennis?
A – Nee, papa had er na de vijf jaar rechten voor gezorgd dat hij met een beurs in Harvard kon gaan studeren.
V – Je zag hem dus niet geregeld?
A – Zoals u zegt.
V – Mijn insinuerende vraag lijkt je goed te pas te komen?
A – Wij zijn laat getrouwd na een heel korte verlovingstijd.
V – Wat is laat?
A – Mijn man was dertig en ik negenentwintig.
V – Hoe is de verloving verlopen?
A – Hoe bedoelt u?
V – Wíj stellen de vragen! Ik formuleer de vraag anders: is de verloving verlopen volgens de deugd der kuisheid?
A – O ja. Papa controleerde mijn sociale leven heel nauwgezet.
V – Hebben jullie elkaar *aangeraakt*?
A – We kusten elkaar bij het binnenkomen en het afscheid nemen. Meer niet.
V – Met een *tongkus*?
A – O nee! Dat was streng verboden door mijn biechtvader.

V – Wie was dat?
A – Een dominicaan.
V – Waren er onkuise aanrakingen?
A – O nee. Híj heeft één keer geprobeerd mijn borst aan te raken, maar ik heb dat kunnen verhinderen.
V – Heb je dat gebiecht?
A – Ja.
V – Heb je tijdens de aanraking zondige begeerte gevoeld?
A – Ik heb daar nooit last van.
V – Was je zuiver toen je trouwde?
A – O ja. Papa heeft ervoor gezorgd dat we de week na het huwelijk retraite hielden in een klooster. Zoals werd aangeraden in het voorlichtingsboek *Ja, ik wil*.
V – Sliep je apart in dat klooster?
A – Natuurlijk? We waren alleen samen tijdens de maaltijden en de predikaties.
V – Wanneer was het eerste seksueel contact?
A – Twee maanden later.
V – Was dat met je volle toestemming?
A – Ja en nee. Mijn man drong zo erg aan dat ik bang werd en ten slotte toegaf. Ik wist eigenlijk niet dat er in het huwelijk zóiets gebeurde.
V – Had je geen seksuele voorlichting gekregen?
A – In onze stand werd er in die tijd niet over die dingen gesproken.
V – Hoe was het eerste seksueel contact?
A – Daar wens ik het niet over te hebben, pater.
V – Had je dan zo veel genot?
A – Genot? Ik heb nooit genot gehad. Het was telkens iets heel onaangenaams wat ik alleen onderging in het teken van de huwelijksplicht.
V – Hoeveel keer heb je de eerste nacht verkeer gehad?
A – Hij kon niet ophouden. Hij ging altijd maar door.
V – Je hebt dus nooit echt genot gehad?
A – Nee. Ik beschouwde die daad alleen als een middel om kinderen te krijgen.
V – De edelmoedige vruchtbaarheid?
A – Zo is het.

V – Waarom hebben jullie dan maar twee kinderen?
A – Omdat híj op een bepaald moment opgehouden is met die daad.
V – Vond je dat goed?
A – Hij weigerde mij te volgen in de plicht van de edelmoedige vruchtbaarheid.
V – Heb je nooit geprobeerd hem over te halen?
A – Nee.
V – Waarom niet?
A – Omdat hij gewoon niet meer naar mij omkeek.
V – Heb je ooit geslachtsverkeer met een condoom gehad?
A – Nee, hij heeft het me wel één keer gevraagd.
V – En de pil?
A – Dat was niet meer nodig.
V – En coïtus interruptus?
A – Eén keer. Ik was zo verontwaardigd dat we daarna nooit meer gemeenschap hebben gehad.
V – Je laatste geslachtsverkeer was dus een doodzonde.
A – Nee. Ik stemde niet toe.
V – Je stemde wél toe!
A – Ik heb alles gebiecht, pater.
V – Zie je wel. Heb je nooit een zonde tegen de natuur bedreven?
A – Dat begrijp ik niet.
V – Anaal verkeer.
A – Ik wist zelfs niet dat zoiets bestond.
V – Alles bestaat in het rijk van Satan.
A – Inderdaad.
V – Wat deed je toen je vernam dat hij een maîtresse had?
A – Niets. Wat kon ik doen?
V – Vond je het dan goed?
A – O, nee.
V – Weten je zonen het?
A – Nee.
V – Je vader?
A – Nee.
V – Hoe heb je het zo lang verborgen kunnen houden?
A – In onze stand wordt daar niet over gesproken.

V – Hoe vernam je dat hij een maîtresse had?
A – Van iemand die hen ergens samen had gezien.
V – Slapen je man en jij in hetzelfde bed?
A – Al meer dan dertig jaar niet meer.
V – Bezondig je je nooit aan onkuise aanrakingen bij jezelf?
A – Dat heb ik nooit gedaan. Ik weet zelfs niet wat dat is.
V – Dus je leeft al dertig jaar in onthouding?
A – Wanneer je het vaste voornemen maakt om een zuiver leven te leiden zal de kuisheid voor jou geen last zijn, maar een zegekroon.
V – Je antwoordt met Spreuk 123 van de zalige Josemaría, ik repliceer met Spreuk 129: Zonder de heilige zuiverheid kan men in het apostolaat niet volharden.
A – Onzuiverheid is een materie die nog erger kleeft dan pek.
V – Wanneer je het gezelschap van de zinnelijke bevrediging hebt gezocht... wat een eenzaamheid daarna!
A – Om zijn kuisheid te bewaren rolde de heilige Franciscus van Assisi zich in de sneeuw, wierp de heilige Benedictus zich in een braamstruik en sprong de heilige Bernardus in een ijskoude vijver.
V – En jij, wat heb jij gedaan? vraagt de zalige Josemaría zich af in Spreuk 143. Laten we samen bidden dochter. Daarna zul je voor het slapengaan twintig Salve Regina's bidden voor het portret van de zalige Josemaría. In het donker. En zoals al gezegd is, op de grond slapen. Je krijgt dispensatie van de boetegordel. Die is niet meer nodig voor vrouwen van jouw leeftijd. Boetegordel en zweepje zijn het voorrecht van mannen.

9

Tijdens de terugrit naar het brigadekantoor van Brecht hadden de twee rijkswachters met nachtdienst, opperwachtmeester Verhaert en eerste wachtmeester Ramael de hele tijd gepraat over het 'geval vol haken en ogen', waarvan ze een met de hand geschreven proces-verbaal 'op de plaats der feiten' hadden opgesteld. Ze parkeerden de Pontiac combi in de garage en liepen naar binnen. Daar deden ze hun uniformjas en koppel uit. Ze schonken zich elk een kop koffie uit een thermosfles, gingen naast het metalen bureautje vol mappen en papieren zitten en staken een sigaret op.

'BINECO, sanitaire inrichtingen in Vilvoorde,' zei Verhaert, een lange breedgeschouderde kerel met een knap rood gezicht en een verzorgd snorretje, het prototype van dé rijkswachter.

'Da moete wij ons nie aantrekke, Charel,' antwoordde Ramael, 'da's de zaak van 't parket.' Hij was even lang als Verhaert, maar pezig, bleek en vroegtijdig kaal.

'Ik heb eens ergens geleze dat 'n pitbull nooit nie loslaat, zelfs al klopt g'er op met 'n spoorwegrail.'

'Da kan, maar ook het tijdschema klopt aan geen kante.'

'Juffrouw Dubois beweert da ze veearts D'Hoog rond halfelf had opgebeld voor een van haar peerden met koliek. En juist op de moment dat hij er is, om tien voor elf, wordt hare labrador aangevalle door ne pitbull. Ze notere de naam van de firma op die camionette, wij worden opgeroepe, een kwartier later arrivere we en de veearts is er al. 'n Héél rappe gast.'

'Met 'n bloedneus en een kapotte lip.'

'Was da nie van een koei die hem 'n trap had gegeve?'

'Da was wat 'm beweerde.'

'W'hadde moete vrage bij welken boer.'

'Laat valle, jong.'

'Wat mij is opgevalle is dat alles *per toeval* gebeurde zoals in 'n Amerikaanse politiefilm.'

'De pitbull is foetsie. De daders: twee gaste in een donkergroene overall. Ne langen blonde en ne kleine magere met 'n grote moustache en favories.'

'Z'hebbe klacht neergelegd tegen onbekenden.'

'En ze waren héél nerveus.'

'Geef toe: hoe zoudt ge zelf zijn?'

'Maar d'r is nog iet anders...'

'Wa?'

'Ik weet van iemand van den Boomsesteenweg[1] da ze regelmatig bezoek krijgt van 'n héél hoge magistraat uit Antwerpe.'

'Volgt den BOB nu al magistrate?'

'Da gebeurt.'

'En mag 'k soms wete wie?'

'Den absoluten top.'

'De Waalse Kaai?'

'Ik heb niks gezegd.'

'En d'r is nog iet anders ook...'

'Ja?'

'Het is algemeen gewete da veearts D'Hoog soms geen geld vraagt voor een visite. Tenminste als 't de moeite weerd is.'

'Ik geef hem godverdomme groot gelijk. Hebt ge da stuksken éte gezien?'

'Beste vriend, ik denk da wij als kleine garnaal beter een heel schoon Vlaams spreekwoord nie vergete...'

'Vlaams spreekwoord?'

'Met grote heren is het kwaad kersen te eten,' zei hij in ABN.

'Leg dat 's uit.'

'Die pakke de rijpsten eruit en gooien de stenen naar uwe kop, verstaat ge da?'

'Mm, da's just. Wa doen we, jong?'

'We type den tekst over en we sturen 'm gewoon door naar 't parket en we piepen d'r verder nie meer over.'

'Ik denk da ge groot gelijk hebt.'

'Ik denk da'k 'ns wat ánder ga doen.'

'Ja?'

'Ne goeie whisky pakke.'

'Da's geen slecht gedacht.'

Opperwachtmeester Verhaert liep naar een metalen kast, trok een deur open en haalde een fles goedkope whisky te voorschijn. Ramael had de glazen al op het bureautje gezet.

Nadat de rijkswachters vertrokken waren, ging Louise in de canapé zitten, stak met trillende vingers een sigaret op en keek met wijdopen ogen voor zich uit. Ze had een deken over haar schouders. Ze was nog altijd in negligé.

Johan D'Hoog kwam met zijn instrumententas naar binnen en knielde bij Igor, die doodstil met bange ogen languit op de vloer lag. In zijn nekvel waren sporen van tanden. Snel vulde D'Hoog een spuitje en gaf Igor een injectie voor plaatselijke verdoving. Hij begon de wond te desinfecteren, trok hem open, reinigde alles grondig en kneep twee haakjes in de rafelige wondranden.

'Het is eigenlijk nog nie erg,' zei hij.

Louise stak een tweede sigaret op. Ze onderdrukte een rilling.

'Hebt ge kou?'

'Nee, Johan, ik heb schrík,' zei ze met een klein stemmetje.

Hij wreef even over zijn pijnlijke neus en zijn gespleten lip. 'Ik heb alleen spijt da 'k ze nie alle twee een kogel in hun knie heb geschote,' zei hij. 'Kom mijn kleine Louiezeke, trek het u zo nie aan. We zijn er nog goe van af gekome.'

'Ik denk dat híj die mannen heeft gestuurd. Daarstraks in Brussel was hij razend van jaloezie op 'n Engelsman die spel tegen mij maakte.'

'Hoe kan da nu?'

'Gewoon om ons te bespioneren. Hij kent mensen van de *maffia*!'

'Mense van de maffia die Vlaams spraken en die foto's neme...'

'Waarom hebbe ze foto's genome, denkt ge?'

'Da weet 'k nie.' Hij fronste zijn wenkbrauwen en dacht na.

'Ge moet zo rap mogelijk weg. Als híj ons nu samen zou betrappen, ik mag er gewoon niet aan dénken...' zei ze.

'Nee, ik blijf hier. Ik heb altijd een excuus met die wond van Igor.'

'Ik heb zopas in de badkamer een Vesparax genomen.'

'Ge moet eerst telefonere. Dan weet ge direct of hij lont ruikt.'

'Ge zijt ne moedige, lieve vent.'

'Da weet 'k.' Hij lachte even en gaf haar de wireless.

Ze tikte het nummer van de PG.

Hij liep naar de kast, haalde er een fles whisky uit en schonk zich een glas halfvol.

De PG schrok wakker van de GSM die afging vlak bij zijn hoofd onder het kussen. Hij opende de ogen en keek verdwaasd rond. Zijn neus was verstopt. Hij had barstende hoofdpijn. Dat bed deinde als een schip. De GSM bleef gaan. Hij stak het nachtlampje aan en keek op zijn horloge. Woensdag 26 mei 1999, 2:25 AM. Hij nam de GSM en drukte het knopje in.

'Hallo,' zei hij met een schorre stem.

'Albert?' Het was Louise.

'Ja? Is er iets?'

'Ja, met Igor.'

'Wát is er met Igor?' Hij kwam halfovereind en steunde op zijn elleboog.

'Ik ben juist terug van de vétérinaire. Igor is buiten aangevalle door 'n andere hond...'

'Hoe kan da? Waart ge buite?'

'Ik weet nie hoe het allemaal gebeurd is, maar ik was aan 't leze en ineens begon Igor te basse. Ik liet hem buite en toen hoorde ik iet als 'n hondengevecht. Ik heb de grote lichten aangestoke en toen zag ik 'n camionette voor de deur staan. 'n Hond was Igor aan 't bijte en twee gaste in overall stonden erbij. Ik ben toen beginne te roepe en de gaste trokken hun hond los en zijn toen heel rap weggerede.'

'Hebt ge 't plaatnummer genoteerd?'

'Nee, da kon 'k nie zien en ik was te nerveus.'

'Hebt ge de politie verwittigd?'

'Ja, de gendarmen van Brecht zijn gekome en die hebbe een proces verbaal gemaakt en dan heb 'k de vétérinaire opgebeld en die heeft Igor genaaid. Bij hem thuis.'

'Is 't erg met Igor?'

'Heel zijne nek lag ope, maar nu slaapt hij. Alles is hier okay.' Ze begon nerveus te giechelen vanwege het woord okay.

'Ik kom direct,' zei hij.

'Nee, da's nie nodig. Kom morgenvroeg efkes langs. Ik heb just 'n Vesparax genomen. Het begint al te werke.'

Hij probeerde na te denken. Had hij geen afspraak met Jokke in de Sint-Jozefkliniek? 'Ik bel nog wanneer ik kom. Ga nu maar slape. Moet 'k echt nie kome?'

'Ge doet zo raar. Is er iet?'

'Ik heb koppijn.'

'Neem 'n optalidon.'

'Da ga 'k doen. Slaapwel, Louise. Moet 'k echt nie kome?' herhaalde hij.

'Slaapwel, de Vesparax begint te werke.'

Hij deed de GSM uit, liet zich achterover in het kussen zakken en lag enkele minuten wezenloos voor zich uit te staren. Hij trok zijn benen onder de deken vandaan en wankelde naar het toilet, want opeens werd hij zich bewust van zijn lichaam. De stuwing rond zijn aars was helemaal verdwenen. En inderdaad, de urinestraal bruiste triomfantelijk in de wc-pot. Hij perste zijn blaas leeg tot de laatste druppel en maakte tot besluit het sprongetje van de frontsoldaten. 'Hoera,' zong hij op gedempte toon, 'morge zien ze mij nie in de Sint-Jozefkliniek.' Zijn hoofdpijn leek op slag minder erg.

Hij liep zwijmelend de trap af naar zijn bureau, waar de fles puligny montrachet 1975 uit de kelder van zijn schoonvader nog halfvol op de vloer naast de bureaustoel stond. Hij had hem na ettelijke glazen whisky ontkurkt, maar het had hem niet gesmaakt vanwege de ongelukkige combinatie. Vandaar waarschijnlijk de hoofdpijn, die niets anders was dan een kater.

Hij schonk het bourgogneglas halfvol en rook aan de wijn. 'Wat 'n neuske,' mompelde hij. Hij nam een teug en deed alsof hij zijn mond spoelde tijdens het tandenpoetsen, wat kenners 'savoureren' noemen, iets wat hij belachelijk vond.

'Dankjewel, conseiller de Vreux, ge zijt 'n echte kenner,' zei hij. Hij ging in de bureaustoel zitten. In flarden begon het tot hem door te dringen wat er met Igor gebeurd was.

'Welwel, de rijkswacht van Brecht,' zei hij voor zich uit. Hij kneep zijn ogen tot spleten.

Hij dacht na over de methode die hij volgende ochtend zou aanwenden om achter het proces-verbaal te komen. De districtscommandant van de rijkswacht bellen of iemand van het parket van eerste aanleg het proces-verbaal laten onderscheppen, maar hij was nog te dronken om zich te concentreren. Hij dronk het glas in één teug leeg, maar de wijn smaakte hem niet. Die prostaathistorie was natuurlijk vals alarm, dacht hij, Jokke had gelijk. Savelkoul is niet zo gauw klein te krijgen. Het beste wat we kunnen doen is maffen. Terwijl hij de trap opliep, moest hij zich aan de leuning vasthouden.

Ze deed de wireless uit.

'Hij weet van niks,' zei ze en stak een nieuwe sigaret op. 'Hij komt morgen langs.'

'Ziet ge wel.'

'Draag me naar m'n beddeke, want de pil begint te werke.'

'Ik blijf híer slape.'

'Ge zijt de liefste vent die 'k ken.'

Hij tilde haar van de canapé en droeg haar naar de slaapkamer. Ze kroop rillend onder de donssprei, ging op haar zij liggen en sloot haar ogen. Hij ging op het bed zitten en gaf haar een zacht kusje op haar voorhoofd, streelde over haar prachtige haar en bleef naar haar zitten kijken. Na enkele minuten begon ze diep en regelmatig te ademen. Hij stond op, deed het licht uit en liep naar de zitkamer, knielde bij Igor en aaide hem over zijn kop. Hij reageerde niet.

'Heel het huis slaapt,' zei hij hardop en hij moest even lachen. Hij wreef over zijn pijnlijke neus, dacht even na en besloot nog even buiten te gaan om te kijken of alles in orde was. Hij nam de karabijn die een diepe schram op de kolf had en liep naar de achterdeur, trok de sleutel eruit, ging naar buiten en deed hem op slot. In de paardenstal stak hij het licht aan. Soliman keek om. Yamma legde haar oren plat. Hij begon met Soliman te praten.

'Hebt ge geen goesting om 'n halfuurke te gaan wandele?' vroeg hij, terwijl hij over zijn flank aaide.

Soliman strekte zijn nek en snoof, spitste zijn oren en brieste even.

Johan D'Hoog liep naar het zadelhok, zette de karabijn tegen de wand, nam een hoofdstel, liep ermee de stal in, stak de trens in de mond van het paard en trok het hoofdstel over zijn kop. Soliman nam de trens aan, knabbelde erop en liet de kinriempjes gewillig vastmaken. D'Hoog liep terug naar het zadelhok en koos het zadel van de PG. Voordat hij het van de haak nam, maakte hij de stijgbeugelriemen twee gaatjes korter.

'Het enige wat meneer de procureur-generaal langer heeft dan ik, zijn de benen,' mompelde hij en hij moest opnieuw lachen.

10

Woensdag 26 mei 1999 zou opnieuw zonnig worden met temperaturen van om en bij de 25 graden Celsius.

Het was 8:30 uur. Het begin van een nieuwe werkdag.

De blauwe Mercedes bestelwagen stond op de oostelijke zijbaan van de Amerikalei, niet ver van de plek waar hij de avond tevoren geparkeerd was. De verkeersfile van de ochtendspits vorderde vanwege de eeuwig ontregelde synchronisatie van de verkeerslichten moeizaam in de richting van het stadscentrum. Joost Voorhout hield door het oneway-glas het herenhuis van het nummer 124A continu in het oog. Een halfuur geleden had hij een observatierapport doorgefaxt naar het hoofdbureau van Marlowe & Co in Brussel. Behalve de serie telefoontjes van de PG naar Louise en het gesprek van Louise met D'Hoog werd ook het nachtelijke gesprek van Louise met de PG gerapporteerd. De bestelwagen had permanent radiocontact met Jean Materne die wat verderop in een Volkswagen Passat op een signaal wachtte om de PG te schaduwen. Materne was nog altijd razend over de dood van zijn pitbull, die hij onderweg van Sint-Job-in-'t-Goor naar Antwerpen in het Albertkanaal had gedumpt. Joost Voorhout, de chef van het team, had, zeer tegen zijn zin, puur uit collegialiteit en omdat Materne uitstekend werkte, een vervalst rapport opgemaakt, want anders zou Materne onmiddellijk de laan worden uitgestuurd. De historie met de pitbull werd uiteraard verzwegen. Voorhout had ook de snapshots met de digitale camera door de computer gehaald en alle compromitterende negatieven vernietigd. Drie waren heel bruikbaar. Dat met de achterkant van de Volvo stationcar (de nummerplaat van Johan D'Hoog) plus twee 'suggestive shots' van

Louise Dubois die D'Hoog in haar armen hield, zij in een doorschijnende negligé en hij met bloot bovenlichaam. Van de karabijn of de dode hond was nergens iets te bespeuren. Hij had de drie shots over de computer doorgestuurd naar Marlowe & Co.

Om 8:35 uur belde opperwachtmeester Verhaert van de rijkswachtbrigade Brecht zijn vriend adjudant Jef Vermeersch van de Antwerpse BOB en deed hem in geuren en kleuren het verhaal van de nacht tevoren. Vermeersch, die over geheime B-informatie beschikte aangaande de relatie van de genaamde Louise Dubois met 'Number 1', luisterde geïnteresseerd en verzocht Verhaert het proces-verbaal ter informatie door te faxen, een zware inbreuk op de procedure, maar intussen een praktijk die na de Octopus-politiehervorming van 1998 courant was geworden, doordat de rijkswacht de touwtjes in handen had gekregen van het nationale politiebeleid. Dit was hoofdzakelijk te danken aan de bijzondere sympathie van de toenmalige socialistische minister van Binnenlandse Zaken (een vriend van de socialistische korpscommandant) voor dit militaire korps. Het feit dat die generaal eind april 1998, na de spectaculaire ontsnapping van Marc Dutroux uit het gerechtshof van Neufchâteau, ontslag had genomen (een stap opzij had gezet), had niets aan die trend veranderd.

Vermeersch was zo slim om opperwachtmeester Verhaert de raad te geven het proces-verbaal ASAP[1] te laten bezorgen bij het parket van eerste aanleg met de vermelding DRINGEND. Dat noemde hij 'zand in de ogen strooien om de eigen handen vrij te houden', een methode waarin hij buitengewoon ervaren was.

Om 8:42 uur belde Johan D'Hoog Louise op. Hij was gaan nadenken over de tegenstrijdige verklaringen die ze vorige nacht aan de rijkswacht hadden afgelegd. Hij was in paniek. Hij raadde Louise aan om in het geval ze opnieuw 'bezoek' zou krijgen, ze heel verward moest doen en moest verklaren dat ze begrijpelijkerwijs zo overstuur was geweest dat men haar aangifte wat de details betreft niet al te zeer au sérieux moest nemen. Toen Louise antwoordde dat ze tijdens het telefoontje tegen de PG had gezegd dat ze met Igor *bij hem thuis* was geweest om de wond te hechten, zei D'Hoog dat hij dat niet gehoord had, noemde haar een stomme geit en zei dat hij nu vastbesloten was om vervroegd naar Botswana te vertrekken in het kader van het VN-programma 'Wild Life and Cattle Interference'. Waarop ze een huilbui kreeg. Ze luisterde zelfs niet toen hij haar toesnauwde dat die ene gast in overall, de lange blonde, *godverdommemiljardenondedjuu een hele serie foto's* had genomen. Gelukkig had hij daar niets van aan die gendarmes gezegd, maar waarom neemt iemand foto's?! '*Om ze aan iemand anders te laten zien*!' brulde hij en hij smeet de hoorn op de haak.

Toen Louise wat tot rust gekomen was, belde ze om 8:52 uur de PG op, die op het punt stond de deur uit te gaan en in zijn dienstauto te stappen. Ze vroeg hem die ochtend niet langs te komen omdat ze zich niet al te goed voelde. De PG repliceerde kortaf dat hij gewoon van plan was even binnen te wippen om te zien hoe het met haar was, en ook met Igor, iets wat ze hem niet uit het hoofd kon praten.

Om 8:55 uur gaf Joost Voorhout aan Materne het bericht door dat target in een zwarte Opel Omega stapte en waarschijnlijk in de richting van de Waalse Kaai zou rijden. Adres: Hof van Beroep Antwerpen. Materne reed uit de rij geparkeerde auto's en was net op tijd om aan het kruispunt van de Montignystraat een zwarte Opel Omega rechts af te zien slaan in de richting van het Museum van Schone Kunsten. Hij ging er in de tweede versnelling met gierende motor achteraan en reed dwars door het rode licht rechts af, de dubbele file negerend die zich in beweging zette toen het licht op groen sprong. Hij zag de Opel traag op het Leopold De Waelplein afslaan en de Burburestraat inrijden, richting Waalse Kaai.

'Ik heb 'm bij zijne steert, over,' zei hij in de radio.

'Roger over,' antwoordde Voorhout.

'Wait.'

'Roger.'

De Opel hield stil op ongeveer vijftig meter voor het gebouw van het Hof van Beroep. De PG, gekleed in een donkerblauw pak, stapte uit. De auto reed door en de PG liep naar de achtergevel, haalde een sleutel uit z'n zak en opende een metalen deur, waarin hij verdween.

Materne rapporteerde wat hij gezien had en besloot: 'Het is 'n hele schone meneer die stoemelings langs den dienstingang naar z'n werk komt, over.'

'Roger out,' antwoordde Voorhout, die vond dat het tijd was om een dutje te doen. Hij zette de luidspreker op maximum en ging op de vloer van de bestelwagen liggen.

Om 9:12 uur belde de PG vanuit zijn kabinet de districtscommandant van de rijkswacht, majoor De Vreker op, die hij al tien jaar goed kende en met wie hij een heel aparte, maar uitstekende relatie had. Indertijd had hij hem, toen hij nog luitenant was, eens uit een netelige situatie gered, wat de PG in zijn jargon 'overdreven dienstijver' noemde, een ander woord voor arbitraire plus hardhandige arrestatie zonder bevel van de onderzoeksrechter, waarbij de arrestant die achteraf onschuldig bleek, tien dagen in het ziekenhuis had gelegen.

Hij gaf De Vreker geen enkel detail, alleen op ambtelijke toon de order een kopie van een bepaald proces-verbaal van de brigade Brecht onder gesloten omslag met een speciale bode 'zijn ambt te laten geworden'. De majoor, een van de weinige militair opgeleide officieren die de rijkswacht nog telde, verzekerde de heer procureur-generaal dat de order ASAP zou worden uitgevoerd. De PG kende hem voldoende om te weten dat hij zich hierover verder geen zorgen meer hoefde te maken.

Om 9:17 uur belde hij zijn vriend Jokke om te zeggen dat met zijn prostaat *alles okay* was en dat hij later weleens een andere afspraak zou maken.

'Ik zou als ik ou was maar 's mijne PSA laten bepale,' antwoordde Jokke een beetje gepikeerd.

'Wat is da voor iet?'

'Prostate Specific Antigen-test. Om te zien of er geen tumor is.'

'*Ik* heb geen kanker.'
'Hoe weet ge da, jong?'
'In ons' familie heeft niemand gene kanker. Ge zegt toch altijd zelf dat het allemaal een kwestie van genen is...'
'Vuile jezuïet.'
'Zegt da tege mijn schoonvader.'
'Is die nog nie dood?'
'Da zal nie lang nie meer dure.'
'God heeft de standen gewild.'
'Bye, doctor, and have a good day.'
'Bye, attorney general.'
De PG legde glimlachend de hoorn neer, keek rond en liep naar de deur. In de gang heerste een hels lawaai van pneumatische hamers. Een ploeg arbeiders was na drie maanden onverwacht aan de slag gegaan om de dradenbundels voor de nieuwe computers achter de vloerplinten in de muur in te werken. Daarvoor moest er een sleuf in het beton worden gemaakt. Daarna zouden de computers functioneren, zij het zonder software. Voor het federale budget 2000 was zes miljoen gevraagd om een team programmeurs aan te werven. Op aanraden van een vriend op het departement van Justitie had de PG het dubbele bedrag voorzien, omdat de salarissen van software-specialisten in de nabije toekomst pijlsnel de hoogte in zouden gaan. Tot nu toe was geen enkele programmeur op de advertentie in de Antwerpse kranten afgekomen. Hij sloot de akoestische deur, maar die kon het lawaai niet helemaal dempen.

Om 9:31 uur belde de PG Louise op met zijn GSM. Ze antwoordde met een huilerig stemmetje. Hij kreeg medelijden en vroeg haar of hij iets moest meebrengen.
'Och, ik heb niks nodig,' antwoordde ze tegen haar gewoonte.
'O ja, er is nog kreeft en gerookte zalm over van gisteren, hè.'
'Die heb 'k moete weggooie.'
'Wátte!'
'Het rook 'n beetje bedorve.'

'En de kaviaar?'
'Daar is nog van over.'
'Hebt g'er dan van g'ete?'
'Ja.'
'Okay, ik spring binne, maar ik kan nie lang blijve. Hoe is 't met Igor?'
'Hij ligt hier bij mij.'
'Ik kom.'
'Okay. Tot seffens.'
'Is 't soms tegen oe goesting da 'k kom?'
'Neenee, kom maar.'
Hij knipte de GSM uit en mompelde: 'Die jonge generatie! Alles direct de vuilnisbak in. Ze had beter eerst 'n paar jaar in 'n kibboets geleefd.'
Hij stond op en liep zijn kamer uit, stak zijn hoofd in de kamer ernaast naar binnen en zei tegen zijn secretaresse: 'Juffrouw, de hele morgen ben ik afwezig. Na de middag kom ik waarschijnlijk nog om de moraliteitsrapporten samen met de heer advocaat-generaal Bergé door te nemen.'
'Goed, meneer de procureur-generaal.'
De PG liep naar de lift en drukte de knop in, waarna de deur onmiddellijk opengleed.

'Jean, hij heeft opnieuw zijn goeie vriendin in de bossen opgebeld,' zei Voorhout met een giechel. 'Duur: vierenzestig seconden.'
'Roger out.'
Een minuut later zei Materne: 'Target komt te voet naar buiten. Ik pin 'm vast.'
'Roger out.'
Materne had gedacht dat target in zijn dienstauto zou stappen, maar die was nergens te zien. Hij zag hem het parkeerplein oversteken naar de Vlaamse Kaai, waarna hij de Pourbusstraat inliep. Hij reed hem snel achterna en zag hem nog net in de poort van een vroegere opslagplaats verdwijnen. Materne kon nergens parkeren, maar hij posteerde zich vlak bij de poort en hield 'm in het oog. Hij hoopte dat er geen tweede uitgang was, maar uit zijn auto komen vond hij niet

opportuun. Hij had juist geoordeeld, want even later zag hij target in een grote zwarte BMW naar buiten rijden. Hij wachtte even, startte en begon met het schaduwwerk. Terwijl hij de BMW volgde in de richting van de Ring, rapporteerde hij alles aan Voorhout, ook het kenteken, van de BMW: 9B959.

De Volkswagen van Materne was uitgerust met een ingebouwde digitale camera met een zoomlens van grote capaciteit. Hij maakte enkele snapshots van de achterkant van de BMW plus een close-up van de nummerplaat. Met één wagen tussen hen in reden ze met zestig kilometer per uur in de richting van de oprit naar Hasselt Luik Breda van de E19.

'Ik denk dat 'm naar de broesse rijdt,' zei Materne.

'Alleen melden als er iets meldenswaardigs gebeurt, over,' antwoordde Voorhout.

'Roger out.'

Eenmaal op de Ring begon target gas te geven. Met honderdveertig kilometer per uur reden ze op de linkerrijbaan, terwijl de maximumsnelheid honderd was. Voorbij het Sportpaleis kwamen ze op de E19 met slechts twee rijbanen. Ze vorderden traag vanwege inhalende vrachtwagens. Vlak voor de afrit Sint-Job-in-'t-Goor week de BMW zonder knipperen plotseling naar rechts uit en sneed een Nederlandse truck die luid claxonneerde. Materne volgde target met twee auto's tussen hen in. Toen de BMW inderdaad rechts afsloeg, kwam er een vals lachje op zijn gezicht. Hij was ongeschoren en met de grote snor plus bakkebaarden zag hij eruit als een bandiet, iets waar hij immens trots op was. Dat hij momenteel naar de plek reed waar zijn geliefde hond de vorige nacht was doodgeschoten door een flater die uit de hand was gelopen, maakte hem opnieuw razend. Hij was vastbesloten wraak te nemen, maar hij wist nog niet precies hoe. In de dorpskern van Sint-Job liet hij een behoorlijke afstand tussen hem en de BMW. Zonder hem nog te zien reed hij naar de Oude Baan. Waar de zandweg begon zag hij vanaf een tweehonderdtal meter de remlichten van de BMW aanflitsen voor het bekende hoevetje, dat hij nu voor het eerst kon zien bij daglicht. Hij zette de zoomlens op maximale vergroting en wachtte. Toen de jonge vrouw naar buiten kwam, vergezeld van die verdomde labrador, die de schuld was van alles, nam hij een serie snapshots. Plus nog een serie van target toen die de vrouw kuste, daarna bij de labrador knielde en hem over zijn kop aaide.

Hij stak een sigaret op en begon de informatie over de radio door te geven. Hij keek op zijn horloge. 10:22 uur.

Om 10:25 uur werd de prelatuur van het Opus Dei Brussel opgebeld. De telefoniste nam op. Er werd naar 'de directeur' gevraagd. Ze vroeg met wie ze de eer had. 'Met Marlowe,' werd er geantwoord. 'Een ogenblik,' zei de telefoniste. Tien seconden later zei jonkheer van Reyn: 'Hallo...'

'Goeiemorgen, Perálta.'

'O.'

'U lijkt verbaasd?'

'Hoe weet u mijn nummer? We hadden toch afgesproken dat ík drie keer per dag zou bellen!' zei van Reyn in snel staccato.

'Ja, maar ik denk dat het nieuws de moeite waard is.'

'Hoe weet u mijn nummer?'

'Heel simpel: wij hebben een *Zöller*[2]. Bent u soms niet geïnteresseerd in het nieuws?'

'Ik luister,' zei van Reyn ingehouden.

'We kennen momenteel met zeventig procent zekerheid de vrouw in kwestie. We hebben interessante foto's van haar met een andere man.'

'Ik had foto's met *de man in kwestie* gevraagd.'

'Met de foto's die op weg zijn naar u, kunt u eventueel veel meer beginnen. Ze hebben meer, euh... overtuigingskracht.'

'Ze zijn dus op weg naar híer?'

'Ja.'

'Ik hou *helemaal niet* van deze werkwijze.'

'Kijk 's hier, Perálta, in minder dan vierentwintig uur beschikt u over heel bruikbare stuff. Als u daar niet tevreden mee bent...'

'Neenee, dat bedoelde ik niet. Ik bedoelde...'

'Wacht 's even. Ik heb opnieuw verbinding met het schaduwteam. Blijf aan de lijn.'

Jonkheer van Reyn hield de hoorn stijf tegen zijn oor. Zijn

hart begon in zijn keel te kloppen. Hij voelde zijn oksels vochtig worden, iets waar hij een gruwelijke hekel aan had, omdat het tegen de regels van het Opus was emotie te voelen. Hij voelde zich in alle opzichten een officier (priester en fulltime in dienst van het leger van Christus), oneindig superieur aan het gewone voetvolk van de gehuwde surnumerairs.

Marlowe liet hem meer dan tien minuten wachten.

'Perálta?'

'Ja.'

'We hebben nu honderd procent zekerheid. Ik beschik over snapshots van Target met de dame in kwestie. Dezelfde dame als die gisteravond met een andere man in speciale omstandigheden werd gefotografeerd. Voor hetzelfde huis.'

'In speciale omstandigheden?'

'Ja, u zult het zien.'

'Wanneer heb ik de foto's?' vroeg van Reyn met een hese stem.

'Een tweede bode is op weg.'

'Kan ik ze niet zelf komen ophalen?'

'Ach kom, Perálta, ik weet allang wie u bent.'

'Gaat u nog verder?'

'Als u zegt dat we verder moeten gaan, doen we dat, maar ik denk dat u voorlopig genoeg materiaal hebt.'

'Stuurt u de rekening?'

'Het geld wordt afgehouden van het voorschot. De rest krijgt u terug.'

'Kunt u niet zeggen hoeveel het is?'

'Nee, het team is nog ter plaatse. Over een uur of wat wordt de opdracht afgeblazen.'

'Hallo,' zei van Reyn, maar de ander had de telefoon opgelegd. Hij legde de twee handen voor zijn ogen, niet om te bidden, maar om zijn spijt te verbijten dat hij zo stom was geweest door pure zorgeloosheid het Opus Dei-nummer bloot te geven aan een ordinair detectivebureau.

Om 10:45 uur, meteen na het telefoontje van Marlowe & Co, dat zijn ochtendpraxis-met-zwijgplicht had onderbroken, belde jonkheer van Reyn het hoofdgebouw van het Opus Dei in Rome op, maakte zich bekend en vroeg in het Spaans hem door te verbinden met de procurator van de prelatuur.

Enkele seconden later klonk de opgewekte stem van Pla y Daniel in de hoorn: '¿Que tal, amigo?'

'Muy bien, y tu?'

'Yo tambien.'

'Joaquín, ik heb goed nieuws.'

'Ha!'

'Ik ben in het bezit van het Zwitserse banknummer plus het saldo.'

'Ha!'

'En het andere luik evolueert in de goeie richting. We zijn voor laten we zeggen zeventig procent zeker waar die, euh... dame woont, maar ik wacht nog op aanvullende informatie...'

'Zodat de zekerheid de honderd procent benadert.'

'Exactamente.'

'Wat ben je van plan te doen?'

'Daar wou ik precies met jou over spreken. We zouden hem een eerste stroomstoot moeten geven voordat zijn echtgenote terug in België is.'

'Die houden we zolang hier als we willen. Ze doet momenteel een retraite hier in het Huis. Ik heb 'r vlak bij de hand. Maar wat bedoel je met "stroomstoot"?'

'Ik ga iemand sturen om hem het nieuws te melden dat het nummer van zijn Zwitserse rekening bekend is en dat hij met deze verzocht wordt een groot gedeelte van het saldo te storten. Zo niet, dan komt er een bericht in de Belgische pers.'

'Hoeveel bedraagt het saldo?'

'In lire of in francs suisses?'

'Wat je wilt.'

'Tweehonderdzestigduizend negenhonderd en twaalf Zwitserse frank vijfenvijftig centime. Plus een heel pak aandelen en obligaties.'

'Hoeveel ga je hem vragen?'

'Tweehonderdduizend. Ik hou van ronde getallen.'

'Exactamente. En wíe ga je erop afsturen? Toch geen outsider?'

'Wat dacht je? Alles blijft strikt onder Ons. Ik had gedacht aan Paul Hersch.'

'Je haalt de woorden uit m'n mond. Hoe is het nog met hem?'

'Hij runt het heus in Leuven met vaste hand. Hij had zestien kandidaten op zijn Sint-Jozefslijst. Maar zijn stijl is helaas nog altijd even euh... Vlaams.'

'Wanneer ga je aan de slag?'

'Ik bel hem nog deze voormiddag op.'

'Nog iets: de Belgische freule is ontevreden.'

'Waarom?'

'Ze had Leuven opgebeld en Paul had haar gevraagd terug te bellen en toen ze omstreeks halfzes belde, zei hij dat haar zoon haar niet mocht spreken omdat hij *gestraft* was.'

'Gestráft?'

'Hij moest gisteravond een praxis geven en hij had in zijn tekst de woorden van de zalige Josemaría verkeerd geïnterpreteerd.'

'Mm, ik ben van oordeel dat de lokale discipline de verantwoordelijkheid moet blijven van de lokale chef, in casu Paul Hersch. Dus ik ga nu aan de slag. *Stel je werk niet uit tot morgen.*'

'Spreuk nummer 15. Bel je me als er schot in de zaak komt?'

'Beloofd. Wanneer kom je nog 's naar Brussel?'

'In juli. Dan zien we elkaar. Gaan we dan eten in l'Ecailler du Palais Royal?'

'Afgesproken. Ciao, Joaquin.'

'Ciao.'

Om 11:05 uur belde jonkheer van Reyn Paul Hersch op.

'Bonjour, Paul.'

'Ha, den Hervé.'

Van Reyn glimlachte gereserveerd. Hij kon de ruwe manieren van Hersch moeilijk verdragen. Dit gebrek aan stijl zou hem zeker belemmeren in zijn carrière, maar ondanks discrete wenken lapte Hersch ze vierkant aan zijn laars. Voor een opdracht als die waarvoor van Reyn hem nu nodig had, was hij echter geknipt.

'Paul, ik zou je willen spreken over iets wat moeilijk over de telefoon besproken kan worden.'

'Doe nie zo plechtig. Kom over de brug.'

'Kunnen we een afspraak maken?'

'Wanneer?'

'Zo vlug mogelijk.'

'Deze middag? Ik heb goesting om 's lekker t'ete. Die meiskes van de Leopoldstraat kenne niks van koke.'

'In de Cygne.'

Van Reyn had meteen spijt dat hij die naam zo vlug had uitgesproken, maar nu kon hij niet meer terug.

'Oké. Om halfeen?'

'Ik zal er zijn, maar doe iets anders aan dan die vuile training.'

'Ik kom in smoking, oké?'

'Gewone stadskledij is ook goed.'

'Tot strakskes.'

Met een zuur trekje om zijn mond legde jonkheer van Reyn de hoorn neer. Hij mompelde: 'Helaas hebben we niemand anders die hiervoor geschikt is. Als híj het verkeerd aanpakt, weet ik, o Heer, echt niet wat ons te doen staat.'

Hij herinnerde zich dat hij zijn tweede tientje Salve Regina's nog moest opzeggen. Hij haalde zijn paternoster uit zijn zak en begon hardop te bidden.

Toen de PG die ochtend omstreeks kwart over elf uit zijn auto stapte, was de garagedeur van het hoevetje dicht. Hij claxonneerde, maar alles bleef stil. De hele rit was hij nijdig geweest. Vanwege de langoest en de gerookte zalm die ze zomaar in de vuilnisbak had gekieperd. Het was gewoon onmogelijk dat verse langoest of zalm in één dag zouden bederven.

'Gelooft ge me soms nie?' had ze geriposteerd.

Hij had gevoeld dat hij niet moest aandringen en hij was doorgereden. Hij claxonneerde nog eens. Geen beweging. Hij stapte uit en liep naar de voordeur. Die was op slot.

'Hoi!' riep hij en hij haalde de sleutel uit zijn zak.

Binnen begon Igor te blaffen. Hij hoorde dat de grendel werd verschoven. De deur ging open. Louise. In zwarte jeans en T-shirt. Ze zag doodsbleek en had wallen onder de ogen. Ze had het haar in een lange paardenstaart en hield een sigaret tussen de vingers. Wat is ze weer ongelooflijk mooi, dacht hij. Hij wilde haar een kus geven, maar ze keek dwars door hem heen en zweeg. Ze bood pro forma een wang aan.

'Wat mankeert ge?' vroeg hij, teleurgesteld vanwege het koele onthaal.

'Ik voel me nie goe,' zei ze met een kinderstemmetje, 'na al wat er gebeurd is.'

'Sorry...'

Ze knikte en nam een trekje van haar sigaret. Inhaleerde diep. Blies geposeerd de rook uit.

Igor sprong jankend tegen hem op. Hij bukte zich en keek naar de twee klemmetjes in zijn nek, die rood zag van het ontsmettingsmiddel. Hij had maagpijn. Na de kater van vorige nacht had hij enkel koffie gedronken. Hij slaakte een zucht en keek onwennig rond. Ze ging op de canapé liggen en rookte met haar blik op oneindig.

'Ik ga 's naar de paarden kijken,' zei hij.

'Okay.'

'Kom, Igor,' zei hij. Hij liep naar buiten.

Samen met Igor, die in kringen om hem heen rende, liep hij de paardenstal in. Soliman keek om en toen hij op zijn flank werd geklopt, hinnikte hij diep in zijn keel.

'Dag, m'n lief jongetje,' zei de PG met een hoge stem en hij liep naar voren om het voorhoofd te aaien. Toen Soliman begon te smakken en daarbij zijn tong uitstak, legde de PG zijn wang tegen de kaak van zijn paard en genoot van de muskusgeur.

Igor gaf zoals gewoonlijk speelse beten in de poten van Soliman, die hem liet begaan. De hond sliep vaak in de stal bij hem. Met Yamma daarentegen was de relatie niet zo goed. Telkens als Igor te dicht in haar buurt kwam, snoof ze en legde haar oren plat.

Soliman hinnikte en strekte zijn hals.

'Nee, jongetje, vandaag wordt er nie geréje,' zei de PG, 'de baas heeft zijn schoon kostuum aan.'

Soliman kapte met zijn voorpoot in het stro en bracht zijn hoofd omlaag.

'Kom, ik zal oe in de wei late,' zei hij. Hij trok het paard een halster over de oren en gespte het vast, opende de staldeur en terwijl Soliman zich met een ruk omdraaide en naar buiten stormde, trok hij een halster over de oren van Yamma en joeg haar de wei in. Daar begonnen de twee volbloeden als gekken in het rond te galopperen en te bokken. De PG bewonderde de prachtige gang van zijn paarden. Hij floot op zijn vingers. Soliman spitste de oren en kwam in een elastische draf naar zijn baas.'

'Je moeder is eigenlijk een jaloers kreng,' zei hij, omdat Yamma op een tiental meter bleef staan en in de grond trapte dat de kluiten in het rond vlogen.

Hij liep het zadelhok in om een stuk brood uit de zak te halen die daar altijd klaarstond. Toen hij naar zijn zadel keek, schrok hij. Het hing omgekeerd aan de haak. Hij nam het eraf en hing het goed. Van wat hij daarna zag, schrok hij nog meer: *de stijgbeugelriemen waren twee gaatjes ingekort.*

Met een strak gezicht liep hij naar binnen, waar Louise nog altijd op de canapé lag te roken.

'Wat is er met mijn zadel gebeurd?' vroeg hij kortaf.

Ze keek op. 'Waarom?'

'Het hing omgekeerd op den haak en de stijgbeugels waren ingekort.'

'Ik heb vanmorge geréje,' antwoordde ze met gesloten ogen en een pathetisch trekje van pijn op haar gezicht.

'Met míjn zadel?'

'Ja, da gebeurt soms.'

'Welwel, ik dacht da g'u nie goe voelde...'

'Ik heb z'alleen een beetje late rondstappe.'

'Yamma?'

'Wie anders? Zeg 's, is 't hier soms 'n politieverhoor?'

'Sorry. Ik heb z'alle twee in de wei gelate.'

'Okay.'

'Voelt g'oe nog altijd nie goe?'

'Nee, ik heb zelfs nog niks g'éte vandaag.'

Toen ze over eten sprak, dacht de PG aan de langoesten en de gerookte zalm. Hij liep naar buiten achter het huis en opende de vuilnisbak. Boven een plastic zak lagen ostentatief de vier halve langoestenstaarten. *Met lege schalen*. Plus de foelie van de gerookte zalm in een bolletje geknepen.

Het was alsof er een zwaar gewicht op zijn borst begon te drukken. Zijn mond werd droog en hij had moeite om te slikken. Hij werd helemaal hol vanbinnen.

Nadat de PG de deur van zijn kabinet met zijn voet had dichtgetrapt, beende hij naar het bureau, trok de stoel zo hard naar achteren dat hij tegen de kast aanvloog, gaf hem een duw vooruit en ging zitten. Hij zag geelbleek en keek met holle ogen voor zich uit. Hij leek in minder dan een uur een oud mannetje geworden. Hij was nog verre van bijgekomen van de eerste slaande ruzie in de bijna twintigjarige relatie met Louise. Voor het eerst in zijn leven had hij een aanval van blinde razernij gehad. Nadat hij haar had aangesproken op de opgegeten langoesten en de gerookte zalm, had ze hem vlak in zijn gezicht maar heel rustig gezegd dat ze in haar eigen huis niet ondervraagd wenste te worden alsof ze een moord had begaan. 'G'hebt *geloge*!' had hij haar toegeschreeuwd, 'ik wil de wáárheid wete!' Ze had een sigaret opgestoken en hem spottend aangekeken.

Hij was opnieuw begonnen over de ingekorte stijgbeugelriemen en ze had hem in zijn gezicht uitgelachen.

'Typisch gezeik van impotente ouwe venten,' had ze gezegd.

Hij was toen zo razend geworden dat hij het antieke Chinese paard aan stukken had gegooid. Ze was hem aangevlogen als een kat en hij had haar een harde vuistslag gegeven. Ze was tegen de vloer gedonderd en haar wang was gaan opzwellen. Ze was overeind gekropen en had hem met kille haat in haar ogen gezegd: 'Mama zei altijd: "Wie een vrouw slaat is een lafaard en hij verliest al zijn rechten." En nu verlaat g'onmiddellijk mijn huis en ge zet hier nooit gene voet meer binnen, *compris*!'

'Okay, *bitch*!' had hij geschreeuwd, 'morgen laat ik Soliman weghale!'

'Stooft Soliman op met een *ajuintje*!' had ze gerepliceerd, 'en ge moet me nog tweeduizend geven voor die operatie van Igor!'

Hij had haar een biljet van tweeduizend toegegooid en was naar zijn auto gelopen.

Hoe hij onderweg geen ongeval had gehad, was een puur mirakel. Hij had enorme risico's genomen, hij was onder meer twee keer door het rode licht gereden en had een fietser op een haar na gemist.

Hij maakte zijn hemdsboord los en wreef over zijn ogen. Elke spier van zijn nek en schouders deed pijn.

Er werd geklopt.

'Ja,' hoorde hij zichzelf in de verte zeggen.

Zijn secretaresse kwam naar binnen en overhandigde hem een gele envelop. 'Aangekomen met speciale rijkswachtkoerier, meneer de procureur-generaal.'

'Dank u, juffrouw. Zou u me een glas water willen brengen.'

Ze keek hem onderzoekend aan. 'Voelt u zich niet goed, meneer de procureur-generaal?'

'Het gaat, juffrouw.'

Ze keek hem bezorgd aan en verliet het kabinet. Vreemd, dacht hij, eindelijk iemand die vriendelijk is voor mij. Het was bovendien de allereerste keer dat ze zoiets had durven te vragen. Of het vanwege deze ongewone bezorgdheid was, wist hij niet, maar de werkelijkheid drong druppelsgewijs, daarna met botte kracht tot hem door. Hij realiseerde zich de onomkeerbaarheid van de nieuwe situatie die als een lawine over hem heen was gerold.

Nadat hij het water had opgedronken, zat hij een kwartier lang wezenloos voor zich uit te staren. De volgende bewegingen voerde hij uit als een robot. De envelop van de rijkswacht openscheuren. Het proces-verbaal er uithalen. Zijn bril opzetten. Beginnen te lezen.

De lectuur had een onverwacht effect. Ze eiste zijn volle aandacht. Hierdoor was hij in staat afstand te nemen van de inhoud alsof die niet voor hem bestemd was. Hij concentreerde zich erop als op een ingewikkelde juridische tekst en maakte notities op een blocnote.

22:30 uur L. belt de dierenarts op voor een paard met koliek.
22:50 uur Dierenarts arriveert op Oude Baan.

Kort daarop lawaai buiten.
In het licht van schijnw. zien ze dat I. wordt aangevallen door een pitbull. Bestelwagen van BINECO pvba uit Vilvoorde. Sanitair.
Twee mannen in overall trekken p.b. los en rijden weg.
Een is lang en blond, de tweede is klein met moustache plus favories.
23:09 uur Rw. Brecht wordt opgebeld.
23:21 uur Rw. arriveert. Dierenarts is er al. Hij heeft een bloedneus, zogezegd veroorzaakt door de stamp van een koe. Ze is dus niet naar hem thuis gereden.
Conclusie: L. heeft een verhaal verzonnen.

Opnieuw zat de PG wezenloos voor zich uit te staren. Opeens veranderde zijn gezicht in een masker. Hij vertrok zijn mond dat zijn tanden bloot kwamen. Heel langzaam en zorgvuldig, in drukletters, schreef hij: DAARNA HEBBEN ZE SAMEN LANGOEST EN ZALM GEGETEN. Hij liet zich achterover zakken, legde zijn hoofd tegen de zachtleren rugleuning van de bureaustoel en sloot zijn ogen.

Het duurde tot tien voor één voordat de PG opnieuw in staat was om normaal te denken. Hij kwam achter zijn bureau vandaan en liep met gebogen hoofd naar de muurkast van massief palissanderhout. Hij schoof een deur open, haalde de *Gouden Gids* van Brussel uit de serie telefoonboeken van België en legde hem op zijn bureau. Rechtop zocht hij onder de rubriek 'Sanitaire Inrichtingen'. Geen enkele firma die BINECO pvba heette. Ze zullen de naam weer verkeerd genoteerd hebben, zoals meestal, dacht hij.

Hij sloeg de *Gouden Gids* met een klap dicht en gooide 'm terug in de kast boven op de telefoonboeken. Hij gleed eraf en viel op de vloer. Hij gaf hem een trap, zodat hij onder het bureau terechtkwam. Terwijl hij naar de firma zocht, had hij gemerkt dat zijn handen beefden als bij een oude man. Hij had opnieuw hoofdpijn, voelde zich slap en had moeite om zich te concentreren. Toch was hij vastbesloten die rotzaak op te klaren, alleen al vanwege het gezichtsverlies als hij het niet zou doen. Hij keek op z'n horloge. Bijna lunchpauze. Hij ging opnieuw aan zijn bureau zitten, belde procureur des Konings Marc Keymeulen op en gaf hem op rustige toon de order hem ten officieuzen titel, een kopie van de processen-verbaal van de rijkswachtbrigade Brecht te laten geworden. Wat hij daarnet vroeg, was in alle opzichten ongewoon, maar in de gegeven omstandigheden kon het hem geen barst schelen. Procureur Keymeulen zou z'n mond houden, daar was hij van overtuigd. Die besefte uiteraard dat een eventueel lek alleen van hém kon komen en hij wist dat procureur-generaal Savelkoul een gruwelijke hekel had aan lekken.

'Zeker, meneer de procureur-generaal,' had hij gezegd, 'dat komt in orde.'

Waar is de tijd, dacht hij, dat hij de toenmalige PG bij zijn voornaam noemde en zomaar bij hem binnenliep, al was hij nog maar eerste substituut. Voor het eerst die ochtend kon er een glimlach af.

Hij dacht er even aan om majoor De Vreker te laten zoeken naar de firma BINECO, maar hij vond het verstandiger daar nog wat mee te wachten.

Hij had die ochtend niet ontbeten en ondanks de stress kreeg hij honger. Hij belde naar huis. Maria Landowska nam op.

'Hallo, Maria...'

'Ist Sie, meneer Albert?'

'Ik kom eten.'

'Ich heb nichs fertig, meneer Albert!'

'Trzy jajka z mocna kawa jest dobze.'[3]

'Bardzo dobze, pan Albert.'[4]

Hij legde de hoorn neer en wreef over zijn ogen, die pijn deden.

Het vooruitzicht in de keuken te lunchen in het gezelschap van Maria Landowska beurde hem al met al een beetje op. Het deed hem denken aan vroeger, toen hij met zijn moeder in de keuken lekkere dingen at die ze speciaal voor hem klaarmaakte.

De lunch in restaurant Le Cygne, waar jonkheer van Reyn Paul Hersch had geïnviteerd, was allesbehalve gezellig. Van Reyn, die als vicaris van de prelatuur in het bijzijn van Opus Dei-mensen deed alsof hij een geheelonthouder was, dronk alleen water en at één sober visgerecht. Paul Hersch liet het zich goed smaken. Hij dronk een aperitief, bestelde een fles rully en dronk die uit bij het voorgerecht (een assortiment gerookte paling en zalm) en het hoofdgerecht (gegrilde tarbot).

Van Reyn stoorde zich bovendien enorm aan de tafelmanieren van Hersch, en diens tenue stond hem allerminst aan: een versleten sportjasje dat te klein was op een niet al te proper hemd met een das uit de jaren zestig. Hijzelf was gekleed in een elegant zwart streepjespak met een prachtig lichtblauw hemd en een Eton-das die erbij vloekte, maar de dassen van de laatste mode vond hij vulgair.

Over de eigenlijke zaak werd met geen woord gerept. Toen van Reyn bij de koffie eindelijk ter zake kwam, luisterde Hersch aandachtig, opende de envelop die hem werd overhandigd en keek verstrooid naar de foto's plus de informatie over de Zwitserse rekening. Hij stak de foto's terug in de envelop en schoof hem ter zijde.

Hij fronste de wenkbrauwen, strekte zijn enorme torso zodat hij de verpersoonlijking werd van het woord *Sitzriese* en verklaarde botweg dat van Reyn voor zo'n karwei maar beter een professional kon uitzoeken, bijvoorbeeld een privé-detective, of een huurmoordenaar.

'Paul, *asjeblieft*, het moet *onder Ons* blijven,' smeekte hij met een zuinig glimlachje. Hij deed of hij het woord *huurmoordenaar* niet had gehoord. Hij sprak precieus maar correct Nederlands, zij het met een licht Antwerps accent. De g's sprak hij uit als ch, exact zoals wijlen koning Boudewijn.

'No, sir.'

Van Reyn trok een gezicht alsof hij ergens een pijnscheut kreeg. 'Beste Paul, het is u' *pliecht* als numerair.'

Hij maakte een snuivend geluid en zijn hoofd sidderde zoals telkens als hij zich ergerde aan lieden van de lagere klasse, een aristocratisch gebaartje uit een heel repertoire dat met grote precisie werd uitgevoerd, ter illustratie van een theatrale opmerking.

'No, sir.'

'Het plan komt uit *Rome*.'

Het was een vaststelling die op een toon werd uitgesproken, alsof elke discussie voortaan overbodig was.

'Kan me nie schele.'

Van Reyn nipte van zijn koffie, vroeg een kannetje heet water om erbij te voegen en zei nadat hij had uitgeademd, waarbij beide polsen in een strakke v-vorm werden gedraaid en het hoofd een kwartslag naar links maakte: 'Je weet toch wat er met u' *voorganger* gebeurd is...'

'Paco had een *geloofscrisis*, da's iet anders, Hervé.'

'Nu is hij onderpastoor ergens in het Baskenland, pff.'

'Ik hoop dat hij gelukkig is.'

'Ik heb nooit g'hoord wat ge zopas gezegd hebt. Rome wíl het. *Absoluut*.'

'Wíe in Rome?'

Het hoofd van jonkheer van Reyn sidderde opnieuw. 'Is het nodig dat ik namen noem?'

'Ja.'

'Joaquin.'

'Pla y Daniel?'

'Mm.'

'O, die...'

'Hebt ge *scrupules*?'

'Het gaat hier tenslotte over chantage en afpersing van een hoge magistraat, vader van een kandidaat-numerair.' Hij liet zijn zware vuist op de tafel neerkomen, zodat de kopjes rinkelden. Een van de kelners keek in hun richting.

'Werp de scrupules van u af, die u van de innerlijke vrede beroven. Gehoorzaam!' siste van Reyn ingehouden.

'Spreuk 258. Ge moet ze mij nie lere.'

'*Gehoorzaam*! God zal de lauwen uitbraken! Vecht tegen de slapheid!'

'Ik word dus tot iets verplicht wat tegen de Belgische wet is...'

'Als u geen vrede vindt in de gehoorzaamheid, dan is dat

omdat u *hoogmoedig* bent. Binnenkort, een kwestie van jaren, misschien dagen, zult u nog slechts een hoop stinkend vlees zijn: wormen, slecht riekende vochten, vuile lappen van een doodskleed... en níemand op aarde die nog aan u denkt.'

Paul Hersch keek kwaad opzij. Zijn ogen puilden nog meer dan anders. O, wat is die man lelijk, dacht jonkheer van Reyn.

'Dus in Rome willen ze absoluut dat ík het doe?'

'Ja, Paul.'

Hersch sloot de ogen, vouwde zijn handen en bleef zo enkele minuten roerloos zitten, terwijl van Reyn met kleine teugjes zijn koffie opdronk.

Hij opende de ogen, keek van Reyn recht in zijn gezicht en zei kortaf: '*Serviam.*'

Van Reyn knikte zonder een spoor van een glimlach, wenkte een kelner, die toesnelde met een zilveren schaaltje waarop een bordeauxrood namaak leren mapje lag. Zonder naar de rekening te kijken stak hij een biljet van tienduizend in het mapje.

Hij nam de envelop met de informatie en overhandigde hem. Paul Hersch vouwde hem dubbel en stak hem in zijn binnenzak.

11

Die nacht omstreeks halftwaalf reed Jean Materne stapvoets, met zacht spinnende motor op de Oude Baan voorbij het hoevetje, waarvan de blinden dicht waren. Men was daar blijkbaar nog op, want er scheen licht doorheen de kieren.

Materne zat aan het stuur van een rode Honda NSX van meer dan vier miljoen met spoilers en vier mistlampen, die hij het jaar tevoren had gekocht en waarvoor hij zich diep in de schulden had gewerkt bij twee banken.

Hij reed nog een driehonderdtal meter verder, tot hij midden in het bos kwam, waar hij de auto uiterst rechts in het buntgras van de berm parkeerde.

Hij keek op zijn horloge, haalde een zwarte bivakmuts uit een reistas naast hem, en trok hem over zijn hoofd. Hij opende het handschoenkastje en haalde er een FN Browning 9mm GP uit, die voorzien was van een geluidsdemper, stak het wapen in de broekzak van zijn zwarte trainingspak en stapte uit. Het was een heldere koele nacht met zoals vierentwintig uren tevoren een halve maan hoog in de lucht en lichte nevelflarden boven de zandweg. Hij keek rond en luisterde, opende de bagagekoffer en haalde er twee nummerplaten uit die voorzien waren van magneten. Hij kleefde ze van voren en van achteren op de originele exemplaren en sloot de portieren met afstandsbediening. Hij haalde het pistool te voorschijn, liet de slide open en dicht gaan, legde de veiligheidspal om, en stak het wapen weer op zak. Hij had de kruitlading van de patronen plus de spanning van de terugslagveer verminderd om het schot zoveel mogelijk te dempen.

Met sluipende passen en licht gebogen liep hij snel in de richting van het hoevetje. Toen hij vlakbij was, hield hij stil en luisterde met zijn oor tegen de voordeur. Binnen klonk het doffe gebonk van hardrock. Hij liep voorbij en keek rond. In de wei erachter zag hij twee donkere schimmen. Onmiddellijk wist hij dat het paarden waren.

'Wat 'n geluk,' zei hij halfhardop en hij onderdrukte een schoklachje. Voorzichtig sloop hij rakelings langs de garage, exact zoals hij bij de para's had geleerd. Bij de prikkeldraadomheining van de weide bleef hij staan. De paarden stonden op ongeveer vijftig meter van hem vandaan. Ze hadden zijn aanwezigheid opgemerkt. Ze stonden vlak bij elkaar en bewogen niet.

Materne kroop lenig onder het prikkeldraad door, liep in de richting van de paarden, haalde het pistool te voorschijn en legde de veiligheidspal om. Toen hij op ongeveer tien meter van de paarden gekomen was, klakte hij met zijn tong. In het maanlicht zag hij dat het ene paard zijn oren spitste terwijl het andere snoof en diep in zijn keel hinnikte. Hij was geen ruiter maar hij wist genoeg over het gedrag van paarden om geen onnodige risico's te nemen. Uiterst behoedzaam naderde hij tot vlak bij een van de paarden, hief het pistool met gestrekte arm op ooghoogte en mikte op de bovenkant van het hoofd. Toen hij de trekker overhaalde, klonk alleen het geluid van de open en dichtslaande slide. Het paard kreeg een schok, zakte met een dof gekreun ineen, viel om, stuiptrekte met de achterpoten en bleef stil liggen.

De eerste seconde reageerde het andere paard dat op enkele meters daarvandaan stond, niet. Maar opeens steigerde het, stootte een schril gehinnik uit dat weergalmde tot tegen de bossen, sprong vooruit op de achterpoten en liet de hoeven van zijn voorpoten met volle kracht op het wezen terechtkomen dat iets met zijn moeder had gedaan wat ongewoon en verdacht was. Het wezen slaakte een kreet van pijn en viel op de grond. Het instinct van de hengst beval hem een tweede keer tot de aanval over te gaan. Met het geluid van een rubberhamer op een volle jerrycan smakte hij zijn voorhoeven in het dubbelgeplooide lichaam van het wezen dat huilde van de pijn. Toen het niet meer bewoog, liet hij het hoofd zakken en besnuffelde het lichaam van de mens die in zijn territorium was binnengedrongen en die hem als beschermer van zijn moeder had willen intimideren. Daarna besnuffelde hij zijn moeder die in enkele seconden van geur was veranderd en op geen enkel van zijn signalen meer reageerde. Hij snoof hevig, strekte zijn nek en draafde in de richting van de stal, bleef staan bij de prikkeldraadomheining en bracht een luid, bang, doordringend gehinnik uit dat meer op het angstgeloei van een koe leek. Vanuit het huis werd het beantwoord door geblaf.

Om tien minuten voor middernacht werd vanuit Sint-Job-in-'t-Goor het spoednummer van de rijkswachtcentrale 101 opgebeld, die onmiddellijk doorschakelde naar de brigade van Brecht. Dezelfde nachtploeg van vierentwintig uur tevoren had dienst. Eerste wachtmeester Ramael nam de hoorn op en luisterde naar een hysterische vrouw die hem het relaas deed van een aanslag op een van haar paarden, waarschijnlijk door dezelfde kerels die gisteren hun pitbull op haar labrador hadden afgestuurd, zodat die bijna werd doodgebeten.

'Blijf ter plekke en raak niets aan,' ried Ramael haar aan. 'We kome.'

'Ik blijf hier gene moment langer, ik ga t'rug mij m'n *moeder* wone!' schreeuwde de vrouw, die totaal buiten zichzelf leek.

'Asjeblieft madame, kalmeer u en wacht op ons, we zijn er binnen de tien minute.'

Hij legde de hoorn neer en zei tegen opperwachtmeester Verhaert: 'Charel, 't was Dubois vanop d'Ou'Baan in Sint-Job. Z'heeft weer prijs. Nu schijnt een van haar peerde doodgeschote.'

'Komaan!'

Wat later vertrok de Pontiac combi met loeiende sirenes.

Toen ze acht minuten later arriveerden was Louise Dubois koortsachtig doende allerlei spullen in haar auto te laden. Ze was uitzinnig en herhaalde alsmaar dat ze voorgoed dat 'spookhuis' verliet en dat ze bij haar moeder ging wonen. Ze had een gezwollen wang en een blauw oog. De labrador leek doodsbang en volgde haar op de voet.

De rijkswachters probeerden haar te kalmeren door te zeggen dat ze eerst een verklaring moest afleggen. Ten slotte kregen ze haar zo ver dat ze met hen meeging naar de weide, waar ze zich luid snikkend op het dode paard liet vallen en 'Yamma! Yamma!' riep.

Opeens vloog ze overeind, wees naar iets achter haar en ze schreeuwde met overslaande stem: 'Dáár ligt 'm, de rotzak, de moordenaar!'

Ramael richtte de straal van zijn Maglite op het lichaam van iemand in een zwart trainingspak en met een bivakmuts op die roerloos, met opgetrokken knieën in het natte gras lag. De twee rijkswachters liepen naar hem toe en toen zagen ze, nadat ze de bivakmuts hadden afgetrokken, dat de man een grote snor en bakkebaarden had, wat overeenkwam met de beschrijving van de eigenaar van de pitbull. Zijn trainingspak zat onder het bloed. Toen Ramael in zijn gezicht scheen, knipperde hij en begon te kreunen. Bijna onverstaanbaar bracht hij uit dat zijn rug gebroken was en dat hij zich niet meer kon bewegen.

'John, roep 'n ambulance,' zei Verhaert, die zich bukte om het pistool op te rapen.

'Wat da w'hier hebbe: een GP met een *geluidsdemper*, goddverdoeme!'

'Het is dezelfde van gisterenavond! Die met z'n pitbull! Ik weet het zeker!' riep Louise Dubois. Ze wilde op hem toelopen om hem een trap te geven, maar ze werd tegengehouden.

'Roep 'n ambulance,' herhaalde Verhaert, 'ik doe hem de handboeien aan.'

'Nee, geen boeien!' riep de man.

'Ha, hij kan ineens spreke, da's goe. Kom hier, varke, gèft oe polse.'

'Geen handboeie!' beval Ramael. 'Hij kan tóch nie lope.' Tegen Louise Dubois zei hij: 'Kom, madame, we gaan naar binnen om u' verklaring t'actére.'

'Moordenaar!' schreeuwde Louise Dubois naar de man.

Neuriënd liep de PG de trap op naar zijn slaapkamer. Tot middernacht had hij met Maria Landowska in de keuken zitten te praten. Ze had eten klaargemaakt en hij had haar gevraagd mee te eten. Ze had hem een vreemde blik toegeworpen en zonder een woord toegestemd. Ze had jeans aan en een wit T-shirtje. Ze droeg het haar in een dikke rosse paardenstaart. Ze had een entrecote klaargemaakt met sla en bruin brood. Hij had gevraagd of ze zin had in wijn.

'Tak,'[1] had ze geantwoord met iets als een spotlachje.

Na de eerste fles chevrey chambertin 1990 had hij een tweede geopend. De wijn was heerlijk en had een volle nasmaak van bessen.

Terwijl ze samen om een onbekende reden jeugdherinneringen ophaalden, hij in een zijden hemd zonder das, was er ondanks het rare taaltje waarmee ze communiceerden, een evidente vertrouwelijkheid ontstaan. Dat was waarschijnlijk te danken aan het feit dat zij van boerenafkomst was en dat hij zijn jeugd hoofdzakelijk op het platteland had doorgebracht. Toen ze vertelde dat ze al vanaf haar twaalfde op de hoeve van haar oom paardreed, was hij uitgebreid over Soliman gaan praten alsof het de gewoonste zaak van de wereld was. Het had hem enorm opgelucht. Ze had aandachtig zitten luisteren.

'Ik weet dat sie 'n Pferd hebt,' had ze gezegd.

Hij had moeten glimlachen. Ze had van de wijn gedronken zonder iets te zeggen over de kwaliteit, maar ze had er merkbaar van genoten.

Na een stilte had ze gezegd: 'Madame liebt geen Pferden.'

'Nee, Maria, madame liebt geen Pferden,' had hij geantwoord. Ze had hem lang en doordringend bekeken met haar helblauwe ogen.

'Ich möchte wel gern 'n wodkatje drinken,' had ze opeens gezegd.

Hij had een fles Wiborowa in huis. Ze dronk zonder te verblozen twee glazen en werd zwijgzaam.

Terwijl hij de tweede fles wijn uitdronk, had hij gezegd: 'Het heeft me goed gedaan met jou over *echte dingen* te praten.'

'Ze had geglimlacht en geantwoord: 'Sie *brauchten* es, meneer Albert.'

'Ja, Maria.'

De PG was opgestaan en had haar een goede nacht gewenst. Hij had nog snel een koude douche genomen, zich afgedroogd en was bloot naar de slaapkamer gelopen, waar hij onder de dekens kroop en onmiddellijk insliep.

Midden in zijn slaap werd hij oneindig zacht gewekt door een warm naakt lichaam dat dicht bij hem onder de dekens gleed, zich aan hem vastklampte en hem kreunend begon te kussen met een mond die naar alcohol proefde. Hij voelde een onweerstaanbare erectie opkomen, (Louise is terug, ging het door hem heen), hij opende zijn ogen en keek in die van Maria Landowska, die haar lange rosse haar rond zijn nek legde, zijn ogen kuste, zijn penis greep en haar borsten tegen hem aanwreef. Ze sloeg één been over zijn heup, liet zijn penis los, legde haar armen als een ijzeren klem om zijn hals en fluisterde hijgend in zijn oor: 'Niebo!'

'Wat betekent *niebo*, Maria?' vroeg hij terwijl hij kreunend van genot in haar gleed en zijn neus in haar oksel drukte, die licht naar muskus en boter rook.

'Himmel,' antwoordde ze, 'komm mee in de Himmel.'

'Maria...'

'Meneer Albert...'

'Je mag m'n voornaam noemen zonder meneer.'

'Niemals. Voor mij bleibt u meneer Albert. Ich drehe mich um. Ich lig gerne op den Bauch.'

'Pozadku, Maria, zoals de paarden.'

Ze ging op haar buik liggen, stak haar stevige kont omhoog en greep de penis van de PG om hem naar de juiste plek te brengen.

12

De PG ontwaakte als uit een droom. Met iets wat leek op een serie elektrische schokken werd hij overweldigd door een immense vreugde die veranderde in tastbare realiteit: de gespierde, warme blote kont van Maria Landowska, die zijn penis platdrukte, haar rug, haar hals, het dichte krulhaar, dat hij tussen zijn lippen nam en waar hij zachtjes aan begon te zuigen. Ze snurkte bijna onhoorbaar. In het ochtendlicht keek hij naar haar oortjes, die meeademden. Ze rook naar aarde en dorre bladeren. In jaren had hij zich niet meer zo jong, sterk en ongenaakbaar gevoeld. Alle prostaatproblemen waren van de aardbol verdwenen. Hij had twee keer de liefde bedreven, terwijl zijn Pools natuurkind bijtend in het kussen klaarkwam op het moment dat hij ejaculeerde.

Ze was op haar buik blijven liggen, snikkend, allerlei Poolse woorden mompelend, haar hoofd omdraaiend om hem met kusjes en likjes te overdekken. Nooit tevoren had hij zo'n wijfje gekend. Hij wist gewoon niet dat zoiets op aarde kon bestaan, Louise verdween in een verre nevel, Amandine was nooit geboren, alleen sommige hoertjes uit de stationsbuurt kwamen hem opnieuw voor de geest: spontane, vrijgevochten volkskinderen, die zich een zeldzame keer dat de klant in hun smaak viel, tomeloos overgaven aan de liefde.

Maria hield even op met ademen. Ze keerde zich om en bekeek hem brutaal met haar roestvrijstalen gebit bloot, platte ogen, hoge jukbeenderen, auburnkleurig haar, het toonbeeld van een bevredigde vrouw.

'Maria...' was het enige wat hij kon uitbrengen.

'Meneer Albert,' spelde ze terwijl de tranen langs haar wangen begonnen te lopen.

'Maria, nicht weinen, nicht weinen. Bitte.'
'Ich ben zo *szczesliwa*.'[1]
'Wat is dat?'
'Weissnicht. *Radosc. Blogosc...*'
'Ik zal in het woordenboek kijken.'
'Nee, nicht nodig, nicht nodig. Zal ich sofort Kaffee maken?'
'Goed, Maria. Hoe laat is het?'
'Weissnicht. Ich weet nichs meer.'
'Mocna kawa z jajka[2].'
'Klopfen?'
'Ja, wie Regentropfen die auf das Fenster klopfen.'
Hij nam haar hoofdje tussen zijn grote handen en zei met een tederheid die hij nog nooit in zijn leven had getoond: 'Maria, gisteren was ik kein Mensch meer. Nu ben ik opnieuw. *Jung*!'
'Weissich, meneer Albert. Ich weiss alles. Wie meine Mutter.'
'Hoe zegt men *Hexe* in het Pools, Maria?'
'*Czarownica*.'
'Jij bent mijn czarownica.'
Ze legde even twee vingers op zijn lippen, liet zich uit het bed rollen, sprong sportief overeind en liep langzaam, heupwiegend als een mannequin, de handen onder de weelderige haarbos die ze omhooghield, zodat het dichte okselvachtje zichtbaar werd, de slaapkamer uit. Op de overloop begon ze het beroemde Russische lied 'Oche Chernoje' (Zwarte Ogen) te zingen.
De PG draaide zich op zijn rug, legde de handen achter zijn hoofd en zei hardop: 'Czarownica, ik ben *verliefd*!'

Om negen uur, terwijl hij na het ontbijt met Maria zat te praten alsof ze al enkele jaren een gelukkig paar vormden, klonk de telefoon in de eetkamer, vlak bij de keuken.
'Shit,' zei de PG, een modewoord dat hij nu voor de allereerste keer gebruikte.
'Pan Albert, telefon,' zei Maria onnodig. Ze droeg jeans, haar volle borsten staken triomfantelijk vooruit, de haren droeg ze

opnieuw in een paardenstaart, in de hand de beker waaruit de PG net had gedronken. Blootsvoets, in boxershort liep hij naar de eetkamer.

'Hallo.'

'Meneer de procureur-generaal.' Zijn secretaresse. Het was meer dan een jaar geleden dat ze hem thuis had opgebeld.

'Ja, juffrouw.'

'Goeiemorgen, meneer de procureur-generaal, excuseert u me dat ik u stoor.'

'Geen probleem, juffrouw.'

'Meneer de procureur-generaal, de districtscommandant van de rijkswacht, majoor De Vreker, heeft opgebeld.'

'Ja, en?'

'Hij verzoekt u *dringend* contact op te nemen met zijn nummer.'

'Welk nummer?'

'In de kazerne van de Boomsesteenweg, meneer de procureur-generaal.'

'Dank u, juffrouw.'

'Excuseert u me nogmaals dat ik u gestoord heb, meneer de...'

'Het geeft niks, juffrouw.'

De PG gooide de hoorn op de haak, slaakte een zucht, mepte in het rond alsof hij lastige insecten verjoeg en riep in de richting van de keuken: 'Maria, heb jij m'n GSM?'

'Hij ist hier, meneer Albert.'

Hij ging zitten en nam eerst nog een slok koffie. Ze kwam naast hem staan. Hij legde zijn arm om haar taille. Ze streelde over zijn haar en gaf er een kus op. Voor het eerst merkte hij hoe lang ze was.

Hij toetste het nummer van de rijkswacht in.

Een mannenstem zei ambtelijk: 'Rijkswachtdistrict Antwerpen, goeiemorgen.'

De PG dacht: ze leren bij, en antwoordde: 'Goeiemorgen, kan ik de districtscommandant spreken?'

'Met wie heb ik de eer?'

'Met procureur-generaal Savelkoul,' antwoordde hij met een vals lachje.

'Ik speel u door.'

Doorspelen, alweer een nieuw woord, dacht hij.

'De Vreker, goeiemorgen meneer de procureur-generaal.'

'Goeiemorgen, majoor, wat goed nieuws?'

'Euh, eigenlijk zou ik dat liever met u persoonlijk bespreken, meneer de procureur-generaal.'

'Goed, majoor. Laten we zeggen binnen een uurtje op mijn kabinet?'

'Ik zal er zijn, meneer de procureur-generaal.'

Hij zette de GSM uit en dacht er opeens aan dat hij anders op dit uur al ten minste twee keer met Louise had gebeld. Vreemd, dacht hij, het doet me niks. Wat is er opeens gebeurd? Hij keek naar Maria Landowska en vroeg zich af of het hem eindelijk gegund was *rust* te vinden bij een vrouw.

Hij keek op zijn horloge en zei: 'Ik ga me klaarmaken want ik heb een afspraak.'

Ze knikte en zweeg.

Voordat ze iets kon zeggen, zei hij: 'Vanmiddag kom ik samen met je eten.'

'Was willst du?'

Het was de eerste keer dat ze hem tutoyeerde, bovendien in het Duits. Hij moest even glimlachen.

'Ik zal voor een koude hors d'oeuvre zorgen.'

'Kaltes Essen ist kein Essen, zegt man bei Uns in Polen.'

'Maak dan iets warms klaar.'

'Smocze zeby.'

Hij keek haar vragend aan.

'Drachenzähne.'

'Drakentanden? Wat bedoel je?'

'Das sagen de Polnische soldaten voor asperges.'

'Heel goed, maar koop alleen Belgische. Met botersaus en geplette harde Eier. Ik zorg voor Tarte.' Hij wist dat ze gek was op zoetigheden.

Ze knikte en begon trager dan anders de tafel af te ruimen. Voor hij naar boven ging om zich klaar te maken, nam hij haar in zijn armen en kuste haar terwijl hij het topje van zijn tong over haar stalen gebit liet gaan, wat haar kippenvel deed krijgen. Het gebit had een penetrante smaak die hij niet kon thuisbrengen.

Ze gaf hem een lichte hondenbeet in zijn schouderspier. Ze voelde dat hij een erectie kreeg maar het enige wat ze deed, was even haar hand over zijn boxershort laten gaan.

Terwijl hij 'Zwarte Ogen' neuriënd de trap op liep, dacht hij: als Amandine ons zo moest zien, dan vraag ik me bij God af hoe ze zou reageren. Hij kreeg een lachstuip.

Toen hij voorbij het Mariabeeldje liep, zag hij tot zijn verbazing dat er geen bloemen voor stonden. Tot een spottend 'Salve Regina!' kwam het niet. De zaak liet hem compleet koud.

Nadat hij een bad had genomen en zich had geschoren, liep hij even zijn kamer binnen en nam het boekje *The Teaching of Buddha* uit het rek. Hij opende het op pagina 440 en las:

> 'Of the third type there are those who are more broad-minded and do not become angry very often, who know how to control a greedy mind but are not able to avoid feelings of jealousy.'

Hij dacht na over het verschil tussen afgunst en jaloersheid. Maria mag *jaloers* zijn op mij, dacht hij, als ze maar niet *afgunstig* is op geld en bezit.

Glimlachend sloot hij het boekje en schoof het opnieuw tussen de Spaanse en de Zuid-Afrikaanse versie van het Nieuwe Testament.

13

Majoor De Vreker zat in de 'antichambre' te wachten met een attachékoffer bij de hand. Omstreeks tien uur beende de PG langs de portrettengalerij naar zijn kabinet, waarvan de deur op Amerikaanse wijze openstond. De majoor veerde rechtop. De PG wuifde, gaf de majoor een stevige hand, vroeg hoe het met hem was en zei dat hij geluk had, want de ploeg arbeiders was eindelijk klaar met het karwei, zodat ze elkaar tenminste konden verstaan.

'Dank u wel, meneer de procureur-generaal,' antwoordde De Vreker vormelijk, lichtjes verbaasd over de ongewone jovialiteit die hem te beurt viel.

Hij was in burger. Een donkerblauw pak met een lichtblauw hemd en een rood-en-zwart gestreepte das, een kleurencombinatie die niet veel verschilde van het rijkswachtuniform. Hij was een knappe verschijning. Even lang als de PG, blond, slank en kortgeknipt. Hij was een uitstekende ruiter en met de PG had hij al eens een interessant gesprek over paarden gehad, onder meer over de beroemde inrijmethode van Monty Roberts, die met paarden kon práten.

De PG nodigde hem uit in een van de fauteuils plaats te nemen in een hoek van het kabinet, de 'salon', waar hij bij voorkeur bezoekers van een zekere rang ontving.

'Koffie, majoor, of liever iets anders?' informeerde hij.

'Graag koffie, meneer de procureur-generaal.'

De PG liep naar zijn bureau, toetste het nummer van een binnenlijn en zei effen: 'Twee koffie, asjeblieft.'

Hij ging tegenover de majoor zitten en keek hem aan.

Majoor De Vreker was een voorstander van de no nonsense-benadering. Zonder een woord opende hij de attachékoffer, haalde er een map uit en overhandigde hem aan de PG, die hem opende en enkele getypte Pro Justitiavellen te voorschijn haalde. Hij hield het eerste vel op ongeveer dertig centimeter van zijn ogen en kneep ze tot spleetjes. In de aanwezigheid van de majoor zou hij nooit een bril opzetten.

De majoor had een techniek om met geloken blik ter zijde te kijken en toch alles in de gaten te houden.

Naarmate de PG vorderde, verstrakte zijn gezicht. Op een bepaald moment verbleekte hij, kneep zijn mond samen tot een streep en zonder de majoor aan te kijken, stond hij op, liep naar het bureau en toetste een nummer in. Hij kreeg geen gehoor. Na een minuut legde hij de hoorn op de haak en ging weer zitten. Hij zag nog altijd doodsbleek. Hij hernam zijn lectuur.

Zonder op te kijken zei hij: 'Majoor, weet u wélk paard er werd doodgeschoten?'

'Een merrie, meneer de procureur-generaal.'

'Het andere paard leeft dus nog?'

'Inderdaad.'

De PG sloot even zijn ogen, strekte zijn rug en begon opnieuw te lezen.

De secretaresse kwam binnen met een serveerblad waarop twee kopjes stonden plus een nikkelen thermoskan, melk, suiker en chocolaatjes.

'Dank u,' zei de majoor in plaats van de PG, die verdiept was in zijn lectuur.

Zonder op te kijken zei deze: 'Sluit de deur, asjeblieft, juffrouw.' Daarna heerste er een abstracte stilte.

Toen hij klaar was, stak de PG de vellen langzaam weer in de map, schroefde het dekseltje van de thermoskan en voorzag de majoor en zichzelf van koffie. Hij dronk zwijgend met kleine teugjes.

Majoor De Vreker bewoog geen spier en wachtte.

De PG kuchte en zei met zijn gewone diepe, rustige bariton: 'En is de verdachte al verhoord omtrent zijn identiteit en beroep?'

'Nee, meneer de procureur-generaal, zoals u gelezen hebt, heeft de genaamde Materne Jean alleen bekend dat hij *wraak* heeft genomen omdat de dierenarts, de genaamde D'Hoog Johannes twee dagen tevoren zijn pitbull had doodgeschoten. Hij had geen identiteitskaart bij zich. Hij heeft zijn naam vrijwillig gegeven. Zijn adres weigerde hij echter bekend te maken.'

'Is alle informatie nagetrokken?' vroeg de PG kortaf.

'D'Hoog Johannes is spoorloos.'

De PG trok zijn wenkbrauwen op maar gaf geen commentaar. Gelukkig werd er over Louise niet gesproken. Hij vond dat een beetje raar, maar hij hield zijn mond.

'Is er een opsporingsbericht voor D'Hoog?'

'Uiteraard, meneer de procureur-generaal.'

'Heeft men er niet uitgekregen waarom Materne eergisteren 's nachts rond het huis liep te spioneren? En wie zijn medeplichtige is?'

'Momenteel is hij nog onder narcose. Hij werd geopereerd van een dubbele bekkenbreuk ten gevolge van een stamp van een der paarden.'

'Is hij met een auto gekomen?'

'Ja, maar hij weigerde te zeggen waar die was.'

'En heeft men de auto nog altijd niet gevonden?'

'Nee...'

De majoor kuchte enkele keren.

'Wat denkt u van BINECO?' vroeg de PG.

De majoor trok een bedenkelijk gezicht. 'We zijn op zoek, meneer de procureur-generaal, maar in heel Vilvoorde is er geen enkele firma van sanitaire inrichtingen met die naam.'

'Wie is er met het verdere onderzoek belast?'

'De BOB. In opdracht van het parket,' antwoordde De Vreker na een korte aarzeling.

'Heeft men nog geen vermoeden in een bepaalde richting?'

'Nee, nog niet.'

De majoor wendde zijn blik af. Hij greep zijn kopje en dronk van de koffie.

De PG dacht na en zei opeens: 'Rijdt u even mee met mij om ter plekke te gaan kijken?'

De majoor had dit voorstel min of meer verwacht, maar hij liet daar niets van blijken. 'Mijn dienstwagen staat ter beschikking, meneer de procureur-generaal,' zei hij, maar hij besefte meteen dat dit een onhandige suggestie was.

'Neenee, we gaan met mijn privé-auto.'

De PG stond op en opende de deur. Majoor De Vreker nam zijn attachékoffer en volgde hem.

Toen de PG en majoor De Vreker om tien voor elf bij het hoevetje aan de Oude Baan uitstapten, gebeurde er iets vreemds. Zonder enige afspraak gingen ze over tot wat in politiejargon 'de taakverdeling' heet. Het ging zo vanzelfsprekend en vlot, dat op zeker moment de PG aan een Franse uitdrukking moest denken: *des atomes crochus*. Hij opende de voordeur met een Yale-sleutel die aan een ring met andere sleutels hing. Majoor De Vreker volgde hem naar binnen. De PG had min of meer verwacht wat hij nu te zien kreeg, maar desondanks trof het hem als een stomp in zijn maag. Hij hield even de adem in. Hij bleef staan en begon door zijn mond te ademen. Alle sierstukken die hij haar ooit cadeau had gedaan waren weg: de Engelse jachttaferelen, de paardencollectie. Ook de pluchen beesten, de kussens, de tapijten. Hij dacht: alles wat niet te heet of te zwaar is. De .22-karabijn lag ostentatief voor de open haard. Hij had meteen gezien dat de notelaarhouten kolf geschramd was.

Hij dacht: dit is het definitieve einde van een al bij al gelukkige periode. En ze heeft Igor meegenomen, ging het ook door hem heen. Vreemd genoeg deed dit hem niets. Het was tenslotte háár hond geweest. *Soliman* leefde nog, dát was alles wat telde.

'Majoor, ik ga even naar het paard kijken,' zei hij voor zich uit. Zijn stem weerkaatste hol in de lege kamer. Hij wou zeggen: 'Kijkt u even rond?' maar de majoor vroeg: 'Mag ik even rondkijken, meneer de procureur-generaal?'

De PG ging naar buiten waar de zon scheen als in de volle zomer en keek om zich heen of er niemand in de buurt was op weg naar de paardenstal. Leeg. In de verste uithoek van de weide, in de schaduw van het bos, zag hij Soliman staan, die in zijn richting keek in een houding om op de vlucht te gaan.

'Soliman!' riep hij. 'Kom, jongetje, kom!'

Soliman aarzelde één moment, maar kwam toen in rustige galop naar hem toe rennen. De PG kreeg een brok in zijn keel toen hij de soepele gang van zijn paard bewonderde. Voor het eerst drong het tot hem door dat Yamma dood was, het paard waar Louise zo prachtig mee reed en dat in één seconde was veranderd in een kadaver dat nu in de stinkende hel van het vilbeluik lag te rotten. Hij probeerde zijn techniek van psychologisch verweer toe te passen: er niet aan denken omdat er toch niets meer aan te verhelpen was. Het lukte hem niet. Eén gedachte liet hem niet los: het feit dat Louise zoveel van haar paard had gehouden en de verschrikkelijke manier waarop de moeder van Soliman aan haar eind was gekomen. Hij hoopte dat hij nooit gedwongen zou worden tot een confrontatie met de moordenaar.

Soliman hield bruusk stil bij de omheining en hinnikte diep in zijn keel. Hij liet zich over het voorhoofd aaien en de PG drukte zijn wang tegen de warme kaak. Ik heb Soliman-en-Maria, dacht hij almaar, ik heb Soliman-en-Maria. Hij gaf het paard een stomp tegen de flank, strekte zijn rug, keek om zich heen en dacht aan praktische oplossingen. Hij zou Soliman voorlopig in een manege moeten onderbrengen. Het hoevetje stond op naam van Louise. Hij wist met grote zekerheid dat ze nooit op haar beslissing zou terugkomen. Hij zou met haar moeder moeten bellen om te vragen waar ze was.

'Meneer de procureur-generaal,' hoorde hij achter hem.

Hij keek om. De majoor kwam naar hem toe en toonde iets dat hij tussen duim en wijsvinger hield: een lege .22 long riflehuls.

'Hetzelfde merk als de munitie in de karabijn?' informeerde de PG glimlachend.

'Inderdaad. Lag in het gras,' antwoordde De Vreker in elliptische politietaal.

Er werd dus tóch met mijn wapen geschoten, dacht de PG, die de wraakversie van Materne maar half had geloofd.

'Neem het wapen in beslag, majoor,' zei hij enkel.

'Ik persoonlijk?'

'Als u zo goed wil zijn.'

'Oké,' antwoordde de majoor als met tegenzin.

'U zei dat er een opsporingsbericht is tegen D'Hoog?' vroeg de PG.

'Jawel.'

De PG aaide Soliman nadenkend tussen de oren. 'Hoe vindt u hem?' vroeg hij zonder de majoor aan te kijken.

'Schoon paard. Mooie achterhand. Vier perfecte poten...'

'Andalusische volbloed,' antwoordde de PG, 'vurig en correct.'

Ze zwegen.

Na een poos keek de PG de majoor recht in zijn gezicht en hij zei: 'Ik wil open kaart met u spelen...'

De majoor knikte.

'Dit is de pied-à-terre waar ik mijn vriendin kwam bezoeken.'

'Dat vermoedde ik al, meneer de procureur-generaal.'

'Háár paard werd dus doodgeschoten door een zekere Materne, van wie de pitbull werd doodgeschoten door een zekere Johan D'Hoog, dierenarts in Brecht... Met míjn karabijn...'

De majoor knikte opnieuw.

'We moeten die firma BINECO absoluut vinden...'

'We zijn op zoek, meneer de procureur-generaal,' herhaalde de majoor geduldig.

'Wie zou er achter die zaak zitten, denkt u?'

'Dat weet ik niet.'

'Hebt u geen enkel vermoeden?'

'Nee.'

'*Ik* wel. Mijn vrouw.'

De majoor trok een bedenkelijk gezicht en gaf geen commentaar.

'En daarom ben ik er bijna van overtuigd dat die BINECO-bestelwagen een observatievoertuig is van een detectivebureau.'

'We blijven zoeken, meneer de procureur-generaal. Daar mag u zeker van zijn.'

De PG haalde zijn GSM te voorschijn en toetste het nummer van de moeder van Louise. Die nam zelf op. Toen ze de stem herkende, verbrak ze de verbinding. Zonder te verblozen belde hij de manege op waar hij vroeger af en toe ging rijden. Hij verzocht om zo vlug mogelijk een trailer te sturen.

Dat de moeder van Louise de verbinding had verbroken, luchtte hem in zekere zin op. De PG moest denken aan Bruce Chatwin: mensen van de daad zijn nu eenmaal geneigd om voorbije liefdes snel naar de vergetelheid te verwijzen in de hoop dat de toekomst meer goeds zal brengen.

Terwijl de PG Soliman over de lippen aaide, iets waar het paard niet genoeg van kon krijgen, zei hij strak voor zich uit: 'Majoor, dit blijft dus onder ons...'

'Op mijn erewoord, meneer de procureur-generaal,' antwoordde majoor De Vreker.

Terwijl de PG en majoor De Vreker in de Kempen wachtten op de paardentrailer van de manege, werd in Brussel een ouderwets Belgisch BOB-onderzoek gevoerd: geheim, zonder medeweten van het parket, met andere woorden tegen alle wetten en voorschriften van de rechtsstaat. Het initiatief lag bij de twee rijkswachters van de brigade Brecht. Ze waren vlot hun boekje te buiten gegaan, en dit op uitdrukkelijk verzoek en onder protectie van adjudant van de Antwerpse BOB Jef Vermeersch. Die memorabele nacht hadden ze een contactsleutel uit Materne z'n zak gehaald nadat ze hem herhaaldelijk hadden uitgescholden en bedreigd, en ze waren op eigen houtje op zoek gegaan naar de auto. Ze vonden hem wat verder op de Oude Baan, maakten hem open, vonden de portefeuille van Materne, zijn GSM en een sleutelbos, ontdekten dat er valse magnetische nummerplaten op zaten en belden Vermeersch uit zijn bed. Die sprong in zijn auto en arriveerde een halfuur later. Hij noteerde alles in zijn notitieboekje, nam de portefeuille en de sleutels in beslag, vond het doodjammer dat Materne al naar het ziekenhuis was overgebracht en dat Louise Dubois weggereden was, gaf hun de order niet te proberen de huisdeur te forceren, een proces-verbaal te typen en het onder gesloten omslag en per drager aan de districtscommandant *persoonlijk* te laten afgeven. Waarop hij naar huis reed. Daar belde hij ondanks het nachtelijke uur majoor De Vreker op, met wie hij een uitstekende relatie had, en bracht nauwgezet verslag uit. Ze spraken af het parket nog niet op de hoogte te brengen en een parallel onderzoek te starten in

Brussel, waar Materne was gedomicilieerd. Adjudant Vermeersch plus twee Brusselse BOB'ers deden dezelfde ochtend om negen uur een huiszoeking zonder mandaat van een onderzoeksrechter, met de sleutels van de eigenaar, zodat er geen spoor van inbraak was. De huiszoeking had meteen resultaten. De BOB'ers troffen in de vrijgezellenflat van Jean Materne in de Monrosestraat te Schaarbeek een heel arsenaal oorlogswapens plus munitie aan: drie Kalasjnikov-machinepistolen, twee Fal-NATO geweren met infraroodkijker, acht handgranaten van Tsjechische makelij, rookbommen en een antitankraket van de NATO.

Als vondst was het niet oninteressant, maar waar ze eigenlijk naar zochten vonden ze pas om halftwaalf: het adres van de werkgever van Materne (het detectivebureau Marlowe & Co). Het raadsel van de BINECO-bestelwagen werd daardoor opgelost. Maar er kwam nog een element bij: de directie van Marlowe & Co had 'speciale bindingen' met de Brusselse BOB. Twee jaar tevoren was het detectivebureau door een rijkswachtpatrouille betrapt op een illegale actie: inbraak bij nacht in een onroerendgoedmaatschappij om documenten te kopiëren. De Brusselse BOB had het op een klassiek akkoordje gegooid. De licentie van Marlowe & Co, die in dit geval onmiddellijk zou worden ingetrokken, werd 'kifkif' gelaten op voorwaarde dat het bureau elke interessante informatie desgewenst *fair and square* naar de BOB zou doorspelen.

Na de huiszoeking brachten de BOB'ers een onderzoeksrechter op de hoogte van de illegale huiszoeking (die stelde een geantidateerd mandaat op en zei dat alles okay was)[1]. Daarna reden ze naar Marlowe & Co en hadden een gesprek met de directeur. Toen die vernam wat er aan de hand was, ontbood hij Joost Voorhout, die zich toevallig in huis bevond, voor een kaderledenvergadering. De Belgische Nederlander koos eieren voor zijn geld en probeerde zijn huid te redden door alles te bekennen. Waarop hij ter plekke werd ontslagen.

De directeur werd vriendelijk verzocht de correspondent die de opdracht had gegeven bekend te maken en ook de aard van de opdracht. Toen ze het laatste vernamen, was er op hun gezicht geen enkele reactie te bespeuren. Het telefoonnummer van de opdrachtgever werd in de speciale computer gestopt en men kwam uit op de Belgische prelatuur van het Opus Dei (iets wat de directeur van Marlowe & Co al vanaf het eerste uur had geweten).

De informatie werd genoteerd, maar een van de BOB'ers scheen meer inzicht te hebben in de zaak, namelijk de draagwijdte van een schaduwopdracht aan een detectivebureau door een instituut als het Opus Dei tegen een topmagistraat. Dit betekende zoveel als chantage op het allerhoogste niveau. Alleen het interessantste element (het motief) moest nog aan het licht komen. Het feit dat een procureur-generaal een maîtresse onderhield op een afgelegen hoevetje was in dit verband slechts een pikant fait-divers.

Een van de Brusselse BOB'ers gaf er het commentaar op dat hij ooit van een FBI-collega had gehoord: 'This is dynamite: if you push a case like that too much, the fucking shit will hit the fucking fan.'

De directeur van Marlowe & Co werd nog eens extra op het hart gedrukt dat dit *Onder Ons* moest blijven, maar die hint was eigenlijk overbodig. Tot grote opluchting van de directeur werd hem niet gevraagd of er foto's waren gemaakt.

Omstreeks halftwee arriveerde het drietal in het Brusselse BOB-gebouw aan de Leuvenseweg. Daar belde adjudant Vermeersch zijn districtscommandant. Majoor De Vreker was net op zijn kantoor aangekomen na het merkwaardige bezoek aan het hoevetje op de Oude Baan. Hij had ook meegeholpen om het weerspannige paard op een trailer te krijgen en was met de PG terug naar Antwerpen gereden. Hij was nog geen tien minuten op zijn kantoor en hij zat een hamburger te eten, toen Vermeersch belde vanuit Brussel. Met gefronst voorhoofd noteerde De Vreker de informatie. Hij floot eventjes tussen zijn tanden toen hij de naam *Opus Dei* hoorde, dacht even na en drukte Vermeersch op het hart 'niet te piepen' en zo gauw mogelijk bij hem te komen. Uiteraard was majoor De Vreker in eerste instantie rijkswachtofficier. Zijn loyaliteit tegenover het korps ging boven alles. Zijn dubbelspel met de Antwerpse magistratuur paste daar volgens hem perfect in. Bovendien verwachtte hij in oktober zijn bevordering tot luitenant-kolonel. Zo'n houding kon hij zich anno 1999 rustig permitteren omdat de termen *Octopus* en *Nieuwe Politieke Cultuur* (indertijd gelanceerd tijdens de hysterie rondom de zaak-Dutroux) tijdens de verkiezingscampagne die nu volop op dreef was gekomen, dode letter waren geworden. Zoals gewoonlijk werd er gerekend op het geheugen van de modale kiezer dat was als de staart van een konijn, dit wil zeggen kort. Het laatste werd ten overvloede geïllustreerd door een beroemd geworden boutade van ex-kamervoorzitter Nothomb in de *Cercle Gaulois*: 'La nouvelle culture politique, c'est comme le beaujolais nouveau: ça se boit et ça se pisse.'

De PG had zich als voorzitter van het college van procureurs-generaal altijd formeel akkoord verklaard met de principes van de justitiële hervormingen die de regering voorstelde (en daarna niets doen plus afwachten). Hij deed zoals Pontius Pilatus: de handen in onschuld wassen omdat hij bij ervaring wist dat het in die materie meestal bleef bij beginselverklaringen. Desnoods werd hij door het Hof van Cassatie, dat in dergelijke zaken het laatste woord had, gedekt door magistraten, die zich rigoureus hielden aan de heilige scheiding der machten. In dit verband was er in progressieve kringen een nieuwe uitdrukking ontstaan: op de drempel van de eenentwintigste eeuw wordt België geregeerd door een club van oude mannen die denken dat ze nog altijd in de negentiende eeuw leven.

Terwijl majoor De Vreker zijn hamburger verder opat, genoten de PG en Maria Landowska in de keuken van het herenhuis aan de Amerikalei van asperges met botersaus en geplette harde eieren, besproeid met exquise meursault charmes 1990 uit de kelder van freule de Vreux d'Alembourg, die nota bene in de loop van dc ochtend had opgebeld en aan Maria de boodschap had overgebracht dat ze volgende dinsdag 1 juni naar huis zou komen.

'Hahaaa, dan hebben we 't kot vrij, Maria!' juichte de PG, die zich, gekleed in jeans en een wit Arrow-sporthemdje dat zijn bruine behaarde armen goed deed uitkomen, asperges liet voeren als een jonge vogel. Na elke asperge kreeg hij een kusje op zijn mond.

‘*Kottfrei*, was ist dat?’ informeerde ze met een stralend gezichtje, dat nog mooier was door de opgemaakte ogen, iets wat hij nog nooit bij haar had gezien. Ze had geen paardenstaart, zodat ze volgens hem helemaal leek op een musicerende engel van Van Eyck.

‘Dat we vrij zijn om te doen wat we willen, kochanie.’

‘Zeg nog ’s *kochanie*, meneer Albert?’

‘*Kochanie... Kochanie... Kochanie*,’ zong de PG in drie tonen. Hij dacht: dat ik op m’n ouwe dag nog zo godvergeten verliefd kon worden, wie had ooit zoiets kunnen denken?

Toen de asperges op waren, opende hij de doos waarin de chocoladetaart zat die hij onderweg naar Antwerpen had gekocht bij de beste banketbakker van de stad.

‘Daar drinken we *sauternes* bij!’ riep hij en hij vloog naar de kelder als een jonge kerel.

14

Om halfdrie, nadat de directeur van Marlowe & Co de dreun die hij had gekregen min of meer had verwerkt dankzij twee flinke whisky's plus het toepassen van een techniek die hij 'self-brainstorming' noemde, belde hij in een vlaag van achtervolgingswaan, die zoals steeds werd versterkt door de alcohol, vanuit een openbare telefooncel vlak bij het bureau de Belgische prelatuur van het Opus Dei op. Hij werd doorverbonden met jonkheer Hervé van Reyn, die net terug was uit de kapel waar hij samen met de andere numerairs vijftig Salve Regina's had gebeden in het teken van de Mariamaand. Van Reyn sprak in diplomatieke termen zijn waardering uit over de *documenten* en informeerde nogmaals naar de factuur. De directeur liet hem uitpraten en vertelde hem toen in elliptische politietaal wat er intussen allemaal gebeurd was. Hij verzweeg niets.

'Mm,' mompelde van Reyn sceptisch, 'en, euh... is die situatie *onoverkomelijk*, euh... mister Marlowe?' (Het laatste zei hij spottend.)

'Eigenlijk zou ik het liefst van al een persoonlijk onderhoud met u willen hebben Perálta...'

'Totaal uitgesloten,' repliceerde van Reyn gedecideerd. Zijn hoofd sidderde en zijn mond vertrok alsof hij iets vies proefde, de courante tic bij de adel die hij niet kon onderdrukken telkens wanneer hij werd geconfronteerd met bête reacties van *roturiers*.

'Toch zou ik u *dringend* willen waarschuwen,' drong de directeur aan.

Van Reyn was meteen op zijn hoede. 'Ja, en mag ik ook weten waarom?'

'Oké, dan maar over de telefoon...'

Van Reyn stokte. Hij voelde dat er iets serieus aan de hand was, maar er waren maar weinig dingen die hij erger vond dan gezichtsverlies, een rechtstreeks verraad aan de familiekenspreuk *Droit et en avant*.

'Bon, ik luister,' zei hij met tegenzin.

'Het komt erop neer,' begon de directeur, behoedzaam zijn woorden kiezend, 'dat de documenten die u door ons werden geleverd in het kader van uw opdracht, *onbruikbaar* zijn geworden.'

'Hoezo?' viel van Reyn hem met een hoge stem in de rede.

'Kijk, monsieur, ik zal u precies zeggen wat de gevolgen voor u zouden zijn als u ze tóch zou gebruiken...'

'Mm...'

'Wij zijn er intussen zeker van dat vanwege het politieonderzoek target op de hoogte is van de schietpartij, waarbij een hond en een paard werden doodgeschoten.'

'Dankzij de onvergeeflijke *gaffe* van een van uw, euh... detectives.'

'Dat komt af en toe voor, monsieur,' zei de directeur zuinigjes.

'Dus u neemt het op voor die... die... ik weet niet hoe ik dergelijke individuen moet noemen.'

'Ze zijn allebei stante pede ontslagen.'

'Dat brengt onze zaak geen millimeter vooruit.'

'Mag ik verderpraten, asjeblief?'

'Doe maar.'

'Welnu, dat target procureur-generaal van Antwerpen is, plaatst hem in een bevoorrechte positie om de zaak *uit te spitten* tot de laatste steen bovenkomt als u begrijpt wat ik bedoel.'

'Nee, dat begrijp ik niet.'

'Ik bedoel: dat wij nu in geen geval met de foto's voor de dag mogen komen.'

'En waarom niet?'

'Omdat, ingeval hij gechanteerd wordt door die foto's, hij een totaal andere reactie zou kunnen hebben dan men normaal zou verwachten. Hij is namelijk momenteel op de hoogte van allerlei elementen, die, als er tot op het bot wordt gegaan, in ónze richting zouden kunnen wijzen. Dan zijn we de dupe, met andere woorden dan zit het gerecht achter ons aan. Er is één pluspunt: de politie *weet niet* dat er foto's werden genomen.'

'Goed, ik heb het begrepen, maar er is iets anders: is de relatie van, euh... target met die dame niet serieus gebrouilleerd door wat er is voorgevallen?'

'Momenteel is het huis verlaten,' antwoordde de directeur halsoverkop, een informatie die hij toevallig had opgevangen van de Antwerpse BOB'er en die hij met grote tegenzin prijsgaf, maar het was het enige middel om zijn cliënt te doen bedaren.

'Voor Ons is het van cruciaal belang dat de relatie met die dame gebrouilleerd blíjft...'

'Mm...'

'Wat stelt u voor om er zeker van te zijn dat hij die dame niet meer ontmoet?'

'Het makkelijkste is zijn telefoons na te gaan.'

'Afluisteren?'

'Nee, dat is onmogelijk.'

'Níets is onmogelijk.'

'Perálta, u móet me geloven. Als het mogelijk was, zouden we niet aarzelen het voor u te doen. Ik stel het volgende voor: via elektronische apparatuur noteren we de nummers die hij opbelt, plus de nummers waardoor hij wordt opgebeld. We checken de corresponderende adressen en de ervaring leert ons dat we na enkele dagen interessante dingen te weten komen.'

'Afgesproken, maar dan zou ik een tegenvoorstel willen doen.'

'Zegt u maar.'

'Voor die mislukte operatie zijn we niet bereid te betalen.'

'Als u belooft de foto's op mijn bureau te laten afgeven, then it's a deal.'

'U bent uiteraard verzekerd tegen *stommiteiten* van het personeel...'

'Zoals u zegt,' antwoordde de directeur ingehouden.

'Dan laat ik zo gauw mogelijk de foto's terugbezorgen.'

'We gaan alleen aan de slag als wij ze terug in ons bezit hebben.'

'La confiance règne.'

'Inderdaad.'

Jonkheer van Reyn ging niet in op deze ironie. Hij had allang kopieën van de foto's laten maken die in handen waren van Paul Hersch. De originelen had hij in zijn safe opgeborgen.

'Dan beschouw ik dit onderhoud als afgelopen,' zei hij uit de hoogte.

'Au revoir, Perálta.'

'Au revoir.' Hij wilde de hoorn neerleggen, maar net op tijd zei hij: 'Mag ik de foto's bij u in de brievenbus deponeren?'

'Er is een speciale veiligheidsbus zoals in de banken.'

'Vandaag nog hebt u de foto's.'

Hervé van Reyn legde de hoorn op de haak, steunde met beide ellebogen op zijn bureau, bracht de handen voor zijn ogen en hield zo lang mogelijk de adem in. Toen het ijl werd in zijn hoofd begon hij te hijgen. Hij ordende zijn gedachten volgens een ademhalingstechniek die zijn vriend Navarro Valls hem had geleerd en die hij toepaste telkens wanneer hij in de war was of bij platonische bekoringen, die hem sporadisch overvielen. Toen het langzaam tot hem begon door te dringen dat hij nog altijd een belangrijke troef in handen had, met name de informatie over de Zwitserse bankrekening, strekte hij zijn hals tot het pijn deed en bleef zo honderd tellen lang zitten. Daarna kwam hij overeind uit zijn stoel, spreidde de armen en begon met pathetische stem het Salve Regina te reciteren, het lijfgebed van het Opus Dei, dat elke numerair honderdvijftig keer per dag verplicht is op te zeggen:

Salve Regina misericordiae:
vita, dulcedo et spes nostra, salve.
Ad te clamamus exsules filii Evae.
Ad te suspiramus, gementes et flentes
in hac lacrimarum valle.

Eia ergo advocata nostra
illos tuos misericordes oculos ad nos converte.
Et Jesum, benedictum fructum ventris tui,
nobis post hoc exsilium ostende.
O clemens, o pia, o dulcis Virgo Maria.

Het gebed had het gewenste effect. Het schonk hem kracht en het vernieuwde besef dat hij een lid was van de elitetroepen van het leger van Christus, dat elke seconde van zijn leven heiligt via de plichten van zijn staat, zodat zijn bestaan één lang gebed wordt.

Hij mediteerde nog even over Spreuk nummer 3 van El Padre (*Zorg dat je gedrag een weerspiegeling is van de vrede en de orde in je geest*), ging weer zitten en belde het studententehuis in Leuven op. Zonder omwegen gaf hij Paul Hersch de order 'de actie – u-weet-wel' uit te stellen tot 1 juni, de datum waarop de Mariamaand voorbij was.

'En de foto's worden níet gebruikt,' besloot hij.

'Volgens mij een héél verstandig besluit,' antwoordde Paul Hersch cryptisch.

Nadat hij de hoorn had neergelegd, liep jonkheer van Reyn naar een safe die in een hoek van de kamer stond, draaide aan de vier codeknoppen, opende 'm en haalde er een gele envelop uit. Hij vroeg zich af of mister Marlowe zo naïef was te geloven dat hij alle exemplaren van de foto's in handen zou krijgen.

15

De periode tussen vrijdag 28 mei en dinsdag 1 juni 1999 werd hoofdzakelijk gekenmerkt door twee dingen. Ten eerste: het weer bleef warm en droog met een lichte oostenwind ten gevolge van een anticycloon boven Rusland. Ten tweede: in de activiteiten van de personen die kwaadwillig of zonder het zelf te beseffen een web rond de PG sponnen, trad een zogenaamde adempauze in.

Er was één uitzondering: alle in- en uitgaande telefoons van de PG werden door de Electronical Number Interceptor van Marlowe & Co geregistreerd. Jonkheer van Reyn belde elke avond klokslag zes uur het detectivebureau op, dat de nummers correct doorgaf. Toen bleek dat de PG al twee dagen geen enkele keer het nummer van Louise Dubois in Sint-Job-in-'t-Goor meer had opgebeld, was van Reyn geneigd toe te geven aan iets wat hij in het normale leven ten zeerste wantrouwde: wishful thinking. Zelf belde hij af en toe het nummer op. Geen gehoor. Om helemaal zeker te zijn gaf hij Marlowe & Co de opdracht ter plekke te gaan kijken. Op zondag 30 mei om twee uur in de ochtend verschafte een team zich door middel van valse sleutels toegang tot het hoevetje. Intussen had Louise haar moeder, bij wie ze haar intrek had genomen, de opdracht gegeven het helemaal leeg te laten halen. Dit detail gaf jonkheer van Reyn de quasi-zekerheid dat haar relatie met Albert Savelkoul op z'n minst *gebrouilleerd* was. Hij besloot nog enkele dagen te wachten alvorens een onderhoud aan te vragen met de kabinetschef van Zijne Majesteit. Van Pla y Daniel had hij vernomen dat Amandine de Vreux op 1 juni opnieuw in het land zou zijn. De dag daarop zou ze verzocht worden door meester Jozef Vromen op zijn kantoor in

Ekeren te verschijnen om een belangrijke zaak met hem te regelen, nota bene in aanwezigheid van Hervé van Reyn himself.

Dierenarts Johan D'Hoog was de eerste protagonist die schielijk van het toneel verdween. Op 1 juli zou zijn UNESCO-contract in Botswana een aanvang nemen, maar na een hartstochtelijk afscheid van Louise in een rendez-vous hotel tegenover het Antwerpse Museum van Schone Kunsten (op minder dan een kilometer van de Amerikalei), vloog hij al op zaterdag 29 mei met de Sabena naar Johannesburg. Majoor De Vreker had de PG voorgelogen dat er een internationaal opsporingsbevel tegen hem was uitgeschreven. Op de luchthaven van Zaventem werd hij dus niet opgepakt. Drie uur na zijn aankomst in Johannesburg had hij een vlucht naar Gaborone. Vandaar vloog hij met een tweemotorige Cessna naar Maun, waar hij werd opgewacht door zijn vriend David Robinson, *registered guide* bij Okavango Wilderness Safaris. De hele maand juni had Robinson vakantie genomen om met D'Hoog in de Okavango-delta te gaan kamperen, een van de laatste plekken waar de Afrikaanse fauna nog leeft zoals duizend jaar geleden. Met David Robinson had hij een bijzondere band: samen hadden ze in 1992 en 1993 het vak *animal behaviour* gestudeerd aan de universiteit van Birmingham.

Eind juli zou Louise naar Gaborone overkomen, waar D'Hoog een bungalow had, hem ter beschikking gesteld door de UNESCO. Reeds op 31 mei viel haar eerste expresbrief geadresseerd aan mr. J. D'Hoog in de bus van 'private bag 14' te Maun, Botswana in de zogenaamde *Post Office*, een scheef gebouwtje met lemen wanden en een golfplaten dak, waarvan het paalwerk dermate door termieten was aangevreten dat ze begonnen te zoemen als je een klop tegen een deurstijl gaf. In de brief stond hoe waanzinnig verliefd ze op hem was en dat ze vurig verlangde naar de dag waarop hij met haar zou *paren*, voor het eerst onder de hete Afrikaanse zon.

Louise logeerde dus bij haar moeder, die na een uiterst voordelig scheidingsproces heel alleen woonde in een riante villa, gelegen in de bosrijke streek Maria-ter-Heide vlak bij het artillerie-oefenterrein van het Belgische leger, waar het al meer dan twee jaar doodstil was in het kader van budgettaire besparingen bij Defensie. Ze bracht haar tijd door met roken, wandelen in het gezelschap van Igor, tv-kijken en kletsen met haar moeder, als die niet met vriendinnen van de exclusieve vrouwenclub 'Montgomery' naar Brussel was om te shoppen of koffie te drinken in de een of andere patisserie.

De gesprekken met haar moeder werden gevoerd in een raar mengelmoes van Frans en Antwerps, waarbij de PG de bijnaam 'le vieux schnouk' kreeg in het teken van hun grenzeloze minachting voor alle krenterige mannen ter wereld. Louise had voor één keer het hele relaas van het 'drama' voor honderd procent naar waarheid gedaan. Dat ze een 'nouvel amant' had verzweeg ze evenmin. Het enige bezwaar van haar moeder was Botswana, waar het zoals in heel Afrika vuil was, met al die stinkende negers, en gevaarlijk, met al die beesten. Ze had haar dochter aangeraden Prozac te nemen zoals zijzelf al jaren deed.

'Met Prozac verdwijnen alle problemen,' beweerde ze.

Majoor De Vreker had lang nagedacht alvorens zijn tactiek te bepalen. Hij had geaarzeld tussen twee prioriteiten: zijn onwankelbare loyaliteit tegenover het rijkswachtkorps en zijn benijdenswaardige relatie met procureur-generaal Savelkoul. Uiteindelijk had het Vlaamse spreekwoord 'het hemd is nader dan de broek' het pleit gewonnen. Hij begon met zich in te dekken door een zorgvuldig opgesteld rapport ter zake voor kolonel Spitaels, chef Directie Operaties bij de generale staf te Brussel met de vermelding *Confidentieel*. Bij de rijkswacht lag het vrijwillige ontslag van korpscommandant luitenant-generaal De Ridder in april 1998 nog vers in het geheugen. Uiteindelijk was deze oneer de schuld van de regering, die de uitstekende diensten die de rijkswacht in de zaak-Dutroux had geleverd, blijkbaar vergeten was om zuiver politieke redenen, namelijk het voortbestaan van de regering-Dehaene tot elke prijs rekken tot aan de cruciale verkiezingen van juni 1999, waarvan de perspectieven volgens majoor De Vreker in de normale Belgische lijn lagen. De Oude Politieke Cultuur (die hij 'dat taaie beestje' noemde) had voor de zoveelste keer gemikt op het manipulatievermogen van desinformatie plus 'het gezond verstand' van de modale kiezer die uiteindelijk altijd eieren voor zijn geld kiest. Van een electorale aardverschuiving zou hoogstwaarschijnlijk geen sprake zijn. Vlak voor de grote vakantie had de bevolking meer oog voor praktische huis-, tuin- en keukenproblemen, en die konden niet worden opgelost door Witte Marsen, Agalev-protest en gauchistische agitatie. De oppositie voerde een kortzichtige poujadistische verkiezingscampagne en de winst van het Vlaams Blok was een noodzakelijk kwaad (in heel Europa was ultrarechts trouwens in volle opmars). De premier in kwestie, bijgenaamd de trekos, de loodgieter, de Texaanse stier of de onderkoning van Absurdistan, zou opgelucht afscheid nemen van de Belgische politiek en een welverdiende, goedbetaalde functie in een van de Europese instellingen krijgen. Einde van een Belgisch hoofdstuk.

Wat kon De Vreker als eenvoudige majoor beter doen dan zijn eigen positie veiligstellen door een zeker fair play te tonen tegenover de PG (in het openbaar zijn mond houden over diens relatie met een vriendin in Sint-Job-in-'t-Goor en geen voorbarige conclusies trekken uit een mogelijke connectie met het Opus Dei, de mysterieuze organisatie die hij de dagen daarop uit pure nieuwsgierigheid een beetje zou bestuderen). Wat voorrang had, was zijn toekomst plus zijn identiteit. Hij maakte immers een grote kans om dankzij zijn graad van licentiaat in de rechten naar Directie Operaties te worden overgeplaatst en zijn carrière te eindigen als *full colonel*. Dat hij de laatste dagen niets meer van de PG had gehoord, verbaasde hem, omdat hij er geen verklaring voor kon vinden. Maar hij hield zich gedeisd.

Procureur des Konings Marc Keymeulen had vanaf het begin de affaire van de Oude Baan louche gevonden. Hij wist min of meer af van de amoureuze relatie van 'kardinaal Richelieu', maar hij was een 'humanist', die een hekel had aan irrationele conclusies. Ambtshalve was de zaak in handen van een van zijn substituten en die liet hij zijn gang gaan zonder er met een woord over te reppen dat het parket van eerste aanleg, waarvan hij de leiding had, zich in een dubbelzinnige positie bevond. Enerzijds was het een banale zaak die waarschijnlijk ooit zou uitlopen op een lichte voorwaardelijke straf plus een veroordeling tot het betalen van een schadevergoeding wegens het verlies van een paard. Anderzijds had de PG erop gestaan inzage te krijgen van het proces-verbaal zonder de zaak officieel 'naar zich toe te trekken'.

Als procureur des Konings had hij de enige ambtelijk correcte weg gevolgd: gedaan alsof zijn neus bloedde omdat het al met al een beetje verdacht zou lijken als hij zich persoonlijk met de zaak ging bezighouden, al was het gewoon uit nieuwsgierigheid.

Joost Voorhout was dus ontslagen bij Marlowe & Co, maar de directeur vond het ondanks de ernstige beroepsfout die hij tijdens de nacht van 26 mei in Sint-Job-in-'t-Goor had begaan, enorm jammer dat hij een uitstekende detective kwijt was. Er werd een oplossing gevonden: de firma had een filiaal in Gent en die stad lag in een ander rechtsgebied, zodat contact met politiemensen die van de zaak af wisten zo goed als uitgesloten was. Hij gaf Voorhout een stevige uitbrander met *een laatste waarschuwing* en bood hem tegelijk overplaatsing naar Gent aan. Voorhout accepteerde en nam zich heilig voor dat hij voortaan zijn team streng in de hand zou houden.

Jean Materne herstelde in zaal 3 op de tweede verdieping van het Sint-Lucasziekenhuis in Ekeren van zijn bekkenbreukoperatie. Hij was er niet zo slecht aan toe: twee dagen na de operatie mocht hij al een halfuurtje per dag met krukken rondstrompelen. Niemand, zelfs de chirurg niet, wist iets van de juiste toedracht van de zaak. BOB-adjudant Vermeersch, die zich had voorgedaan als een familielid dat op bezoek kwam, had Materne op 30 mei achter een scherm aan de tand gevoeld over de illegale wapencollectie in zijn flat in Schaarbeek. Vermeersch, die een specialist was in het 'tongpellen door middel van intimidatie' kwam na een halfuur achter interessante informatie. Hij ontdekte de discrepantie tussen de inhoud van het eerste proces-verbaal en de ware toedracht: in het proces-verbaal stond met name niets over het doodschieten van de pitbull door dierenarts D'Hoog. Vermeersch vroeg zich af waar *het wapen* zich momenteel bevond. Hij had heel graag die Louise Dubois eens aan de tand gevoeld, maar als de substituut die met het onderzoek belast was daartoe geen opdracht gaf, kon hij moeilijk op eigen houtje handelen, want wie weet had ze nog altijd contact met procureur-generaal Savelkoul (hij had die pikante informatie uit de computer van de rijkswacht laten kietelen door een vriendje op de generale staf in Brussel, die de informatie over het Opus Dei eveneens in de databank had ingevoerd). Hij had geen geluk: hij kende de substituut niet persoonlijk, zodat hij hem niets op de mouw kon spelden. Wat zou hij dolgraag meer vernemen over die affaire.

De rijkswachters van de brigade Brecht, Verhaert en Ramael, gingen heel anders te werk. Bij hen was geen spoor van discretie te bekennen, erger: ze maakten van het woord 'beroepsgeheim' een complete parodie. Na een voetbalmatch in de provinciale afdeling dronk Verhaert zich een stuk in zijn kraag en deed het hele verhaal in geuren en kleuren, met naam en toenaam in een café op de markt van Brecht, zodat het de dag daarop al de ronde deed in het winkelcircuit. De plot werd in topsnelheid aangedikt met allerlei gefantaseerde details. Weer een dag later had 'die schoon pop mee 'r peerde ge wèt wel' zich opg'hange aan 'n balk van de garage omdat 'n hele rijke uit Antwèrpe haar de bons had gegeve'. Die *rijke* was nu eens een meubelfabrikant en dan weer *'n hoge kop* bij 't gerecht. Huisvrouwen reden op de fiets langs het hoevetje op de Oude Baan, stapten af en loerden naar binnen. Dat het kot leeg was, bevestigde hun theorie dat er een verschrikkelijk drama had plaatsgegrepen. Sommige versies waren dichter bij de waarheid: *veearts D'Hoog* uit Brecht kwam geregeld naar haar paarden kijken en hij stond bekend als een rokkenjager die zich graag in natura liet betalen. Hij was spoorloos verdwenen en het bericht van de collega die hem verving dat hij al lang van plan was geweest om naar Afrika te vertrekken, werd smalend weggewuifd als iets dat je maar beter aan de ganzen moest wijsmaken.

Een en ander kwam BOB-adjudant Vermeersch ter ore, maar die haalde zijn schouders op. Tijdens een telefoongesprek met zijn vriend Verhaert zei hij: 'Charel jong, wa doen wijve als ze nie meer ondereen kunne sjauwele? Ha, ge weet het nie! Dan doen ze wat aanders.' Waarop ze het allebei uitschaterden.

Soliman was op pension in de sjieke Riding Club Zwarte Hengst in Schilde. Hij had een ruime box, kreeg biologisch uitgebalanceerd voedsel plus elke avond vers stro, maar hij miste zijn oude omgeving samen met Yamma, waar het rustig was, de wei waar hij kon rennen en waar hij alle geuren kende. Het heen en weer geloop van paardenknechten en geparfumeerde dames die per se over zijn neus wilden aaien maakte hem nerveus. En hij had nog met geen enkel ander paard kennisgemaakt. Twee dagen nadat hij op die rottrailer hierheen was gevoerd was zijn baas op bezoek geweest in het gezelschap van een vreemde vrouw die erg aardig deed en hem rare dingen in het oor had gefluisterd in een andere taal dan zijn baas. Die had hem opgezadeld en een poosje dressuur in de manege gereden, waar het naar vreemd zand rook en waar op zeker ogenblik kwekkende meisjes les hadden gekregen op paarden die hun oren hadden platgelegd als hij te dicht in de buurt kwam. Zijn baas had hem toen naar buiten geleid om hem in een kraal los te rijden en daar had hij een beetje de gek uitgehangen, waarna de baas was afgestegen om de vreemde vrouw te laten rijden. Ze had een veel hardere hand en tamelijk bruuske impulsen, maar ze bleef maar met hem praten en toen ze hem in galop had gekregen, had hij – gewoon om zijn mond vrij te krijgen – eerst kort en krachtig gesteigerd en was er daarna met haar vandoor gegaan met heen en weer slaande kop en de bochten scherp afsnijdend, maar hij was er niet in geslaagd haar af te gooien, waarbij de baas iets deed wat hij nog nooit gedaan had: hard in de handen klappen. Daarna had ze hem in gestrekte draf gekregen, een gang waar hij een hekel aan had, en tegelijk waren haar impulsen zachter geworden. Ten slotte had de baas overgenomen, wat aan de vrouw eveneens handgeklap had ontlokt.

Joaquin Pla y Daniel gaf voor het eerst sinds zijn priesterwijding (1974) in de kathedraal van Toledo, waar zijn oudoom ooit nog de aartsbisschopszetel had bekleed, toe aan regressie, wat psychiaters beschouwen als een natuurlijk afweermechanisme tegen een der gevaarlijkste neurotische spanningen die er bestaat, namelijk fixatie. De sleutelfiguur van zijn fixatie was dertig jaar geleden opgedoken, toen hij filosofie studeerde aan de Opus Dei-universiteit van Navarra in Pamplona: de persoon van *El Padre*, de zalige Josemaría Escrivá. Tijdens diens bezoek aan de universiteit werd de superbegaafde student Pla y Daniel voorgesteld aan Escrivá, die hem de grote eer van de knieval-plus-handoplegging had toegestaan. Vanaf dat moment was er naar analogie met Paulus, die volgens het evangelie ooit van zijn paard werd gebliksemd, definitief iets veranderd in het leven van Pla. In zijn jeugd was hij eindeloos gefrustreerd door een harteloze moeder, wat hem alle vrouwen op de wereld deed haten, en hij fixeerde zich met barok Spaans fanatisme op de figuur van El Padre, zodat hij bij zichzelf zwoer diens geschriften en raadgevingen tot op de letter na te volgen. De tweede fixatie die er vijf jaar later op volgde, was er het evidente gevolg van: hij werd aangesteld als leidsman om een groep studenten (die een *afspraak* met het Opus hadden gemaakt) te trainen, de voorbereidende fase tot de hoogste graad (numerair). Hij ging in zijn onverzettelijkheid soms zo ver dat hij na de zelfmoord van een der kandidaten de wenk kreeg het wat zachter aan te doen. Zijn reactie hierop was een negendaagse retraite, waarin hij niet at en alleen water dronk, permanent de cilis[1] droeg zodat hij dijspierkramp kreeg met helse pijn, en zich drie keer per etmaal een halfuur geselde onder het uitschreeuwen van het Salve Regina. Na de retraite ging hij door met zijn spartaanse training alsof er niets aan de hand was. Tot een kandidaat-numerair hem in een aanval van razernij naar de keel vloog. Daarop werd hij bij El Padre *himself* ontboden voor een vaderlijke vermaning plus een overplaatsing naar Rome, wat zijn carrière naar de hoogste regionen zou voeren: de titel van procurator, de derde man van het Instituut. Elke deur in het Vaticaan ging nu voor hem open, tot die van paus Johannes Paulus II toe.

De regressie waar hij momenteel aan toegaf, was de aanpak van het Belgische 'meiske', dat een retraite volgde en dat hij puur willekeurig besloten had persoonlijk te 'begeleiden' in het teken van de Drietand: Boete-Totale onderwerping aan de leidsman-Onophoudelijke strenge godsvrucht. Hij zou het volhouden tot het eindresultaat van de Drietand bereikt was: infantilisering, depersonalisatie, culpabilisatie (de toestand van het weerloze kind boordevol schuldgevoelens). Hij wist uit zijn lange ervaring in Spanje dat men de menselijke geest vrij makkelijk kan destabiliseren door isolering, herhaling en uitputting. Hij bepaalde bijvoorbeeld persoonlijk haar dieet, dat bestond uit droog brood met een glas kraanwater, dat in Rome een chloorsmaak heeft. De isolering bestond uit het verbieden van onderlinge conversatie en in het opleggen van een lange reeks 'plichten', waarvan om de twee uur schriftelijk verslag moest worden uitgebracht bij de leidsman van de groep van drie 'meiskes', een Bask, Pedro Ruiz de Arcaute, afkomstig uit de geboortestreek van de zalige Josemaría, die in dweperige vroomheid niet moest onderdoen voor Pla y Daniel. Iedere dag werden er ook lezingen gehouden die geen enkele rekening hielden met het wegvallen van de Koude Oorlog. Daarin werd gewaarschuwd voor de drie gevaren: het cryptomarxisme en de vrijmetselarij die de godsdienst vernietigen; de seksualiteit die van de mensen beesten maakt, en het subjectivisme (het vrije onderzoek) dat leidt tot tolerantie. De drie gevaren werden volgens de amalgama-methode in één adem genoemd, alsof ze elkaars verlengstuk waren.

Elke dag werd er ook een lange lezing plus meditatie gehouden over de plicht een *instrument* te zijn in de handen van God volgens het magisterium van de katholieke Kerk, die uiteindelijk door het Opus zou worden overgenomen om de wereld te overheersen.

Als er iets verkeerd was in de schriftelijke verslagen werden 'de meiskes' collectief vernederd met de spreuk van El Padre dat *een volwaardig mens niet mag fladderen als een kip maar moet vliegen als een adelaar*. Amandine had het aangedurfd te antwoorden dat ze het verband niet begreep. Ze werd belachelijk gemaakt: een vrouw hoeft dat niet per se te *begrijpen*, ze moet vooral binnen haar rollenpatroon blijven *functioneren*. Ze repliceerde dat ze dit probleem met God wilde bespreken. Er werd haar toegebeten dat er in het openbaar nooit over God mag worden gepraat. Toen ze met tranen in de ogen zei dat ze zich totaal aan Hem wilde geven, werd haar met een spotlachje aangeraden aan het 'Apostolaat van het Niet-Geven' te doen, waardoor ze nog meer in de war raakte.

Op een zeker moment was haar kamertje compleet leeggehaald en waren de douchehokjes afgesloten. Ruiz lachte haar bezorgdheid weg en ze kreeg de opdracht een commentaar te schrijven op het onderwerp 'Onthechting van alles wat niet God is': voorwerpen, personen, jezelf, eigen ideeën, gezondheid, tijd, rust, studie, werk, familie, geld, eigen voldoening.

Omdat ze nog altijd niet met haar oudste zoon in Leuven had kunnen bellen (de lijn was dood), werd haar gezegd dat je mensen van wie je houdt moet vermijden, want gevoelens van genegenheid leiden tot tijdverspilling. Daarbij moet je de oorzaken van het eventuele eigen onbehagen nooit onderzoeken. De jezuïtische vernedering die onder meer af en toe door Paul Hersch werd toegepast, werd hier extra 'ingeprent', namelijk het elkaar geven van 'eleemosynae spirituales'[2], een Opus Dei-woord voor het publiekelijk vernederen van de andere twee groepsleden door elkaars gebreken uit te brengen, zogenaamd om elkaar op het rechte pad te brengen. Amandine werd haar pretentieuze houding verweten. Ze was er kapot van, maar ze hield zich met veel moeite in, waardoor ze zo overspannen werd dat ze niet in slaap kon komen. Zelfs het stille bidden van het Salve Regina, liggend op de harde vloer (volgens het voorschrift van het nachtelijke silentium mocht er niet hardop gebeden worden) hielp niet.

Na drie dagen voelde ze zich alsmaar verslappen van de honger. Ze had ook haar creditcard moeten afgeven om de 'onkosten' te betalen. Haar paspoort had ze in het Belgisch

Huis aan de Via Omero gelaten, maar iemand van het Opus was het met haar bagage gaan ophalen. Elke avond lagen er naast het stuk brood en het glas water twee stortingsbiljetten, één voor de dagelijkse 'collecte van edelmoedigheid' en één voor de aankoop van bloemen. Eén plicht weigerde ze zonder erover te reppen: het kussen van de vloer bij het opstaan. Haar ziekelijke afkeer van 'vuile vloeren' hield haar tegen.

Toen de retraite op 31 mei om drie uur 's middags voorbij was, voelde Amandine zich fysiek zoals na een zware griepaanval en geestelijk totaal leeg en willoos. Tot besluit werd ze tot haar immense verbazing door Pla y Daniel voor het avondeten uitgenodigd in een van de luxueuze salons van het Huis, op de eigenste plek waar El Padre indertijd kleine exclusieve gezelschappen inviteerde om samen aan 'eetmaalapostolaat' te doen.

De tafel was gedekt met antiek geborduurd linnen, sèvresporselein op vergulde onderborden, couverts, kristallen glazen en kaarsen in *gouden* kandelaars. Ze was genoeg op de hoogte om te weten dat het goud *massief* was.

De gerechten werden opgediend door eenvoudig geklede vrouwelijke Opus Dei-kandidaten die de borden zwijgend voor de twee gasten zetten en even met het hoofd knikten. Op de prachtige commodes en tegen de met leer beklede wanden was geen spoor van religieuze symboliek te vinden. In een glazen etagère stonden wel honderd porseleinen, bronzen, houten, terracotta, papiermaché en metalen ezeltjes, het lievelingsdier van El Padre, die indertijd aan de bezoekers lachend vertelde dat hij 'het ezeltje van Christus' was.

De gerechten volgden elkaar op en er werd uitgelezen wijn bij geschonken, waar Amandine even van nipte. Toen er risotto met witte truffels werd opgediend, weigerde ze beleefd. Pla y Daniel at en dronk smakelijk, ontbood de kelnerinnen met een belletje, stuurde hen weg met een korte handbeweging en tapte Vaticaanse moppen over de paus en de curiekardinalen. Bij de koffie, waarbij hij genietend een havana rookte, kwam hij opnieuw ter zake: zijn blik werd koud en leeg en er werden strikte orders gegeven voor 2 juni, waarop ze in het gezelschap van een Belgische numerair uitgenodigd zou worden bij 'de notaris van onze keuze'. Tot besluit werd haar een envelop overhandigd, waarin de onkostenrekening, haar creditcard, paspoort en vliegticket zaten.

De manier waarop Paul Hersch Didier Savelkoul aanpakte, verschilde aanzienlijk van wat zijn moeder in Rome te beurt was gevallen. Hersch was gewoon razend op zichzelf omdat hij op een stomme manier in de val was gelopen door de intimidatietechniek van Hervé van Reyn. Hij was nu verplicht iets te doen waar hij een gruwelijke hekel aan had, namelijk een opdracht vervullen waarvoor hij niet was opgeleid en die, als ze mislukte, op zíjn kop terecht zou komen. Dat de hele opzet getuigde van een schaamteloze dubbele moraal die rechtstreeks uit *Il Principe* van Macchiavelli kwam, kon hem geen barst schelen.

Hij was gespannen en onrustig als een opgesloten rat op zoek naar een uitweg. Zijn paranoïde geest vond maar één oplossing: *back lash* (*iemand anders* moest hiervoor boeten). En wie was er beter geschikt dan Didier Savelkoul, de verpersoonlijking van de morele masochist? Hij gaf hem de 'voorkeursbehandeling' die hij af en toe gebruikte om weerspannige karakters te breken: hij negeerde hem totaal. Telkens als hij hem in het gebouw tegenkwam, draaide hij zijn hoofd om en hij genoot als hij hem ineen zag krimpen met de blik van een angstig kind dat diep vanuit een put omhoogkijkt. Normaal ontbood hij hem één keer per dag op zijn bureau om lopende zaken te bespreken en om hem uit te vragen over studenten. Hij wist dat zijn assistent daar erg op gesteld was. Het laadde als het ware de accu van zijn identiteit op. Al drie dagen had hij zijn binnenlijn geblokkeerd. Zijn werkkamer, waar hij tot veertien uur per dag zat te studeren op nieuwe 'psychologische opleidingsmethodes' en waar hij nu ook zijn maaltijden liet brengen, werd nooit gelucht.

In *Sitzriese*, met zijn brachycephale hoofd van een Saksische herenboer, zat hij urenlang roerloos zijn hart op te vreten. En hij broedde op een plan waarmee hij zijn wraaklust kon koelen.

Op 29 mei, om middernacht, sloeg hij toe. Hij stelde Savelkoul over de telefoon met een heel zachte stem verantwoordelijk voor de algemene toestand der gebouwen, terwijl hij heel goed wist dat deze alles verafschuwde wat met praktische beslommeringen te maken had.

Tijdens de wekelijkse joggingronde gedroeg hij zich al even bizar: hij spoorde de achterblijvers aan met vulgaire scheldwoorden. De oorzaak was een groeiende zelfhaat, omdat hij gewoon niet de moed had gehad vierkant néé te zeggen, een reactie waarmee de welopgevoede noblion van Reyn met zijn bekakte taalgebruik waarschijnlijk wel rekening zou hebben gehouden. Elk psychologisch afweermechanisme dat hem vroeger altijd had gered, faalde tot nu toe. Voor het eerst in zijn leven had hij al drie nachten achter elkaar een slaappil genomen.

Jonkheer van Reyn voelde zich prima. Hij had reeds een voorbereidend gesprek gehad met notaris Vromen. De vooruitzichten waren uitstekend. Samen hadden ze de notariële verkoopakte doorgenomen en een voorstel geformuleerd dat aan freule Amandine de Vreux zou worden gepresenteerd. De 'goederen' zouden niet aan het Opus Dei *geschonken* worden, om de eenvoudige reden dat ingeval van schenking de registratierechten ten voordele van de Belgische staat tot tachtig procent van het bedrag (68.800.000 frank) zouden oplopen. Freule de Vreux zou gewoon de eigendommen *verkopen* aan de NV (naamloze vennootschap) Rumpus, een van de talrijke juridische en fiscale dekmantels van het Opus. Van Reyn zou haar het bedrag cash (in een koffertje) overhandigen, ze zou een kwitantie voor ontvangst ondertekenen, de notaris zou van de overhandiging en de ondertekening 'kennis nemen' en daarna, eenmaal 'buiten de plaats der transactie', zou freule de Vreux het koffertje met het geld teruggeven aan Hervé van Reyn. Het geld was afkomstig van de vzw (vereniging zonder winstoogmerk) Atlantis, de dekmantel van de zwarte kas van het Belgische Opus Dei. Wel was men bereid de 12,5 procent registratiekosten (8.600.000 frank) uit deze kas te betalen.

De notariële schenking werd dus door een frauduleus procédé omgezet in een verkoop, enkel en alleen om de betaling van de tachtig procent registratierechten te ontwijken. Aan freule de Vreux werd niet gezegd dat na haar overlijden haar erfgenamen (haar twee zonen) die ze door de frauduleuze verkoop al gedeeltelijk had onterfd, in nog veel ergere problemen zouden komen. De Belgische fiscus zou hen dan op basis van wettelijk vermoeden (artikel 108 van het Wetboek van Successierecht) belasten voor het enorme bedrag aan inkomsten (waarvan hun moeder nooit een centiem had gezien). Het feit dat ook de tweede zoon van het gezin Savelkoul werd benadeeld, deerde het Opus Dei niet in het minst (Geoffroy was immers geen lid). Pla y Daniel, die in Spanje rechten had gestudeerd, had hierover met Hervé van Reyn gebeld. Handelde het Opus niet regelrecht tegen de principes van het Belgisch Burgerlijk Wetboek? Messire van Reyn had lachend gerepliceerd dat ze maar niet zo stom moest zijn om zich zonder advocaat halsoverkop in deze affaire te storten. Hij was gewoon te euforisch om zich hierover druk te maken: alles scheen enorm mee te vallen. De ontwikkeling van de onverkwikkelijke affaire met die *puta* wees ook al in de goede richting. De twee zonen die adellijke titel te gunnen was hem vreemd genoeg een erezaak. Het Belgische Opus zou alweer een jonkheer of misschien een baron rijker zijn. Alvorens contact op te nemen met het Hof, zou hij niettemin moeten wachten op het resultaat van de 'actie' door Paul Hersch, die op 2 juni moest beginnen. Eigenlijk was het raar. De enige die volgens van Reyn tot nu toe nog geen enkele schade had geleden, was de grote schuldige zelf. Van Reyn had gezworen dat hij hem op de knieën zou krijgen. De vijf miljoen van de Zwitserse rekening beschouwde hij slechts als een extraatje dat het Opus ten volle toekwam.

Op maandag 31 mei, datum van de tweede veertiendaagse vergadering van mei van de Antwerpen Rotary Club Centrum, verscheen de PG tegen zijn gewoonte meer dan een uur te laat. De heren waren al aan het hoofdgerecht en de sfeer leek zoals altijd een beetje op die van een ouderwetse Londense mannenclub: de bestuursleden droegen om hun hals de erelinten van hun functie, ze waren allemaal gekleed als deftige heren, er werd geanimeerd gepraat en de wijn vloeide rijkelijk. De stoel van de PG tussen die van Walter De Ceuleneer en Georges Weyler, was leeg. Hij ging zitten, dronk in één teug een glas water leeg en vroeg om een nieuw te vullen.

'Alberto, hoe is het met de...?' vroeg Weyler met een guitige knipoog.

'Jokke, prostate is in the mind,' antwoordde de PG met een schorre stem, en hij wees naar zijn voorhoofd.

'Ge ziet er nogal *verloederd* uit,' ging Weyler voort.

Walter De Ceuleneer nam het over. 'Ge ziet eruit als 'n hond die op maraude is geweest, jong,' zei hij, en hij schoot in de lach.

De PG reageerde niet. Hij kreeg zijn gerecht voorgezet, de traditionele pintadeau met erwtjes en aardappelpuree. Hij begon met lange tanden te eten en zei geen woord. Hij nipte van de wijn. Middelmatig. Morgen zou freule Amandine weer thuis zijn. Dat betekende dat het uit was met de gezellige uurtjes in het gezelschap van Maria Landowska, die weer deftig in zwart jurkje met witte kraag en manchetten zou moeten verschijnen en 'ja, madame, nee, madame' zou moeten zeggen. En vooral: hij zou enorm moeten oppassen dat hun seksuele relatie geheim bleef. Voor zulke dingen had Amandine speciale antennes. Hypocriet als ze was zou ze niet het minste laten blijken tot ze op een onverwacht moment zou toeslaan als een spin die een vlieg in haar web krijgt. Hij wist precies hoe het zou gebeuren. Op een mooie dag zou hij 's avonds thuiskomen en Maria Landowska zou dringend naar Polen geroepen zijn wegens het overlijden van een familielid. De kanunnik van het kapittel van de Antwerpse kathedraal zou wel voor een andere hulp zorgen. Dat vieze ventje dat naar urine rook had een winstgevende organisatie op touw gezet in samenwerking met de een of andere Poolse bisschop om onbesproken dienstmeiden te leveren bij onbesproken katholieke Belgische families. Hij vloekte binnensmonds toen hij hieraan dacht. Na een kwartier verveelde hij zich al steendood. Toen het dessert op tafel kwam, keek hij op zijn horloge en zei: 'Sorry, jongens, ik moet weg.'

'Ha, hij heeft een afspraakje,' zei Georges Weyler.

'Natúúrlijk heb ik een afspraak, repliceerde hij rustig, 'waarom zou ik anders weg moeten?'

'A propos, jong,' zei De Ceuleneer, en hij legde vertrouwelijk zijn arm over de schouder van de PG, 'volgende week ist er weer 'n speciale jacht in Skotland. Reeboksjes afskieten. Héé je geen goesting om mee te koomn. Natuurlijk mag Louiske ook meekoomn. De peerdekes staan g'reed en Patricia wacht op haar Scottish Sister, hahaha.'

'Okay,' zei de PG met een effen gezicht, 'belt ge nog 's op om de juiste datum af te spreken?'

'Okido. Amuseert u, hé, jong.'

De PG stond op en wuifde naar de tafelgenoten die terugwuifden.

Toen hij weg was vroeg De Ceuleneer aan Weyler: 'Hij ziet er *verschrikkelijk* uit. Mankeert 'm soms entwatte?'

'De ouwemannenkwaal.'

'Ja, da's 'n probleem als g'een jong wuvetje moet verzorge.'

'Wat ge zegt, Walter. Als we oud genoeg worden, gaan w'allemaal voor de bijl.'

Walter De Ceuleneer begreep niet precies wat Weyler bedoelde, hij trok een scheef gezicht en dronk zijn glas in één teug leeg.

De PG draaide de sleutel van de voordeur om, duwde hem open en werd op hetzelfde moment omvat door een paar gespierde armen.

'O Maria, moja kochanie,' fluisterde hij in een warm oortje, zijn mond werd gepakt door lippen, tanden, een warme tong die binnendrong, twee handen trokken handig zijn das los, ze gooide haar benen omhoog als een danseres en omknelde zijn taille met haar knieën. Zo waggelde hij met haar de trappen van de vestibule op, pakte haar paardenstaart en trok eraan tot ze kreunde.

'Meneer Albert, o meneer Albert, wat bin ich *bosko*,' zei ze met haar heldere jongensstem die opeens hees werd. Ze legde haar hoofd op zijn schouder en begon te huilen.

'Maria, *nie piacz*,'[3] zei hij. Hij zette haar op de marmeren vloer, trapte de deur met ruiten van geslepen glas open en omhelsde haar. Hij liet zijn hand onder haar rok gaan, trok haar slipje opzij en drong met zijn middelvinger in haar kutje, dat warm, glad en vochtig was.

Ze ging licht door de knieën en hield de adem in. Hij liet zijn lippen over haar blote arm gaan tot ze kippenvel kreeg. De huid was heel fijn blond behaard en ze rook naar een vaag parfum. Hij boorde zijn neus in haar oksel en beet in het vachtje. Hij herkende Davidoff, zijn eigen deodorant. Toen hij zijn vinger naar haar clitoris liet gaan, kneep ze haar kutje samen, stak haar kont wat achteruit zodat hij eruit gleed, greep zijn hoofd met twee handen en zei: 'Ich heb Essen fertiggemacht.'

'Eerst een glaasje champagne?' informeerde hij oog in oog, met zijn neus tegen de hare, die hij zachtjes heen en weer bewoog.

'Besser wodka.'

'Dan maar wodka.'

Hij kreeg een schoklachje, blij, roekeloos, jong, in afwachting van wat ze de volgende uren allemaal samen zouden doen, zonder één seconde te denken aan de volgende dag, waarop hij vanaf de aankomst van de dame des huizes opnieuw zou worden ondergedompeld in de godverdomde sleur die hij zou moeten ondergaan tot het einde van zijn dagen en waar hij steeds meer de pest aan kreeg.

In de keuken was de tafel gedekt met een wit geborduurd laken waarop porselein en kristal stond, tafelzilver, kandelaars en servetten, als voor een feestmaaltijd.

Ze bekeek hem met grote ogen, drukte zich tegen hem aan en vroeg of hij *zadowolony* was.

'Wat betekent dat?'

'Zufrieden.'

'*Absolutniye*.'

'Gaat u keine andere Kleider aandoen?'

'Ja, kom, we gaan naar boven.'

Ze liepen de trap op. Toen ze op de eerste verdieping langs het Mariabeeldje liepen, zag hij dat ze voor verse lelies had gezorgd.

'Godverdomme,' zei hij, en hij blies door zijn neus.

Ze maakte snel een kruisteken.
'Waarom doet ge dat?' vroeg hij kortaf.
'Man flucht nie ins Gesicht von Mutter Maria.'
'Godverdomme.'
'Meneer Albert, ich kan nie aan doen, het is *madame* die Blumen wil. En morgen...'
'De pot op,' zei hij tussen zijn tanden.
'Pottop?'
Hij wou zeggen: ze kan m'n zak opblazen, maar hij hield zich op tijd in. 'Ist mir ganz gleich,' vertaalde hij.
Ze knikte onzeker. 'Madame zegt immer een woord dat ik nie weet,' zei ze, en ze keek hem recht in de ogen.
'Hoezo?'
'En-cy-cliek,' spelde ze.
Hij schoot in een bulderende lach. Ze keek hem verbaasd aan.
'Dat dateert nog uit de tijd van haar vader. Als er iets was dat de ouwe niet beviel, zei die altijd: "Encyclique." In 't Frans. En dan zei hij tegen de huisgenoten wát hem niet beviel. Het waren altijd dingen in de aard van dat ze het licht ergens hadden laten branden, dat ze te veel wc-papier gebruikten of de deuren hadden laten openstaan.'
'Was hij 'n armer Mann?'
'Nee, Maria, hoe rijker, hoe gieriger. Weet je wat "encycliek" wil zeggen?'
'Nie.'
'Dat is een brief van de paus aan alle katholieken. Daarin is hij onfeilbaar.'
'Unfeilbar?'
'Dass er nicht irren kann.'
'O ja,' zei ze met een dikke bovenlip.
'Hou je niet van de paus? Hij is toch een Pool...'
'Nie,' antwoordde ze met half toegeknepen ogen.
Hij keek haar glimlachend aan. Wat ben je een schat, dacht hij.
'Pfarrer, Bisschoffe, de Papst, alles *gówno*.'
'Mm...'
'Scheisse,' vertaalde ze.

'Welwel, en ik die dacht dat jij zo katholiek was.'

'Ich kenne diese Leute alle sehr gut. Mijn Mutti wurde van onze Pfarrer gefickt en wenn ze beschwängert was, heeft hij 'r sitzen lassen.'

'En?'

'Abtreibung,' zei ze, en ze wuifde met de handen voor haar buik alsof ze vliegen verjoeg, 'maar ze hat 'm *bezaubert. Rak.* Kanker. Dood.'

'O, Maria...' Hij nam opnieuw haar gezichtje in zijn handen en kuste haar heel licht op de mond.

'Meneer Albert, ich liebe dich,' bracht ze uit. 'Ich will sie nie verlassen.' Ze drukte zich hard tegen hem aan.

De PG moest zijn ontroering bedwingen. 'Je bent een goeie vrouw,' zei hij, je bent de Derde Vrouw volgens Boeddha.'

Ze sloot haar ogen en vroeg niet wat hij bedoelde. Ze maakte de knoopjes van zijn hemd los, rukte het open en gaf een serie kusjes op zijn behaarde borst. Daarna tastte ze even tussen zijn benen. Niets.

'Vannacht,' zei ze berustend, en ze tikte even met haar wijsvinger tegen zijn neus.

God beware me, dacht de PG. Ze waren de vorige drie dagen zo tekeergegaan dat hij voor de laatste nacht op een mirakel hoopte. Ach, had ik haar maar twintig jaar eerder leren kennen, dacht hij. Hij streelde haar rug.

Ze ging op haar tenen staan en hield haar adem in, trok haar rok op, deed haar slipje opzij en spande haar pubis met twee vingers zodat haar clitoris bloot kwam. Hij knielde en begon eerst tegen haar kutje te praten, dat het 'braaf' moest zijn, dat het een 'deugnietje' was, een 'zoetje', een 'bolleke kwik', een 'lief genotsdiertje'. Toen hij begon te likken, strekte ze haar rug en kneep haar dijen bijeen tot ze hard werden als ivoor. En kwam snel, hevig, huilend als een wolvin klaar.

Ze trok haar paardenstaart los, knielde naast hem en bedekte zijn nek en gezicht met een weelde geurig haar.

'Wenn ik met Zoeliman reed, heb ik ook... dít gehabt,' zei ze, en ze begon te lachen.

'Ge rijdt paard als een duivelin.'

'Zoeliman ist ein *diabel*. Goed paard. Heel goed paard.'

'Hij zal je er nog 's afgooien als je zo hard in z'n mond blijft trekken.'

'Pff...'

'Hoeveel keer ben je al van een paard gevallen?'

'Zweihunderd keer.'

Ze schoten samen in de lach.

Opeens zei ze: 'Meneer Albert, kom mee nach Polen wonen. Daar is veel Natur. Gij zijt 'n echte Bauer.'

'Dat is juist. Ik ben bij de boeren groot geworden.'

'Er zijn ook veel Wildschweine. Om met ihre Gewehre te schieten.'

Arm in arm liepen ze naar de slaapkamer, waar hij jeans aantrok en een zwart T-shirt.

Op weg naar beneden vroeg hij waar ze had leren paardrijden.

'Mein Unkel had paarden. Ich heb gelernt ohne siodlo.'

'Hè?'

Ze vormde een zadel met haar handen.

'Kreeg je toen ook euh... dát?'

Hij wees naar haar buik.

'Soems,' zei ze in het Antwerps. Ze kneep koket haar ogen dicht.

Hij bleef staan. 'Voel 's hier,' zei hij trots.

Ze legde haar hand op zijn gulp. 'Hurrah!'

Ze renden samen de trap af.

In de keuken ging ze voor de tafel staan in de geef-achthouding als een soldaat. 'En-cy-kliek,' zei ze pathetisch, en ze salueerde.

De PG keek toe. Hij had zich zelden zo jong gevoeld, zo verrukkelijk onverschillig voor de gevolgen van zijn daden.

'Maria, de fourchette met de tanden omlaag! Wittewijnglas rechts. Rotweinglass links. Wasserglass erachter! O, mais c'est *affreux*, ce que tu as fait!' zei ze met een geaffecteerde hoge stem.

'Je weet toch dat madame een *barones* is, Maria...'

Ze keek hem vragend aan.

'Dergelijke... kloterijen vinden die mensen altijd *afgrijselijk*. En iets wat echt erg is, noemen ze *onplezierig* of *een beetje hin-*

derlijk.' Hij imiteerde perfect het noblesse-handgebaartje vol minachting voor 'hen die niet tot onze kring behoren'.

'In Polen hebben de Rusy diese Menschen allemaal *erschossen*,' zei ze, 'bàngbàngbàng!'

'In België zal dat nooit gebeuren,' antwoordde hij dromerig.

'Beuh!' riep ze opeens. Ze trok haar rokje omhoog en toonde haar kont.

Hij gaf er een flinke pats op.

Ze sprong voorwaarts naar de koelkast en haalde er een fles wodka uit.

'Drynk!'

'Ja, we gaan ons lekker bezuipen!'

Ze liep opnieuw naar de koelkast en haalde er een tweehonderdgramsdoos kaviaar uit, nam een mes en maakte het deksel los.

'Lepels!' riep hij, en hij opende de lade van een kast.

Ze schonk twee borrelglazen boordevol. Ze dronken en schepten een lepel kaviaar uit de doos.

'Meneer Albert...'

'Ja...'

'Was tun we als madame er is?'

'Encycliek!' zei hij plechtig, met het hoofd achterover, met getuite lippen.

Ze schrok merkbaar.

'Ik kom. Naar jouw kamer. Schluss.'

'Echt?'

Hij maakte een v-teken met twee vingers en stak zijn hand omhoog.

Ze aten kaviaar en dronken.

'Meneer Albert...'

'Ja, Maria.'

'Waarom bin ich de Dritte Frau?'

'Later, Maria. Later...'

16

Dinsdag 1 juni, 10:35 uur. Freule Amandine de Vreux, in beige tailleur, met melkkleurige nylonkousen en zwarte lakschoentjes aan, bril aan een kettinkje om de hals, keurig Paolakapsel, kwam uit exit 2 van de nationale luchthaven, en duwde onhandig een wagentje voort waarop een grijze koffer en een Vuitton-reistas lagen. De chauffeur van de PG kreeg haar in het oog en liep naar haar toe.

'Goeiemorgen, madame,' zei hij vormelijk en hij nam het wagentje over. Ze gunde hem een korte blik en knikte.

'De auto staat vlakbij,' zei de chauffeur.

Ze knikte opnieuw en keek de andere kant op.

De chauffeur nam de koffer plus de reistas en droeg ze naar de uitgang. Buiten was het fris. Het was de dag tevoren beginnen te regenen.

Freule de Vreux keek naar de lucht alsof die de schuld van alles was en stapte in de zwarte Opel, waarvan de chauffeur het portier openhield.

Hij laadde de bagage in, siste 'schijtgat', ging aan het stuur zitten en vertrok.

Om 11:05 uur werd het parket-generaal opgebeld. Een zachte, beschaafde mannenstem verzocht of hij de heer procureur-generaal *persoonlijk* kon spreken. De centrale verbond hem door met zijn secretaresse, die wilde weten met wie ze de eer had.

'Dat zou ik liever met de heer procureur-generaal zelf willen bespreken,' antwoordde de man rustig.

'Ik verbind u door, meneer.'

Ze toetste het nummer van de binnenlijn van de PG, die op

zijn kabinet bezig was de 'Inlaat' van advocaat-generaal Bergé aan te horen, een wekelijkse taak die hij al met al niet oninteressant vond.

'Ja,' antwoordde hij.

'Meneer de procureur-generaal, er is iemand die u persoonlijk wil spreken.'

'Aan de telefoon?'

'Ja.'

De PG had een kater van de wodka-plus-wijn van de avond tevoren, maar was niettemin in een uitstekend humeur. Hij was er in extremis in geslaagd Maria *volledig* te bevredigen. Daardoor was hij min of meer in staat de minder goede vooruitzichten van deze dag van zich af te zetten.

'Geef hem maar door,' zei hij, en hij nam de hoorn op. 'Hallo.'

'Spreek ik met de heer procureur-generaal Savelkoul?' vroeg een zachte mannenstem in het ABN met een licht Frans accent.

'Daar spreekt u mee.'

Advocaat-generaal Bergé stond op en wilde volgens de gangbare etiquette even naar buiten gaan, maar de PG gebaarde dat hij gerust mocht blijven.

'Zou ik een onderhoud met u kunnen hebben?' vroeg de man.

'Waarover?'

'Dat zou ik liever met u persoonlijk bespreken.'

'Maar... met wie heb ik de eer?'

'Met Jean Maraudy de Moretus.'

Alweer een van die soort, dacht de PG. Zijn nieuwsgierigheid was meteen gewekt.

'Goed. Wanneer bent u vrij?' informeerde hij en hij pakte een balpen.

'Deze avond.'

'Waar?'

'In Kortenberg. Voor de kerk.'

'Kan het niet wat dichterbij?'

'Wilt u dan ergens anders?'

'Nee,' antwoordde de PG geïrriteerd, 'hoe laat?'

'Is negen uur goed?'

'Negen uur is goed. Hoe herken ik u?'

'Ik zal vlak voor de kerkdeur staan in de Brouwerstraat. Ik ben nogal klein en zwaargebouwd. Ik draag een bril. En een hoed.'

'Afgesproken. Tot vanavond.'

De PG legde de hoorn neer en knikte advocaat-generaal Bergé toe, dat ze door konden gaan met 'de Inlaat'.

Bergé was kort, corpulent en kaal. Hij was tweeënzestig jaar oud, maar zag er uit als zeventig. Zijn blauwe lippen wezen op een hartziekte, wat ook klopte. Behalve zijn gewone taken van openbaar ministerie op topniveau, had hij ook nog een andere functie, namelijk die van 'inquisiteur'. Hij behandelde namelijk de disciplinaire dossiers tegen officieren van de gerechtelijke politie, de stadspolitie, de rijkswacht, deurwaarders, advocaten, notarissen en staande magistraten van lagere rang. Hij vervulde deze functie hoogst accuraat en gewetensvol, dit wil zeggen uiterst onverbiddelijk, vooral waar het 'de handel en wandel' betrof en 'de goede naam van het gerecht'. Elke anonieme brief werd door hem nauwgezet onderzocht en hij keek naar uur noch tijd om de desbetreffende beschuldigingen uit te pluizen. Hijzelf was op het gebied van 'handel en wandel' absoluut onkreukbaar. Hij was al vijf jaar weduwnaar en hij behoorde tot een van de meest conservatief-katholieke families van Antwerpen. Op juridisch gebied was hij echter geen hoogvlieger. Hij was vooral dankzij de steun van de rechtervleugel van de CVP tot deze vrij hoge functie opgeklommen en daardoor een fervente verdediger van de zogenaamde Oude Politieke Cultuur. De NPC (Nieuwe Politieke Cultuur) noemde hij spottend 'een insecticide' of 'Spielerei'. Hij was zeer handig in het typisch Belgische door elkaar halen van conflictlijnen opdat ze elkaar uiteindelijk zouden neutraliseren. Zo wekte hij de schijn dingen te willen veranderen, maar de bedoeling was dat alles hetzelfde zou blijven, wat hij de enige valabele houding van een verstandige conservatief noemde. De PG had een hevige afkeer van hem maar liet daar nooit iets van blijken. Hij vond het een vies oud mannetje, dat nu al ouderdomsvlekken op zijn schedel had en een vieze lucht verspreidde. De enige positieve kant van Bergé was dat hij hem op de hoogte hield van allerlei roddelpraatjes, die meestal wel enige grond van waarheid bevatten. Plus dat hij er telkens aan werd herinnerd dat Albert Savelkoul twee jaar ouder was en er nog uitzag als een playboy. Hij hield hem angstvallig in ere volgens het adagio van ex-president Lyndon Johnson: een stinkdier is beter in huis terwijl het buiten pist dan buiten terwijl het in huis pist. Bergé's opvatting over de bourgeois-maatschappij was negentiende-eeuws. Hij beschouwde haar als een soort verzekeringspolis voor het hiernamaals.

Wat de PG in dit mannetje fascineerde, was het feit dat hij geen gezicht had: advocaat-generaal Bergé was een soort verzameling van gelaatsuitdrukkingen die opgesplitst waren in verschillende eenheden die geen werkelijke eenheid vormden. Hij was onwaarschijnlijk nauwkeurig en methodisch, raadselachtig dubbelzinnig, pietluttig en eendimensionaal, waardoor hij uiterst bruikbaar was voor bepaalde taken waar de PG een hekel aan had, onder meer het snuffelen in het seksuele leven van anderen, iets waar hijzelf alleen van genoot tijdens mondaine bijeenkomsten of vergaderingen van zijn herenclub.

Vandaag kon hij echter zijn hoofd niet bij de zaak houden. De herinneringen aan de formidabele nacht met Maria plus het feit dat Amandine op weg was naar huis, vergalden zijn stemming hoewel hij van plan was de zaak avontuurlijk op te vatten: die non, die kwezel zou hem verdomme niet beletten een uiterst bevredigende relatie voort te zetten onder het dak van hetzelfde huis dat ze van haar papa had gekregen om de tiende verjaardag van haar mislukte huwelijk te vieren. Hij vond dat hij die kans niet kon laten glippen.

Om 11:25 uur had hij er opeens genoeg van. Hij keek op zijn horloge en zei dat hij weg moest. Pro forma vroeg hij hoe ver Bergé stond met het schrijven van de inaugurale rede die hijzelf zou houden tijdens de opening van het gerechtelijk jaar in september en die de titel droeg 'De rechtsbedeling in het rechtsgebied'.[1]

'Ze zal op tijd klaarkomen, meneer de procureur-generaal,'

antwoordde Bergé met een tevreden lachje dat zijn dikke lippen krulde.

Hij weet godverdomme niet eens wat het woord 'klaarkomen' betekent, dacht de PG, die al op voorhand wist dat hij de tekst stilistisch helemaal zou moeten bewerken, behalve de bronvermeldingen, die zoals altijd correct zouden zijn.

Toen Bergé weg was, dacht hij opnieuw: wat een wrak! In een luxe agenda van de Generale Bank, die hij speciaal daarvoor gebruikte, had hij eens een prachtige omschrijving van 'Oude Mensen' genoteerd. Hij haalde hem uit zijn la, zette stiekem zijn bril op en vond onmiddellijk de tekst: 'De hulpeloosheid van oude mensen moet je ontzien. Omdat ze niet langer kunnen vertrouwen op hun overredingskracht, moeten ze pochen op hun autoriteit. Hun ervaringen kunnen hen hierbij helpen, maar meestal zijn ze die vergeten. Ze praten lang omdat ze soms de draad van hun gedachten kwijtraken. Ze zijn tiranniek omdat men hen niet langer respecteert. Ze zijn ongeduldig omdat ze weldra zullen sterven. Ze zijn wantrouwig omdat ze niets meer kunnen controleren en prikkelbaar omdat ze weten dat ze achter hun rug worden uitgelachen.'

De PG deed peinzend het notitieboekje dicht en werd overvallen door een vlaag van droefgeestigheid. Ben ik prikkelbaar, vroeg hij zich af. Verlies ik soms de draad als ik praat? Ben ik autoritair? Het laatste misschien wel, gaf hij bij zichzelf toe, want hij bleef dwepen met een citaat van Napoleon: Gehoorzaamheid geldt alleen voor officieren onder de rang van generaal.

Hij keek op zijn horloge en vloekte. De non kan elke minuut het vaderlijk huis betreden om het eerste Salve Regina voor dat verdomde beeldje op te zeggen, dacht hij. *Gówno!*

Om 11:40 uur, precies op het moment dat freule Amandine de Vreux het herenhuis aan de Amerikalei betrad, waarvan de voordeur door Maria Landowska werd geopend, gekleed in een zwarte jurk tot onder de knieën met witte kraag en manchetten, nylonkousen en goedkope zwarte mocassins, belde Paul Hersch jonkheer van Reyn op en vertelde hem kort en bondig dat 'alles in de pocket' was voor die avond om negen uur bij de kerk van Kortenberg.

'Olala,' antwoordde van Reyn met een nerveus lachje, 'is het makkelijk gegaan?'

'Da ziet ge wel. Morge bel ik terug. Saluut,' zei Hersch en hij legde de hoorn neer.

Hij was nog altijd razend op zichzelf dat hij zich zo had laten beduvelen. Dat hij bovendien halsoverkop zijn woord had gegeven, maakte hem dubbel razend.

Het eerste wat freule de Vreux zei, nadat ze een blik op haar dienstmeisje had geworpen, was: 'Encyclique.'

Maria Landowska keek haar aan. Ze had wallen onder haar ogen. Ze had haar wimpers lichtjes bijgewerkt.

'In mijn huis *schminkt* de personeel zich nie,' beet freule Amandine haar toe. Ze wees naar de koffer en de reistas en besteeg langzaam, met stramme benen de marmeren trap van de vestibule. Maria Landowska nam de bagage, moest opeens aan de manier denken hoe meneer Albert haar de avond tevoren diezelfde trap had opgedragen, en siste: 'Gówno'.

Klokslag 12 uur belde jonkheer van Reyn het detectivebureau Marlowe & Co op. Hij werd meteen doorverbonden.

'Perálta,' zei hij.

'Ik luister,' antwoordde de directeur.

'Kunt u deze avond om negen uur een detective sturen naar de kerk van Kortenberg?'

'Wat moet er gedaan worden?'

'Schaduwen van hetzelfde, euh... target als in Antwerpen. Hij wordt bij de kerkdeur opgewacht door iemand. Maar die persoon moet u níet schaduwen.'

'Moeten er foto's genomen worden?'

'Niet nodig. Geen onnodige risico's.'

'Die nemen we nooit, Perálta,' antwoordde de directeur uit de hoogte.

'Ik hoop het. Bel ik morgenvroeg om negen uur?'

'Beter om tien uur.'

'Dus alleen schaduwen, mister Marlowe.'

'Bye bye, Perálta.'

Hervé van Reyn legde de hoorn neer, keek op zijn horloge en zag dat het vijf minuten te laat was voor het angelus in de kapel. Hij trok hetzelfde gezicht als dat van zijn overgrootvader, van wie het portret in het familiekasteel 'Beukenloo' te 's Gravenwezel hing, nam het houten kruisje zonder corpus dat permanent naast zijn rechterhand op zijn bureau lag, kuste het, hield het in zijn hand geklemd en dacht aan Spreuk 82 van Josemaría Escrivá: 'Eerst het gebed. Vervolgens de boete. Pas op de derde plaats de actie.'

'Salve Regina misericordiae,' bad hij met gesloten ogen, het kruisje nog altijd in de hand.

Nadat hij vijf keer dezelfde tekst had opgezegd, mediteerde hij over de Boete. Na de lunch zou hij de cilis om zijn dij spannen, wat na een halfuur ondraaglijke pijn zou veroorzaken. Aan het begrip 'actie' wenste hij voorlopig niet meer te denken.

Om halfdrie zat freule Amandine met de bril op het puntje van haar neus de *correspondance* na te kijken. Ze rangschikte de brieven in twee pakjes: 'à répondre' en 'à classer'. Het tweede pakje bestond uit waardeloos drukwerk en reclamefolders, die ze niettemin in een dikke map verzamelde, waar ze een elastiek om spande. Die obsessie had ze van haar moeder: onmogelijk iets kunnen weggooien. In het huis stond een serie kasten die barstensvol dingen zaten die ze al jaren lang bijhield. Avondjurken van haar grootmoeders, militaire uniformen van familieleden die in de oorlog hadden meegevochten, speelgoed van haar ouders, van haar zonen, van haarzelf, schoolboeken, samengebonden pakken kranten en tijdschriften, doosjes, inpakpapier, touwtjes, versleten kleren, schoenen, beddengoed enzovoort, alles nauwkeurig gerangschikt, opgevouwen, elke kast voorzien van een lijst die op de achterkant van de deuren was bevestigd. Af en toe wandelde ze door de vertrekken, opende een kast en keek naar de inhoud, wat haar een groot genoegen verschafte.

Na de correspondance keek ze de lijst van de telefoontjes na, die Maria in haar kromme handschrift op een briefje had genoteerd. De moeite niet waard om nu al te beantwoorden behalve één. Van Thérèse de Montignac, van oude Franse adel, die zoals zij getrouwd was met een roturier. Thérèse was dol op roddelpraatjes. Amandine toetste het nummer en had haar meteen aan de lijn.

'Ma chère Amandine...'

'Quelle nouvelle, ma chère Thérèse?'

'Je was dus niet thuis verleden week?'

'Nee, ik was in Engeland om tuinen te bekijken.'

'Mag ik weten bij wie?'

'Bij Edith en Noël Beiresford-Peirse.'

'Mm... hebben die nog altijd zo'n *ongelooflijk* domein?'

'Ja, het was *onvoorstelbaar*. En bovendien *magnifiek* weer.'

'Zoals hier. Het weer was hier de laatste week tot gisteren ook *waanzinnig* mooi.'

'Je had me gebeld?'

'Mm...'

'Ik mag toch weten waarom?' polste Amandine lacherig.

'Ja natúúrlijk, maar het is, euh... nogal *delicaat* als je begrijpt wat ik bedoel. Ben je alleen?'

'Ik ben alleen.'

'Eh bien, ma chère, ik denk dat ik de *plicht* heb je van het nieuws op de hoogte te brengen... laat me even verifiëren... op zaterdagavond 29 mei omstreeks zeven uur was ik in de manege Zwarte Hengst in Schilde, waar ik m'n paard op pension heb, je weet wel...'

'Mm...'

'En daar heb ik je echtgenoot gezien.'

'...'

'Hallo?'

'Ik luister...'

'Eh bien, hij heeft daar paardgereden in het gezelschap van een andere vrouw.'

'Dat is niks nieuws.'

'Ja, maar ze waren in jeans en T-shirt met van die vulgaire sportschoenen, je weet wel. En die vrouw heeft zich daar te paard gedragen als een *wilde*...'

'Welwel. Hoe zag ze eruit?'

'Groot. Bien balancée. Een rosse *queue de cheval*. Enfin, *une vraie poule*. En ze waren ontzettend lief voor elkaar. Eén detail is me opgevallen: toen ik hen passeerde terwijl ze in de bar iets dronken, heb ik gezien dat ze een rij metalen voortanden had, echt *horriebel* om te zien...'

Freule Amandine verbleekte, sloot haar ogen en kon geen woord meer uitbrengen. Met een verstikte stem zei ze: 'Un grand merci, Thérèse, ik bel je vandaag nog terug, au revoir.'

Ze legde heel langzaam de hoorn op de haak, deed haar bril af en wreef over haar ogen. Ze stond moeizaam op, liep voetje voor voetje naar de hoek van de kamer, waar een piepklein porseleinen Lievevrouwebeeldje op een voetstuk tegen de wand hing, vouwde haar handen, sloot de ogen en verzonk in gebed.

17

De PG parkeerde zijn auto in de Brouwerstraat die uitkwam op de Onze Lievevrouwkerk van Kortenberg, stapte uit en sloot het portier. Hij keek rond. Weinig verkeer. Geen mens op straat. De Belgen zitten voor hun tv, dacht hij, en hij liep in de richting van de kerk, waarvan het belachelijke torentje boven de huizen uitstak. Het was twee voor negen. De man in kwestie stond er vlak bij een groot stenen Heilig Hartbeeld. In donkere regenjas en met een hoed op. Inderdaad zwaargebouwd en kort.

De PG naderde in ruiterpas en bleef op een meter of tien van hem af staan. Hij was er zeker van dat de man hem gezien had, maar die gaf geen teken van herkenning.

De PG liep naar hem toe en zei brutaal: 'Hadden wij geen afspraak?'

'Inderdaad.'

Hij had dezelfde stem van de man aan de telefoon die middag, maar hij zag er helemaal niet uit als iemand van adel. De PG had thuis de Gotha-almanak (ledenlijst van de adel) geraadpleegd: de naam Maraudy de Moretus bestond niet.

'Wat doen we?' vroeg de PG kortaf.

'Gaan we naar m'n auto?'

'Moet dat?'

'Vertrouwt u me niet?'

'Dat ligt aan u.'

De PG hield al die tijd een busje CS-spray vast in de zak van zijn Burberry's regenjas. Hij was vastbesloten er in uiterste nood gebruik van te maken. Hij zweette van de spanning.

'Hij staat hier vlakbij,' zei de man.

'Op voorwaarde dat u de sleutel niet in het contact steekt.'

De man glimlachte even. Zijn breed plat gezicht kreeg iets tartaars.

'Wees maar niet ongerust, meneer Savelkoul, ik zal u niet kidnappen.'

Toen hij zijn naam hoorde uitspreken, kreeg hij opeens spijt dat hij op de uitnodiging was ingegaan. Zijn humeur was in de loop van de namiddag een stuk slechter geworden na het lezen van een 'bericht' van Amandine, waarin ze haar agenda van de volgende twee dagen had vastgelegd. De avond daarop was er een liefdadigheidsfeestje van de familie Neckerspoel de Dickpus. Om geld in te zamelen voor behoeftige begaafde kinderen, wat de ouders in staat zou stellen hen te laten studeren aan een exclusief college in Lima. Over de ware auspiciën had hij ernstige twijfels. Hij herinnerde zich een identiek procédé in dezelfde familie ten voordele van een school, de Villa Madero in Buenos Aires, waar nota bene wat later prins Filip was geïnviteerd om ze ter plekke in te huldigen. Later bleek het een Opus Dei-instituut. Het was zelfs in de pers gekomen met verontwaardigde lezersbrieven, maar de zaak was doodgebloed. Hij zou een 'dringende zaak' uitvinden om eraan te ontsnappen. Dat ze zich er dan met de dienstauto heen zou laten rijden, kon hem geen barst schelen.

'Kom, ik heb niet veel tijd,' zei hij kortaf.

De ander glimlachte opnieuw. 'Het zal niet lang duren, meneer Savelkoul.'

De PG merkte dat de ander zijn franskiljons accent achterwege had gelaten. Hij meende ergens een Mechelse klank te horen.

Samen liepen ze een zijstraat in. Het feit dat hij meer dan een hoofd langer was dan de ander, gaf de PG enig zelfvertrouwen.

Een honderdtal meters verder hield de ander stil bij een bordeauxkleurige Ford Scorpio. De PG prentte het nummer van het kenteken in zijn geheugen. 7RS 225.

De man ontsloot de centrale vergrendeling. De PG opende het rechterportier en ging zitten. Hij hield zijn hand nog altijd in de zak van zijn regenjas.

De ander keek hem even aan, trok zijn kin in, haalde een envelop uit zijn binnenzak en gaf die aan de PG. Hij was open.

De PG haalde er een briefje uit. Toen hij las wat erop stond, begon zijn hart in zijn keel te kloppen. Hij sloot zijn ogen en beet de kaken hard opeen. Toen hij zijn ogen weer opende, was het straatbeeld flou als een slecht gefocuste foto. Hij had moeite met zijn ademhaling en zijn mond was kurkdroog.

De ander zei geen woord en keek voor zich uit.

Toen de PG enigszins was bekomen zei hij met een hese stem: 'Wat bent u van plan daarmee te doen?' Hij had moeite zijn gezicht in de plooi te houden.

'Wat dacht u?'

De PG voelde woede opstijgen. '*Ik* stelde u de vraag,' zei hij. Hij kon zijn stem amper beheersen.

De ander bracht een soort gesis uit en greep het stuur dat hij begon te aaien. 'Kijk, meneer Savelkoul,' begon hij op een toon alsof hij met een redelijk voorstel voor den dag kwam, 'het bedrag dat op die, euh... rekening staat... welnu, dat zou ik graag op... *de mijne* overgeschreven zien.'

De PG ademde diep in en moest zich inhouden de CS-spray niet te voorschijn te halen en de spuitbus in dat dégoûtant smoelwerk te ledigen. 'En als ik weiger?'

Hij keek hem recht in zijn gezicht.

'Dan komen er artikelen in de pers,' antwoordde de ander met afgewende blik.

De PG sloot opnieuw zijn ogen. Hij dacht na. Zoals altijd in dergelijke kritieke situaties werkte zijn geest op topsnelheid. Het procédé was doorzichtig. Dankzij het bestuderen van chantagedossiers wist hij dat dergelijke onprofessionele werkwijzen zelden het beoogde effect sorteren. In zekere zin was hij opgelucht. Hij was er nu praktisch van overtuigd dat de ander blufte. Het enige wat hem intrigeerde was hoe die kerel aan zijn geheime nummer en het saldo was geraakt. Hij besloot hem even op de proef te stellen.

'Zei u niet *overschrijven*?' polste hij.

'Neenee, ik bedoelde eigenlijk cash in de hand.'

'O, en denkt u dat ik zo'n bedrag zomaar te voorschijn kan toveren.'

'Hoeveel tijd hebt u nodig?'

'Waar kan ik u bereiken?'

De ander begon snuffelend te lachen. De PG rook dat zijn adem stonk.

'Meneer Savelkoul, denkt u nu werkelijk dat ik zo *schtoem* ben?'

'Meneer Maraudy de Moretus, belt u me morgenvroeg om tien uur stipt op,' zei de PG op autoritaire toon. Hij merkte meteen dat de ander schrok omdat hij waarschijnlijk besefte welke grove fout hij had gemaakt door de naam van een adellijke familie op te geven die niet bestond.

Intussen kreeg het plan van de PG vorm. Zijn hart klopte weer normaal, maar zijn voorhoofd was klam van het zweet.

'U geeft dus toe...' zei de ander, alsof hij verbaasd was dat alles zo makkelijk was gegaan.

'Heb ik soms een alternatief?'

'Dus ik bel u morgenvroeg om tien uur. Op hetzelfde nummer?'

'Waar anders?' snauwde de PG. Hij opende het portier, stapte uit en gooide het met een harde klap dicht. Zonder om te kijken liep hij met geheven hoofd de straat uit naar zijn auto.

Onophoudelijk mompelde hij verwensingen. Dit kalmeerde hem. Hij stapte zo snel hij kon. Het stelde hem in staat beter na te denken, zodat zijn plan allengs vast kwam te staan. Onophoudelijk dingen doen was het enige middel om zijn zenuwen de baas te blijven, dat wist hij uit ervaring. In zijn auto noteerde hij het nummer 7RS 225 in zijn zakagenda. Daarna nam hij zijn GSM en toetste een nummer.

'Hallo!' blafte een harde bariton.

'Walter, hier Albert...'

'Ha, beste vriend, hoe gaadet?' informeerde Walter De Ceuleneer opgewekt.

'Goed, hebt g'een beetje tijd?'

'G'hebt chance, man, 't es den eenigsten avond da 'k thuus ben. Komt maar af. Ik haal 'n flasken of twee Le Pin uut de keilder, es da goed?'

'Okay, binnen een klein uurke ben ik er.'

De PG deed de GSM uit, startte en reed langzaam de Brouwerstraat uit naar de Leuvensesteenweg. Bij de verkeerslichten sloeg hij linksaf naar de Brusselse ring en gaf gas. Zijn gezicht stond vastberaden. Hij had niet de minste moeite om lucide te denken. Zijn bewustzijn was hypersensitief, op een manier dat hij scherp contact behield met de realiteit, zodat hij zijn zesde zintuig (tot elke prijs overleven) volledig kon vertrouwen.

Toen hij de oprit naar Brussel insloeg, drukte hij het gaspedaal in. De krachtige zescilindermotor liet een soepel hogetoerengeluid horen. Gaandeweg overviel hem een gevoel dat hij nog nooit had gekend, namelijk de overtuiging dat wraak de enige remedie was.

Hij had niet gemerkt dat een auto hem vanaf de kerk van Kortenberg was gevolgd. De chauffeur van de auto, een VW Passat, paste de techniek van het haasje over toe: nu eens een wagen tussen hem en target laten en dan weer 'volledig oogcontact' houden.

De PG hoefde zelfs niet uit zijn auto te komen om aan te bellen. Het drie meter hoge hek van hoogwaardig staal gleed langzaam open toen hij stilhield voor 'Evergreen House' aan de Baillet-Latourlei in de meest exclusieve residentiële enclave van Brasschaat. Hij wist dat er in de betonnen pijlers die het hek droegen, scanner-camera's gemonteerd waren die een signaal gaven telkens als er een auto voor de oprijlaan stilhield, een beeld dat uiteraard op een videoscherm verscheen.

De PG reed naar binnen en kwam in een dreef van oude beukenbomen die door gemengd loofbos liep. De koplampen van de BMW verlichtten oude rododendronstruiken, de wilde ondergroei tussen de boomstammen. Enkele opgeschrikte wilde konijnen verdwenen met opgerichte witte staartjes in het struikgewas. Na ongeveer honderd meter kwam hij aan de rand van het bos, dat abrupt eindigde in een gazon met de afmetingen van een golfveld, waarin een helverlicht landhuis stond, dat op een moors paleis leek in het decor van een Hollywoodfilm. Een postmodernistisch glazen portaal in de vorm van een afgeknotte kegel dat er tegenaan geplakt leek, gaf het geheel een Dallas-achtige allure.

De met spotlights afgeboorde oprijlaan liep tot vlak voor het portaal, waar een man verscheen, die gekleed was in een witte badjas, een glas wijn in de hand had, en vergezeld werd door een grote donkerbruine hond. De man wuifde.

De PG stapte uit en werd hartelijk verwelkomd door Walter De Ceuleneer, die zijn vriend Albert omhelsde en hem met de hand over de schouder het huis binnenleidde. Hij was een hoofd kleiner dan de PG en de badjas spande over zijn dikke buik, die hij ongegeneerd vooruitstak. Zijn zware hoofd was kaal met een randje donkerblond haar en stond zonder nek op massieve schouders. Hij bewoog opvallend snel en soepel, een eigenschap die men vaak bij gezonde dikkerds aantreft. De hond, een prachtige rottweiler, besnuffelde even de hand van de PG en verdween.

Ze liepen een monumentale hal in met aan weerskanten trappen die uitkwamen op een balkon met zuiltjes en erboven een rond gekleurd glasraam, een verkleinde kopie van de beroemde rozet van Chartres. Op de marmeren vloer lag een tapijt dat de zestiende-eeuwse stadsplattegrond van Roeselare voorstelde, de geboortestad van de eigenaar.

'Eerst e glazetje wijn!' riep De Ceuleneer op weg naar de salon, 'moet je je veston nie uutdoen?' Zijn stem klonk als een trompet.

De PG deed zijn jasje uit en maakte zijn hemdsboord los.

De enorme salon verschilde totaal van stijl met de hal. Hij was ingericht door een beroemde Franse binnenhuisarchitect, die onder meer werkte voor de *président de la république*. Strakke lijnen, discrete kleurengamma's, modern, op maat gemaakt meubilair, uiterst geraffineerd als men niet keek naar de schilderijen, hoofdzakelijk producten van West-Vlaamse kunstenaars in het teken van wederzijdse dienstverlening. Midden in de salon, op een witte sokkel, stond een levensgrote replica van de Venus van Milo. Eén wand werd volledig ingenomen door de beroemde duif van Picasso, die in een straalvliegtuig eindigde met PALOMA erop, de naam van de Lear Jet van Walter De Ceuleneer.

Ze lieten zich zakken in een leren fauteuil voor een brede open haard, die bekroond werd met de trofee van een Kaapse buffel. De Ceuleneer nam een kristallen wijnglas met een vreemdsoortige gekraakte voet dat hij halfvol rode wijn schonk.

'Nieuwe glazen?' informeerde de PG terwijl hij van de wijn proefde.

'Van bij Alain Chapel in Mionnay,' antwoordde De Ceuleneer, die dat het beste driesterrenrestaurant van Frankrijk vond, 'acht punt per stuk...' (Hij had de gewoonte duizend frank *een punt* te noemen.)

De PG moest glimlachen. Hij was dit soort commentaar gewend. Om een onbekende reden stelde deze vorm van kameraadschap hem op zijn gemak. Hij proefde opnieuw van de wijn en bromde goedkeurend.

'Annie ist er nie,' begon De Ceuleneer op luchtige toon, 'ze zit al e paar dage in 'n *fat farm* in California om 'n paar kilotjes kwijt te g'rake.' Hij sloeg daarbij krachtig op zijn buik en schaterde het uit, gelukkig ver genoeg van het rechteroor van de PG.

'Sam!' riep hij. De rottweiler kwam langzaam naderbij en ging voor de voeten van zijn baas liggen met de kop op zijn voorpoten.

'Voor ons mannen is het genoeg als w'een beetje schoner zijn dan 'n chimpansee,' zei de PG. Hij rekte zich en keek zwijgend naar zijn vingertoppen. Hij aarzelde om van wal te steken. Vooral omtrent de hoeveelheid informatie die hij zou prijsgeven. Hij wist dat Walter De Ceuleneer ondanks zijn extraverte manieren kon zwijgen als het graf, vooral waar het trouw in de vriendschap betrof.

'Ik word *gechanteerd*,' begon hij, en hij keek zijn vriend recht in het gezicht.

De Ceuleneer trok zijn wenkbrauwen op, zette zijn glas neer en leunde achterover in de fauteuil.

De PG deed het hele verhaal, methodisch, helder, alsof hij uitleg verschafte over een ingewikkeld gerechtelijk dossier. Hij verzweeg niets, behalve de breuk met Louise, iets dat voor hem eigenlijk met de chantagezaak niets uit te staan had.

Toen het verhaal ten einde was, schonk De Ceuleneer de glazen nog eens vol en keek peinzend voor zich uit. 'Wat denkt ge te doen?' polste hij.

'Niet toegeven.'

'Ge denkt dus datie *bluft*?'

'Ja. Ik heb nogal wat ervaring met soortgelijke gevallen. Het is een amateur. Hij heeft enkele kapitale fouten gemaakt, onder meer een naam opgegeven van een adellijke familie die niet bestaat. En met z'n eigen auto komen, waarvan ik het nummer heb. En hij weet ook niet dat een Zwitsers banknummer nooit in verband kan worden gebracht met een naam. En dat het Zwitserse bankgeheim alleen verbroken kan worden in heel erge gevallen zoals moord en drugshandel, en dan nog na een ellenlange procedure die stukken van mensen kost.'

'Hebt ge nog nie gedacht aan de persoon die hem da nummer in Zwitserland gegeven heet?'

'Dan zullen we hem op de pijnbank moeten leggen en daar heb ik niet de minste goesting voor.'

'Aan wat hebt ge dan wél gedacht?'

De PG dronk van zijn wijn, wachtte even en zei: 'Hem 's goed late voele dat we de dupe nie zijn.'

'En hoe denkt ge dat te doen?'

'Hem 's laten aanpakken dat hij een paar dage in 't ziekenhuis ligt.'

'Jawadde...!'

De PG aarzelde even, nam nog een teug en zei gedecideerd: 'Door 'n manneke van uwen Albanese vriend.'

De Ceuleneer reageerde niet. Hij fronste zijn voorhoofd en floot zachtjes tussen zijn tanden.

De PG dacht: West-Vlaamse boerenvoorzichtigheid.

'M-ja...' deed De Ceuleneer, 'm-ja...'

'Als we dat doen, haakt hij af,' zei de PG, 'garantie op factuur.'

'Weet ge da zeker?'

'Ja, hij heeft geen poot om op te staan.'

'Alleen een nummer plus een codenaam,' zei De Ceuleneer voor zich uit, 'en ge zijt dus absoluut zeker dat er geen enkele connectie op papier bestaat van die codenaam met die van Albert Savelkoul?'

'Komaan Walter, g'hebt toch ook een rekening in Zwitserland? Er zijn maar twee mensen in een bank die daarvan op de hoogte zijn: de directeur en een advocaat.'

De Ceuleneer deed alsof hij het laatste niet had gehoord.

'De enige connecties zouden eventueel telefoontjes van mij naar Genève kunnen zijn, maar dat is *circumstantial evidence*.'

De Ceuleneer knikte dat hij dat begreep. 'Telefoontjes vanuit welke telefoon?' vroeg hij.

'Met m'n GSM.'

'Zeker?'

'Ja.'

'Dan is er heel weinig kans dat ze vat op joen kunnen heb-b'n.'

'Dat dacht ik ook,' zei de PG.

De Ceuleneer dacht een poos na, knikte en zei: 'Wel, als ge 't goed vindt, bel ik onze vriend Shehu ne keer op.'

De PG dacht: het is net alsof we een doodgewoon zakengesprek hebben.

'Okay,' zei hij, en hij nam een teug wijn.

De Ceuleneer haalde een platte GSM uit de zak van zijn badjas en toetste een nummer zonder een agenda te raadplegen.

'Ha, Ramiz, my dear brother, it's Walter here, how are you?' zei hij in afschuwelijk Engels.

Terwijl hij Ramiz Shehu liet uitpraten keek hij naar het plafond. Toen die zweeg, zei hij met de lippen vlak bij het mondstuk, zo stil dat de PG amper verstond wat hij zei: 'It would be better to see each other personally, okay?'

Hij luisterde en keek op zijn horloge.

'I'll be there within an hour. At your place?'

De Ceuleneer zette zijn GSM uit en stak hem bedachtzaam op zak.

'Bij hem thuus...'

'Ik heb 't g'hoord,' zei de PG, 'ik ben oe heel dankbaar, Walter.'

De Ceuleneer knikte kort. Hij hield van de no nonsensebenadering van zijn vriend.

'Ewel, en hoe is 't nog met ons Louiezeke?' informeerde hij.

De PG voelde dat het een onschuldige vraag was. 'Goed, ze is enkele dagen bij haar moeder.'

'Welwel, dan hebt ge *congé*,' zei hij, en hij schoot in een bulderende lach.

'Zoals ge zegt,' antwoordde de PG effen.
'Skoon wuvetje, héél skoon wuvetje,' zei De Ceuleneer uit de grond van zijn hart. 'Ge zijt ne chançard, jong.'
'Dus ge ziet Ramiz nog vandaag?'
'Hij is iemand die nooit gras over iets laat groeie.'
'Heeft hij, euh... *macht*?'
'Macht plus respect. Hij moet maar zó doen en 't is gebakke,' zei De Ceuleneer en hij knipte met de vingers met een geluid alsof hij de kurk uit een fles trok, 'als 'k er nog wil gerake, moet ik me nu gaan klaarmake. Ik denk ook da 'k best allene ga...'
'Ik was nie van plan om mee te gaan...'
'Ni vu ni connu...'
Ik hoop het, dacht de PG. Hij wilde hem nog vragen of het wel nodig was zijn naam te vernoemen, maar hij hield zich op tijd in.
'Er gaat niks boven Le Pin,' zei hij om iets te zeggen.
'Ik heb er verleje weke nog tien kistjes 1990 van besteld. Vierenvijftig punt de flasse. Wijn voor de kenners...'
'Had ge 't op den diner van de Rotary nie over die jacht in Schotland?'
'O ja, da was 'k glad vergete. Het weekend van 12 juni. Paloma staat klaar.'
'Waar is 't?'
'In Dalchruin, op twintig kilometers van 't kasteel.'
De PG knikte afwezig. Zijn gedachten waren ergens anders.
'Alleen zésenderkes (reebokken met een gewei van zes punten). Geen loerjacht. Stalking (besluipen). Maar eerst zou ik geerne entwat anders wille wete...'
'Zeg maar.'
'Wáár precies moet het gebeure en 'k zou toch geerne een exacte beschrijving van die charel in kwestie willen hebbe.'
'Okay.'
'Wacht, ik hale papier en entwat om te schriven.'
Terwijl De Ceuleneer de salon uitliep, liet de PG zich achteroverzakken en sloot zijn ogen. De rottweiler stond op en kwam aan zijn voeten liggen. Hij aaide hem tussen de oren en moest aan Igor denken. En heel even aan Louise.

De PG kwam half overeind in zijn bed, steunde op zijn elleboog en luisterde met ingehouden adem. Na dertig jaar kon hij elk geluid van het huis identificeren, dat zoals alle oude gebouwen af en toe bewoog en kraakte. Het dateerde uit 1891 en maakte deel uit van de verkaveling van het Zuidkwartier dat had gediend voor de Wereldtentoonstelling van 1885. Op dezelfde plek waar hij nu lag te luisteren, had men toen een Kongolees dorp gebouwd met 'echte negers', die de Antwerpenaars met hun welbekende fijngevoeligheid bananen en apenootjes hadden toegeworpen. Hij was ervan overtuigd dat de geesten van die mensen van wie er twaalf ter plekke aan tbc gestorven waren, af en toe hun kwade krachten op het pand Amerikalei 124A loslieten. Soms klonk er in het holst van de nacht ergens geritsel en gehijg dat hij niet kon thuisbrengen. Hij maakte zichzelf graag wijs dat het huis een spook had dat onhoorbaar rondsloop, aan de deuren bleef luisteren en weer verdween. Hij hoopte dat het eens in de slaapkamer van Amandine zou verschijnen, waarvan de deur altijd om tien uur stipt op slot ging, nadat Maria Landowska de 'tisane de tilleul' naar boven had gebracht, de laatste dienst die madame van haar eiste. Madame stond ook elke ochtend stipt om zes uur op en ging naar de mis van halfzeven in een aparte kapel van de Sint Michielskerk, vijftig meter daarvandaan aan de overkant, waar een Opus Dei-priester van het studententehuis Oosterweel elke dag een Latijnse communiemis opdroeg voor een tiental surnumerairs en geassocieerde leden (celibatairs die alleen wonen en de regels van het Opus Dei volgen).

Met Jokke Weyler had hij ooit 's geroddeld over die potdicht afgesloten slaapkamer. Die had prompt een verklaring gevonden: de klassieke projectie van een oergemis, een onweerstaanbaar verlangen naar een beestachtige verkrachting. ('Ge moet maar 's proberen de deur in te beuken, dan zult ge zien dat ik gelijk heb.') Ze hadden er hard om moeten lachen. Jokke gaf hem trouwens groot gelijk dat hij een minnares had die hij nog maar alleen op een foto had gezien (waarbij hij bewonderend had gefloten).

De PG gleed uit het bed, liep blootsvoets naar de bewuste

deur en legde zijn oor tegen het paneel. Niet het minste teken van leven. Zelfs in bed was freule Amandine een toonbeeld van wellevendheid: nooit snurkte ze. Hij wel. Maria had het hem trouwens al gezegd. Ze stoorde zich er niet in het minst aan. Haar uitleg was van een simpele boerenlogica: alle beesten snurken. Hij had haar verteld over prehistorische mensen in de grotten die elke snurker onverbiddelijk de kop insloegen, omdat die 's nachts hun positie aan de vijand verraadde. Ze had hem niet geloofd? '*Polglowku*,'[1] had ze gezegd.

Onhoorbaar sloop hij in het duister de trap op naar de derde verdieping. Hij bleef voor de deur van haar kamertje staan en loerde door het sleutelgat. Er brandde licht. Opeens moest hij een lachstuip bedwingen. Hij stond dus op het punt te doen wat de adel en de bourgeoisie al eeuwenlang met dienstmeiden hadden gedaan: het aftroggelen van clandestien seksuele dienstverlening zonder medeweten van de dame des huizes. Een golf jeugdige roekeloosheid spoelde door hem heen. Alle zorgen vielen van hem af. Met die rotzak van een chanteur zou hij deze week nog afrekenen. Morgen begon hij er meteen aan. Hij vond het schitterend dat er eindelijk *actie* zou komen.

'Hm...' deed hij met zijn mond vlak bij het sleutelgat.

'Heum!' antwoordde ze.

Hij opende de deur. Ze lag in een eenpersoonsledikant, haar rosse haarbos breeduit, triomfantelijk gespreid over het laken dat ze kuis tot aan haar kin had getrokken.

In twee stappen was hij bij haar, hij greep haar hoofdje en gaf haar een lange kus, tongpuntje heen en weer langs de binnenkant van haar bovenlip.

'O, meneer Albert, kom met mij, kom met mij,' fluisterde ze in zijn oor en trok het laken met een ruk van zich af. Hij kroop dicht bij haar en drukte zich helemaal tegen haar warme lichaam aan.

'Moj kotek,'[2] zei hij en hij kuste haar neusvleugels. Hij wist welke onmiddellijke uitwerking dat had. Ze begon te kreunen en greep hem bij zijn haar. Hij voelde de erectie opkomen.

'Bleibst du schlafen?' hijgde ze, 'bei mir?'

'Ja, Maria, kleine kat van me, ik kom elke nacht bij jou slapen, maar dan doe ik eerst de deur op slot, dan kan het spook niet naar binnen.'

'Spok?'

'Das Gespenst.'

'Hoehoe, ist hier ein?'

'Ja, hoe is dat in het Pools?'

'*Duch*. Zeg, meneer Albert, *ist* hier ein?' vroeg ze heftig.

'Ja, en het komt naar mensen die snurken om ze de kop in te slaan.'

'*Polglowku*,' herhaalde ze, en ze streelde over zijn haar, kuste zijn ogen en wees naar iets. Hij keek op. Boven de deur hing een gevlochten streng knoflook aan een spijker.

'*Czosnek*,' zei ze, 'gegen Gespenste. Van meine Mutter. Daar hebben Gespenste veel bang van.'

Ze stak een hand onder het laken.

'Huuuuu,' deed ze en ze begon te snikken van het lachen.

'Voel bij mij,' zei ze, en ze vatte zijn hand als in een tang en trok hem onder het laken.

Met zijn middelvinger drong hij in haar kutje en zocht naar de G-plek.

'Knijpen,' beval hij in haar oor, terwijl hij de vingertop met grote vaardigheid heen en weer liet gaan over wat hij 'het mandarijntje' noemde.

Ondanks de slaappil die ze had genomen, werd freule Amandine midden in de nacht wakker. Ze stak het licht aan. Half-een. Meteen kwam de verschrikking die ze de hele dag had doorgemaakt na het telefoontje met Thérèse de Montignac, haar opnieuw glashelder voor de geest. Zonder te weten waarom trok ze de donsdeken tot tegen haar kin en bleef naar het plafond liggen staren. Beet de kiezen zo hard op elkaar dat haar kaken pijn deden. En dwong zichzelf tot luisteren. Niet het minste geluid behalve af en toe een voorbijrijdende auto op de Amerikalei.

Opeens drong het tot haar door: *hij snurkt niet* (en hij snurkt áltijd!). Opnieuw luisterde ze. Niets. Ze kreeg het zo op de zenuwen dat ze begon te transpireren. Ze trok de deken omlaag, stond op en deed een peignoir aan en pantoffels met pompons. Knoopte het netje over haar krulspelden wat strakker. Besluiteloos bleef ze voor de deur staan. Het was de eerste keer in haar leven dat ze zich zou vernederen tot zoiets *ongehoords* als het afluisteren van iemand, al was het met een eerbare bedoeling.

Ze opende de deur en zette een stap in de gang. *Hij snurkt altijd*, dacht ze opnieuw. Ze bleef lang staan luisteren. Niets. Waarna ze de trap op liep, heel voorzichtig, heel langzaam. Op de overloop bleef ze staan. De laatste treden van de smalle 'dienstmeidentrap' zonder loper nam ze een voor een, met telkens een pauze alsof ze buiten adem was. Aangekomen op de derde verdieping zag ze op het kamertje licht branden. Licht om halfeen 's nachts!

En toen hoorde ze het. Eerst weigerde ze het te geloven, maar ze hoorde het opnieuw, heel duidelijk nu. *Stemmen. Van een man en een vrouw*. Ze hield haar adem in om de duizeling te bedwingen die onder de peignoir als een nat vlies met korte rukjes over haar huid werd getrokken. Freule Marie-Amandine de Vreux d'Alembourg onderging met verlamde spieren de tweede inwijding van haar leven, de diepste vernedering die een mens zich kan voorstellen: de eerste keer was toen ze zesendertig jaar geleden door hém werd verkracht zodat ze voorgoed werd beroofd van de onschuld die haar zo lief was geweest. En nu overkwam haar iets dat in haar familie werd beschouwd als iets dermate *onnoemelijks* dat er onder geen enkel beding over gesproken werd: over iets praten betekent immers dat het *bestaat*.

Toen ze later (na uren of minuten?) op het bed ging zitten en de handen voor haar ogen sloeg, wist ze met de beste wil niet hoe ze erin geslaagd was de trap af te komen zonder over de leuning van het deinende schip de diepte in te storten. Ze probeerde te bidden maar daar was ze zelfs niet toe in staat.

18

Woensdag, 2 juni 1999. Het ontbijt in de eetkamer. De PG in hemd en das. Amandine in beige twinset en bruine plooirok. Het werd gebruikt in volledig stilzwijgen zoals al de jaren tevoren. Amandine at yoghurt. Afgemeten, lepeltje na lepeltje. De PG at snel zijn roereieren op. Ze dronken thee. Maria Landowska diende op. Ze droeg een zwarte jurk met witte kraag en manchetten. Amandine zag grauwbleek. De lijnen die van haar neus tot aan haar kin liepen, waren scherp afgetekend.

De PG zat zich inwendig op te vreten van haat tegen die *godverdomde huisnon* zoals hij haar noemde. Hij was al zo gewend geraakt aan de fijne sfeer in de keuken, terwijl ze in jeans en T-shirtje rondliep, zijn sterk, lenig, lief, verrukkelijk, geil Pools wijfje. Eén keer keek ze hem zopas één seconde recht in de ogen en ze liet even de tong over haar lippen gaan. Hij antwoordde met een korte glimlach.

Nadat ze haar mond precieus had afgeveegd met haar servet, haalde Amandine een papiertje uit haar mouw, waar ook permanent een zakdoekje werd bewaard. Ze legde het zwijgend naast zijn bord. Hij vouwde het open en las: *J'ai besoin du chauffeur à 10 heures*. Hij kneep zijn ogen tot spleetjes, nam de balpen die voor dit doel naast zijn kopje klaarlag en schreef: POSITIEF, vouwde het dubbel en schoof het in haar richting. Ze las het, toonde geen enkele reactie, sloeg een kruisteken en stond abrupt op. Hij keek op zijn horloge. Kwart over acht. De dienstauto zou over een kwartier voor de deur staan. Om kwart voor negen zou hij volgens afspraak Walter De Ceuleneer bellen en om tien uur verwachtte hij het bewuste telefoontje.

Hij hoorde Amandine langzaam de trap opgaan. Stramme knieën, dacht hij, overweldigd als hij werd door oneindige minachting, een uitgezakte buik, een dubbele kin, een mopsneusje, gezwollen handjes, speeksel op de lippen, okselzweetplekjes op de bloes, zakdoek in de mouw, medaillon van de Maagd van Fatima om de hals, haarlak à la Fabiola, trouwring, zegelring met het familiewapen, devies: 'Coeur Lâche Mauvaise Etoile'. De PG dacht: waar schepsels als Marie-Amandine de Vreux d'Alembourg verschijnen, begint de ranzige olie der verveling van de muren te druipen.

Net toen hij aan zijn serie gemompelde vloeken begon, kwam Maria de eetkamer binnen. Ze was in twee snelle stappen bij hem en gooide haar hoofd tegen zijn schouder.

'Meneer Albert,' fluisterde ze.

'Kochanie...'

'Kommst du wieder heute Nacht?'

'Ja, Maria, iedere nacht, iedere nacht.'

Hij greep haar pols en keek naar de hand alsof hij die nog nooit gezien had. Een gespierde, slanke hand met glad vel. Hij rook er even aan.

'*Pozadku*,' zei ze tevreden. Het klonk alsof ze niets anders had verwacht.

Ze drukte een korte kus op zijn haar, kneep even in zijn schouder en begon vastberaden de tafel af te ruimen, alsof ze gras maaide met een zeis.

De PG sloot de gecapitonneerde deur van zijn kabinet achter zich, liep naar het bureau, waar een map op hem lag te wachten, en ging zitten. Hij haalde de GSM uit zijn zak en toetste het nummer van Walter De Ceuleneer.

'Hallo!' De bekende trompetstem.

'Hoe is 't?' informeerde de PG.

'Zijt g'alleen?'

'Ja.'

'Alles safe?'

'Ja.'

''k Hebbe goe nieuws,' begon De Ceuleneer.

'O...'

'Hij is akkoord om het te doen.'

'Wa bedoelt ge?'

'Dat hij iemand heeft om te doen wat ge gevraagd hebt.'

'O...'

'Ge schijnt nie erg blij te zijn.'

'Toch wel.'

'Maar er is een voorwaarde.'

'Welke?'

'Dat d' hele affaire *gerepeteerd* wordt. Ter plaatse.'

'Moet dat per se?'

'Ja, het is 'n echte professional. Ramiz heeft gezegd da g'hem voor honderdentien procent moogt vertrouwe.'

'Een Albanees?'

'Wa dacht ge? En d'r is ook nog entwat anders waar ik aan gepeinsd hebbe...'

'Ja, en?'

'Ge zou moete da geld gaan afhale in Genève.'

'Waarom?'

'De gast die u chanteert, sta blijkbaar in contact met die bank. Als ge zegt da g'een rendez-vous wilt om hem 't geld te geve, zal hij volgens mij eerst contact willen hebbe met die bank om te zien of da g'hem nie beduvelt. Hij of zijn tussenpersoon.'

De PG dacht na. Wat De Ceuleneer zei was plausibel.

'Okay,' zei hij, 'hij zal binnen een uurke opbellen. Dan maak ik een afspraak om hem te ontmoeten. In het rechtsgebied Antwerpen. Niet in Kortenberg.'

'Waarom nie?'

'Omdat ik dan meer controle heb over de zaak als er iets misloopt.'

'*Misloopt*?'

'Ja, al bij al zijn er serieuze risico's aan verbonden.'

'Hebt g'al nagedacht over die plek?'

'Ja, maar heel zeker ben ik nog nie. Waar zijt ge te bereiken?'

'Op m'n GSM-nummer.'

'Okay. Bedankt, Walter.'

'Belt ge binnen een uurke nog 's op als ge met die charel gesproken hebt?'

'Okay.'

'Saluutjes.'

De Ceuleneer verbrak de verbinding.

De PG legde zijn hoofd tegen de rugleuning en dacht na. Hij zou met de BMW naar Genève moeten. Dat was een hele dag rijden. Overmorgen moest hij naar Brussel om het college van procureurs-generaal voor te zitten. Het zou dus morgen moeten zijn. Hoe vlugger hoe beter. Hij keek op zijn horloge. Bijna negen uur. Hij opende de correspondentiemap, zette zijn bril op en begon verstrooid de eerste brief te lezen. Automatisch haalde hij de vulpen uit zijn binnenzak en schroefde de dop eraf.

Om vijf voor tien meldde de secretaresse van de PG dat iemand hem wilde spreken.

'Goed, juffrouw, geef maar door.'

'Ha, goeiemorgen meneer Savelkoul...' Beschaafd, bezorgd, geïnteresseerd.

De PG beet zijn kaken opeen. Zijn hart begon in zijn keel te kloppen.

'Ja...'

Hij was razend.

De ander genoot hoorbaar van zijn triomf.

'Hebt u al nieuws?'

'Nieuws? Wat bedoelt u?' vroeg de PG ingehouden.

'Over de, euh... overhandiging. De datum. De plaats.'

'De plaats zal niet Kortenberg zijn. Te onveilig.'

'Zoals u wilt. *Alles* wat u vraagt zal ingewilligd worden. In de mate van het mogelijke natuurlijk.'

De PG kon zich de spotlach op zijn boerengezicht inbeelden.

'Overmorgen heb ik nieuws,' zei hij.

'Wanneer bel ik terug?'

'Overmorgen op hetzelfde uur.'

'Dus vrijdag 4 juni om tien uur.'

'Ja...'

De PG legde de hoorn voorzichtig op het toestel. Hij ademde enkele keren diep in en uit om de opkomende hoofdpijn tegen te houden. Dat Ramiz Shehu hulp beloofd had, stelde hem gerust. Over de mogelijke gevolgen wilde hij niet piekeren. Zijn gewone afweermechanisme (niet aan het probleem denken zodat het ophoudt te bestaan) werkte dit keer niet. Hij kneep zijn vuisten bijeen. Nu zijn handen om de strot van dat varken kunnen leggen en met die dikke kop tegen een muur aan beuken tot het bloed uit zijn neus spoot...

Toen na enkele minuten de hoofdpijn niet wilde wijken, belde hij zijn secretaresse en vroeg haar 'straffe koffie' te brengen. Door een gedachteassociatie met koffie moest hij aan majoor De Vreker denken. Die had nog altijd niets van zich laten horen over de mysterieuze affaire in Sint-Job-in-'t-Goor. Even dacht hij aan Louise, aan Yamma, aan Soliman, die hij een dezer dagen moest berijden. Zonder Maria.

Hij sloeg met zijn vuist op het bureau. Nu was ze alleen thuis, gekleed in die onnozele meidenjurk terwijl madame met de dienstauto naar een afspraak was. Straks zou hij de chauffeur vragen waarheen hij haar had moeten rijden.

Toen de secretaresse wat later binnenkwam met de koffie, vroeg hij tot zijn eigen verwondering hoe het ging met haar gezondheid.

'Goed, meneer de procureur-generaal, dank u,' antwoordde ze terwijl een golf couperose naar haar wangen steeg.

'En met uw moeder?'

'Ze zal uiteindelijk naar een home moeten, meneer de procureur-generaal.'

'En hebt u er al een gevonden?'

'Nee, dat is heel moeilijk.'

'Dat weet ik, juffrouw. Als het werkelijk niet gaat, wil ik u graag helpen.'

'O, dank u, meneer de procureur-generaal,' zei ze moeilijk met een hoogrood gezicht.

Ze vroeg zijn toestemming om te mogen 'beschikken'.

Hij wuifde vriendelijk met zijn hand.

Terwijl hij van de koffie genoot, gaf hij toe aan een tweede impuls. Hij nam zijn GSM en toetste het nummer van zijn huis.

Maria Landowska nam op.

'Hallo, kochanie.'

'O, meneer Albert...'

'Hallo...'

'Was ist los?'

'Niets, Maria, ik wou alleen je stem horen.'

Ze begon zachtjes te huilen. 'U macht me zo glücklich...'

'Tot vanavond, Maria...'

Ze snoot haar neus. Hij deed de GSM uit en dronk langzaam zijn koffie op met een vreemde glimlach om de lippen. Hij voelde zich opeens moe en oud. Vanochtend had hij weer die verdomde pijn gehad, maar nu was het weg. Misschien moet ik een dezer dagen Jokke nog eens opbellen, dacht hij.

Er klonk gekuch. Zijn secretaresse kwam naar binnen met een fax. Toen ze weg was, begon hij te lezen: nummer 7RS 225 was ingeschreven in Leuven bij Avis Rent A Car. Dat was pech. Als het echt nodig was, kon hij later altijd nog ingrijpen. Hij vouwde het vel op en stak het in zijn portefeuille.

Op woensdag 2 juni om halfelf verliep de verkoop van de eigendommen behorende aan freule Marie-Amandine de Vreux d'Alembourg, wonende Amerikalei 124A te 2000 Antwerpen aan de NV Rumpus, gevestigd te 1180 Brussel, op een hoogst merkwaardige wijze.

Meester Jozef Vromen, (74), notaris te Ekeren, ontving haar samen met jonkheer Hervé van Reyn, vicaris van het Opus Dei, in zijn afgebladderde kasteeltje, dat tussen oude bomen in een verwaarloosd park stond. De notaris was klein, schriel en kaal en hij droeg een slobberig grijs pak met vlekken op de revers. Hij had niet lang tevoren een beroerte gehad met gedeeltelijke verlamming van de linkerkant plus spraakmoeilijkheden. Hij woonde als verstokte vrijgezel heel alleen met een oude dienstmeid in het kasteeltje, waar zijn grootvader in 1892 de notarispraktijk van een collega had overgenomen. Aan de inrichting van het interieur was sindsdien nog niets veranderd, behalve de aanleg van centrale verwarming in 1925, die nog altijd met antraciet werd gestookt. Jozef Vromen bewoonde twee kamers boven de kantoren en leefde er als een kluizenaar. Zijn werkdag begon en eindigde met het bidden van een serie Salve Regina's in de huiskapel. Hij was al twintig jaar surnumerair van het Opus en tevens de notaris-titulair van hetzelfde instituut voor de provincie Antwerpen. De enige voorwaarde die hij had geëist was dat hij nooit een honorarium zou accepteren voor zijn diensten. Hij was bereid tot alles wat wettelijk enigszins was toegestaan om de belangen van de geëerde cliënt te behartigen. Zelfs freule de Vreux schrok van de sfeer waarin de transactie verliep. Ze vond die zelfs een beetje luguber. Met zijn drieën, meester Vromen voorop, die met een stok liep en met zijn linkerbeen sleepte, begaven ze zich eerst naar de huiskapel, waar Hervé van Reyn de reeks van twintig Salve Regina's zo luid voorbad dat zijn stem tegen de muren weergalmde. Hij hield tijdens het bidden de hand van freule Amandine in de zijne en wellicht raakte ze hierdoor in een soort hypnotische toestand, zodat ze na de gebedsseance met het versmalde bewustzijn dat elke brainwashing vergezelt, de twee heren naar het kantoor vergezelde.

Daar las Jozef Vromen met een eentonige stem, die erg leek op het incantatieve ritme van de gebeden, de voornaamste paragrafen van de verkoopakte voor. Om de tien seconden bevochtigde hij zijn lippen met een kort likje, als een hagedis.

Het betrof een eigendom, zijnde één dakappartement gestaan en gelegen aan de zeedijk te Knokke-het Zoute, ter waarde van 40.000.000 frank, een villa met tuin, zwembad en conciërgewoning gestaan en gelegen te Wijnegem, ter waarde van 22.000.000 frank en een stuk bosgrond van 14 hectare 62 are, gestaan en gelegen te Neupont-sur-Lesse, ter waarde van 6.800.000 frank. De gezamenlijke waarde bedroeg zegge en schrijve 68.800.000 frank.

Tijdens de voorlezing van de akte hield Hervé van Reyn met een beate glimlach zijn hand op die van freule de Vreux, die er verweesd bijzat, als een oud vrouwtje met alzheimer. In zijn blauwe blazer, grijze broek, streepjeshemd en militaire das was hij de verpersoonlijking van la noblesse belge, een kaste die in vroegere eeuwen de privileges had gecreëerd waar ze nog altijd van profiteerde.

In de naam van de koper (de NV Rumpus) signeerde hij de akte met een zwierige handtekening, waaronder hij een streep met een punt zette, grafologisch kenmerk van een dominant ego.

Als een robot plaatste Amandine de Vreux haar handtekening rechts van de zijne.

Daarna overhandigde jonkheer van Reyn haar een versleten bruinleren attachékoffer en opende hem zelf. Hij zat boordevol biljetten van tienduizend.

‘Moet u niet natellen?’ informeerde hij met een glimlachje.

Ze schudde van nee en ondertekende een kwitantie voor ontvangst van het bedrag van 68.800.000 frank. Ze gaf het briefje aan van Reyn, die het vliegensvlug in zijn binnenzak liet verdwijnen. Meester Vromen had de hele tijd gedaan alsof hij verdiept was in een dossier.

Van Reyn kuchte, Vromen keek op, gaf iedereen een hand en mompelde: ‘Proficiat.’

Met zijn drieën liepen ze naar de voordeur, waar ze afscheid namen. Voordat ze buiten waren, verscheurde meester Vromen de kwitantie van zijn ereloon barema J, zijnde 131.941 frank, ten teken dat hij het bedrag zoals afgesproken schonk aan VZW Atlantis, de zwarte kas van het Belgische Opus Dei.

Met galanterie droeg jonkheer van Reyn de attachékoffer mee naar buiten. Toen ze langs het open traliehek van het parkje op straat kwamen, nam hij met een korte buiging afscheid, de attachékoffer stijf onder de arm.

‘Hebben we niets vergeten?’ polste hij met zijn stereotiepe glimlachje.

Freule de Vreux schrok merkbaar, kneep haar lippen samen, opende haar handtas en overhandigde hem zwijgend een dikke envelop.

In het teken van de heilige schaamteloosheid draaide Hervé van Reyn zich om en liep naar zijn auto, die vlakbij geparkeerd stond. De envelop bevatte voor ongeveer tien miljoen frank aandelen en obligaties, waarom Pla y Daniel haar in Rome had gevraagd.

Langzaam, met stramme benen, liep ze naar de zwarte Opel Omega, die vijfhonderd meter verderop, vlak bij de Sint Lambertuskerk, op haar stond te wachten met achter het stuur de chauffeur van de PG.

Om halfelf belde de PG Walter De Ceuleneer op. Hij maakte een afspraak om op donderdag één uur ’s ochtends de ‘Albanees’ te ontmoeten bij de kerk van Overbroek, een rustig dorp tussen Brecht en Sint-Job-in-’t-Goor, een plek die hij kende als zijn binnenzak. Hij vertelde De Ceuleneer ook dat hij diezelfde dag met zijn particuliere auto naar Genève zou rijden.

De Ceuleneer maakte een van zijn klassieke grapjes: dat Belgische prominenten zich altijd *door hun chauffeur* laten rijden als ze hun zwart geld op een Luxemburgse bank gaan deponeren. De PG wist dat hij zinspeelde op de KB Lux-affaire. Hij repliceerde dat die affaire in de doofpot zou worden gestopt omdat zoals altijd in België de allerhoogste kringen van het land zich hadden gecompromitteerd. Ongeveer zoals in het geval van de Bende van Nijvel, alleen waren er hier geen achtentwintig doden gevallen, voegde hij eraan toe. De Ceuleneer was de enige met wie hij zich dat soort allusies veroorloofde. Hij vroeg ook nog eens of de afspraak voor de jacht in Schotland wel doorging op 12 juni. Die ging natúúrlijk door!

Na het telefoontje werd hij overvallen door een bui van zwartgalligheid. Waar was hij in godsnaam als PG van Antwerpen mee begonnen? Hij zat in een van de precairste situaties die hij zich kon indenken. Om de eenvoudige reden dat hij onmogelijk een gerechtelijk onderzoek kon starten. In elk geval zou hij, als alles een beetje opgeklaard was, een discreet onderzoek beginnen naar personen plus motieven achter de affaire. Of ze iets uit te staan had met de aanslag op Igor en Yamma. Hoe het mogelijk was geweest zijn rekening in Genève te ontdekken. Wie er uiteindelijk belang bij had hem zo in het nauw te drijven. Wie die auto bij Avis in Leuven had gehuurd. Of Amandine de centrale spin in het web was.

Vooral die laatste mogelijkheid zat hem dwars. Machteloosheid was een soort vacuüm dat hij niet in overeenstemming kon brengen met zijn machtspositie als magistraat en met zijn narcisme dat hem tot nu toe had geholpen om snel over alles heen te komen, zelfs over de plotselinge breuk met Louise.

Het citaat van de Franse biograaf over François Mitterrand: 'De ergste anarchie is die van de macht' vond hij pertinent, hoewel hij er nog nooit met iemand over had gepraat. Hij rekende deze boutade tot wat hij z'n 'privé-bezit' noemde.

Hij moest denken aan een gesprek dat hij enkele jaren tevoren had gehad met een Nederlandse hoofdofficier van justitie. Die had beweerd dat België geen democratisch land is omdat het vanuit de coulissen wordt geregeerd door francofone aristocratische salonpolitiek. Dit was puur Hollands chauvinisme, maar het feit dat hij had moeten bekennen dat het eigenlijk niet ver van de waarheid was en dat hij geen verstandige tegenzet had kunnen vinden, verhoogde nu, jaren later, vreemd genoeg, opeens zijn zwartgalligheid. Bovendien wilde die verdomde pijn in de buurt van zijn anus maar niet wijken. Urineren ging moeilijk. Hij had echter besloten Jokke slechts in uiterste nood op te bellen.

Voordat hij uitstapte, keek de PG op zijn horloge. Kwart voor één in de nacht. Hij had de BMW geparkeerd in een zijweg van de hoofdstraat dwars door Overbroek. Die zijweg liep naar een eenzame buurt met dennenbossen en boerderijtjes en kwam uit op het artillerie-oefenterrein van Polygoon. Hij had besloten de weg naar de kerk te voet af te leggen. Het was een frisse nacht met een stevige zuidwestenwind die de wolken voortdreef, waartussen af en toe de volle maan verscheen. Hij droeg een kaki regenjack dat hij op jacht aandeed.

Op zijn gemak wandelde hij naar de dorpskern. Toen hij bij de kerk aankwam, was het vijf voor één. Onderweg was hij geen mens tegengekomen. Het dorp lag stil in de duisternis onder de natriumlampen.

Hij keek rond en liep naar het pleintje voor de kerk, dat vaag verlicht was. Uit het niets dook een man op, gekleed in leren racekleding. De PG schrok.

'Huu,' zei de man.

De PG knikte.

'Rap weg,' zei de man gedempt, 'wa moet 'k doeng?' Hij had een Antwerps accent.

Hij leek nerveus, het tegendeel van een professional.

'Ik kom hier met iemand,' begon de PG onzeker.

'Wannier?'

'Dat zal ik aan... meneer Shehu laten weten.'

'Huu.'

Ze stonden in het halfduister, maar de PG kon zijn gezicht goed onderscheiden. Kort zwart haar en een snor. Klein. Robuust. Donkere ogen die permanent op hem gericht waren.

'Wa moet 'k doeng?' herhaalde de man.

De PG aarzelde. Wat moest hij in godsnaam zeggen?

‘Say it in English,’ zei de man, ‘I understand better.’

‘A goot beating,’ zei de PG. Hij vond het gemakkelijker het in een vreemde taal te zeggen.

‘Okay.’

‘But no broken bones. Only a stiff beating.’

De man begon geluidloos te lachen. Zijn schouders schokten. Snel als een ratelslang haalde hij iets uit zijn zak, dat een metaalachtig geluid gaf. Hij sloeg er ongelooflijk woest mee in het rond, terwijl hij ‘huu... huu’ uitbracht.

De PG was geschrokken. Hij had gezien dat het een telescopische matrak was, een van de meest efficiënte slagwapens die er bestaan.

‘I said, no broken bones,’ herhaalde hij.

‘Yes, sir. Aga Ramiz gave me orders...’

Dat stelde de PG enigszins gerust. Ook het feit dat de man Shehu bij de voornaam had genoemd.

Hij wilde hem vragen waar zijn auto stond, maar hij hield zich op tijd in.

‘Wanneer doen?’ vroeg de man.

‘I’ll contact mister Shehu about that,’ zei de PG.

‘Okay.’

De man schoof de matrak ineen, stak hem op zak, draaide zich om en verdween zonder te groeten.

De PG liep terug naar de plek waar hij de BMW had geparkeerd. De hele tijd was er geen enkele auto voorbijgekomen. Het enige geluid was het geblaf van een hond ergens op een boerderij. Hij had hevige aandrang om te urineren. Het duurde lang voor het lukte, met lange onderbrekingen. Toen het niet meer ging, voelde hij dat zijn blaas nog halfvol was.

Hij keek op zijn horloge. Twintig over één. Hij besloot meteen door te rijden naar Genève. Amandine was eraan gewend geraakt dat hij soms afwezig was zonder haar iets te laten weten. Maria Landowska was wél op de hoogte. Ze had hem gekust en gezegd dat ze hem zou missen. ‘Ik wil geen enkele nacht meer zonder u slapen, meneer Albert,’ had ze gezegd.

Net toen hij wilde instappen, reed een zware motor met hoge snelheid door de hoofdstraat van Overbroek.

19

Nadat hij die donderdagochtend omstreeks halfzeven in een Restoroute bij Bourg-en-Bresse in zeven haasten ontbeten had met een café brioche, legde de PG het laatste traject af met de reglementaire snelheid van honderddertig per uur. Om kwart voor negen was hij in Genève, waar de werkdag net begonnen was. Hij wist dat het Crédit Suisse, zoals de SKA in Romaans Zwitserland wordt genoemd, in het stadscentrum lag, niet ver van het meer. Hij vroeg de weg naar de Place Bel-Air aan een politieman die eerst naar het kenteken van zijn auto keek, niets van zijn gedachten liet blijken en hem in raar Frans uitlegde hoe hij moest rijden. Even na negen uur dook hij de ondergrondse parkeergarage van de bank in. Toen hij uitstapte, viel het hem op hoe kraaknet de biljartgroene gelakte betonnen vloer was waarop de banden van zijn auto het geluid hadden gemaakt van een gummi handschoen die je uittrekt. Tegen het plafond hingen camera's die langzaam heen en weer gingen. Hij nam de lift naar de hal, hoog, indrukwekkend en volledig in prachtig Carrara-marmer. Aan de inlichtingenbalie zei hij dat hij een afspraak had met monsieur Rossy. De bediende, een blond, mollig, aardig meisje met blozende wangen, keek in haar afsprakenlijst, knikte ijverig en toetste het nummer van een binnenlijn.

'Men zal u graag op de eerste verdieping ontvangen,' zei ze cryptisch en ze toonde haar kleine gelijke tandjes, 'meld u zich bij de balie, s'il vous plaît.'

De PG nam de lift. Op de eerste verdieping kwam hij in een imposante gang met geschilderde portretten van belangrijke bankiers aan de wand. Op de vloer lagen oosterse tapijten. De lucht rook naar een discreet parfum.

Aan de balie zat een grijze heer in rokkostuum, die met gevouwen handen voor zich uit keek. 'Bever?' vroeg hij. De PG knikte een beetje verbaasd.

De heer noteerde iets op een papier, stond op en begeleidde hem plechtig alsof het een audiëntie aan het Hof betrof. Hij opende een deur en de PG kwam in een kleine kamer zonder ramen, waar alleen een tafel stond, vier stoelen en op de tafel een computer plus een kubusvormig toestel dat hij niet kon thuisbrengen. Uit het plafond kwam een ijzeren pijp die eruitzag als de toevoerleiding van een gasmaatschappij.

De bode sloot de deur. Vanaf dat moment was het alsof de PG opgesloten zat in een radiostudio.

Opeens ging de deur open en een korte dikke man van een jaar of vijftig in een driedelig grijs pak met een donkerblauwe das kwam naar binnen, boog even het hoofd en stelde zich voor: 'Jean Rossy, responsable du compte.' Hij had steil blond haar en een glad gezicht. Hij had een ouderwets gouden brilletje op. Hij glimlachte blijmoedig, wees de PG een stoel aan, vouwde de handen en keek hem aan met een rechtschapen blik.

'Ik ben Bever,' zei de PG om iets te zeggen. Hij vond de Zwitser meteen antipathiek. 'Ik zou tweehonderdduizend francs suisses van mijn rekening willen.'

De heer Rossy trok zijn wenkbrauwen op en knikte. 'Monsieur, helaas verplicht het nieuwe reglement mij u te verzoeken om een identiteitsbewijs,' zei hij als met tegenzin.

Zonder te verblikken haalde de PG zijn internationaal paspoort te voorschijn en legde het op de tafel.

Rossy opende het, wierp een korte blik op de foto en de naam, keek hem aan met een stralende glimlach, excuseerde zich en gaf het paspoort terug. Hij begon nerveus op de computer te tikken, hield het scherm in het oog en drukte op een apparaatje dat als een belknop op de tafel was gemonteerd. Vanuit de ijzeren pijp kwam een geluid van geperste lucht gevolgd door een doffe knal. Rossy opende de klep onder aan de pijp en haalde er een cilindervormige plastic container uit, die hij opende. Snel legde hij een pak bankbiljetten in het toestel dat de PG niet had kunnen thuisbrengen en dat een geldmachine bleek. In enkele seconden telde het tweehonderd biljetten van 1000 Zwitserse frank. Rossy nam het geld en schoof het naar de PG toe.

'Wilt u het natellen?' vroeg hij.

'Niet nodig,' antwoordde de PG, overdonderd door de snelheid van de service, die zelfs die in de wisselkantoren in Singapore overtrof.

Hij tekende voor ontvangst. Rossy vergeleek snel de handtekening met het model van de Beneficial Owner – Wirtschaftlich Berechtichter op het computerscherm en deed het geld in een ongemerkte envelop.

De PG stak hem op zak en dankte Jean Rossy die uiteindelijk toch een hand uitstak en snel die van de klant drukte.

Samen liepen ze de gang in voorbij de grijze heer in rokkostuum naar de lift. Daar nam Rossy afscheid met een stijve Pruisische buiging.

'Vuile mof,' mompelde de PG, ondanks het feit dat ze de hele tijd Frans hadden gepraat.

Hij nam de lift naar de parkeergarage en liep naar zijn auto. Halverwege bedacht hij zich: hij had honger. Hij liep naar de uitgang, kwam op de drukke Place Bel-Air en keek rond. Hij stak het plein over naar een café-restaurant, ging aan een tafeltje zitten en bestelde een omelet met bacon en een grote kop espresso.

Terwijl hij wachtte, belde hij zijn huis op. Amandine nam op met een geaffecteerd *Oui!* Met een nijdig gebaar deed hij de GSM uit en zei hardop: 'Stomme trut.' Het uitspreken van dit woord luchtte hem in zekere zin op. Tot dan toe had hij na die godganse nacht achter het stuur zitten de realiteit geregistreerd als een luchtledige ruimte verdeeld in vakken waarin een aantal surrealistische voorwerpen rondzweefden, zoals in de schilderijen van Magritte.

Toen de omelet werd geserveerd, die lekker rook, nota bene in een koperen pan plus een mandje met authentiek ogend boerenbrood, voelde hij de euforie door zich heen gaan als elektrische stroom.

Het eerste wat Jean Rossy deed nadat de PG afscheid had genomen, was met voorrang de opdracht van Ernst Jacobi uitvoeren, die de dag tevoren door Hervé van Reyn was gewaarschuwd de rekening van de PG in het oog te houden. Dat wil zeggen: Rossy belde Jacobi's persoonlijke nummer op zonder de centrale te passeren. Jacobi bromde goedkeurend, toen hij het nieuws hoorde. Hij prees de *responsable du compte* van een van zijn belangrijkste filialen, iets wat nog nooit gebeurd was, zodat de man zijn oren niet kon geloven.

Het gesprek had vierentwintig seconden geduurd. Het internationale gesprek dat Jacobi daarna had met Hervé van Reyn, duurde veel langer. Van Reyn was opgetogen over het goede nieuws en toen er daarna over koetjes en kalfjes werd gepraat, moest hij beloven dat hij de week daarop op doorreis naar Rome in Zürich zou uitstappen, waar hij procurator Pla y Daniel en zijn goeie vriend Navarro Valls zou ontmoeten.

Jacobi wilde hem absoluut inviteren in restaurant 'Kunststuben' in Küsnacht, waar volgens hem de beste foie gras de canard aux queues de boeuf werd geserveerd. Hervé van Reyn, die op gastronomisch gebied een kenner was, vond die combinatie nogal raar (hij had trouwens zijn bedenkingen over de Zwitserse keuken), maar hij kweelde een gerekt '*Mmmm*', de stereotiepe taaltic van de Belgische aristocratie als er sprake is van een lekker gerecht.

Toen Jacobi het vrij mondaine gesprek besloot met een vormelijk 'Serviam', trok Hervé van Reyn zijn wenkbrauwen op en legde langzaam de hoorn op de haak. Hoewel hij dacht iets van de Zwitserse volksaard af te weten, verbaasde hij zich telkens weer over deze aparte vorm van verkrampte hoffelijkheid, die hij weet aan de boerenafkomst van alle Zwitsers.

Hij was zo optimistisch over de gang van zaken dat hij besloot geen gebruik meer te maken van de diensten van het detectivebureau Marlowe & Co. Het feit dat target vanuit Kortenberg blijkbaar een doodgewoon bezoek had gebracht aan een kennis vond hij irrelevant en dus was het geldverspillend.

Hij belde Paul Hersch en vertelde hem het nieuws. Hij drong erop aan dat hij zo gauw mogelijk een 'rendez-vous' moest maken met 'target'.

20

Op vrijdag 4 juni vanaf tien over elf presideerde de PG de vergadering van het college der procureurs-generaal, die plaatshad in een met namaak-Louis XV meubilair ingericht zaaltje op de tweede verdieping van het ministerie van Justitie. Het eerbiedwaardige college, dat een jaar tevoren was opgericht om het Belgisch strafbeleid te uniformiseren, was in de praktijk uitgegroeid tot een soort scheidsrechterscomité om het politieke Vlaams-Waals-Brusselse getouwtrek tussen de vijf Belgische parketten-generaal zoveel mogelijk te coördineren, dat wil zeggen te beperken. De installatie in de herfst van 1998 van een *federaal parket* met aan het hoofd een zesde procureur-generaal die zich hoofdzakelijk met de zware misdaad en de internationale vertakkingen ervan zou bezighouden, had de onderlinge rivaliteit zeker niet doen afnemen. De benoemingsprocedure was alweer verlopen volgens de ingekankerde tradities van de Oude Politieke Cultuur die zogenaamd was afgezworen. De splinternieuwe federale procureur-generaal moest volgens het zoveelste regeerakkoord een diploma hebben van een Franstalige universiteit, maar moest perfect tweetalig zijn.

Dit schaap met vijf poten werd ten slotte gevonden, maar hij was een conservatieve PSC'er die via familiebanden connecties had met financiële holdings en het Belgisch Hof, wat de vrijzinnigen in Vlaanderen en Wallonië de stuipen op het lijf joeg. Bovendien was tijdens de Dutroux-affaire aan het licht gekomen dat hij in het onderzoek enkele flaters had begaan, zodat hij door de Dutroux-commissie zelfs werd verzocht zijn ontslag in te dienen als procureur des Konings. Dankzij de CVP werd volgens het principe van de backlash de schuldige tóch benoemd en degenen die de flaters aan het licht hadden gebracht, systematisch in diskrediet gebracht of zelfs gerechtelijk vervolgd wegens eerroof. Als compensatie kregen de vrijzinnigen een Vlaamse socialist aan het hoofd van de federale politie. De voorspellingen van sommige onafhankelijke politiedeskundigen, dat de Octopuswetten (de bijnaam van de politie- en justitiehervormingen) geen enkele verbetering in de bestaande chaos zouden brengen, werden bevestigd toen de praktische toepassing van kracht werd. De ondoorzichtige structuur waar zelfs experts hun weg in verloren, zorgde voor nog meer inefficiency, omdat bleek dat deze Octopuswetten geen degelijke onderbouw hadden noch het resultaat waren van enig solide denkwerk, maar wel van een halsoverkop reflex van zelfbehoud na de ramp die België voor de zoveelste keer tot de risee van de wereld had gemaakt: de drie uur durende ontsnapping van Marc Dutroux uit de rechtbank van Neufchâteau.

Om halftwee schorste de PG de vergadering, omdat ze niet verder waren gekomen dan punt 1 van de agenda: wat is nu de precieze omschrijving van het begrip 'criminele organisatie'. In feite ging het om de hoeveelheid macht die aan de federale politiechef, die in de nieuwe structuur nauw moest samenwerken met de nieuwe federale procureur-generaal, zou worden toegewezen. Zoals zo vaak was de vergadering gereduceerd tot een oeverloze discussie over het geslacht der engelen tussen Vlamingen, Walen en Brusselaars die weigerden een duimbreedte toe te geven.

Hierdoor was de eigenlijke agenda van de vergadering zo vertraagd dat ten slotte tot een stemming werd overgegaan of ze na de lunch nog moest worden voortgezet of dat een andere vergadering moest worden belegd op een latere datum. De stemming was in het voordeel van de laatste oplossing.

De lunch werd zoals altijd gebruikt in Chez Duparc, het restaurant dat door een groot aantal Belgen nog altijd wordt beschouwd als een der beste van West-Europa, wellicht omdat de gerechten daar, die al jaren op het menu staan, bepaalde voorschriften van de klassieke negentiende-eeuwse gastronomie niet overschrijden en omdat het restaurant de reputatie heeft zo duur te zijn dat alleen de elite of wat daarvoor moet doorgaan het zich kan permitteren er een voet binnen te zetten.

Toen het dessert werd opgediend (crêpes suzette met ijs en een geheim sausje van pernod en peper, een van de gewaagdste combinaties van het huis) plus voor elk een glas château Yquem 1964, was de sfeer onder de acht genodigden (de kabinetschef van de minister van Justitie, een Franssprekende edelman die de vergadering het laatste halfuur had bijgewoond was ook meegekomen) opvallend geanimeerd. De problemen die de vergadering had opgeleverd, werden vergeten (het weekend was eigenlijk al aangebroken) en als in de toekomst soortgelijke kinderziektes zich zouden voordoen, zouden in gemeenschappelijk overleg vast en zeker compromissen op zijn Belgisch worden uitgedokterd in het teken van het behoud van de bestaande machtsstructuren, waaraan de verkiezingen van volgende week heel weinig verandering zouden brengen dankzij de peperdure desinformatiecampagne die de regeringspartijen hadden gevoerd in het teken van het korte geheugen van de bevolking. Alleen lucide mensen waren er steeds meer van overtuigd dat na de verkiezingen de schaamteloze restauratie van het ancien régime voorgoed en met botte kracht zou toeslaan.

De rekening (46.768 frank dienst en BTW inbegrepen) werd door de PG betaald met een speciale creditcard voor dat soort onkosten.

Toen zijn Opel Omega zich omstreeks halfvijf klemreed in de weekendavondspits in de Leopold II-tunnel, bleken de ventilatoren weer eens verstopt, zodat de uitlaatgassen in de auto drongen. De PG begon te piekeren over een écht probleem: zijn ontmoeting met de onbekende man die hem op maandag 7 juni om 3 uur vijf miljoen wilde afpersen bij de kerk van Overbroek. Hij had de afspraak gemaakt toen de man hem deze ochtend om tien uur stipt had opgebeld. Voor het eerst had hij enig enthousiasme in de stem van de man menen te bespeuren. Hij had eraan gedacht een Zöller te laten installeren, maar ten eerste zou dat onmiddellijk argwaan wekken bij zijn eigen staf, en ten tweede had hij zich laten wijsmaken dat dit onmogelijk was op een GSM.

Hij belde Walter De Ceuleneer op, die in zijn Rolls Royce zat op weg naar zijn villa in Knokke. Hij zat eveneens vast in een file tussen Drongen en Nevele vanwege een ongeval.

Toen de PG hem de plek, de dag en het uur van de afspraak zei, antwoordde hij: 'We zulle d'r veure zorgen. Als 't er ne kink in de kabel komt, hoort ge van min. A propos, komt Louizeke mee naar Schotland?'

'Dat denk ik wel,' antwoordde de PG.

'De peerdekes staan klaar.'

'Ik zal 't haar zegge,' antwoordde de PG, en hij zette de GSM uit.

'Da's een pest, hè, die opstoppingen,' zei hij tegen de chauffeur.

'Iedere vrijdagavond hebbe we prijs, meneer de procureur-generaal.'

'Dat is juist,' antwoordde de PG. Hij vond zijn antwoord niet bepaald geïnspireerd.

Hoewel de pijn in zijn onderbuik was opgehouden zodat hij weer normaal kon urineren, begon hij te piekeren over de vraag hoelang het nog zou duren voordat Amandine lont zou ruiken. Het vooruitzicht op een weekend in haar allesverstikkende aanwezigheid, terwijl bij Maria het verlangen naar hem letterlijk *afstraalde*, riep bij hem grote twijfels op over zijn levenskunst, de *virtù* van de Renaissancemens, een vorm van zijn teergeliefd narcisme waarin hij tot dan toe onvoorwaardelijk had geloofd.

21

Het eerste weekend van juni 1999 was na enkele dagen 'Belgisch weer' opnieuw warm en zonnig met temperaturen tussen 22 en 28 graden Celsius. Aan zee stond een stevige oostenwind. Het was wonder boven wonder geen 'horeca-weerbericht' zoals muggenzifters de optimistische weekendvoorspellingen van het KMI weleens durfden te noemen. De massale uittocht van de flatbewoners naar de traditionele plekken met een surrogaat-buitenleven kwam zaterdagochtend schoksgewijs op gang. Op de autowegen naar de kust ging men al gauw over tot 'blokrijden', wat niet belette dat tussen Nevele en Aalter een kettingbotsing zorgde voor een file van veertig kilometer, zodat de eendagstoeristen naar de kust omstreeks halféén aankwamen om de spannende zoektocht naar een parkeerplek te beginnen.

De protagonisten in België, Italië en Zwitserland die van verre of nabij iets met de zaak rondom procureur-generaal Savelkoul te maken hadden, maar meestal van elkaars bestaan niet afwisten, gedroegen zich tijdens dit blije, onvoorziene weekend onopvallend en zogenaamd normaal, dat wil zeggen in de stellige overtuiging dat wat ze van plan waren of deden, compleet in overeenstemming was met de christelijke moraal.

Walter De Ceuleneer verbleef zoals altijd in de zomer vanaf vrijdagavond in zijn 'villa-aan-'t-zeetsje' te Knokke-het Zoute. Het was een pompeuze replica van een met klimop begroeid Victoriaans landhuis met de magische naam 'Manderley'. Omdat zijn echtgenote nog altijd in de Californische fat farm verbleef, had hij een vriendin geïnviteerd. Mouche was een veertigjarige *divorcée* die niet ver van hem in Brasschaat woonde en die hij 'mijn habitueetje' noemde. Terwijl *hij* urenlang golfte in het gezelschap van de fraudeurs rondom de lokale burgemeester, lag *zij* bij het zwembad te zonnebaden en dronk gin-tonic, een drank waartegen ze na al die jaren een merkwaardige immuniteit had verworven. Ze was blond, slank en glad dankzij enkele peperdure liftings in Davos, Zwitserland. Ze leefde alleen in functie van haar lichaam en toonde dat graag in het gezelschap van 'onze Walter', die haar op allerlei terreinen verwende, iets wat niet van alle mannen gezegd kan worden. Zijn ietwat belachelijke manie om – zevenenvijftig en overweight – met haar te pronken was te wijten aan zekere symptomen van de penopauze die hij probeerde te compenseren met een zeldzame soort seksueel fetisjisme voor haar hese 'slaapkamerstem' en met een geregelde inname van het Amerikaanse wondermiddel Viagra.

'Ik kan 't nog altijd *twéé kere*, en met de munitie erbie,' blufte hij tijdens mannenbijeenkomsten.

Zijn echtgenote wist van zijn relatie met Mouche af, maar ze koos eieren voor haar geld, hoofdzakelijk omdat ze vond dat ze haar status van welgestelde getrouwde vrouw koste wat kost ongeschonden moest bewaren, volgens haar een probaat middel tegen gezichtsverlies.

Die zaterdagavond zou De Ceuleneer met Mouche in Sluis mosselen gaan eten en daarna zouden ze thuis op hun gemakje nog ietske drinken, zij in negligé, hij in badjas. Tot op het moment dat hij plotseling met zijn trompetstem zou uitroepen: 'En neu ga 'k joen baardje nog ne keer afdoen.'

Notaris Vromen deed al meer dan vijftig jaar elke vrijdagavond hetzelfde: na de avondmis in de Sint Lambertuskerk dronk hij met pastoor Karel Jacobs, met wie hij in de jaren dertig humaniora had gedaan in het kleine seminarie van Hoogstraten, een glaasje port. Ze haalden jeugdherinneringen op uit de goeie ouwe tijd, een onschuldige vorm van regressie, waar ze samen van genoten. Om zeven uur stipt nam de notaris afscheid en wandelde, heel langzaam vanwege zijn beroerte, naar het kasteeltje een paar honderd meter daarvandaan waar Elza, de zeventigjarige meid, karnemelksepap met bruine suiker opdiende in een sombere eetkamer vol negentiende-eeuws meubilair die verlicht werd door één enkel peertje van veertig watt. Naast het bord zette ze zijn medicijnen klaar in een plastic potje, waarna ze zich zonder een woord terugtrok. Ze was doof maar weigerde een gehoorapparaat te dragen en ze kon 's ochtends moeilijk uit haar bed komen vanwege 'een slechte rug', maar ze bleef. Ze beschouwde zich als een familiestuk van de Vromens, een belangrijk bestanddeel van haar psychische identiteit, die ze onherroepelijk zou verliezen bij eventueel ontslag wegens ouderdom of ziekte. Notaris Vromen richtte zelden het woord tot haar, ten eerste omdat hij zwijgzaam van natuur was en ten tweede omdat ze überhaupt geen woord van hem verstond. Hij gaf haar carte blanche in het huishouden, behalve waar het de rekeningen betrof, die hij tot de laatste frank natelde en minstens een maand liet liggen alvorens ze te betalen (cash in een gebruikte envelop). Ze had ook de sleutel van de wijnkelder, waar honderden flessen uit de jaren twintig en dertig lagen te wachten op het moment dat ze zouden worden geopend, een moment dat bij leven van de notaris nooit zou aanbreken.

Nadat hij zijn bord had leeggegeten, waarbij hij herhaaldelijk had gemorst zonder de vlekken af te vegen, keek hij argwanend naar de pillen in het plastic potje, die hij ten slotte innam met een glas kraanwater. Zestril tegen hoge bloeddruk. Hydergine tegen hersenvaatvernauwing. Rytmonorm tegen hartritmestoornissen.

Omstreeks negen uur trok hij de verschoten fluwelen overgordijnen dicht zodat de eetkamer in een grot veranderde, maar daar voelde hij zich thuis. Het gaf hem een gevoel van veiligheid tegenover de boosaardige wereld om hem heen, een typisch symptoom van oudemensen-paranoia. De stofgeur van onverluchte oude huizen nam de overhand. Met een plof liet hij zich neer in een fauteuil, waarvan de veren doorgezakt waren, sloot zijn ogen zodat het vlies van een dodenmasker over zijn gezicht werd getrokken, en daalde af in de baarmoeder van het verleden. Hij probeerde flarden van taferelen uit zijn ongelukkige jeugd op te roepen, waarin hij werd gedomineerd door zijn moeder die van hem per se een priester wilde maken, wat mislukte nadat hij wegens duistere redenen uit het seminarie werd verwijderd, waarna hij notarisstudies begon. Daarover piekeren was de enige zelfkwelling die hem nog overbleef, een pover surrogaat van de vroegere wekelijkse bezoeken aan een vriendelijke hoer in het Antwerpse Schipperskwartier. Terwijl ze lachte met een schorre bierstem, moest ze met haar tenen in zijn nek wriemelen, terwijl hij tevergeefs zijn penis probeerde stijf te rukken, waarbij hij knarsetandde van teleurstelling.

Na ongeveer een halfuur droefgeestige mijmeringen stond hij op en begaf zich langs de onverlichte trap op de tast naar zijn slaapkamer waar hij zich kreunend uitkleedde en een muf ruikende gestreepte flanellen pyjama aantrok. Hij hees zich letterlijk in het hoge ledikant, waarin zijn moeder ooit nog opgebaard had gelegen, liet zich op zijn rug rollen en begon aan tien Salve Regina's, die hij hardop in het Latijn bad, ter vergiffenis van zijn zonden en die van de wereld. Zoals meestal hield hij midden in de reeks op. Een seconde later klonk zacht gesnurk met bevende uithalen die af en toe op doodsgerochel leken. Allengs verspreidde zich een lucht in de slaapkamer alsof er azijn op het bed was gesprenkeld.

Joaquin Pla y Daniel had de gewoonte één weekend per maand te reserveren voor 'een uitstap', een ijzeren regelmaat waar niets hem van kon afbrengen. Enerzijds was dit een gevolg van de dwangmatige handelingen die zijn gedrag beheersten (de enige overlevingskans binnen een instituut als het Opus Dei), maar anderzijds was het een uitlaatklep voor de bovenmenselijke stress die door dit gedrag werd veroorzaakt. Aan deze stress had hijzelf trouwens grotendeels schuld: de fanatieke toepassing van de starre discipline van het Opus, waarin hij een topfunctie bekleedde, was bij hem de oorzaak van een heel aparte vorm van gespletenheid. Voor de buitenwereld was hij de verpersoonlijking van de Baskische elite-numerair, en aan dit imago wenste hij volledig te beantwoorden. Maar tegelijk was hij superintelligent en daardoor besefte hij dat de Opus Dei-regels zijn geest dermate versmalden tot *tunnel-vision* dat hij elke disponibiliteit-voor-de-wereld als zondig ging beschouwen, terwijl hij in werkelijkheid behept was met een allesverslindende nieuwsgierigheid, en die was alleen te bevredigen buiten het Opus.

Daarom precies permitteerde hij zich, louter in het teken van de geestelijke disponibiliteit die hij nodig had voor zijn administratieve taken, één keer per maand deze bizarre vorm van 'recreatie', een term die hij ontleende aan de jezuïeten, een orde waarmee hij een haat-liefdeverhouding had. Hij vond hun intellectuele souplesse verwerpelijk, maar hij moest niettemin bekennen dat er zonder Ignacio de Loyola nooit een Josemaría Escrivá had kunnen bestaan. Hij moest ook bekennen dat het dankzij de jezuïetencasuïstiek van de beruchte pater Alvarez was dat hij erin slaagde zijn maandelijkse escapade te rationaliseren.

Niemand in het burchtachtige gebouw aan de Viale Bruno Buozzi wist precies waar hij tijdens zo'n weekend uithing, maar men waagde het niet erop te zinspelen. De werkelijkheid was al met al weinig spectaculair. In het diepste geheim had Pla een flat gehuurd in een zeventiende-eeuws palazzo aan de Via delle Botteghe Oscure, vlak bij de Isola Tiberina, een chique buurt waar in de zeventiende eeuw de apothekers gevestigd waren, nu bewoond door diplomaten en hoge ambtenaren. De buurt had het voordeel er tijdens het weekend nogal verlaten bij te liggen. Hij noemde de flat zijn 'captain's castle', naar analogie van een Engelse schrijver wiens naam hij vergeten was, die in het geheim een kamer had ingericht als een kajuit waarin hij maandelijks enkele dagen onderdook.

Pla's weekend zat boordevol rituelen, lichtjes gekleurd met vrij infantiele paranoia, zodat hij zich in een spionagefilm waande. Het laatste schonk hem grote voldoening omdat dit totaal verschilde van de universele, goddelijke paranoia die aan de basis lag van het mirakel van de Voorzienigheid in de persoon van de zalige Josemaría Escrivá, dat ooit de katholieke Kerk zou overheersen, daar was hij heilig van overtuigd. Dit mirakel vervulde hem met een immense trots en tegelijk met een venijnig leedvermaak voor het lot van alle verdoemden buiten het Opus, iets typisch Baskisch dat bij hem in verdubbelde kracht aanwezig was omdat het hem letterlijk met de moedermelk was ingegeven; trouwens de reden van zijn vrouwenhaat die ongeveer een halve eeuw tevoren was begonnen, toen hij om een onbekende reden als zuigeling de borst had geweigerd, zodat zijn moeder hem op een mooie dag haast had doodgeranseld. Daarom ook was zijn verering voor El Padre groter dan die voor de Allerheiligste Maagd, die hij dagelijks 150 keer luidkeels aanriep met de glazige blik van Escrivá in zijn nek.

Het ritueel van de maand juni 1999 begon met het celebreren van de communiemis voor de vrouwelijke numerairs van het Huis, waarbij hij de hosties met een bruusk gebaar op hun tong had gedrukt. Daarna nam hij een koude douche en trok een discreet burgerkostuum aan in beige linnen met een bruin hemd en een zwarte das. Het ontbijt sloeg hij over. Om kwart voor acht sloop hij langs een zelden gebruikte gang naar buiten en kwam uit in het park achter het Huis. In de hoge, uit rotsblokken opgetrokken muur was een met mos begroeide deur, waarvan hij een sleutel bezat.

Zonder rond te kijken sloot hij de deur achter zich, stapte met montere pas de oceaan van de wereld in en liep met geheven hoofd, een triomfantelijk glimlachje op zijn gezicht, naar de Viale Bruno Buozzi, waar hij een taxi aanhield.

'Popolo per cortesia,' zei hij tegen de chauffeur. Dit maakte deel uit van het ritueel: beleefdheidsformules gebruiken die allang uit de mode waren.

Het verkeer in Rome was op dat uur uitzonderlijk rustig. Wellicht bereidde de stad zich voor op de eerste hittegolf na drie dagen tropische stortregens die voor overstromingen hadden gezorgd zodat de straten langs de Tiber moesten worden ontruimd, wat een enorme verkeerschaos tot gevolg had. Pla genoot van de korte rit in het gelige zonlicht waar Rome zo beroemd voor is. Op de Piazza del Popolo, dat hij een van de mooiste pleinen vond na de Plaza Real in Salamanca, stapte hij uit nadat hij de chauffeur tien procent fooi had gegeven. Hij haalde een donkere zonnebril uit zijn binnenzak en zette die op. Hij keek rond alsof hij iemand zocht met wie hij een afspraak had. Niets was minder waar.

Argwanend keek hij vanaf een afstand van ongeveer vijftig meter naar het terras van het gerenommeerde Caffè Rosàti, waar al enkele mensen van het ontbijt genoten. Hij ging aan een tafeltje onder de zonnetent zitten en wachtte tot er een oude kelner met een wit schort verscheen die een zilveren serveerblad onder de arm hield. Hoewel hij vloeiend Italiaans kon spreken, bestelde hij in het Spaans een ontbijt met een grote kop espresso en 'pasteles'. De kelner overhandigde hem het serveerblad en verdween. Pla y Daniel begaf zich op zijn dooie gemak naar binnen, waar in glazen kasten een rijk assortiment ontbijtgebakjes met rozijnen, amandelen, crème en slagroom tentoongesteld was. Met een grijptang selecteerde hij vier stuks. Hij ging aan zijn tafeltje zitten en wachtte niet op de koffie. Gulzig verslond hij een gebakje, wreef zijn vingers schoon en stak snel een sigaret op. Met merkbaar genoegen inhaleerde hij. Hij hield de rook lang in zijn longen en leunde achterover. Zijn 'recreatie' was begonnen. Hij wachtte op wat er nu te gebeuren stond.

Caffè Rosàti was de door elke Romeinse homo van standing gekende ontmoetingsplek. Pla y Daniel haatte homo's bijna even erg als vrouwen. Die haat was ongeveer vijftien jaar geleden begonnen in het huis van het Opus Dei in Pamplona, waar hij verantwoordelijk was voor de training van jonge kandidaat-numerairs. Manolo, een vierentwintigjarige Madrileen van uitzonderlijke schoonheid, werd door hem precies hierom zo getergd dat die zich op zekere dag plat op de grond gooide, huilend zijn enkels greep en die begon te kussen, waarna zijn rechterhand ongeëvenaard snel omhoogschoot en hij kermend van verlangen Pla's penis begon te strelen. Die was zo overdonderd dat hij enkele seconden niet tot enige beweging in staat was. Toen hij dat wél was, begon hij Manolo te trappen en te slaan onder het schreeuwen van de gemeenste scheldwoorden, waarbij *hijo de puta* en *mala leche* nog de vriendelijkste waren.

Op het moment dat zijn espresso werd gebracht en de gebakjes op waren, had hij prijs. Aan een tafeltje vlak bij hem zat al de hele tijd een oude heer, gekleed in een kostuum van zwarte wildzijde met paarse streepjes, een paars hemd en in de plaats van een das een zware gouden ketting bezet met donkerblauwe edelstenen. Opeens stopte er een witte Jaguar en er stapte een lange, graatmagere jongeman uit van een opvallende élégance, met een grote zwarte hoed op. Hij had een wit zijden pak aan met een zwart en wit gestreepte pochette, een zwart hemd met witte bolletjes, en zwarte schoenen met witte neuzen. Over zwarte handschoenen droeg hij een ring met een rode steen. Hij bewoog zich met een katachtige lenigheid naar het tafeltje van de oude heer en bood hem zijn hand aan. De heer kuste de ring. De jongeman ging zitten, haalde een rond handspiegeltje te voorschijn, voorzien van een gouden steeltje en begon geconcentreerd zijn gezicht te keuren. De oude heer wenkte de kelner en begon met afgeronde gebaren met hem te praten.

Pla y Daniel drukte zijn sigaret uit, dronk nerveus zijn koffie op en wenkte de kelner. Wegens de irritatie die het toneeltje veroorzaakte, kreeg hij een allergische aanval die hij prompt onderdrukte door snel Rinocort in zijn neus te spuiten. Hij wist precies hoeveel de rekening bedroeg omdat hij elke maand hetzelfde bestelde. Hij gaf tien procent fooi en stond op.

De wandeling naar het *captain's castle* via de Corso en de Vittorio Emmanuele langs de Gesù-kerk die hij geen blik waardig keurde, duurde ongeveer een halfuur. De winkels waren nog dicht en de trottoirs waren zo goed als verlaten.

Het imposante palazzo aan de Via delle Botteghe Oscure had een sombere gevel in grauw rotssteen met een grote poort die halfopen stond. Geen mens had kunnen raden dat het gebouw opgedeeld was in luxueuze flats die bewoond werden door de meest uiteenlopende personages, van drugdealers, succesvolle kunstenaars en diplomaten tot *entretenues* van rijke heren. De portier zat te dutten in zijn hokje in de zijgevel van de patio met Romeinse borstbeelden op sokkels en fonteinen tussen een oerwoudachtige begroeiing. De portier stak twee vingers op en dutte verder. Pla liep de brede marmeren trap op want het gebouw had geen lift. Op de derde verdieping liep hij licht hijgend een hoge, halfduistere gang in. Hij haalde een sleutel te voorschijn.

De ruime witte kamer had iets van een kloostercel. Kale wanden, antiek Castiliaans meubilair, geen spoor van enig katholiek symbool.

Hij liet de witte stores zakken zodat de schaduwen flou werden, wat zijn gevoel voor geborgenheid aanzienlijk verhoogde. Hij trok zijn jasje uit en hing het op een stoel, rekte zich geeuwend uit, stak een sigaret op en begon neuriënd in het rond te stappen als op de maat van een militaire mars. Na enkele rondjes hield hij op en knielde bij een tv met extra groot scherm. Hij koos een videocassette uit een stevige met ijzer beslagen houten bak, die vroeger in een Baskische hoeve had gediend om eetwaren op te slaan. Hij trok een prachtige stoel met rechte rug die versierd was met houtsnijwerk naar de vaste plek, vanwaaruit hij urenlang gebiologeerd zou kijken naar altijd dezelfde films over vermaarde stierengevechten met torero's van de klassieke school zoals Paco Camino en El Caracol, afgewisseld door twee films 'Bodas de Sangre' van Saura en 'La Casa de Bernarda Alba' van Mario Camus. Tussendoor zou hij toegeven aan een ander facet van zijn dwangmatige gedrag, namelijk het steeds opnieuw opzeggen van het volgens hem mooiste gedicht van García Lorca.

Verde que te quiero verde
Verde viento, verdes ramos.
El barco sobre la mar
Y el caballo en la montana.[1]

Tijdens de masturbatiescène op videoband van de jongste dochter van Bernarda Alba, Adela, zou hij echter onafgebroken verwensingen tegen vrouwen prevelen, die volgens een oude Spaanse traditie altijd te maken hadden met dierlijke organen, groenten en fruit.

Twee avonden na elkaar zou hij zoals altijd in hetzelfde gore restaurantje in de wijk Trastevere gaan eten, aan een tafeltje in een donkere hoek, waar men degelijke Italiaanse boerenkost serveerde tegen matige prijzen en waar de klanten mochten roken tijdens het eten. Daarna zou hij doelloos, met een starre blik, door de nachtelijke straatjes van de jodenbuurt dwalen en zich weerloos laten bestormen door historische associaties vol pogroms en massa-executies, waarna hij zich naar het palazzo zou begeven om tevreden in bed te kruipen na een laatste sigaret, zonder gebed, zonder meditatie, zelfs zonder kruisteken, inslapend als een kind, zonder de minste last van allergie.

Zaterdagmorgen om zeven uur werd Ernst Jacobi gewekt door de radioklok naast zijn bed, die automatisch een CD-speler aanzette. De zwaarmoedige eerste maten van de Zevende Symfonie van Anton Bruckner weerklonken vanuit twee krachtige Bang & Olufsen luidsprekers. Jacobi bewoog geen spier. Om twee over zeven kwam heel langzaam een roeispaanachtige hand onder de Zwitserse boerensprei vandaan en die begon de kop van een Duitse herder te aaien die naast het met kunstig snijwerk versierde bed uit Graubünden lag te slapen. De herder, een twaalfjarige teef, heette Blondi, naar analogie van de hond van Adolf Hitler. Jacobi maakte zich telkens vrolijk als hij nadrukkelijk de naam Blondi uitsprak en niemand erop reageerde, wat hij weet aan het deficiënte geschiedenisonderwijs in de Zwitserse scholen.

Hij luisterde naar de muziek, die werd gespeeld door de Berliner Philharmoniker onder leiding van Otto Klemperer, volgens hem de tot dan toe beste uitvoering. Zijn verering voor Anton Bruckner kwam niet door zijn liefde voor muziek, maar door zijn treffende gelijkenis met de Oostenrijkse componist. In de hal van het huis hing een grote foto van Bruckner en wanneer bezoekers naar het kale Schwabische boerenhoofd met de dubbele kin keken, de naam eronder lazen, en hun verbazing lieten blijken, blaakte Jacobi van trots.

Om tien over zeven stapte hij kreunend uit het bed, nam zijn kunstgebit, dat op het nachttafeltje lag, deed het in en smakte, boog voorover en begroef zijn neus in de vacht van Blondi, zonder zich om de stank te bekommeren die was te wijten aan de slechte nierfunctie van de oude hond, die rustig doorsliep.

Jacobi deed een versleten kamerjas aan, plus even versleten leren pantoffels en slofte naar de badkamer, waar hij ongemeen krachtig urineerde, dankzij de prostaatoperatie die hij twee jaar tevoren had ondergaan. Hij schoor zich met een goedkope Philips zonder zich te wassen.

In de muffe eetkamer met grenenhouten wanden en plafond, zware kasten en een massieve tafel loerde hij even door een van de kleine dubbele ramen naar de geraniums op het balkon dat het hele huis omringde.

De kamer werd beheerst door een massieve faiencekachel, die als een zuil van de kelder tot de zolder door het huis liep en waarin nog dennenhout werd gestookt zodat ze 's winters dag en nacht een aangename warmte uitstraalde.

De helft van de tafel was gedekt. Op een wit en rood geblokt laken stonden een kom met een bodempje muesli, een suikerpot en een kan melk. Hij ging zitten, sloeg een groot kruisteken, goot met bevende hand melk op de muesli, strooide er suiker over, roerde erin en begon slurpend te eten, waarbij hij elke hap zorgvuldig kauwde.

Om vijf voor acht reed een glanzende zwarte Mercedes 1975 in de eerste versnelling de steile oprijlaan naar het landhuis op. Stipt om acht uur verscheen Jacobi op het balkon en liep moeilijk de houten trap af. De chauffeur hield het achterportier open.

'Grüesi, Herr Doktor,' zei hij.

'Grüesi, Heinrich, wie get's?' antwoordde Jacobi goedig.

'Danke vielemol, Herr Doktor, ganz gut.'

De chauffeur reed over een landweg tussen weiden en stukken pijnbos naar de drukke ringweg langs de Zürchersee in de richting van de stad. Voordat hij het centrum bereikte, reed hij het parkeerplein van een Spar Supermarkt op, waar Jacobi uitstapte. De chauffeur bleef achter het stuur zitten. Een halfuur later kwam Jacobi naar buiten met een boodschappenkarretje, dat de chauffeur hielp uitladen. Drie plastic zakken die hij in de kofferbak deponeerde in een houten wijnkistje.

Daarna reed hij naar het hoofdgebouw van de Schweizerische Kredit Anstalt op de Paradeplatz, dat was opgetrokken in grijswitte zandsteen uit Ostermundigen. Het was een patriottisch praalwerk, opgesierd door beelden van helden, krijgers en struise vrouwen, zinnebeelden van de onwrikbare tradities van het Eedverbond, die op het eind van de twintigste eeuw nog altijd bekendstaan als die met de laagste tolerantiedrempel tegenover elke vorm van kritiek die 'storend voor onze culturele verhoudingen' wordt genoemd.

Jacobi stapte uit en verdween in de enorme smeedijzeren poort, die op een kier stond. De chauffeur, die wist dat hij hem om vijf uur stipt moest komen ophalen, reed weg.

Jacobi nam de lift naar zijn kantoor op de vierde verdieping van het lege gebouw, waar hij de hele dag ongestoord bepaalde 'moeilijke dossiers' kon bestuderen, volgens hem de ideale manier om het weekend te beginnen. Op zondag werkte hij niet. 'Anders krijg ik een staart,' beweerde hij lachend tegen vrienden als die hem een beetje plaagden om zulk tijdverlies. Dat zei zijn grootvader ook altijd, een rijke boer uit het kanton Aargau.

Zaterdagmiddag om halfelf was Paul Hersch het zo kotsbeu in Leuven dat hij toegaf aan een impuls, iets waarvoor hij in residentie Arenberg trouwens berucht was. Hij verliet zijn bureau, bleef zoals hij was (in trainingspak en joggingschoenen), liet niemand iets weten, liep naar zijn auto en reed als een gek naar de Hoge Venen. De reden was eenvoudig en in zekere zin begrijpelijk: hij was nijdig op de hele wereld. Voor het eerst in zijn leven had hij van Hervé van Reyn een duidelijke wenk gekregen die veel weg had van een reprimande, namelijk Didier Savelkoul (die hij *junior* noemde) een beetje 'rust te gunnen'. Dat het flauwe manneke in Brussel was gaan janken, was volgens hem evident. Zijn vermoeden, dat de 'financiële kwestie' intussen geregeld was, kwam dus uit: junior had met name 'rangverhoging' gekregen. Dat van Reyn daarover nog met geen woord had gerept, verbaasde hem amper: het was helemaal zijn stijl.

Toen junior hem gisteren had verzocht het weekend thuis te mogen doorbrengen, had Hersch hem zwijgend een 'nihil obstat-briefje' tot zondagavond tien uur gegeven. Dat was de eerste oorzaak van zijn nervositeit. De tweede was dat hij steeds minder zin had om dat 'pak geld' van Savelkoul senior in ontvangst te gaan nemen in het holst van de nacht in een of ander Kempens boerengat. Over de afspraak van maandag had hij bij van Reyn nog met geen woord gerept, volgens de hiërarchische voorschriften van het Opus ter zake volstrekt ongebruikelijk.

Anderhalf uur later was hij in Eupen (tussen Luik en Herve was hij geflitst, maar het kon hem niet bommen). Vandaar reed hij naar Ternell, een boswachterspost in het Herzogenwald op de weg naar Monschau. Toen hij uitstapte ademde hij de zuivere lucht in, was kwaad op zichzelf omdat hij er niet van genoot zoals anders, deed rubberlaarzen aan en begon te wandelen. Een kilometer verder verliet hij de verharde houthakkersweg en daalde af naar een stortbeek, waar hij op een van de gevelde stammen ging zitten die op transport lagen te wachten. Hij stutte zijn kin met twee vuisten en begon aan wat hij 'autohypnose' noemde, iets waarvoor hij een speciale techniek had ontwikkeld met de bedoeling snel tot bruikbare conclusies te komen over een probleem dat de moeite waard was. Hij sloot zich totaal af van de wereld, staarde als een slang naar een bepaald punt in de ruimte en ledigde zijn bewustzijn.

Na ongeveer een halfuur stond hij op en begon iets te doen wat hij in zijn jeugd urenlang had geoefend: keitjes gooien naar een boom op ongeveer tien meter van hem vandaan, wat hij in normale omstandigheden een doorzichtige vorm van jeugdsentiment zou hebben genoemd. Toen bleek dat hij er nog altijd even goed in was als vroeger – wat hem teleurstelde omdat het hem na enkele minuten de keel uithing – haalde hij zijn GSM te voorschijn en belde Hervé van Reyn op. De vrouwelijke numerair die de telefoon op de avenue de la Floride tijdens het weekend opnam, wist hem te zeggen dat de vicaris afwezig was.

'Merci,' zei Hersch bot.

Hij belde kasteel 'Beukenloo' in 's Gravenwezel op en kreeg na enkele minuten van Reyn aan de lijn, die met een hoge stem: 'Allo, oui,' zei.

Hersch was vastbesloten bokkig te blijven doen. 'Hervé, 'k zal 't nie lang trekke, ik wil oe alleen maar zegge da 'k die zaak-van-ge-weet-wel wil doen maar op één voorwaarde: als iemand anders me ernaar toe rijdt. Nie met m'n eigen auto en ook nie met ene van Avis.'

‘Olala,’ was alles wat van Reyn wist te antwoorden.

‘Ja, en?’ antwoordde Hersch kortaf, geïrriteerd door de vrij stupide reactie.

‘Zou ’k misschien eerst mogen vernemen waar en wanneer het doorgaat?’ vroeg van Reyn.

‘Ja.’

‘Ja, en?’ imiteerde hij.

‘Maandagmorgen om drij ure in de nacht in een dorp genaamd Overbroek in de Antwerpse Kempen. Aan de kerkdeur...’ (Hij wilde zeggen: de pastoor is ook van de partij, maar hij slikte het in.)

‘Hoe lang zijt ge daar al van op de hoogte?’ polste van Reyn.

‘Pas.’

‘Hm... en zal hij het geld hebben?’

‘Dat is de bedoeling.’

‘Ik bel u nog.’

‘Ja, en waarom?’

‘Om te zeggen wie u zal komen halen.’

‘Hahaa, dat is nog ’s goe nieuws.’

‘Dus afgesproken, ik bel u nog.’

‘Juist.’

‘Waar zijt ge nu. De verbinding gaat zo raar op en neer.’

‘Ik zit in een bos diep in d’Ardenne,’ zei Hersch, en hij schoot in een schorre lach.

‘Tu te fous de moi?’

‘Pas du tout. Si tu veux, je vais te faire entendre le chant des oiseaux.’

‘Bon,’ besloot van Reyn, ‘ik bel u dus nog op.’

‘Da’s den derde keer.’

De verbinding werd verbroken. Hersch deed zijn GSM uit, sloot de ogen en wreef over zijn voorhoofd. Enkele minuten bleef hij onbeweeglijk als een beeld zitten en probeerde opnieuw zijn bewustzijn uit te schakelen. Hij slaagde er niet in, wel in het tegendeel. Hij kreeg iets dat hij het meest van al vreesde, vooral in de eenzaamheid van de natuur waarin hij langzaam werd opgenomen: een erectie. Hij sprong overeind en begon de helling naar zijn auto op te rennen. Buiten adem en zwetend als een paard kwam hij in Ternell aan. De hele tijd waren er reeksen schietgebeden door zijn hoofd geflitst. De combinatie had geholpen: van de vleselijke bekoring was geen spoor meer.

Nadat hij in Eupen zijn auto had geparkeerd vlak bij de vervuilde Sankt-Nikolaus-Pfarrkirche, liep hij een *Metzgerei* binnen en kocht twee *Eupener Würste*. In een café bestelde hij een pint Funckbier, haalde een zakmes te voorschijn, sneed ongegeneerd een halve worst in plakjes en begon zijn mond vol te proppen, zonder zich te bekommeren om de cafébaas, die hem vanachter de tapkast in het oog hield alsof hij een verdacht personage was.

Het telefoontje van Paul Hersch had jonkheer van Reyn gestoord in iets wat hij al jaren lang elk weekend deed en wat hij als Plicht beschouwde tegenover de Toekomst van het Land (onze Jeugd), een interpretatie van het begrip apostolaat, wat volgens Spreuk 972 van Josemaría Escrivá moest bestaan uit 'discrete indiscretie tijdens het vertrouwelijke gesprek'. Van Reyn vatte deze Spreuk erg ruim op door er een flinke draai aan te geven: volgens hem bestond Apostolaat uit het zich intensief bezighouden met een soort luxe-padvinderij.

In het voorouderlijke kasteel Beukenloo, dat in een domein lag van om en bij de tweehonderd hectare bos en percelen weide, die aan de plaatselijke boeren werden verpacht, had hij een blokhut laten bouwen waar twaalf zorgvuldig door hem geselecteerde jongens tussen twaalf en zeventien (de twaalf apostelen) tijdens het weekend en de vakantie mochten kamperen. De selectie gebeurde volgens vier criteria: de jongens moesten van conservatief-katholieken huize zijn, uitstekende studenten zijn, kerngezond zijn en vrij van lichaamsgebreken. Met andere woorden: gedroomde kandidaten voor de toekomstige 'vissers' van het Opus Dei in Leuven. Drie van de twaalf waren van adel en spraken beter Frans dan Nederlands en twee van hen waren wat men 'mooie jongens' noemt, wat Hervé van Reyn, die rondliep in scoutsuniform met korte broek en een authentieke hoed van de Canadian Royal Mounted Police, sublimeerde door hen stilzwijgend te vergelijken met de apostel Johannes, de lieveling van Jezus. Hun uniformdas was lichtblauw (de kleur van Maria) en op de linkerzak van hun kaki safarihemd zat een houten kruisje. Het weekendkamp begon telkens op zaterdag om twee uur met sport-en-spel (voetbal en natuurkennis). Dit laatste gebeurde onder de leiding van de jachtwachter Gustje, die hen confronteerde met vreemde aspecten van de bosfauna: het schieten of vangen, villen en in stukken snijden van vogels en zoogdieren. 'Meneer Hervé' vond dit uitermate nuttig. Enerzijds werden ze voorbereid op een belangrijk aspect van hun toekomst: waarschijnlijk zouden ze tijdens hun latere carrière zoveel mogelijk moeten afweten van de jacht in al haar facetten en anderzijds zouden ze – als ooit het Armageddon een feit werd – kunnen overleven dankzij wat hij prehistorische technieken noemde.

Omstreeks zes uur namen de apostelen een koude douche-in-zwembroek, kleedden zich in pak met das en gingen naar de communiemis die door van Reyn werd gecelebreerd in de huiskapel. Daarna werd een copieus avondmaal geserveerd met één glas wijn per persoon. In de salon werd een debat gehouden over hedendaagse politiek, filosofie of een geestelijk onderwerp en om tien uur wandelden ze naar de blokhut waar op de grond werd geslapen in dunne slaapzakken. Van Reyn verbleef daar ook, maar hij had de gewoonte vooraf met telkens een van de jongens in alle indiscrete discretie een vertrouwelijk gesprek te hebben, terwijl hij een hand van de jongen zacht in de zijne hield. Hij noemde dit een 'oefening in goddelijke liefde' en het strekte hem tot eer dat hij het nog nooit tot enige 'lichamelijkheid' had laten komen. Dit wil niet zeggen dat het te maken had met heldhaftige zelfbeheersing, want zijn hele leven had hij nog nooit één moment last gehad van enig libido. Kwade tongen beweerden dat hij een homo was zonder-het-zelf-te-weten, wat zogenaamd bleek uit zijn enigszins verwijfde uiterlijk en zijn hoge stem. Maar zelfs dít werd hem niet gegund, want jonkheer van Reyn was ook in dit opzicht een uitzondering. Hij verschilde totaal van zijn edelgeboren voorouders die de familiespreuk 'Droit et avant' vaak letterlijk hadden geïnterpreteerd en een respectabel aantal nakomelingen hadden verwekt bij dienstmeiden en boerendochters. Hij was ook de enige priester van de familie sinds zijn oudoom kanunnik van Reyn in 1902 in duistere omstandigheden was verdronken in de kasteelvijver. Er liepen hardnekkige geruchten dat die 'te doen had gehad met kleine jongens' maar hiervoor ontbraken harde bewijzen.

De sportieve en intellectuele weekends die Hervé van Reyn doorbracht met zijn twaalf apostelen waren wat deugdzaamheid betrof zelfs verdienstelijker dan zijn activiteiten als vicaris van het Belgische Opus Dei, een taak die soms onverbiddelijke hardheid vereiste, plus heilige schaamteloosheid, iets waar hij niet de minste moeite mee had, omdat er in *De Weg* altijd wel een spreuk te vinden was die zijn handelwijze goedpraatte. Van de jezuïeten nam hij graag de term 'pia fraus' over. Hij hing letterlijk aaneen van precieus geformuleerde 'vrome leugentjes om bestwil', zelfs tijdens de fluistergesprekken met de *préferé* van de dag, die hij onophoudelijk voorhield dat hij behoorde tot *de elite van zijn volk*, een voorbereiding op de harde doctrine van het Opus, dat katholieke niet-leden beschouwde als ordinair voetvolk en zondaars als vaten vol stinkend vuilnis. De enige 'lichamelijkheid' waar hij tijdens die indiscrete discrete gesprekken last van had, was speekselvloed. Om de vijf seconden moest hij slikken, zodat zijn tot ch vervormde Nederlandse g's klonken als een soort Arabisch gerochel.

Om halftwaalf die zaterdag zaten de PG en Maria in de keuken wodka-coke te drinken. Ze had haar zwarte jurkje aan. 'Madame' had een halfuur geleden een taxi gebeld en was zonder iets te zeggen weggereden.

'Madame is met meneer Didier op bezoek bij haar vader,' zei de PG opeens.

Ze glimlachte.

'Ik dacht ganz gleich,' zei ze, nam zijn hand en wreef met de top van haar wijsvinger over de knokkels.

Hij aaide over haar wijduitstaande haar, iets waar hij niet genoeg van kon krijgen.

'Wie ist es met den alten Herr?' vroeg ze.

De PG wees veelbetekenend naar zijn voorhoofd.

'Ja, er is zu alt geworden,' zei ze, en ze nam een slokje, 'wie mijn *babka* Maria...'

'Ja?'

'Welk sterrenbeeld hebt gij?'

'Sterrenbeeld?'

'In welke maand zijt gij geboren?'

'Tien oktober.'

'Had ik het niet gedacht. Een Weegschaal.'

Ze keek hem vragend aan.

'Een goed teken voor vrouwen.'

'Und du?'

'Twaalf april. Een goeie maand voor mannen.'

'Wie heisst die maand?'

'Ram. Een beest met zulke horens,' zei de PG, en hij gaf de afmetingen aan.

Ze zweeg en dronk uit haar glas.

'Waarom rijdt madame immer taxi of de staatswagen?' zei ze voor zich uit.

'Ze heeft nooit leren autorijden en nu is het wat te laat.'

'Wah...'

'Kan jij soms autorijden?'

'Ik heb gelernt in der Polische Armee.'

De PG begon ongelovig te lachen. 'Dat hebt ge me nooit gezegd.'

'Ge hebt nie gefragt.'

'Hoe lang was jij soldaat?'

'Drie jaar. Ich fahre ook Lastwagen en tanks. En ik kan schiessen met de Kalasjnikov.'

De PG plooide dubbel van het lachen.

Hij gaf een kus op haar neusvleugeltje, waarna ze hem met twee handen stevig bij de haren greep en zijn mond kuste.

Ze kwam naast hem staan. Hij streelde over de achterkant van haar dijen. Toen hij zijn hand omhoog liet gaan, ging ze zitten en legde haar hand op de zijne.

'Nun nicht. Het gaat niet...'

'Pozadku...'

'Midsommer ist een Montag,' zei ze opeens.

'Ja...' antwoordde hij een beetje verbaasd.

'Met Midsommer möchte ik gerne Pools eten für sie machen. En viel Kerzen branden.'

'Dat doen we, Maria. Wat is Kerze in het Pools?'

'*Swieczka.*'

De PG knikte. Hij vond het een mooi woord.

'Waar feieren we Midsommer?' drong ze aan.

'Ik weet een goeie plek.'

'Pozadku...' Ze glimlachte.

Af en toe namen ze een slokje. En ze genoten van een aangenaam stilzwijgen.

'En hoe gaat het met de advocatuur in Amsterdam?' vroeg baron Pierre Philippe de Vreux aan zijn kleinzoon Didier, die zoals elke eerste zaterdag van de maand met zijn mama was geïnviteerd op het middagmaal, iets wat het Opus hem telkens toestond. Gewoontegetrouw werd er Frans gesproken.

Didier schrok, legde het lepeltje naast zijn dessertbord. Hij had nauwelijks van de vanillepudding geproefd.

'Papa, Didier is advocaat in *Leuven...*' verbeterde freule Amandine geduldig, terwijl ze even over zijn smalle benige hand streelde, die leek op die van een dode. Hij zat in een rolstoel.

Ze zaten met zijn drieën aan tafel in de eetkamer van het herenhuis aan de Marie-Josélaan in Berchem. De kamer met hoge plafonds leek wel een zaal in een museum van Delfts porselein. Overal in glazen kasten en op rekken stonden wit-en-blauwe vazen, kannen, potten en sierborden. Ook het servies waarvan ze aten was Delfts. De koffie was pas ingeschonken.

Eén wand leek een soort kapel. Op een muursokkel stond een bijna levensgroot Heilig Hartbeeld met een rood lampje ervoor. Aan weerskanten hingen geschilderde portretten. Het ene was van baron Pierre-Philippe in rode toga met hermelijnen kraag, behangen met allerlei decoraties. Het fragiele oude mannetje in de rolstoel, met een belachelijk wit servet, voorgebonden als een slabbetje, leek min of meer op de trotse raadsheer van het Hof van Cassatie met het witte, strak achterovergekamde haar en de strenge blik.

Zijn hand beefde en hij kon nauwelijks het lepeltje hanteren, maar hij weigerde elke hulp. Het andere portret was dat van freule Louise-Marie de Vreux, née de Wasseige, een gezette dame met een onderkin en een kleine mond, een diamanten diadeem in het haar, een zijden avondjurk en een vierdubbel parelsnoer op de indrukwekkende boezem.

'M'n beste Didier, een advocaat moet altijd artikel 69 van de Belgische grondwet voor ogen houden,' zei de baron met een vermanende wijsvinger omhoog, 'en dat artikel luidt als volgt: "De Koning bekrachtigt de wetten en kondigt die af."'

'Ja, bonpapa,' antwoordde Didier. Hij keek tersluiks naar zijn rode vingertoppen en at nog een lepelpuntje pudding. Hij had een groenig sportjasje aan en een geruite Schotse das. Hij had wallen onder zijn ogen, die de bleke kleur van zijn gezicht accentueerden.

Freule Amandine knikte verheugd en zei: 'Didier heeft een druk advocatenkantoor, papa...'

'Ach ja, in Amsterdam is er veel criminaliteit, maar dat komt omdat ze daar de Grondwet niet respecteren. Bij ons in België is dat anders. Daar is artikel 69 nog altijd van kracht. Gelukkig maar...'

'Ja, papa,' beaamde Amandine. Ze stond op en met haar lepeltje haalde ze een brokje pudding van zijn mondhoek, dat ze snel opat. Ze streelde opnieuw over zijn hand en ging weer zitten.

'Madeleine!' bulderde de baron met een ongelooflijk sonore basstem. Hij tastte naar het koperen belletje in de vorm van een Hollands boerinneke met een klepeltje onder haar rok, maar hij vond het niet. De deur ging open en een dikke vrouw in het zwart met een wit kapje op haar hoofd kwam binnen. 'Meneer den baron?' vroeg ze.

'De la soupe, nom de Dieu!' schreeuwde hij, en hij bonkte met zijn vuist op de tafel. 'Est-ce qu'on sert la soupe, oui ou non?'

De dienstmeid keek freule Amandine radeloos aan. Die schudde glimlachend haar hoofd.

'Madeleine, zijde gij soms vergete da m'n dochter en mijne schoonzeun vandaag komen éte?' snauwde de baron in het Antwerps, 'is de soep kleir, ja of neeje?'

Freule Amandine stond opnieuw op en kuste haar vader op het hoofd. Die greep opeens de armsteunen van zijn rolstoel vast en schreeuwde: 'Je dois faire pipi!'

De dienstmeid kwam snel naar voren, greep de rugleuning van de rolstoel en duwde hem de deur uit. Onderweg trok de baron zijn servet af en gooide die op de vloer.

'Ja, dan gaan we maar,' zei freule Amandine met een zucht. Ze legde haar servet op de tafel en keek op haar horloge. 'Het is nog maar één uur...'

Ze sloeg een snel kruisteken en stond op.

'Ik neem een trein eerder,' antwoordde Didier, 'ik heb nog veel werk...'

'Goed, m'n jongen...'

Ze aaide even over zijn hand. Het was of hij een elektrische schok kreeg. Hij trok snel zijn hand terug.

'Denkt papa nog altijd dat ik advocaat ben?' vroeg hij opeens zonder haar aan te kijken.

'Je bent toch nog altijd lid van de balie.'

'Ja, maar ik heb geen kantoor...'

'Pff... Dát weet hij zelfs niet. Heeft hij zich ooit van zijn kinderen iets aangetrokken?'

Er kwam een trek van afschuw op haar gezicht. Ze draaide haar hoofd snel naar links en snuffelde.

'Ik heb een trein om één uur drieënveertig,' zei Didier. Hij sloeg een kruisteken en sloot even de ogen. Hij stond op. Aarzelde.

'Wat is er?'

'Moeten we bonpapa niet meer zien, want hij heeft toch elke keer een cheque klaar...'

'Daar zorg ík wel voor. Kom, want Madeleine heeft zeker nog een halfuur werk.' (Om de vuile pampers te verwisselen, dacht ze.)

Ze verlieten de eetkamer en liepen door een salon vol donker meubilair, tapijten en negentiende-eeuwse schilderijen. In de gang bleef ze staan, opende haar handtas waar een sjaaltje van Hermès aan was gebonden, zette de bril op die aan een kettinkje om haar hals hing, haalde er een cheque uit en gaf hem aan haar zoon.

Die keek met koude ogen naar het bedrag, gaf hem terug en zei: 'Voeg er het bedrag bij van bonpapa plus een extra bedrag voor de bloemen van de Mariamaand, dat je verleden maand niet gestort hebt.'

'Dan moet ik een andere cheque schrijven.'

'Doe dat dan.'

Hij bekeek zijn moeder met een verwijtende blik. Hij kneep zijn mond samen op dezelfde manier als zijn grootmoeder op het portret.

Ze liep weer de salon in, ging aan een bridgetafeltje zitten, verscheurde de cheque en schreef snel een andere. Hij kwam naast haar staan en keek toe.

'Veertigduizend,' beval hij.

Ze keek geschrokken op. 'Maar Didier...'

'Veertigduizend.'

Ze slaakte een zucht en vulde het bedrag in. Hij nam de cheque zwijgend in ontvangst, stak hem in zijn portefeuille en keek op zijn horloge.

'Hier,' zei hij opeens, en hij haalde een envelop uit zijn binnenzak.

Amandine keek hem aan.

'Dat is de rekening van de stomatoloog.'

Ze knikte en stak de envelop in haar handtas, want ze wist dat de kandidaat-numerairs een grondig tandheelkundig onderzoek moesten ondergaan.

'Ik zal een taxi bellen,' zei ze.

Hij knikte stijf.

Ze nam de hoorn van een toestel op het bridgetafeltje, toetste een nummer en bestelde een taxi.

'Kom, dan gaan we maar...'

Ze keek nog even de salon in alsof ze iets vergeten was en slaakte een zucht.

Ze liepen de marmeren trappen van de vestibule af. Didier opende de voordeur, liep naar buiten, ging op de rand van het trottoir staan, keek op zijn horloge en begon op zijn pinknagel te bijten, of wat daar nog van was overgebleven.

Op zaterdag 5 juni om halfvier hield voor het rommelwinkeltje 'Sacco' aan het Falconplein te Antwerpen een indrukwekkende Honda CBR Blackbird racemotor stil. De man in zwartleren outfit die de glanzende vuurrode machine bestuurde deed zijn helm af, keek even rond en liep met hoge rug en stijve benen het winkeltje binnen. Hij was klein en slank, had gitzwart haar, een snorretje en een knap bruin pokdalig gezicht. Een dikke man met een zware snor leunde met zijn ellebogen op de toonbank. Hij herkende de motorrijder, stak een duim op en wees naar boven. De man legde zijn helm op de vloer, opende een deur en liep de trap op.

Toen hij ongeveer een uur later opnieuw in het winkeltje kwam, ging hij aan een tafel in de hoek zitten. Even later kwam de dikke man met een schaal waarop een sandwich kebab lag naast een glas thee. Ze wisselden enkele woorden en de man begon te eten.

Hij heette Mehmet Alia en was vierendertig jaar oud. Hij was een verre neef van moederskant van Ramiz Shehu en werkte fulltime voor hem als 'koerier' of 'witwasser'. Om de week vloog hij naar Sofia met een koffer vol dollarbiljetten, die hij in een bank liet overschrijven op een rekening van een internationale misdaadorganisatie die dure gestolen auto's verhandelde onder een dekmantel van een import- en exportbedrijf. In drie jaar tijd hadden deze trips hem in staat gesteld een huis te kopen in de oude stad, dat hij met twee familieleden aan het verbouwen was. De Honda had bijna een half miljoen gekost.

Voordat hij naar België kwam, had hij in Istanboel stage gelopen als *hitman*. Dit had niets te maken met huurmoorden. Hij was gewoon in dienst van een privé-incassobureau, om schuldenaars een bezoek te brengen en ze desnoods met geweld over te halen hun schuld te vereffenen. Vanwege de ellendige traagheid van de Turkse rechtbanken was deze methode de enige die enige efficiency kon waarborgen. Mehmet Alia stond bekend voor zijn harde optreden. Hij was ijlings naar België overgekomen omdat hij iemand voor het leven kreupel had geslagen met een ijzeren staaf.

Voor Shehu zou hij door het vuur gaan. Hij noemde hem *Aga* (stamhoofd), een ouderwetse vorm van respect, ontleend aan de Turkse bezetters van Albanië, en die een beetje in onbruik was geraakt en vervangen was door *baba* (vader).

Ze hadden zojuist de 'hit' besproken die hij de maandag daarop om drie uur in de ochtend moest gaan uitvoeren in een dorp op ongeveer vijfentwintig kilometer van Antwerpen dat Overbroek heette, en waar hij al geweest was om te 'verkennen'.

22

Maandag, 7 juni. Paul Hersch zat naast de detective van Marlowe & Co, uitgerekend in dezelfde Volkswagen Passat waarmee Materne een goeie week geleden de PG had geschaduwd op weg naar Sint-Job-in-'t-Goor. De detective achter het stuur was een veteraan in dienst van de firma. Hij was vijfenvijftig jaar, een man met ervaring die rustig bleef in hachelijke omstandigheden.

Hersch daarentegen was bloednerveus. Hij had de vorige nacht bijna niet geslapen. Hij was gekleed in een donker kostuum en hij droeg dezelfde hoed als in Kortenberg. De hele rit had hij geen stom woord gezegd. Zijn hemd was nat van de transpiratie. Ze reden Overbroek in, waarvan de hoofdstraat werd verlicht door natriumlampen. Het dorp was in een diepe slaap verzonken. Hij keek op zijn horloge: 2:55 uur.

De PG stond in de schaduw van de zijgevel van de kerk en had vandaar een uitstekend overzicht van het pleintje. Er was een urinoir tegen de muur van een café. De BMW had hij op een landweg geparkeerd op ongeveer vijfhonderd meter hiervandaan. Hij had een jeanspak aan en joggingschoenen. Hij had de spuitbus met CS-gas in zijn broekzak. In de hand hield hij een pakje, dat zogenaamd gevuld was met bankbiljetten van 1000 Zwitserse frank. Het bevatte gevouwen pagina's van een reclamekrant. Het pakje was stevig dichtgeplakt met wel tien repen tape. De PG was nerveus en nijdig. Hij keek op zijn horloge: 2:55 uur. Aan de overkant van de straat hield een auto stil die als uit het niets was opgedoken: hij begreep dat de chauffeur de laatste honderd meter in z'n vrij had gereden.

Met gedoofde koplampen. De auto reed achteruit in een smal straatje. Een man stapte uit.

Mehmet Alia had op het stuk van de E19 tussen Merksem en Brecht de snelheid van de Honda Blackbird enkele seconden opgejaagd tot het maximum: 290 kilometer per uur. Meteen vertraagde hij tot wat hij zijn gewone kruissnelheid noemde: 160. Hij wist perfect welk immens risico hij had genomen, want met 290 kwam elke reactie te laat, maar hij kon het niet laten. Hij voelde zich dan beven van de shot adrenaline in zijn bloed. Dan werd hij een *ülkücü* (een soort Turkse samoerai, een idealistische strijder met leeuwenmoed die voor niets terugdeinst). Die doctrine was hem in zijn jeugd bijgebracht door zijn oom van Turkse origine Gunca Us, die een bekende leider van de Zwarte Malissoren was geweest en in de strijd tegen de Servische onderdrukkers heldendaden had verricht, maar ineens van de aardbol verdwenen was.

In de scherpe bocht van de afrit Brecht ging hij zo schuin mogelijk hangen en rausde tegen 180 over het kruispunt Sternhoven de hoofdstraat van Overbroek in, waar hij plotseling heel langzaam begon te rijden. De viercilinder 1100 cc motor was nauwelijks nog te horen. Hij bracht in de tweede versnelling een zacht gespin voort.

Alia stapte af exact op de plek die hij tijdens de eerste ontmoeting met die Belgische meneer had gekozen, in volmaakte dekking, op ongeveer honderd meter van de kerk. Hij keek op het digitale horloge van de Honda dat tot op de seconde juist liep: 2:55 uur. Hij deed zijn handschoenen uit en legde zijn helm op de zitting, haalde uit een metalen bakje achter op iets dat op een eindje gasbuis leek, maar in werkelijkheid een telescopische matrak met een loden kop was, een wapen waar hij heel goed mee kon omgaan. Geluidloos sloop hij in de richting van de kerk.

Op het moment dat de klok van de Sint-Willibrorduskerk drie slagen liet horen, kwam Paul Hersch het pleintje opwandelen (de zware man met korte benen en de donkere hoed die de PG meteen herkende). Hij kwam vanachter de kerk en liep op de man toe, overhandigde hem zonder een woord het pakje en zei gedempt dat hij het geld moest tellen (het overeengekomen teken voor de Albanees). Paul Hersch begon de tape los te trekken,wat moeilijk ging. De PG keek rond en dacht net dat de Albanees de afspraak niet was nagekomen, toen een zwarte gestalte opdook en de man met de hoed een harde klap gaf met een korte stok. De man viel op de grond en toen begon de Albanees hem systematisch af te ranselen.

De man probeerde de slagen af te weren en begon luidkeels om hulp te roepen. Zijn stem weergalmde met sprongen door het hele dorp.

De PG zette het op een lopen.

In het café naast de kerk floepte het licht aan en een man opende het raam op de benedenverdieping dat op het pleintje uitkeek. Hij schreeuwde waar ze *godvermiljardedjuu mee bezig waren*! De man met de hoed had nu met beide handen een enkel van de man in het zwart gegrepen. Die ging door met slaan, maar de ander liet niet los. Zijn geroep had iets van het gekrijs van een varken in een slachthuis.

De man in het raam draaide zich om en riep: 'Bruno! Attaque!'

Een donkerbruine dobermann sprong met onvoorstelbare lenigheid door het raam het pleintje op en vloog de man aan die ophield met slaan en op zijn beurt begon te schreeuwen van de pijn. De dobermann had zich grommend in zijn arm vastgebeten en liet niet meer los.

Intussen had zijn baas het nummer 101 van de rijkswacht gebeld. Hij heette Jan Vissenberg en was baas van het café 'Duivenlust'.

De detective die met verbazing het hele gebeuren had getimed (het had exact 76 seconden geduurd) trok de juiste conclusies. De cliënt had zich blijkbaar in de nesten gewerkt zonder de firma van de juiste toedracht op de hoogte te brengen. En hij was er praktisch zeker van dat de politie opgeroepen werd.

Het reglement van Marlowe & Co schreef in zo'n geval

voor, dat 'de plaats der feiten' zo snel mogelijk moest worden ontruimd. Hij aarzelde geen moment. Met gedoofde lichten reed hij de straat uit en eenmaal in de hoofdstraat stak hij zijn koplampen aan en gaf gas.

Om 3:14 uur was de rijkswacht van Brecht ter plekke. Opperwachtmeester Verhaert was ditmaal vergezeld van een stagiair, de twintigjarige wachtmeester Peeters, die de maand tevoren zijn eerste streep had gekregen. Ze troffen 'de plaats der feiten' als volgt aan: Jan Vissenberg hield een jachtgeweer tegen de borst van een man die op de grond zat. De dobermann stond met gespitste oren vlakbij en verloor de man geen seconde uit het oog. Een tweede man lag bewusteloos op zijn rug met de armen gespreid als een gekruisigde Christus. Hij had zijn hoed verloren en zijn kale schedel glansde als ivoor in het schijnsel van de tl-lamp.

'Ha, Jan, zeg 's rap wat hier allemaal gebeurd is?' zei Verhaert, die Vissenberg goed kende.

'Hoe zal 'k zegge: ik kon nie slape en ik smoorde just 'n sigretje en ineens begint daar buiten iemand te kelen gelijk 'n varke. Ik trek da venster ope en wa zien 'k?: die vuile Marokkaan die iemand met ne kletskop aan 't afmotten is mee zo'n speciaal matrak. Hier is ze.' Vissenberg overhandigde hem aan Verhaert.

'Ik zèn giene Marokkaan, ik zèn n'n Albanès,' zei Alia in plat Antwerps.

'Wel, die vuilen Albanees is dus die kletskop daar aan 't afmotte mee zo'n speciaal matrak,' herhaalde Vissenberg, 'ik heb Bruno d'r op afgestuurd en dien heeft er kort spel mee gemaakt, hè manneke?'

De dobermann kwispelde even met zijn korte staartje.

'En die mens daar,' zei Verhaert, die de gewoonte had iedere niet-rijkswachter 'ne mens' te noemen. Hij vergewiste zich of Hersch nog ademde. Hij keek naar de telescopische matrak, maar gaf geen commentaar.

'Ik denk dat 'm goe gearrangeerd is,' zei Vissenberg, ''k heb al gezien da zijne poot gebroken is. Die bruine smeerlap ging te keer gelijk ne razende zot.'

‘Niks anders gezien?’ informeerde Verhaert.

‘Ja toch wel, d’r stond nen auto daar in ’t straatje neffenst de meiskesschool. En dien is zonder licht weggereje toen dat die kletskop begon te roepen en te tiere. Het was ne Volkswagen geloof ik.’

‘En gij, waar staat die moto waarda ge mee gekome zijt?’ vroeg Verhaert aan Alia, op het leren racepak wijzend.

‘Ginder, ’n bitje verder,’ antwoordde Alia onderdanig. Hij wees in de richting van Sternhoven.

‘Jos, doet ’m de boeien aan en gaat dan ’s loeke of da ge die moto nie kunt vinne,’ beval Verhaert.

‘Okidoki,’ antwoordde Peeters, die Alia handig de boeien aandeed en verdween.

‘We gaan dat ’s allemaal schoon op pampier zette,’ zei Verhaert, ‘en ik zal misschienst maar ’s een ambulans belle voor die mens.’

‘Goesting in ’n pintje?’ informeerde Vissenberg.

‘Dan zeg ’k nooit nie neeje,’ antwoordde Verhaert.

Hij liep naar de combi, zette het blauwe zwaailicht uit en kwam met een map PV-vellen het café binnen, waar Vissenberg het licht aanstak.

Verhaert ging aan een tafeltje zitten, deed zijn kepie af en legde de map ernaast.

Vissenberg kwam met twee pinten. Ze dronken elkaar toe en Verhaert vroeg: ‘Kan ’k oe paske ’s zien, Jan?’

‘Zekers,’ antwoordde Vissenberg, en verdween in huis.

‘Och, ik moet nog die ambulans oproepe,’ zei Verhaert tegen zichzelf, ‘eerst ’s zien ofdat ’m nog nie wakker geworre is.’

Hij liep naar buiten. De Albanees zat met de armen achter zijn rug. De ander had nog altijd niet bewogen.

‘Die boeie spanne te veel,’ zei Alia.

‘Zwijge, kemel!’

Verhaert liep naar de combi en belde de Sint-Jozefskliniek in Westmalle op.

Toen Vissenberg weer het café binnenkwam, had hij een deken onder de arm.

‘Zoue w’onze kletskop nie beter binnendrage en ’m hierop legge?’ vroeg hij, naar de deken wijzend.

'Da zoue we misschien kunne doen,' antwoordde Verhaert, die zijn pint in één trek leegdronk.

Terwijl ze de gewonde man opnamen, zag Vissenberg iets op de grond liggen: een pakje van bruin inpakpapier dat met tape was dichtgeplakt. Hij zei het tegen Verhaert.

'We zullen het bij de bewijsstukken voegen,' antwoordde hij ambtelijk.

Toen ze de man op de deken neerlegden, kwam die bij bewustzijn. Hij begon te kreunen en tastte naar zijn rechterarm die er in een vreemde hoek bijhing.

23

Op woensdag 9 juni omstreeks kwart over elf maakte jonkheer Hervé van Reyn zich klaar voor iets dat zelfs hém niet elk jaar te beurt viel: een tête-à-tête met de kabinetschef van Zijne Majesteit, baron Pierre van Peers de Grâce, die door mensen die hem kwaad gezind waren, 'de onderkoning der Belgen' werd genoemd. Hij was in alle opzichten een man van traditie. Al onder Leopold II behoorde zijn familie tot de politieke en economische elite. Verscheidene leden waren vanaf het ontstaan van België verbonden aan de Société Générale. Ook in het leger en de diplomatie bekleedden zij de hoogste ambten en rangen. Vanouds stonden de van Peersen bekend als uiterst godvruchtig, uiterst conservatief en, wat merkwaardig is omdat het zo zeldzaam is bij de adel, als uiterst intelligent.

De vrouw van Pierre, freule Charlotte Drieu de la Rochelle, was lange tijd verantwoordelijk voor de civiele lijst van het Huis van koning Boudewijn. Geen enkel lid van zijn familie was getrouwd met wat de noblesse misprijzend 'un roturier' noemt. Rechtstreekse banden met het Opus kon men baron Pierre niet aanwrijven. Wel was hij docent bosrecht aan de UCL, het Opus-bolwerk in België, en aan het Institut Catholique des Hautes Etudes Commerciales in Brussel. Hoewel hij het Opus goed gezind was, behoorde baron Pierre tot de door kardinaal Suenens in België gestichte sekte 'De Katholieke Charismatische Vernieuwing', die de strikte beleving van het evangelie predikte met de nadruk op de kracht van de Heilige Geest. Op ethisch en religieus vlak zat hij dus op dezelfde golflengte als ex-koning Boudewijn. Ook koningin Fabiola was indertijd in de wolken geweest met de devote kabinetschef van haar man, die leefde in den vreze van de Heer, die opkwam voor het ongeboren leven, een rabiate tegenstander was van abortus en die pedofilie, prostitutie en vrouwenhandel wraakroepende zonden noemde. Baron Pierre vormde nog altijd de gebedsgroep met Fabiola, Albert, Paola, Lorenz, Astrid en Filip, die wekelijks zong en bad in de paleiskapel van Laken. Hij was ook de 'geestelijke leidsman' van kroonprins Filip. Het is zeker dat hij Boudewijn heeft geïnspireerd bij de weigering de abortuswet te bekrachtigen.

Baron Pierre, die een heimelijke bewonderaar was van Macchiavelli en Baltasar Gracián, zal het laatste wel heerlijk gevonden hebben. Infiltreren en intrigeren zat hem trouwens in het bloed. Hij dweept openlijk met Baldassare Castiglione en diens boek *Il Libro del Cortegiano*[1] Hij kent er hele passussen van uit het hoofd: 'De volmaakte hoveling moet door zijn eigenschappen de welwillendheid en het hart van de vorst zozeer voor zich winnen dat hij hem altijd de waarheid kan en zal zeggen omtrent alles wat deze behoort te weten zonder angst om hem te mishagen; en als hij weet dat die vorst er toe neigt iets verkeerds te doen, moet hij de moed hebben hem tegen te spreken en op tactvolle wijze gebruik te maken van de door zijn eigenschappen verworven gunst om hem elke verkeerde bedoeling uit het hoofd te praten en hem op het pad van de deugd te houden.'

Hervé van Reyn was het jaar tevoren toevallig getuige geweest van een van de meest markante eigenschappen van de kabinetschef, namelijk zijn dwangmatige neiging om in alles de typische Belgische gewoonte van het compromis te respecteren, iets dat hij zonder te blozen 'de gelijkheid onder de Belgen' noemde. Tijdens een werkvergadering met een groep burgers van de Witte Beweging had hij ooit eens vier leden van de pers uitgenodigd: een Waalse vrouw, een Vlaamse man, een Vlaamse vrouw en een Waalse man, van wie twee conservatief waren en twee anderen min of meer links.

Tijdens de receptie daarna, waar hij zoals altijd aan de lopende band toastjes schranste, giechelde hij om die vondst die hijzelf uiterst geslaagd vond.

Hij had slechts drie aartsvijanden: de vrijmetselarij, het

marxisme en de voorstanders van liberalisering van abortus. Zijn spotnaam was dan ook *Saint-Pierre* of *Raspoetin*, al naargelang het humanisten of gauchistische fanatiekelingen betrof. Hijzelf zou nooit ofte nimmer iets laten blijken van zijn rancune tegen alles wat vrijdenkerij betreft. Het glimlachje van de perfecte hoveling bleef in alle omstandigheden als op zijn gezicht geschilderd. Hij had ook het aristocratische talent, dat de maat van vriendelijkheid altijd juist afpast. Hij werd beschouwd als een 'Grand Commis de l'Etat', een edelman die macht uitoefent achter de schermen, behorende tot een soort mensen die een blinde verering hebben voor hun afkomst, een fetisj die ze beschouwen als een sterke kracht uit het verleden. Ze hebben geen greep op het leven en daarom hullen ze zich in formalisme.

Stipt om twaalf uur hield een hofauto, een zwarte Mercedes met kenteken 31, stil voor het restaurant 'Comme Chez Soi'. De chauffeur, in donkergrijze livrei en kepie, opende het achterportier en een kalende man in donkergrijs pak stapte uit. Hij was klein en gedrongen met een zwaar, rond hoofd op een korte nek. Hij droeg een brilletje met dikke glazen. Hij zag eruit als een koster of een hulpvaardige bediende. Hij keek met schokjes van zijn hoofd om zich heen. Toen hij Hervé van Reyn vanaf het trottoir naar hem zag toeschieten, stak hij met een brede glimlach een hand uit en het courante 'Mon cher Pierre, mon cher Hervé' werd met een hoge stem uitgewisseld. Dat baron van Peers slechts twee dagen nodig had gehad om het dossier de Vreux te bestuderen, dat van Reyn hem had gestuurd met 'Strikt Persoonlijk' op de envelop, vond van Reyn 'omineus in de derde betekenis', dat wil zeggen hoopgevend.

De kabinetschef van de Koning had de reputatie zich graag in een wolk van geheimzinnigheid te hullen en van Reyn was dan ook razend nieuwsgierig naar het resultaat van de aanstaande 'werklunch'. Ze liepen de trappen van het restaurant op, waar de gastvrouw hen in een veelkleurige zijden jurk en behangen met juwelen opwachtte en hen hartelijk in het Frans begroette. Ze ging hen voor naar de 'salon royal' waar alleen de koninklijke familie en heel selecte gasten werden toegelaten. Toen ze in een fauteuil hadden plaatsgenomen, kwam een kelner met een zilveren schaal waarop twee glazen sinaasappelsap stonden. Toen de kelner, die ze volkomen negeerden, weg was, nipten ze van hun sapje en keken elkaar aan met ronde kinderogen alsof ze elkaar voor het eerst ontmoetten.

'Et comment va Brigitte?' informeerde van Reyn.

'Merci, ze is in Toscane bij een vriendin die de meest zeldzame rozen ter wereld kweekt. La contessa della Gherardesca...'

'Ha, die heb ik ooit nog ontmoet bij prins Aquaviva.'

De kabinetschef van de Koning praatte niet alleen met een hoge stem, maar ook bijzonder nerveus, een eigenschap die hij toeschreef aan zijn hoog IQ. Hij was lid van de Internationale Club van Superbegaafden, waar men de gewoonte heeft razendsnel te tetteren zonder naar elkaar te luisteren.

'Mm... Toscane is een van de *magnifiekste* streken die ik ken, vooral in dit jaargetijde. In juli en augustus... pff,' smaalde van Reyn, die nooit vakantie nam in het toeristenseizoen.

Van Peers was het volledig met hem eens en maakte het stereotiepe handgebaartje met de geknikte pols, het hoofd naar links en een opgetrokken neus. Hij droeg alleen een trouwring. Een zegelring met het familiewapen dragen vond hij aanstellerij. Iedereen wist trouwens maar al te goed wie hij was.

'En hoe is het bij júllie?' informeerde hij met een vrijblijvende allusie op het Opus.

'Procurator Pla y Daniel is uiterst ingenomen met de situatie van de Belgische prelatuur.'

'Wist jij, mon cher Hervé, dat ik ooit op Maria Hemelvaartsdag in 1963 van zijn oudoom de primaat van Spanje de zegen heb gekregen?'

'Was dat in Toledo?'

'Nee, in Avila, waar hij een beeld van een plaatselijke heilige kwam inaugureren.'

'Is het waar dat hij de laatste was bij wie de rode pantoffels werden gekust?'

'Dat is me niet opgevallen.'

Van Peers de Grâce nipte van zijn glas en stuurde van Reyn een charmante glimlach toe. Hij had de gave zijn glimlach in één seconde te kunnen veranderen van gewoon tot breed, een beetje zoals een elektrisch straalkacheltje dat aan en uit wordt gezet. Hij verzweeg dat hij inderdaad de pantoffel had gekust van een seniele man in het rood die meer dan honderdtachtig kilo woog.

'Gaan we aan tafel?' zei van Peers met een korte blik op zijn horloge. Hij stond abrupt op.

'We hebben toch een beetje tijd, hoop ik...'

'Om twee uur heb ik een afspraak, maar het eten is telefonisch besproken.'

Van Reyn knikte en volgde de kabinetschef van de Koning naar het eetzaaltje naast de salon royal waar voor twee personen was gedekt aan een ovale tafel. Er stond een grote kandelaar met flakkerende witte kaarsen. Het was hem opgevallen dat van Peers geen enkel document bij zich had. Hij werd een beetje ongerust.

Ze zaten nog maar net toen twee kelners binnenkwamen met het voorgerecht, gemengde sla met stukjes kreeft. Er werd Spa reine geschonken in kristallen glazen. De kabinetschef wekte graag de indruk een geheelonthouder te zijn, hoewel hij privé heel wat champagne en wijn kon verzetten.

Ze bekeken elkaar even en maakten in een gesynchroniseerd gebaar een kruisteken, sloten de ogen en baden binnensmonds. Na nog een kruisteken begonnen ze te eten.

'Mm...' bromden ze allebei nadat ze de eerste hap hadden geproefd.

'Er gaat toch niets boven onze "Comme Chez Soi",' zei van Reyn, die 'De Karmeliet' in Brugge beter vond, maar hij wist dat van Peers die mening niet deelde.

Ze aten zwijgend en braken stukjes van een verfijnd broodje, veegden hun lippen af na elke teug en staken hun pink omhoog terwijl ze het mes tussen duim en middelvinger hielden als een penseel.

'Hoe is het nog met onze beste Paul Hersch?' polste van Peers zonder van Reyn aan te kijken. Hij at snel zonder te proeven, alsof lekker eten hem niet interesseerde.

Van Reyn schrok. Zou van Peers lont ruiken? Nadat hij via een telefoontje van Marlowe & Co min of meer had vernomen wat er die maandagnacht was gebeurd, had hij exact gereageerd zoals de jezuïeten al eeuwenlang deden: doen alsof er geen vuiltje aan de lucht was, met andere woorden de Belgische prelatuur van het Opus Dei liet zijn topnumerair stikken en zou eventueel elke betrokkenheid bij de afpersingszaak loochenen. Van Reyn had via een arts, een coöperant van het Opus, geïnformeerd bij de directie van de Sint-Jozefskliniek in Westmalle. Paul Hersch was er lelijk aan toe. Hij had twaalf uur op de intensive care gelegen vanwege een dubbele schedelbreuk, een nekwervelbreuk en een armbreuk plus een hele reeks kneuzingen en blauwe plekken over het hele lichaam. Slechts op het allerlaatst had men ontdekt dat hij een gescheurde nier had, die men operatief had verwijderd. De dokter had even gelachen en gezegd dat een mens na een nefrectomie gerust verder kon leven op één nier. Gelukkig was Hersch zo slim geweest geen uitleg te geven bij zijn adres, zodat het was alsof hij in een gewone flat aan de Tervuurse Vest woonde. De detective van Marlowe & Co had volgens van Reyn adequaat gereageerd. Rechtstreekse connecties van het misdrijf met het Opus waren dus vrijwel uitgesloten. Desnoods (dat had hij al met Pla y Daniel besproken) kon men met droge oogjes loochenen dat men Paul Hersch *kende*. Een advocaat-generaal bij het Brussels parket, een surnumerair van het Opus, was al van de zaak op de hoogte en die had beloofd alles via een coöperant ter plekke op het Antwerps parket nauwlettend in de gaten te houden en op tijd maatregelen te nemen om desnoods tegen alle gangbare rechtsregels in te *interveniëren*.

'Paul Hersch is op vakantie,' antwoordde van Reyn neutraal, 'hij had het verdiend.'

'Mm, ik heb een familielid aan de universiteit die in residentie Arenberg logeert...' zei van Peers. Hij deed alsof er maar één universiteit bestond.

'Paul Hersch is een heel capabele directeur...'

De kelners namen de borden weg, hoewel die niet helemaal

leeggegeten waren, en vervingen ze door twee soepborden, waarin een bijzonder fijne mouclade met Bretoense natuurmosseltjes werd geserveerd.

De twee heren begonnen te eten, allebei op dezelfde manier, onhoorbaar slurpend vanaf de zijkant van de lepel, naar het voorbeeld van de Britse aristocratie.

Ze lieten de helft van de soep staan, knabbelden een stukje brood, dronken een slokje water, veegden hun mond af en toen kwam van Peers de Grâce over de brug.

'Ik heb zo het idee dat we een mooi compromis hebben gevonden in de zaak-de Vreux,' zei hij afgemeten.

'Ha,' antwoordde van Reyn, 'dat is goed nieuws.' Hij kreeg een droge mond.

'Eh bien, wij zijn van het principe uitgegaan dat in ons geval de naam van de vader in geen geval verbonden mag worden met een adellijke titel.'

'Begrijpelijk,' gaf van Reyn toe. Hij wachtte gespannen af. Uit ervaring wist hij dat men van Peers nooit helemaal kon vertrouwen. Hij was een meester in omfloerst taalgebruik.

'De naam de Vreux heeft al sinds vele generaties een smetteloze reputatie in dienst van het land en het Vorstenhuis en nadat ik gisteren met Zijne Majesteit over de zaak heb gepraat, vinden we de volgende oplossing opportuun.'

'Mm,' mompelde van Reyn, die zat te trillen van de zenuwen.

'Omdat de familie de Vreux al zo lang in de adelstand is verheven, heb ik Zijne Majesteit gesuggereerd dat het wellicht het beste zou zijn, enerzijds gezien de rang van numerair van Didier en de uitstekende beoordelingen van het departement Buitenlandse Zaken voor Geoffroy in de diplomatie, *abstractie* te maken van de naam Savelkoul en de naam de Vreux voor hen beiden te verbinden met de titel van jonkheer.'

Van Peers had de woordenreeks vlot uitgesproken in correct syntactisch verband, ongeveer als een Duitse volzin.

'*Jonkheer* heb je gezegd...' bracht van Reyn uit.

'Dat heb ik gezegd.'

Van Reyn sloot even de ogen en ademde diep in en uit om de beklemming in zijn borst weg te krijgen. Hij moest zich inhouden om niet op zijn stoel te wiebelen, wat hij bij goed nieuws moeilijk kon laten.

'Dat is inderdaad een schitterend compromis, mon cher Pierre,' zei hij met een schorre stem.

'Het probleem was dat we absoluut moesten vermijden hun een nieuwbakken titel te verlenen, die elk jaar op 21 juli door Zijne Majesteit wordt toegekend. Dan waren we verplicht een titel *aan de vader te geven* en dat is om allerlei redenen inopportuun. Het is gewoon het verlengstuk van een oude bestaande titel. De zaak hoeft zelfs niet in de pers of het Staatsblad te verschijnen, we kunnen de Raad van de Adel passeren plus de commissie van Buitenlandse Zaken. Voilà.'

'En als procureur-generaal Savelkoul dat niet accepteert?'

De glimlach verdween van het gezicht van baron van Peers de Grâce. Men kon niet weten of het kwam vanwege ergernis over zo veel naïviteit of vanwege de suggestie dat het ooit zou kunnen gebeuren.

Hij kneep zijn lippen samen en zei met een stem die opvallend laag klonk: 'Dan zullen we een beroep doen op zijn gezond verstand, want één ding kunnen we hem niet verwijten: qu'il n'a pas de suite dans les idées.'

'Alles is ook in orde gekomen met de erfenis van jonkheer Didier,' zei van Reyn, zonder in details te treden.

'Mon cher Hervé, dat weet ik, maar dat zijn uiteindelijk jullie binnenlandse aangelegenheden, het is alsof je die woorden nooit hebt uitgesproken. Wees alleen dankbaar dat de Belgische prelatuur er een edelman in zijn rangen bij heeft evenals Buitenlandse Zaken, hoewel Geoffroy wel een tikje, euh... *liberaler* is dan zijn broer. Enfin...'

'Mag ik je danken in naam van het Opus Dei voor deze dienst?'

'Het is niet meer dan onze plicht, mon cher Hervé.'

Van Reyn knikte verheugd. 'Zal ik het nieuws aan freule de Vreux melden?' vroeg hij. Meteen meende dat hij een tactische flater had begaan. Niets was minder waar.

'Dat mag je gerust doen,' antwoordde van Peers glimlachend.

Hij stak een hand op in de richting van de deur, waar twee kelners stonden te wachten. Ze schoten toe.

Nadat de soepborden waren afgeruimd, bracht de maître

d'hôtel tot verbazing van Hervé van Reyn de rekening. Hij kende voldoende de levensstijl van de kabinetschef van de Koning, maar hij had ten minste nog een hoofdgerecht en een kop koffie verwacht. Hij dacht met enige bewondering: dit is een prachtig staaltje van heilige schaamteloosheid waar Wij nog een punt aan kunnen zuigen. Het feit dat de rekening niet ter plekke werd betaald, vond hij evident. Met veel geluk zou de zaak een jaar of zo later min of meer geregeld worden door het Huis van de Koning.

De gastvrouw verscheen opnieuw en nam uitgebreid afscheid, waarbij baron van Peers de kwaliteit van de gerechten roemde.

De chauffeur hield het achterportier van de Mercedes open. De heren namen afscheid, waarbij van Reyn de kabinetschef nogmaals dankte.

Nadat de hofauto weggereden was, verzocht hij de parkeerwachter van het restaurant een taxi te bellen.

In de taxi op weg naar Ukkel zat jonkheer van Reyn op de achterbank te wiebelen van nervositeit. De operatie tegen procureur-generaal Savelkoul was dus totaal onverwacht een grandioos succes geworden. Het Opus had voor bijna zeventig miljoen aan onroerende goederen verworven, plus aandelen en obligaties, de twee zonen van freule de Vreux hadden dankzij een vernuftig procédé een adellijke titel in de wacht gesleept en Savelkoul z'n *puta* was van het toneel verdwenen. Aan Paul Hersch, die heel alleen in de Sint-Jozefskliniek lag en aan wie nog niemand van het Opus een bezoek had gebracht, dacht hij geen seconde.

Hij kreeg een impuls en gaf er meteen aan toe, iets wat hij als zondig beschouwde en wat hij daarom altijd uit alle macht had onderdrukt.

Hij zocht gejaagd in zijn zakagenda het nummer van freule de Vreux en haalde zijn GSM te voorschijn.

'Huloo,' zei een gutturale vrouwenstem.

'Met wie heb ik de eer?' informeerde hij.

'Met de Hausangestellte van m'neer de procureur-général.'

'Is mevrouw daar misschien?' vroeg van Reyn uit de hoogte.

'Ik geef u...'

'Halo oui,' zei een hoge vrouwenstem.

'Madame de Vreux?'

'Oui.'

'U spreekt met Hervé van Reyn.'

'Ha, mon cher Hervé...' antwoordde ze zonder enthousiasme.

'Ik heb nieuws...'

'Mm...'

'Góed nieuws.'

'Mm.'

'Zopas had ik een gesprek met de kabinetschef van Zijne Majesteit.'

'Zo, en hoe is het nou met hem?'

'Heel goed. Hij heeft de zaak van Didier en Geoffroy bij Zijne Majesteit voorgelegd en alles is in orde.'

'Wat bedoelt u met "in orde"?'

'Binnenkort zullen ze de titel van jonkheer krijgen, op één voorwaarde.'

'En die is?'

'Dat ze de naam Savelkoul zullen moeten veranderen in de Vreux.'

'O, dat is inderdaad goed nieuws. Is Didier al op de hoogte?'

'Nee.'

'Mag ik hem opbellen?'

'Dat zou ik niet doen. De zalige Josemaría heeft gezegd in Spreuk 639: Gezwegen hebben zal je nooit berouwen, maar gesproken hebben heel vaak...'

'Serviam.'

Hervé van Reyn schrok even van deze onverwachte reactie. 'Ik resumeer dus,' zei hij afgemeten, 'we feliciteren u met de eer die uw zonen te beurt is gevallen en we hopen dat u ons als surnumerair, moeder van een numerair, elke maand zult gedenken...'

'Serviam.'

Van Reyn deed de GSM uit, hield hem in zijn hand en liet hem heen en weer rollen. Toen deed hij iets dat hij al sinds lang niet had gedaan: genieten van de drukte in de Brusselse straten, terwijl hij tegelijk begon te denken aan een splinternieuw plan om de vijf miljoen bij de PG af te persen, wat door een serie stommiteiten van anderen was mislukt, ondanks de tijd, de moeite en de onkosten die het Opus erin had geïnvesteerd. Dat deze 'geestelijke oefening' hem evenveel genoegen verschafte als het Brusselse stadsbeeld, vond hij een goed teken.

Nadat freule Amandine de deur van haar boudoir op slot had gedaan, ging ze plat op de vloer liggen voor het porseleinen beeldje van de Heilige maagd. Ze spreidde de armen op dezelfde manier als ze een week geleden had gedaan in de crypte van het Hoofdhuis van het Opus in Rome, voor het praalgraf van de zalige Josemaría. Ze bad heel langzaam, vol aandacht voor elk woord, drie Salve Regina's, kwam moeizaam overeind, bracht haar kleren in orde en ging opnieuw aan het tafeltje zitten voor de telefoon, waar ze zojuist het ongelooflijke nieuws uit de mond van jonkheer van Reyn had vernomen, ze zette haar bril op en begon met een gelukzalige glimlach in de telefoongids te bladeren.

Ze noteerde het nummer van een reisagentschap en belde op.

'Ik zou gaarne een inlichting hebben,' zei ze in vrij correct Nederlands.

'Zegt u maar, mevrouw.'

'Is het mogelijk bij u een internationaal *billet de train* te commanderen. Nee, geen retour. Ja, tweede klas. Ik zal u de naam en de bestemming straks doorgeven. Merci.'

Meteen daarna belde ze kanunnik Zwaegermans van het kapittel van de Antwerpse kathedraal op.

'Ha, eerwaarde,' begon ze, eveneens in het Nederlands, 'ik zou u gaarne een dienst willen vragen.'

Een oudemannenstem antwoordde: 'Madame la baronne, hoe zouden wij ú een dienst kunnen weigeren?' Er volgde een kort papegaaienlachje.

Toen jonkheer van Reyn omstreeks twee uur in opperbeste

stemming in de avenue de la Floride aankwam, lag er een papiertje op zijn bureau dat hij dringend een bepaald nummer moest opbellen. Hij kende het nummer uit zijn hoofd: dat van het kabinet van advocaat-generaal Deweerdt op het Brusselse Paleis van Justitie, een coöperant van het Opus. Er was goed nieuws, zei Deweerdt. Hij had het dossier van de zaak-Hersch eindelijk te pakken gekregen via een vriend op het Antwerpse parket van eerste aanleg. Maar er was wel een probleem: deontologisch was het zijn ambt niet toegestaan de stukken over te maken, maar hij was wel bereid 'enkel excerpten' voor te lezen die een 'min of meer een helder licht' op de zaak konden werpen.

Toen hij dat hoorde, trok van Reyn zijn wenkbrauwen op, er kwam een trekje van minachting op zijn gezicht. Met een ruk trok hij een blocnote naar zich toe en schreef in telegramstijl op wat Deweerdt dicteerde:

> Mehmet Alia. Albanese nationaliteit. Weigerde tot nu toe één woord te spreken omtrent de feiten. In voorlopige hechtenis in gevangenis te Antwerpen. Kwam op maandag 7/6 voor de onderzoeksrechter. Zware slagen en verwondingen. Art. 398,399,400 van het Strafwetboek. Telescopische wapenstok (???) Een pakje van 32x21x5 cm, bestaande uit samengevouwen krantenpapier in bruin inpakpapier, dichtgemaakt met tape. Niet opengemaakt. Albanees is met zware motorfiets Honda ter plekke gekomen. Adres: Zirkstraat 56 Antwerpen. Woont alleen. Beroep: mecanicien. Steuntrekkende werkloze (!!!). Werd door een hond geïmmobiliseerd tot de gendarmes ter plekke kwamen (???). Paul Hersch: kamer 242 van Sint-Jozefskliniek te Westmalle. Na nieramputatie werd hij door BOB Antwerpen verhoord. Bediende NV Rumpus, Tervuursevest 123 te Leuven. Zware schedelfractuur. Armfractuur. Kneuzingen. Weet niet hoe en waarom hij op die plek gekomen is. Vermoedelijk tevoren verdoofd. Geen tot hem behorend voertuig in de buurt.

'Voilà,' besloot advocaat-generaal Deweerdt, 'dat is alles wat we voorlopig tot onze beschikking hebben. Is dat voldoende, cher ami?'

'Un grand merci,' antwoordde van Reyn automatisch, ontevreden over de gebrekkige informatie, waar hij niet veel mee kon beginnen.

'Pas de quoi, au revoir, cher ami.'

Nadat hij de hoorn had opgelegd, vouwde hij zijn handen en keek als wezenloos voor zich uit. Zijn humeur zakte langzaam onder nul. Hervé van Reyn was iemand die alleen maar voor zijn omgeving min of meer te pruimen was als alles voor honderd procent naar zijn wens verliep. Dat had hij al in zijn jeugd. Zijn poësisleraar, een pater van het college voor rijke jongens in Loppem, had hem ooit eens gezegd: 'Hervé, gij zijt een echte absolutist.' Hij was daar nog altijd trots op, want deze levenshouding zat bij hem als het ware in het bloed. Zijn familie had altijd een grote nostalgie gecultiveerd voor het historisch absolutisme van de Franse Bourbons.

Hij dacht diep na. Vooral het pakje krantenpapier intrigeerde hem. Was dit niet het bewijs dat Savelkoul Paul Hersch had willen beduvelen? De zaak zat vol 'inconsistenties'. Was Savelkoul er überhaupt wel *geweest*. De enige die hierop kon antwoorden was Paul Hersch en daar wenste hij voorlopig volgens de strikte regels van het Opus geen enkel contact mee te hebben. En wat kwam die *Albanees* daar in godsnaam doen? Wilde die de buit in de wacht slepen? Hoe was die van de afspraak op de hoogte geraakt? En die hond? Was het allemaal niet des Guten zuviel?

Hervé van Reyn werd nerveus van pure frustratie. De hele affaire ontsnapte totaal aan zijn controle. Hij vond geen enkele plausibele uitleg en er zat geen enkel logisch verband tussen de feiten. Hij begon met zijn rechterbeen te wippen. Dat had hij al sinds zijn studiejaren op het college, maar in die tijd had het een heel andere oorzaak. Toen deed hij het om een plotselinge aandrang tot urineren te bedwingen. Het was namelijk streng verboden tijdens de lesuren alleen naar buiten te gaan. De echte reden werd nooit bekendgemaakt (in een verlaten wc worden jongelingen dubbel bekoord door zonden tegen de kuisheid). Eén keer had hij het in de klas in zijn broek gedaan. Het gelach van de leraar en van zijn kameraden klonk nu nog soms in zijn oren tijdens dromen die hij *schoolnachtmerries* noemde.

Wat moest hij doen om zijn geest te verzetten? *Bidden* zou in dit geval geen oplossing brengen, dat wist hij. Hij keek op zijn horloge. Kwart over twee. Tegelijk begon zijn maag te grommen. Hij had te weinig gegeten in de 'Comme Chez Soi'. Hoewel het door de regels van het Opus ten zeerste werd afgeraden, zou hij heel alleen eens uitgebreid gaan dineren. Hij glimlachte vals, trok een onderkin, greep de telefoon en reserveerde een tafeltje in 'La Villa Lorraine'. Daar hadden ze uitstekende pulligny montrachet, zijn lievelingswijn. Dat zou zijn zelfrespect een beetje opkrikken.

Hij stond op en keek opnieuw op zijn horloge, een tic. Hij moest zo gauw mogelijk te weten komen wat er precies in Overbroek gebeurd was om een geloofwaardig verslag uit te brengen bij Joaquin Pla y Daniel die hij volgende week zou ontmoeten in Rome. Misschien was het al met al het verstandigst die chantagezaak op te geven. Hij zou in Rome de nadruk leggen op het enorme succes in de affaire van de erfenis die dankzij een kunstgreep van notaris Vromen bijna zeventig miljoen had opgeleverd. Eén ding moest hij tot elke prijs vermijden: dat het Opus met de Overbroek-zaak zou worden verbonden zodat er een gerechtelijk dossier werd geopend met een kans op perslekken. Het Opus was in 1997 in de Vlaamse pers al meer dan genoeg in het nieuws geweest. In de tijd voor 1975, toen El Padre nog leefde, was zoiets gewoon ondenkbaar. Desnoods zou men Paul Hersch laten vallen als een baksteen. Hij had al een andere kandidaat in zijn hoofd om de residentie Arenberg te leiden.

Om kwart over twee zat de PG in zijn kabinet een 'politiek geladen' dossier van het parket van eerste aanleg van Turnhout te bestuderen. Een gespecialiseerde firma had zonder een vergunning 24.000 ton giftig afval van onbekende oorsprong gestort op een terrein van een landbouwgebied vlak bij weiden waar koeien graasden, die een voor een gestorven waren. In de grond en in het bloed van de koeien werd na een onderzoek (dat door Agalev op gang was gebracht) een gehalte aan zware metalen, nitraten, cyaniden en pesticiden gevonden die de Europese normen *zestigvoudig* overtroffen. Agalev was er ook achter gekomen dat de CVP-minister van Milieu en Ruimtelijke Ordening halsoverkop een geantidateerde vergunning had afgeleverd, zodat het juridisch heel wat moeilijker werd de firma voor de rechtbank te dagen. De PG kende de eigenaar van de afvalfirma van enkele ontmoetingen tijdens diners van de Rotary Club Turnhout, die in Antwerpen op bezoek was geweest. De man was een schatrijke CVP-er-met-de-typische-lange-arm, die allerlei vrienden en relaties had in het complexe Belgische politico-economische netwerk van de belangenvermenging. Hij was iemand die publiciteit schuwde als de pest omdat zijn commerciële activiteiten meestal balanceerden op de rand van illegaliteit en corruptie. De PG, die trouwens een fysieke afkeer had van de man-met-de-lange-arm, wist dat de familie van diens vrouw geparenteerd was met de familie van de minister in kwestie.

Hij had zin om eens goed 'door te bijten', maar hij besloot het dossier nog een poosje te laten sudderen, tot hij honderd procent zeker was van zijn privé-situatie. Het was een puur wonder dat hij aan de ramp in Overbroek was ontsnapt. Hij liet het onderzoek rustig zijn voortgang hebben. Hij had zelfs niet 'loos' geïnformeerd om niet de minste argwaan te wekken. Zelfs niet bij majoor De Vreker. Bij hem kon je nooit weten of hij de zaak-met-de-paarden dan niet in verband zou brengen met de zaak in Overbroek, een dorp vlakbij. Van Walter De Ceuleneer had hij tot nu toe niets gehoord. Maar die was ook vaak op reis. Hem opbellen om eens te polsen vond hij inopportuun. Ondanks alles genoot hij een beetje van de lichtjes paranoïde sfeer. Hij had de 'gutfeeling' dat alles wel in orde zou komen.

De telefoon ging. Zijn secretaresse meldde dat meneer De Ceuleneer aan de lijn was. Godverdomme, dacht hij, als g'aan den duvel denkt, ziet ge zijne steert.

De trompetstem van De Ceuleneer boorde zich in zijn trommelvlies. Hij hield de hoorn op tien centimeter van zijn oor. Toen De Ceuleneer wilde beginnen over 'de zaak-geweet-wel', onderbrak de PG hem.

'Ik zal met de GSM bellen, waar zit ge nu?' vroeg hij.

'Op weg naar Paries.'

'Met de Rolls Royce?'

'Nee, met de Ferrari.'

De PG tikte het nummer van de mobilofoon van de Ferrari, dat hij uit het hoofd wist. 'Ik luister,' zei hij.

De Ceuleneer was iemand die altijd met de deur in huis viel.

'Ramiz is wreed kwaad,' begon hij, 'ge weet toch watdat er gebeurd is?'

'Ik denk het wel.'

'Kijk, mijnen beste vriend, ik moei me nie geerne met de zaken van iemand anders, maar *deze keer* zou ik toch wille vrage ietske voor hem te doen...'

'Wat bedoelt ge?'

'Moet ge 't wete?'

'Uiteraard.'

'Ervoor zorge dat de man die Ramiz heeft gestuurd vríj komt.'

'Da gaat nie,' antwoordde de PG gedecideerd.

'Jawadde! Wa moet ik nú tegen hem gaan vertelle?'

'Dat het gewoon nie gaat. Er zijn grenzen aan mijn macht.'

'G'hebt toch al ánder' dinge van da soort kunne fikse...'

'Misschien, maar in dít geval tussenkomen, zou *vragen* doen rijzen.'

'Da versta 'k nie.'

'Dan zou ik het dossier op het parket van eerste aanleg moeten opvragen. Het is zo'n, euh... *rare* zaak dat ze dat weleens verdacht zouden kunnen vinden.'

'Mja...'

Er viel een pauze waarin het geruis van de rijdende auto hoorbaar was.

'Hallo,' zei de PG.

'Dus als 'k het goe verstaan heb, zal het deze keer moeilijk gaan.'

'Niet alleen moeilijk. Het gaat helemáál niet.'

'Ramiz zei: "Híj mag me in geen geval late valle..."'

'Is dat soms een bedreiging?'

'Neenee, jongske, hij heeft allene maar gezegd dat híj me in geen geval mag late valle...'

De PG zweeg.

'Zou het nie beter zijn met Ramiz persoonlijk contact op te nemen?'

'Onmogelijk,' antwoordde de PG op ambtelijke toon.

'Kijk, Albert, ik zal hém zegge wat gíj mij gezegd hebt, maar die jonge die u g'holpen heeft en die nu in de rats zit, is familie van Ramiz en bij Albanezen is familie hetzelfde als eige bloed en eige bloed gaat eerst.'

Ja, zoals bij het Vlaams Blok, dacht de PG, maar hij hield zijn mond. Hij sloeg hard op zijn bureau.

'Wa was da?' vroeg De Ceuleneer.

'Niks. Ik denk na.'

'Bel 'k strakskes nóg ne keer?'

'Nee, Walter, da's nie nodig.'

'Wel, dan leg 'k maar dicht...'

'A propos, die jacht zaterdag en zondag gaat toch door?'

'Jaja. Het een heeft met het ander niks te zien. Paloma staat kleer op 't vliegveld van Deurne.'

'Hoe laat?'

'Vrijdagavond te zevene. Dan zijn w'op tijd voor de stalking van zaterdag te viere 's morgens.'

'Stalking?'

'Ja, da's goed voor mijnen dikken buik. Komt Louizeke mee?'

'Nee, deze keer niet.'

'Ha, da's wreed spijtig. Allez, saluutjes, hè.'

'Bye, Walter.'

De PG deed de GSM uit en liet zich onderuit zakken. Zijn hart bonkte in zijn schedel. Hij spande zijn lippen zo dat zijn gebit bloot kwam en staarde naar de foto's op de wand tegenover hem, waarop hij stond met bekende personen.

'*Godverdoeme!*' schreeuwde hij, en hij sloeg zo hard op het bureau dat zijn vuist pijn deed. Hij keek woest om zich heen, deed zijn hand enkele keren open en dicht en toetste zijn huisnummer op de GSM.

'Halloe...'

De jongensstem van Maria Landowska. Zijn humeur verbeterde met sprongen.

'Maria...' fluisterde hij. Hij had een lichte hartfibrillatie.

'O, meneer Albert, was ist los?'

'Wanneer komt madame weer thuis?'

'Heute Abend heel laat, meneer Albert, Die Frau met haar rode auto ist kommen halen.'

De PG wist dat in dat geval Amandine laat thuis zou zijn. Nadine Tahon, een Brusselse notarisvrouw had haar meegenomen naar haar villa in Knokke.

'Goed, ik kom sofort,' zei hij, 'zet de glazen klaar.'

'Hoehoe, welche glazen?'

'Zie maar.'

'Pozadku.' Ze gaf een kusje op de hoorn.

De PG deed hetzelfde. 'Ik kom sofort,' herhaalde hij.

'Pozadku.'

Hij deed de GSM uit, rekte zich en bleef besluiteloos zitten.

Opeens trok hij een velletje van zijn memo-blocnote en schreef erop in drukletters: 'VENDREDI SOIR LE II JUIN JE PARS EN ECOSSE POUR TOUT LE WEEKEND.'

Terwijl hij opstond siste hij: 'Ze kunnen god- en godverdomme allemaal *de pot op*!'

Hij was nog altijd nijdig voor iets anders. Zijn chauffeur had hem gezegd dat hij die woensdag van de week tevoren met 'madam' naar *Ekeren* was gereden, maar hij kon niet zeggen waar ze precies was geweest.

De PG tikte zijn glas tegen dat van Maria Landowska. Ze dronken elkaar toe. Het was pure wodka. Hij zat naast haar op de plankenvloer van de zolder voor de kamerbrede kasten waarvan hij de deuren net had opengetrokken. Hij had er een met parels en pailletten bezette hemelsblauwe tafzijden avondjurk van een van de grootmoeders van freule Amandine uitgehaald en die als een waardeloos vod op de vloer gegooid. De zolder rook naar mottenballen.

Maria, gekleed in haar gewone zwarte jurkje met witte kraag, nam nog een slok en gaf hem een kus.

'Ha, ik ben een jonge vogel!' riep de PG nadat hij een grote slok wodka had genomen. 'En ik heb *dorst*! Welke vogel ben ik? Raad eens!'

'*Orzél*! riep ze.

'Wat is dat?'

'Ein Adler.'

Hij sprong overeind en begon in het rond te zweven met uitgestrekte armen. Ze hadden al heel wat op. Een halfvolle fles Wiborowa stond tussen hen in.

Ze ging plat op haar rug liggen en lachte. 'Zeg nu 's wat de *Dritte Frau* ist. Ge hebt versprochen.'

'Je eerst *deftig* aankleden,' zei hij en hij raapte de avondjurk op.

Ze trok snel het meidenjurkje uit en kwam in slipje en beha voor hem staan. Hij knielde en trok het slipje omlaag.

'Nie minétte,' zei ze in plat Antwerps, 'doe dat als ik *deftig* bin.'

De PG, blootsvoets, in jeans en sporthemdje, nam de avondjurk en trok hem over haar hoofd. Hij was veel te breed.

'Al die adellijke trutten met hun dikke tieten en hun hangkont konden alleen maar thee drinken en koekjes en pateekes knabbelen als grijze muizen! Allemaal de pót op, godverdomme!'

'Hij is sehr schön. Ik hou aan. Maak de knopkes vast.'

'Gíj moet het weten, Maria Landowska.'

'Meneer Albert, doe wat ik zeg!'

'Zoiets zegt een Dritte Frau niemals, Maria Landowska.'

'Ik hoor gerne dat ge mijn twee namen zegt. Dan word ik wollüstig. Voel maar...'

'Is ons kutje nat?'

'Voel.'

'Nee, eerst zeg ik wat een Dritte Frau níet is, dan weet ge direct wat ze wél is.'

Hij begon de rij knoopjes aan de achterkant van de met baleinen versterkte buste vast te maken. Hij nam haar schouders en draaide haar een halve slag om, boog voor haar en gaf haar een handkus, die ze accepteerde met Poolse galanterie.

Hij goot de glazen nog eens vol.

'Schön,' prees hij, 'sehr schön.'

Ze zag er inderdaad beeldschoon uit. Hij nam de kleermakerszit aan.

'Maak je háár nu los, Maria Landowska.'

Ze deed het en schudde haar rosse haarbos tot hij breeduit stond.

'Engel van Von Eichendorff. Dritte Frau. Wollüstig en nat vanonder!' Ze schoot in de lach en draaide een pirouette.

'Vertel nu,' zei ze, en ze kwam naast hem zitten.

'Vrouwen die bang zijn van spinnen muizen katten honden stof op kasten vegen op de vloer bang dat er niet genoeg eten in huis is bang dat ze geen geld genoeg hebben zodat ze in armoe zullen sterven die alle rommel bijhouden die over alles zagen-en-zeveren voor wie een man nooit iets goed kan doen die denken dat ze beter zijn dan de hele wereld die in uw gezicht poeslief zijn en achter uw rug zwart maken die kleine details waar wij mee lachen opblazen tot een staatszaak die nooit tevreden zijn die kittelorig zijn die permanent op de loer liggen om u te kleineren die van 's morgens tot 's avonds zeggen doe dit en doe dat en waarom hebt ge dit of dat nog niet gedaan vrouwen die niet kunnen autorijden schieten paardrijden die nooit eens de zot uithangen vuile moppen vertellen zich een stuk in hun kraag drinken die altijd opgetut rondlopen met een tailleur in rokje-en-bloesje een sacoche melkkleurige panties geen jarretelles willen dragen geen lekker ondergoed waar een man geil van wordt die nooit jeans met een T-shirt aandoen die Salve Regina zeggen voor klotebeeldjes van een vrouw die een kind heeft gehad zonder ooit gevogeld te hebben vrouwen die een handdoek onder hun kont leggen voordat ze vogelen die naar het plafond kijken en de vliegen tellen zodat ze nooit klaarkomen undsoweiter und sofort niet zoals gij Maria Landowska die mijn Dritte Frau von Herrn Buddha bent die met mij zeker graag in een guerrilla-oorlog zou vechten en die mijn Kalasjnikov zou laden telkens als hij leeggeschoten is...'

De PG nam een slok wodka en keek haar blij aan.

'Meneer Albert, voor u will ich álles doen, álles, álles...'

'Okay, dan zijt ge van nu af aan voor altijd mijn Dritte Frau.'

Ze dronken hun glas in één trek leeg. Maria gooide het hare in een brede boog achter zich. Het viel in scherven.

'*Nitsjevoo*!' riep ze in het Russisch en spreidde haar armen.

Hij schonk zijn glas weer vol en gaf het haar. Ze dronk en gaf het terug.

Ze kwam vlak voor hem staan en zei: 'Voelen.'

Hij zette het glas op de vloer en stak zijn hand onder de stijve zijden jurk.

Op het moment dat hij het slipje opzijtrok, sprong ze achteruit en maakte vliegensvlug de jurk los.

'*Madame* ist angekommen!' hijgde ze.

'Ach trut, doe niet zo flauw, ik heb niks gehoord.'

'Ik heb *ganz gut* gehoord. Ik loop naar m'n kamer!'

In slipje en beha rende ze de trap af, met de zwarte meidenjurk onder de arm.

De PG, die zo beschonken was dat niets ter wereld hem nog kon bommen, haalde zijn schouders op, nam de fles en liep op zijn gemak de trap af. Derde verdieping. Tweede. Eerste.

Inderdaad: freule Marie-Amandine de Vreux d'Alembourg stond in de gang vlak bij de vestibuledeur in geslepen glas. Roerloos als een beeld. Ze keek toe hoe een grote, zwartharige man met een hoekige kaak, een klassieke Griekse neus, Saraceense wenkbrauwen, blootsvoets, in jeans en sporthemdje, met een fles sterke drank in de ene en een glas in de andere hand op de overloop van de eerste verdieping verscheen. Die bleef staan. En die begon te lachen. En die zwaaide met een briefje, dat hij haar met een spottende buiging toegooide.

De blik die ze op hem richtte was vernietigend, van een misprijzen, dat iets kosmisch had.

24

Op donderdag 10 juni kwam de PG vroeger thuis dan gewoonlijk. Het was tien voor vijf toen hij 'Zwarte Ogen' neuriënd de trappen van de vestibule opliep. Hij moest opnieuw denken aan die waanzinnige dag toen Maria ter plekke pardoes boven op hem sprong, haar benen achter zijn rug kruiste en hem niet meer losliet. Hij liep door de gang naar de keuken, maar daar was niemand. Hij wist niet of Amandine thuis was. Hij hing zijn regenmantel aan de kapstok en toen hoorde hij boven Amandine met Maria praten. Hij sloop onhoorbaar de trap op naar zijn werkkamer, sloot de deur achter zich, liep recht naar de gewerenkast, nam er zijn geliefde reebokkenkarabijn uit en legde hem voorzichtig op het bureau. Het was een prachtige Mannlicher SSG.308 met rotatief magazijn en een glanzende donkerbruin gevlamde notenhouten kolf-met-wangstuk, op maat gemaakt bij Steyr AG in Oostenrijk. Er was een Kahler Helia 3x telescoop op gemonteerd. De combinatie van deze twee kunststukjes van de wapenindustrie leverde een perfect wapen op, waarmee men bij wijze van spreken op honderd meter afstand een sigaret uit iemands mond kon schieten.

De PG was een uitstekende schutter, maar hij beleefde aan twee dingen evenveel plezier als aan een goed schot: praten over wapens met iemand die er verstand van had en een wapen klaarmaken voor de jacht.

Hij genoot nu van alles wat hij deed: een witte flanellen doek uit de la van de gewerenkast halen, een spuitbus, een doos met poetsmateriaal. Alles naast de karabijn op een rijtje zetten.

Hij ging aan het bureau zitten, haalde snel de grendel uit de slide, spoot wat wit schuim in het magazijn en liet het tot alle delen doordringen. De scherpe Ballistolgeur kwam in zijn neus, wat hem in de goeie stemming bracht. Zoals elke jager hield hij zich streng aan rituelen en maakte hij zichzelf graag wijs dat de afloop van een jacht kon afhangen van een bepaalde volgorde.

Hij schroefde de drie delen van het poetsstaaf in elkaar, stak er een viltdopje op, spoot opnieuw Ballistol in het magazijn en trok het viltdopje door de loop, keek erin en bewonderde de spiralen van de trekgroeven in het witte mangaanstaal. Handig schoof hij de grendel opnieuw in de slide en poetste de buitenkant, deed de rubberdopjes van de telescoop af en controleerde of het glas en de kruisdraad goed contrasteerden, deed de dopjes er weer op, haalde een versleten leren foedraal uit de kast, deed de karabijn erin en zette 'm rechtop tegen de wand.

Hij legde zijn oor tegen de deur en luisterde. Stilte. Langzaam liep hij weer naar zijn bureau, ging zitten en haalde de ronde Japanse lakdoos uit de la, nam het kaartspel eruit en keek gedachteloos naar het onnozele mannetje van Johnnie Walker.

'Waarvoor gaan we vandaag spelen?' vroeg hij hardop. Hij antwoordde: 'Voor twéé dingen: bel ik ja dan neen procureur Keymeulen op en vraag ik hem mij het dossier van slagen en verwondingen in Overbroek op 7 juli jl. ASAP te laten bezorgen? En het tweede: zal ik in Schotland voor Maria Landowska een kapitale zesénder schieten om haar ermee te verrassen?'

Hij mengde de kaarten en vereenzelvigde Maria met hartenvrouw. Hij was uiteraard schoppenheer.

Het eerste spel duurde nog geen twee minuten. Het eindigde zonder dat hij één aas had getrokken. Hij was opgelucht. Hij zou de procureur überhaupt niet gebeld hebben. In het tweede spel was de derde kaart van de rij van zeven hartenvrouw. 'Kom nou toch, schoppenheer!' smeekte hij. Er kwam een lege plek in de rij van zeven. Op het allerlaatste trok hij hem en legde hem met een pats op de lege plek. Hij draaide de kaart waar hij op had gelegen om. *Ruitenvrouw*!

'Báh!' riep hij. Hij veegde de kaarten bijeen en deed ze weer in het doosje.

Hij leunde achterover en staarde naar de reeboktrofeeën onder de everzwijntanden. Hij hoorde iemand de trap aflopen. Hij bewoog niet, want hij wilde Amandine in geen geval tegen het lijf lopen. En als het Maria was, zou hij zich onmogelijk kunnen inhouden haar in zijn armen te nemen. Ze had enkel even geknikt toen hij haar gisteren had gezegd dat hij het hele weekend op jacht zou gaan. Ze had iets in het Pools geantwoord dat hij niet verstaan had, maar hij had geen uitleg gevraagd. Hij had haar ook terloops gezegd dat hij morgenochtend om tien uur een afspraak had gemaakt (met Jokke trouwens) zogenaamd voor een total check up. Nu was het weer wat beter, maar de vorige twee dagen had hij de hele tijd rondgelopen met die verdomde pijn. De wodka van vorige avond had er evenmin goed aan gedaan. Voor het eerst hadden ze een *spokojna noc*[1] gehad.

Toen hij om vijf uur in de ochtend, nadat de wekker had gebiept, naar zijn kamer was geslopen, sliep ze nog.

Hij had haar uitgebreid uitgevraagd over wat ze na die onverwachte thuiskomst van 'madame' had gedaan. Met een ongelooflijke koelbloedigheid had ze, nadat ze zich had aangekleed op haar kamer, vliegensvlug de scherven van het wodkaglas opgeruimd, de avondjurk exact op z'n oude plaats teruggehangen en de kasten gesloten. Daarna was ze naar beneden gekomen alsof er geen vuiltje aan de lucht was.

'Met jou zou ik naar de oorlog durven gaan,' had de PG gezegd, een gevleugelde zin van zijn grootvader aan het adres van iemand die men in alle omstandigheden kan vertrouwen. Ze had even moeten lachen. 'Mijn *dziadek* (grootvader) zei altijd: Gij zijt het beste Pferd in mijn Stall,' had ze geantwoord.

Ze had zich ook enorm verbaasd dat 'madame' daarna zo aardig voor haar was geweest. Het was de eerste keer in al de tijd dat ze haar kende. Het laatste had hem gerustgesteld. Ze waren dus op het nippertje aan een natuurramp ontsnapt. Hijzelf had geen spoor meer van haar gezien. Ze had zelfs na de mis van halfzeven het petit déjeuner naar haar boudoir laten brengen. En Maria had hem gezegd dat ze opnieuw opvallend aardig was geweest.

Hij stond op, liep naar de gewerenkast, rekte zich uit en haalde een reeboktrofee van de wand. Met zijn wijsvinger wreef hij zachtjes over de gladde ivoorkleurige punten, daarna over de donkerbruine wratten bij de stang. Hij kon zich nog elk detail herinneren van de prachtige plek in de Schotse Highlands even ten noorden van Balnacoil, de manier waarop de bok heel behoedzaam uit een partij jeneverbesstruiken kwam en met geheven poten parmantig naar een dal stapte waar dunne nevel hing.

Hij hing de trofee weer aan de spijker, opende de deur en keek de overloop in. Er hing een vreemde stilte, alsof het huis al maandenlang leegstond.

Opeens hoorde hij zijn GSM biepen. Hij sloot de deur en liep naar het bureau, bukte zich en nam de GSM van de vloer.

'Hallo...'

'Albert?!' De trompetstem van Walter De Ceuleneer.

'Wat is er, Walter?'

'Kan ik spreken?'

'Ja, doe maar.'

''k Heb juist 'n belleke g'had van Ramiz...'

'Ja, en...'

'Hij dringt aan...'

'Ja, en wat wil dat zeggen?'

'Hij vraagt of ge vergeten zijt welken dienst hij ú in den tijd heeft bewezen, ge weet wel...'

De PG zweeg.

'Hij zei dat hij na deze keer nie meer zou belle...'

'Is dat een bedreiging?'

'Da weet 'k nie, maar ik had schrik van zijn stem.'

'Zeg hem dat ik onmogelijk iets kan doen voor zijn neefke.'

'Hij zei ook dat hij alleen maar respect kan hebben voor machtige mensen die hun vrienden niet in de steek laten.'

'Ik heb zopas mijn Mannlicher proper gemaakt,' zei de PG.

'Ge kunt dus helemaal niks doen voor Ramiz?'

'Definitief néé!'

‘’k Zal ’t hem zegge. Hij vroeg of hij geen *audiëntie* kon aanvragen op het parket-generaal.’

De PG schoot in een hese lach. ‘Zeg hem dat ik morgen vanaf negen uur op mijn kabinet ben. Dat is een publieke plaats toegankelijk voor alle Belgen en Albanezen. Alleen de paus houdt audiënties.’

‘Ge schijnt ermee te lachen...’

‘Nee, ik ben nog nooit zo serieus geweest.’

‘Mag ’k hem da zegge?’

‘Ja, met mijn complimenten.’

‘Dus we zien elkaar morgenavond te zevene op ’t vliegveld.’

‘Afgesproken, beste Walter. *Weidmannsheil*!’

‘*Weidmannsheil*.’

De PG legde de GSM opnieuw onder het bureau, liep naar de deur, opende die en stak zijn hoofd naar buiten. Hij hoorde boven Amandine nog altijd met Maria praten. Waren ze soms samen in de oude kleren aan het rommelen? Amandine kon van die bevliegingen hebben en dan moest alles binnen de seconde gebeuren. Als ze ooit vóór hem het hoekje omging, wist hij heel goed wat hij zou doen: de dag na de begrafenis al die godverdomde kasten leeghalen, al die godverdomde kleren in de tuin op een hoop gooien, er een jerrycan superbenzine over uitgieten en *woeff*!

Ramiz Shehu ademde diep in, zodat zijn enorme torso zwol en hij nog zwaarder leek dan de minstens honderdveertig kilogram die hij te boven ging (zijn weegschaal blokkeerde op dat gewicht).

Hij stak een sigaret op en inhaleerde, hield de rook lang in zijn longen en blies hem zachtjes uit. Zijn varkensogen hadden een lege, koude, roofvissenblik. Een grote met henna geverfde snor accentueerde de kaalheid van zijn schedel. Een lang litteken liep van zijn rechteroog naar zijn hals. Hij zat breeduit in een leren fauteuil op de eerste verdieping van de onverluchte woonkamer boven zijn winkel ‘Sacco’ op het Falconplein. Hij trilde van wat in het woeste berggebied van Oost-Albanië *Malissorenwaanzin* wordt genoemd: je laten betoveren door een onwrikbaar besluit wraak te nemen vanwege een diep gekwetst eergevoel, een heilige plicht die een echte man moet nakomen en die slechts aan één daad ondergeschikt is, namelijk bloedwraak.

Zijn brede behaarde klauw greep de telefoon en toetste langzaam een nummer.

'Nazim?'

Hij had een diepe, schorre basstem. Er kwam iets als een glimlach op zijn gezicht.

Toen de PG opeens, adembenemend lenig en in de meest vanzelfsprekende harmonie met de omgeving (heidestruiken, jeneverbesboompjes, hier en daar een kromme spar) op een honderdtal meters afstand twee reebokken, vergezeld van zes geiten vanachter de bergkam zag verschijnen als in een dierendocumentaire, liet hij zijn associaties de vrije loop en genoot ten volle van de gedachtesprongen. Levensvreugde in het Neolithicum, dacht hij, de mens is een complete misrekening van de zesde scheppingsdag. Hij hield zijn adem in en keek opzij naar de gids, John Cummings, die met de verrekijker aan zijn ogen plat op zijn buik naast hem lag. De gids kéék, totaal verdiept in één handeling tegelijk, een voorrecht van de dieren. De PG nam zijn verrekijker en observeerde de bokken die op hun gemak begonnen te grazen terwijl de geiten hun voorbeeld volgden, maar veel schichtiger, af en toe opkijkend, roerloos, neus in de wind, de grote oren waakzaam, met wiebelende staartjes. De wind blies zacht in zijn gezicht. Die zat dus ideaal. Een van de bokken had een prachtig gewei, zijn vacht was vaalbruin, donkerder dan dat van de andere, die merkbaar jonger was. Een geit deed plotseling een speelse uitval alsof ze voor iets op de vlucht ging. Tot ze op hoge poten terug kwam gedrenteld en even haar neus onder de staart van de grote bok hield. Die draaide zijn kop om, strekte zijn nek en stootte een kort geblaf uit.

Cummings keek op en fluisterde: 'Tomorrow they'll probably mate...'

De PG knikte. 'Is the dark one good enough?' fluisterde hij terug.

'I don't know yet,' antwoordde Cummings laconiek en hij begon opnieuw te kijken.

Hij was kort en breed, hij had ros kroeshaar en een baard, waarin alleen zijn neus en ogen te zien waren. De blondbehaarde handen om de verrekijker stonden vol littekens. Alles wat hij aanhad was versleten, tot zijn rubberlaarzen toe, die op verscheidene plaatsen gelapt waren. Hij rook naar zweet en pruimtabak. Hij had een vuil jachthoedje op.

De PG deed de rubberdopjes van de telescoop van zijn Mannlicher en legde aan om te kijken of de lens niet aangeslagen was. Het glas was helder. Hij deed de dopjes er opnieuw op en nam zijn verrekijker. Het weer was fris en vochtig. De zon was net opgekomen en de dauw op de heidestruiken begon hier en daar te schitteren. De PG, die naast Cummings op zijn buik in het kletsnatte gras lag, boog zijn hoofd om de pijn uit zijn nek te krijgen. Hij wriemelde met zijn tenen in de splinternieuwe rubberlaarzen. Hij begon te transpireren onder zijn mouwloos donsvest. De gevreesde pijn was er niet. Gisterochtend had Jokke een toucher gedaan, maar zijn prostaat bleek niet vergroot. Dat had hem enorm gerustgesteld. Nu, in de woeste eenzaamheid en stilte van de Highlands, voelde hij zich prima. Hij dacht: ik ben een echte natuurmens.

Cummings spuwde een straal tabakssap naast zijn schouder, keek opzij en fluisterde: 'We wait. They'll stay. Probably.'

Het begon harder te waaien en de bergkam verdween in donkergrijze wolken. De PG wist uit ervaring dat het weer in de Highlands onvoorspelbaar was. Die plotselinge korte regenbuien hadden een naam: *a rainbuff*. Dat had hij verleden jaar van Cummings geleerd, die alleen maar praatte als het niet anders kon. Soms gaf hij wel ongevraagd uitleg over dingen in de wildernis – sporen, geuren, het landschap, het gedrag van het wild – maar dan was het alsof hij tegen zichzelf praatte.

De PG hield van Cummings en wilde alleen maar met hem stalken. Het Nederlandse woord *bersen* vond hij niet mooi. *Besluipen* was veel beter.

'The big one is fairly good,' fluisterde Cummings zonder de verrekijker van zijn ogen te nemen, 'six points...'

De PG wist dat hij meestal in understatements sprak. Zijn hart begon sneller te kloppen. Zijn mond werd droog. Altijd vlak voor een schot. Ha, hij zou Maria kunnen verrassen met een prachtige trofee. Hij schoof zijn jachthoedje achteruit en genoot van het weidse landschap dat met geen ander ter wereld te vergelijken was. De natuur zoals ze geweest moet zijn in de tijd toen de Romeinen de Schotse muur bouwden, dacht hij. Alleen het zachte zoeven van de wind was hoorbaar. Het begon te motregenen, maar Cummings deed alsof hij het niet merkte. Hij haalde zijn neus op, een tic die hij om de twee minuten herhaalde, gevolgd door een straal tabakssap, waarmee hij tot op een meter afstand haarfijn kon mikken. De PG moest glimlachen.

Cummings behoorde tot het soort mensen dat hem onmogelijk kon irriteren. Hij deed hem denken aan sommige boeren uit zijn jeugd. Walter noemde hem 'The Shadow', omdat hij zich tijdens de jacht nooit verder dan drie meter van de PG verwijderde. Walter was met Will Mackenzie op jacht in een andere vallei. Zoals altijd hadden ze voor een fles maltwhisky gewed wie de grootste bok zou neerleggen. De fles werd aan de desbetreffende gids cadeau gedaan, maar grotendeels samen leeggemaakt.

'Sir...' fluisterde Cummings.

'Yes...'

'He is good. Get him.'

De PG slikte zijn keel vrij en deed de dopjes van de telescoop, bracht de kolf aan zijn wang, legde de veiligheidspal om en zocht tot hij het roedel in het vizier kreeg. Heel langzaam bracht hij de kruisdraad naar de plek vooraan in de borst van de grote bok, de plek die in jagerstaal 'het blad' heet, hield zijn adem in en trok af.

'Tík!'

Er volgde geen schot. Wel gebeurde er iets totaal onverwachts. Zo onverwachts dat zijn hart hevig begon te fibrilleren: *Het roedel was als van de aardbol weggeveegd*. En toen hij zijn oog van de telescoop deed en snel opzij keek. *Was Cummings ook verdwenen*.

Een golf van paniek spoelde door hem heen. Hij sprong overeind en schreeuwde: '*John*!'

De PG schrok wakker. Het warme lichaam dicht tegen hem aan kreeg een schok.

'Meneer Albert, was ist los?' vroeg een vrouwenstem.

De PG beefde over zijn hele lijf. Zijn rug was nat van het zweet.

'Ik droomde...' bracht hij uit, 'ik droomde dat ik op jacht was...'

Ze stak het nachtlampje aan.

'*Jest piata godzina.*[2] Ge moet aufsteh'n!'

Hij ging op zijn rug liggen, sloot de ogen en legde een hand op haar pubis. Begon met de haartjes te spelen.

'Wie geh't 'se met de buik?' vroeg ze.

'Nogal. Ik ga straks om tien uur bij een vriend Artzt.'

'Mm, dat weet ik..'

'Maria...'

'Mm.'

'Ik zal je missen in Schotland.'

'Ik ook, meneer Albert.'

Hij zweeg. Hij lag te hijgen als een oude amechtige man.

'Wann zijt ge zurück?' vroeg ze.

'Zondagavond.'

'Komt ge dan bij mij ins bedje?'

'Ja, Maria, ja...'

Ze zweeg. Hij keek opzij en zag dat ze tranen in haar ogen had.

'*Kochanie...*'

Ze sloeg haar armen om zijn hals en legde haar warme hoofdje tegen zijn wang. Hij snuffelde in haar dik auburn-kleurig haar, waar hij al langer hoe gekker op werd. Hij wilde zeggen: 'Ik zal iets voor je meebrengen,' maar hij hield zich in. Hij wilde haar verrassen.

'Ge moet aufsteh'n,' herhaalde ze, en ze haalde haar neus op. De PG moest even lachen en dacht: net zoals Cummings in mijn droom. Om de een of andere reden verlangde hij naar de jacht. Morgen om deze tijd zou hij waarschijnlijk met 'The Shadow' door de Highlands dwalen.

Maria maakte zich los uit zijn arm, sprong spiernaakt uit het bed, liep naar de deur, ging op haar tenen staan en trok een bol knoflook van de streng die ze van haar moeder had gekregen tegen de kwade krachten van heksen en spoken.

Ze kwam naast hem op het bed zitten en gaf de bol. Hij streelde zacht over haar warme, gespierde, gladde rug.

'Mitnehm'n auf Jagd...' zei ze enkel.

Hij kuste haar mond en maakte zich los. Hij wist dat ze niet hield van langgerekt afscheidnemen.

'Tot zondag...'

'De *czosnek* immer bijhalten, meneer Albert...'

'Dat doe ik, kochanie.'

'Zeg eens etwas anders.'

'Du bist meine Dritte Frau von Hernn Buddha.'

Ze schudde kreunend haar hoofd heen en weer.

Hij draaide zich snel om, opende de deur, stak zijn hoofd naar buiten en luisterde. Alleen het geluid van verkeer op de Amerikalei. Hij keek nog even om, maar ze lag al in het bed met het laken over haar hoofd getrokken.

Onhoorbaar sloop hij de trap af. Toen hij voorbij de kamer van Amandine kwam, dacht hij: zelfs als ze me in bed zou betrappen met Maria, zou ze nog doen alsof haar neus bloedde.

In zijn kamer ging hij op het bed zitten. Hij hield de bol knoflook tegen zijn neus. Die was zo uitgedroogd dat hij naar niets rook.

25

De PG zette de wekker op kwart over zeven, ging liggen, trok de donsdeken omhoog en sliep onmiddellijk in.

Omstreeks halfzes stond Maria Landowska op, waste zich met koud water uit de lavabo, trok haar zwarte jurk aan boven een slipje en een beha en liep de trap af. In de keuken begon ze zoals elke dag alles met veel gerinkel klaar te zetten voor het ontbijt, dat meneer Albert en madame in de eetkamer zouden gebruiken. Ze schonk koffie op voor zichzelf en goot in afwachting heet water in de theepot-met-dat-onnozele-mutsje.

Klokslag zes uur stond freule de Vreux op, deed haar krulspelden uit, borstelde haar coiffure, spoot er haarlak op, waste vluchtig haar oksels en deed panty's aan, een rok, een bloes en een driekwart jasje. Tien minuten vroeger dan gewoonlijk verscheen ze in de keuken, waar ze Maria met een lieve glimlach verzocht met haar mee naar de kerk te gaan om een zwaar pak kaarsen te dragen. Zoiets was vroeger ook al voorgevallen. Maria deed met tegenzin een nylon anorak aan, en sandalen. Om twintig over zes verlieten de twee vrouwen het huis en staken de Amerikalei over. Maria Landowska was meer dan een hoofd langer dan de dame naast haar. Ze droeg het zware pak onder de arm alsof het niets woog. Ze moest langzaam stappen opdat de dame haar zou kunnen bijhouden. Ze liepen de Sint Michielskerk in langs het zijpoortje dat naar de bibliotheek leidt. Op het eind van een gang was een deur die uitkwam in een donkere kapel, waar een tiental oude mannen en vrouwen op bidstoelen zaten. Naast het altaar brandden kaarsen voor een Onzelievevrouwbeeld met een kroon op het hoofd en een scepter in de rechterhand. Op haar gebogen linkerarm rustte een kind dat eruitzag als een opgedroogd oud mannetje.

'Blijf bij mij tot na de mis,' fluisterde freule de Vreux. Ze wees Maria een stoel aan op het eind van de rij. De Opus Deipriester, een magere man van een jaar of veertig met een bleek gezicht, kwam snel de kapel in, vergezeld van een misdienaar, en begon met luide stem de gebeden volgens de Latijnse ritus op te zeggen, met de rug naar het volk gekeerd. De mannen en vrouwen die elkaar met een korte hoofdknik hadden begroet, hielden een rozenkrans tussen de vingers. Ze baden met gesloten ogen. In de kapel hing een vage geur van waskaarsen, wierook en vochtige kelders. Tijdens de consecratie knielden ze op de vloer en toen de communie werd uitgereikt, ging iedereen behalve Maria naar voren, ze kregen een hostie op de tong gedrukt en terug op hun stoel baden ze geknield met de handen voor de ogen. Freule Amandine had gedaan alsof ze niet had gemerkt dat Maria niet ter communie was gegaan. Toen de mis uit was, gaven de dames en heren elkaar de 'vredeskus'. Daarbij legden ze de handen op elkaars schouders en drukten ze het hoofd heel even zijdelings tegen het andere aan.

Freule Amandine gebaarde kort dat Maria de kaarsen mocht laten waar ze waren. Toen ze weer op straat kwamen, in volle ochtendspits, hield freule Amandine opeens stil, keek Maria met een bizar glimlachje aan, haalde een envelop uit haar handtas en zei: 'Hier is een treinbiljet naar Warschau. De trein vertrekt om halfelf in het centraal station met verbinding in Brussel-Zuid naar Keulen en Berlijn. Bij het biljet zitten twintigduizend frank als beloning voor trouwe diensten.'

'En m'n Kleider?' bracht Maria uit. Ze trok asgrauw weg en ademde snel door haar mond. Ze keek freule Amandine aan met wijdopen ogen.

'Die worden nagestuurd met de post. En nu zou ik willen dat ge *voor eeuwig en altijd* uit m'n ogen verdwijnt,' besloot freule Amandine. De laatste woorden had ze op een onverschillige toon uitgesproken.

Ze stak haar kin omhoog en hield de gebogen rechterpols even voor haar mond. Met een tevreden trekje op haar gezicht draaide ze zich om en begon behoedzaam de Amerikalei over te steken.

Maria Landowska bleef roerloos als een beeld ter plekke staan, wankelde enkele stappen achteruit, liet zich neerzakken op de arduinen trap van de kerk en staarde wezenloos naar de envelop, die ze in haar hand hield alsof ze niet wist wat ze ermee moest beginnen.

Om halfacht was de PG verdiept in zijn dagelijkse ritueel voor de badkamerspiegel. Van pijn in zijn onderbuik was geen sprake meer. Tijdens het urineren had het water in de wc-pot gebruist als een waterval. Mijn spieren zijn nog altijd van ijzer en staal, dacht hij terwijl hij zijn buik introk, naar zijn behaarde atletentorso keek, zijn profiel bewonderde en zachtjes 'Zwarte Ogen' neuriede.

Hij poetste zijn tanden, keek aandachtig of er geen bloed in het spoelwater was (nee!) en liep monter terug naar de slaapkamer, waar hij op zijn gemak een beige hemd aantrok en een lightweight Prince de Galles-kostuum, dat hem buitengewoon goed stond. Hij koos een zwarte das met gouden spikkeltjes. Maria wist perfect wat hij vandaag zou aantrekken. Geen rozet van Grootkruis. Vandaag zou inderdaad de renaissance-levenskunst in al haar glorie heersen: enkele keren op het parket-generaal met zijn ogen bliksemen zoals kardinaal Richelieu indertijd altijd deed, terwijl hij met trots geheven hoofd door de zalen van het Trianon paradeerde, alvorens op jacht te gaan in de bossen van Fontainebleau.

Met twee treden tegelijk liep hij de trap af. Hij kwam in de eetkamer waar freule Amandine aan tafel met mollige witte handjes precieus yoghurt zat te eten. Voor haar neus stond de traditionele theepot-met-muts.

Hij ging naast haar zitten en wachtte op Maria die zoals elke ochtend het bord met roereieren zou brengen. Opeens legde freule Amandine haar lepeltje neer en zei alsof het een fait-divers was: 'A propos, *la Polonaise* is er niet meer.'

De PG kreeg een schok. 'No kidding...'

‘U moet niet antwoorden als een Amerikaan. Papa vindt dat *de la barbarie*. Ik zei alleen dat *la Polonaise* er niet meer is.’

De PG voelde hoe er een klem om zijn keel kwam. Hij kon geen woord meer uitbrengen.

‘U zijt d’ailleurs één stap te ver gegaan, mon ami,’ ging Amandine voort met een stem die trilde van de zenuwen, ‘en er is één ding dat ik niet tolereer: vernederd worden *in m’n eigen huis*!’

‘Waar is Maria?’ fluisterde de PG met opeengeklemde tanden.

‘Haha, op de trein naar *Warschau*. Ik heb gezorgd voor een biljet en alles is in orde voor een andere meid. *Le chanoine* Zwaegerman heeft al voor een andere gezorgd. En dat is niet alles,’ ging ze op triomfantelijke toon voort, ‘Didier is zopas volwaardig lid van het Opus Dei geworden en ik heb via relaties bij sa majesté verkregen dat hem en Geoffroy de titel van jonkheer wordt toegekend, *verbonden met de naam de Vreux*.’

De PG liet zich achterover zakken, terwijl hij gaandeweg voelde hoe zijn spieren één voor één dienst weigerden. Zijn maag trok samen en een pijnscheut vloog van zijn onderbuik naar de nierstreek. Zijn hart begon over te slaan. Hij haalde diep adem, wierp haar een blik vol haat toe en zei met een lage stem: ‘Didier is inderdaad perfect op zijn plaats in die *sekte*. Hij is altijd al te *stom* geweest om advocaat te worden. Dat is geen wonder: hij heeft de hersens van zijn moeder en van bonmaman de Wasseige geërfd, het resultaat van jarenlange inteelt.’

‘Wat u nu gezegd heeft, vergeef ik u nóóit!’ beet ze hem toe, ‘God zal u daarvoor *straffen*. U hebt de naam van mijn oudste zoon en die van *de familie* onteerd!’ Haar ogen schitterden van haat.

De PG dacht: ze heeft er nog nooit zo authentiek uitgezien. Met de nabootsing van het adellijke wuifgebaartje zei hij: ‘Die titel en al dat Opus Dei-gezeik kunnen me geen *lor* schelen, maar één ding weet ik zeker: het is onmogelijk volgens de wet een familienaam te veranderen in die van de moeder zonder wederzijdse toestemming. En God kan voor mij de *pot* op!’

Ze deed alsof ze het laatste niet had gehoord en begon schamper te lachen.

'Sa majesté kan dat wél. Pierre van Peers heeft het d'ailleurs *bevestigd*.'

'O, die...'

'U zult nóóit een adellijke titel krijgen. Een man die zijn vrouw bedriegt met de meid... Bàh!'

'Ik zou de gasten van jouw soort die hun vrouw horens zetten met de meid geen eten willen geven. Ze hebben dat al eeuwenlang gedaan. Maar dat is allemaal niet belangrijk. Ik wil weten waar *Maria* is!'

'Op weg naar la Pologne.'

'Weet je aan wat jij me doet denken?'

'Pff...'

'Aan een kruisspin in een web die op de loer ligt om bloed te zuigen uit weerloze vliegen.'

Ze maakte het gebaartje met de geknikte pols.

Gaandeweg begon hij zich beter te voelen. Hij wist nu pertinent dat hij door zou gaan tot het uiterste. 'Denk je soms dat je me ooit klein krijgt?' vroeg hij met een spotlachje. Hij kneep zijn vuisten samen. Hierdoor kreeg hij opnieuw controle over zijn spieren.

Ze keek hem aan met kleine ogen.

Hij kwam half rechtop en zei met zijn gezicht vlak bij het hare: 'Ik ga Maria *terughalen* en ze blijft godverdomme bij míj!' Hij wees naar zijn borst.

'Pas dans cette maison!'

'Wat dacht je? Dat ik nog zou toelaten dat ze voor een povere zestienduizend frank de slavin komt spelen? Mensen van jouw soort denken nog dat ze in het ancien régime leven. Maar die tijd is voorgoed voorbij, madame la baronne.'

'La *putain*!' smaalde ze. Er kwam speeksel op haar lippen. Ze zag hoogrood. Ze haalde snel een zakdoekje uit haar mouw en snoot haar neus.

Hij gooide zijn stoel achterover, greep haar bij een pols en rukte haar overeind. Ze slaakte een gil en probeerde zich los te trekken. Hij wist niet dat ze zulke slappe spieren had. Hij gaf haar een forse duw zodat ze op de vloer tuimelde. Haar benen vlogen omhoog, de bleke panty's kwamen helemaal bloot tot aan het witte slipje. Hij keek naar haar korte, vette dijtjes, kon hierdoor zijn lachen niet inhouden en terwijl ze hoog lag te jammeren, liep hij de eetkamer uit, gooide de deur dicht dat het klonk als een geweerschot en rende de trap op. In zijn werkkamer opende hij een la van de art deco-tafel, haalde er een envelop uit met de 200.000 Zwitserse frank en probeerde hem in zijn binnenzak te krijgen. Dat lukte niet. Hij greep een attachékoffer van onder de tafel, opende hem en deed de envelop erin, veranderde de cijfercode en liep naar de gewerenkast, nam het foedraal en hing het over zijn schouder, keek snel rond, nam de ingelijste foto van de kleine jongen met de Shetlandpony en stak hem op zak.

Hij bleef staan, dacht even na, keek op zijn horloge, haalde zijn GSM te voorschijn en toetste het nummer van de mobilofoon van zijn dienstauto. Het was tien over acht.

'Chauffeur?'

'Ja, meneer de procureur-generaal...'

'Kunt ge komen?'

'Ik rij nu door, meneer de procureur-generaal.'

Hij zette de GSM uit, die meteen begon te biepen.

'Hallo?'

'Meneer Albert!' gilde een vrouwenstem.

'*Kochanie*!'

Hij liet het foedraal van zijn schouder op de vloer vallen en ging zitten.

'O, meneer Albert es freut mich so...' Ze begon te snikken.

'Ik weet álles, Maria, ik weet álles. Waar zijt ge nu?'

'In de grote Bahnhof.'

'Pozadku. Wacht daar. In het buffet boven. Ik moet eerst nog even weg. Dan kom ik je halen. Je blijft bij mij!'

'Ist wahr, Albert?'

'Och, kochanie, ik kan niet meer leven zonder jou. We gaan vanavond samen naar Schotland. We gaan *jagen*. Je blijft *voor altijd* bij mij!'

'Albert, ich liebe dich so...'

'Ich komm' sofort, kochanie.'

Hij deed de GSM uit en dacht: het is de allereerste keer dat ze mijn voornaam heeft genoemd en me heeft getutoyeerd. Hij hing het foedraal opnieuw over zijn schouder, greep de attachékoffer en liep de trap af.

In de eetkamer was het doodstil. Hij liep de vestibule in. Opende de voordeur. Ging op het trottoir staan en keek rond. Voorbijrazend verkeer. De heldere vloeistof van de ochtend, waarin de voorbijgangers zwommen als in een goudviskom. Hij klemde zijn kaken opeen en strekte zijn rug. Ik ben de procureur-generaal van Antwerpen, ging het door hem heen. Ik ben ongenaakbaar. Ik heb eindelijk een besluit genomen dat mijn leven opnieuw de moeite waard zal maken. Ik heb Soliman en ik heb Maria. Vanavond vlieg ik met haar naar Schotland. In een privé Lear Jet. Walter kan alle begrip opbrengen voor mijn situatie. Morgen op dit uur dwalen we samen door de Schotse *moors* in het gezelschap van John Cummings, *my shadow*.

De PG keek naar het drukke verkeer op de Amerikalei. Hij genoot ervan. Zijn chauffeur was nu in aantocht. Hij moest denken aan John Edgar Hoover, die zijn chauffeur op een geraffineerde manier terroriseerde. Hij beloofde zichzelf voortaan aardig te zijn voor iedereen, want hij wilde nog jarenlang lucide genieten van het leven. Hij dacht: ik ben een van de vijf belangrijkste mannen van het land. Ik heb macht. Ik ben kerngezond. En ik heb een *vrouw*.

De zwarte Opel Omega hield stil voor de garage van zijn buurman. De chauffeur stapte uit en loerde even naar het foedraal.

'Goeiemorgen, meneer de procureur-generaal.'

'Goeiemorgen, hoe is 't?' informeerde de PG met een brede glimlach.

De chauffeur viel bijna om van verbazing. 'Euh... h-heel goed, merci...' brabbelde hij.

'Naar de Kaai zoals gewoonlijk,' zei de PG nadat hij zich op de achterbank had geïnstalleerd. Hij genoot van de luxe van de ultrakorte rit. Hij dacht aan de Jokke, die zoiets absurd vond. Hij zou hem straks bellen dat hij niet naar de afspraak kon komen. *Prostate is in the mind!*

Hij keek naar het verkeer dat zoals elke ochtend op dat uur

bumper aan bumper in lange files stond te wachten.

De chauffeur hield stil op het parkeerplein voor het Hof van Beroep. De PG opende zelf het portier en zei: 'Wilt g'op mij wachte?'

Hij liet het foedraal en de attachékoffer in de auto.

'Goed, meneer de procureur-generaal,' zei de chauffeur en hij reed door tot voor de hoofdingang van het gebouw.

De PG liep 'Zwarte Ogen' neuriënd, met de blik recht voor zich uit in de richting van de Cockerillkaai, haalde de sleutel uit zijn zak, hield stil voor de verroeste metalen deur, opende hem en deed een eerste stap naar binnen.

Wat toen gebeurde, werd samengedrukt in enkele glasheldere seconden die niets meer te maken hadden met de biologische tijd, die haperde en stilviel.

Een lange, atletisch gebouwde, zwartharige man die naar aftershave rook, met een kortgeschoren Balkansnor, een blikkerend wit gebit in een kaneelkleurig gezicht, gekleed in een donker trainingspak en met handschoenen aan, kwam van ergens uit het niets opduiken, nam een schouder van de PG in een ijzeren greep, deed hem om zijn as draaien, stootte hem de betonnen gang in, haalde vliegensvlug een zwaar pistool-met-geluidsdemper te voorschijn, drukte de loop tegen zijn borst en schoot. Er klonk een kort sissend geluid als van een autoband die leegloopt. De PG sperde zijn ogen open en riep iets als '*waahoo*!' maar de ander schoot opnieuw, ditmaal wat lager. De PG zakte rochelend voorover, greep naar zijn keel, maar bracht geen geluid meer voort. De ander pakte hem bij de haren, trok hem half overeind, drukte de loop tegen het rechteroog en vuurde. Het bloed spatte in het rond. Daarna exact hetzelfde met het andere oog.

Toen liet hij de PG los. Er vormde zich een bloedplas die zich snel uitbreidde op de betonnen vloer.

De man die Nazim Tahir heette, gooide het pistool, een vernikkelde Colt .45 met een rubberen kolf, naast de PG op de vloer, keerde zich om, sloot de metalen deur behoedzaam achter zich en liep zonder rond te kijken, met wiegende schouders als een cowboy, naar een fiets die op de hoek van de Cockerillkaai tegen een huis stond. Hij opende het slot, deed zijn handschoenen uit, stak ze op zak, gooide één been over het zadel en reed op zijn dooie gemak in de richting van de oude stad.

Baarle aan de Leie, 5 juli 1998.

NOTEN

1

1 Oké.

2

1 De bewakings- en opsporingsbrigade van de rijkswacht.
2 Confidentiële informatie over bekende personen.
3 De Waalse Kaai, waar het parket-generaal gevestigd is.

4

1 Ik zal dienen.
2 Ongetrouwd lid in een Opus Dei-kloostergemeenschap.
3 Het door Josemaría Escrivá de Balaguer geschreven boek met 999 uitspraken.
4 Getrouwd Opus Dei-lid.
5 De Ceuleneer redeneerde verkeerd. Telkens als er gebruik wordt gemaakt van 'valsheid in geschrifte', vervalt de normale verjaring van vijf jaar.
6 Niet van adel.
7 Lid van het Opus Dei dat niet in kloostergemeenschap leeft.
8 Door na te denken het ware van het bedriegelijke onderscheiden. Jezuïetenuitdrukking die het Opus Dei heeft overgenomen.
9 Hoer.
10 Het werven van nieuwe leden.
11 Op 19 maart van elk jaar moet elk Opus Dei-lid een lijst van kandidaten voorleggen die het persoonlijk heeft gecontacteerd.

5

1 De adellijke titel die (markies) Josemaría Escrivá zichzelf ten onrechte toekende.
2 Artikel 191 van de Geheime Constituties van het Opus Dei schrijft voor dat een lid nooit zelf mag openbaren tot het Opus te behoren. De nieuwe statuten van 1982 (art. 89) raden aan dat een lid nooit hoeft te verbergen dat het tot 'een prelatuur' behoort.

6

1 Letterlijk overgenomen uit een Opus Dei-repliek in de krant *De Standaard*.

7

1 Electronical Number Interceptor. Courant gebruikt in de Verenigde Staten door het FBI, de NSA en de CIA. Met een speciale vergunning ook leverbaar aan Amerikaanse veiligheidsfirma's en privé-detectives.

9

1 Bureau van de Antwerpse BOB.

10

1 As Soon As Possible.
2 Toestel dat de inkomende nummers registreert.
3 'Drie eieren plus sterke koffie is ook goed.'
4 'Heel goed, meneer Albert.'

11

1 'Ja'

12

1 Gelukkig.
2 Sterke koffie en eieren.

13

1 Illegaal, maar vrij courant in het rechtsgebied Brussel.

15

1 Boetegordel.
2 Geestelijke aalmoezen.
3 Niet huilen.

16

1 Dit probleem was anno 1999 nog altijd een symptoom van de 'Belgische ziekte'. Als voorzitter van het college van procureurs-generaal was de PG verantwoordelijk voor het uniforme vervolgingsbeleid in alle rechtsgebieden van het land. Er bestaat hierin nogal wat ongelijkheid tussen de parketten onderling en zelfs tussen individuele magistraten binnen de parketten. Dit is grotendeels het gevolg van de jarenlange politieke benoemingen van rechters en magistraten, zodat vonnissen en arresten erg afhangen van de ideologische overtuiging van degenen die ze uitspreken. Het feit dat ook zekere interpretaties van het begrip 'Openbare Orde' hiervan kunnen afhangen, brengt de onafhankelijke rechtsbedeling (een van de grondprincipes van de democratische rechtsstaat) in ernstig gevaar.

17

1 Onnozelaar.

2 Mijn katje.

21

1 Groen ik houd zo van je groen
Groen de wind en groen de takken.
Het schip op de zee
En het paard in de bergen.

23

1 De volmaakte hoveling.

2 De meeste magistraten van het Brusselse parket en parket-generaal plus de meeste rechters behoren ofwel tot de vrijmetselaarsloge ofwel tot het conservatief-katholieke kamp, van wie enkele coöperanten van het Opus Dei.

24

1 Een rustige nacht.

2 Vijf uur.